Der Klang deiner Worte

SUSAN HASTINGS

Der Klang deiner Worte

Die Autorin ist Mitglied bei DeLiA, der ersten Vereinigung deutschsprachiger Liebesromanautorinnen und -autoren:
http://www.delia-online.de

Besuchen Sie auch die Homepage von Susan Hastings:
http://www.susan-hastings.de

Susan Hastings: Der Klang deiner Worte

Einbandgestaltung: agilmedien, Köln
Einbandabbildungen: agilmedien (Foto)
Satz & Layout: Andreas Paqué, Gleichen
Druck und Bindung: Oldenbourg Taschenbuch GmbH,
Hürderstraße 4, 85551 Kirchheim
Printed in Czech Republic 2005
ISBN 3-937670-22-X

1. Kapitel

Wie ein gigantischer eiserner Lindwurm spie der Zug die Massen an Fahrgästen aus, die, sich ihrer plötzlichen Freiheit bewusst werdend, sich über den Bahnsteig ergossen wie flüssige Lava. Der eleganten jungen Frau, die sich mit zwei schweren Koffern abmühte, blieb nichts anderes übrig, als sich vom Strom mitreißen zu lassen. Ab und zu reckte sie sich auf Zehenspitzen, so weit es ihre hohen Absätze zuließen, um nach jemandem Ausschau zu halten. Endlich, fast am Ausgang zur Bahnhofshalle, hatte sie diesen Jemand entdeckt, eine ältere Frau in einem unmodernen hellen Sommermantel.

„Hallo, Tante Tess!" Die junge Frau ließ ihre Koffer fallen und winkte heftig mit beiden Armen.

„Carol!" Die Ältere kämpfte sich durch den Menschenstrom durch, bis sich die beiden ungleichen Frauen in die Arme fielen. Eine Weile sagten beide nichts, hielten sich nur fest und standen wie eine einsame Insel im Sturm, während um sie herum die Flut der Passagiere langsam verebbte.

„Carol, lass dich anschauen!" Tess O'Sullivan betrachtete ihre Nichte Carol mit neugierigen Augen. „Gut siehst du aus, viel besser als auf den Fotos. Und so elegant."

„Na ja." Carol Baxter stand etwas verlegen lächelnd da. „Und du hast dich gar nicht verändert, Tante Tess."

„Erzähl nicht so etwas", winkte Tess unwirsch ab. „Alt und grau bin ich geworden. Ist es wirklich schon achtzehn Jahre her, als das kleine Mädchen mit den kastanienbraunen Zöpfen die große Reise über den Ozean angetreten hat?"

„Ich kann es selbst kaum glauben", erwiderte Carol gerührt. „Aber jetzt bin ich da."

„Ja, jetzt bist du da", sagte Tess und packte einen der Koffer.

„Um Gottes willen, nein, Tante", versuchte Carol sie davon abzuhalten. „Die sind viel zu schwer für dich."

„Oh, ich mag alt und grau, aber noch nicht schwach sein", wehrte Tess lachend ab. Doch dann schnaufte sie. „Was hast du denn da drin? Betonbrocken von der Freiheitsstatue?"

„Das wäre keine schlechte Idee. Aber für deinen Geburtstag habe ich ein anderes Geschenk. Das sind alles Klamotten."

„Klamotten?"

„Kleider, Röcke, Kostüme, Blusen, alles, was man zum Anziehen braucht."

Tess schüttelte lachend den Kopf. „Braucht man das wirklich alles?"

„Keine Ahnung. Ich habe mich zumindest für jede Gelegenheit vorbereitet."

„Du bist hier in Irland und nicht in New York. In Delanney ist die Zeit stehen geblieben."

„Wirklich? Ach, ich bin ja schon neugierig auf alles. Ich glaube, ich finde mich hier gar nicht mehr zurecht."

Sie schleppten die Koffer zu einem grünen Pick-up, der auf dem Parkplatz neben dem Bahnhof stand, und wuchteten sie auf die Ladefläche.

„So“, sagte Tess und klatschte in die Handflächen. „Steig ein, mein Kind.“ Gleichzeitig gab sie zu bedenken: „Mein Gott, du bist ja jetzt eine berühmte Frau geworden und so mondän. Ob du dich in unserem Kaff überhaupt noch wohl fühlst? Du weißt, ich kann dir keinen großen Luxus bieten …“

„Ich bitte dich, Tante Tess“, rief Carol und hob die Hände. „Ich freue mich seit Wochen, hierher zu kommen. Glaub mir, es ist alles gut so, wie es ist.“

Zunächst konzentrierte sich Tess auf den Verkehr.

Erst als sie Killarney hinter sich gelassen hatten, atmete sie sichtlich auf. „Ich fahre nur selten in die Stadt, weißt du“, erklärte sie. „Ich bin den Verkehr nicht gewöhnt und er macht mich nervös. In Delanney geht es beschaulicher zu.“

„Das ist genau das, worauf ich mich freue“, erwiderte Carol.

„Wie war der Flug?“, wollte Tess wissen.

„Lang und unbequem. Da war die Eisenbahnfahrt direkt eine Erholung.“

„Es ist nicht mehr weit“, versuchte Tess sie zu besänftigen.

„Ich weiß. Dein Pick-up ist auch bequem.“ Sie streckte die Beine aus.

„Was soll bequem an dieser Kiste sein“, entgegnete Tess. „Es ist ein Überbleibsel der Gärtnerei. Aber einen anderen Wagen kann ich mir nicht leisten. Er tut noch seinen Dienst. Manchmal verkaufe ich noch Blumen, die kann ich damit ausfahren.“

Carol schwieg. Da war sie also wieder am Ort ihrer Kindheit. Nach langen achtzehn Jahren war sie hierher zurückgekehrt, wo einst ihr Leben begann. Es war keine Rückkehr für immer, nur für einen Urlaub, einen etwas längeren Urlaub, den sie sich genommen hatte. Sie blickte aus dem Seitenfenster. Ihr Weg führte durch den Killarney National Park mit seinen wunderschönen Seen Richtung Süden, über die Brücke, die den Kenmare River quert und von der sie einen Blick auf Cromwell's Fort werfen konnte, weiter in Richtung Südwesten, vorbei an den Cloonee Loughs, dahinter die imposanten Caha Mountains. Diese Landschaft mit den Bergen und Seen, Flüssen und grünen Hügeln, den vereinzelten Wäldchen und Buschgruppen, den weidenden Schafen und dem blühenden Ginster war ihr so vertraut und gleichzeitig überraschend neu. Eine seltsame Unruhe hatte Carol gepackt, die sie nur schwer unterdrücken konnte.

Die Straße führte entlang der Küste. „Bitte, Tante Tess, halt mal kurz an", bat Carol.

Ein wenig verwundert stoppte Tess den Wagen. Carol stieg aus, lief einige Schritte über die frisch-grünen Wiesen bis zur Kuppe des Hügels. Unter ihr erstreckte sich der Westhang der Hügelkette, der sanft zum Meer hin abfiel. Inmitten des üppigen Grüns, in eine flache Senke eingebettet, lag Delanney.

Carol atmete tief die frische Seebrise ein, die zu ihr herüberwehte, und schloss die Augen. Das war es, das Land ihrer Kindheit, Erinnerung an Weite, an Freiheit, an Farbe und Wind.

Sie hätte nicht gedacht, wie sie das alles vermisst hatte.

Die Brise war lau, das milde Klima im Südwesten der grünen Insel überraschte sie. Und sie genoss es. Die bunte Blütenpracht ließ die kleinen Gärten um die gepflegten Häuschen von Delanney schier überquellen. Erst als Tante Tess hupte, schreckte Carol aus ihren Träumen auf. Sie zog die Jacke enger um die Schultern, wandte sich um und lief den Weg zurück zum Wagen.

„Ich wollte es sehen“, sagte sie, nachdem sie wieder neben Tess Platz genommen hatte.

Tess warf ihr einen prüfenden Blick zu.

„Du bist ein wenig blass“, stellte sie fest. „Zu viel künstliches Licht?“

„Zu viel Stress“, erwiderte Carol. „Die letzten Wochen gingen ein bisschen über meine Kräfte. Lesungen, Autogrammstunden, Pressetermine, Talkshows im Fernsehen ...“

„Nun, der Ruhm hat seinen Preis“, stellte Tess trocken fest.

Carol warf den Kopf in den Nacken und schloss die Augen. „Ich beklage mich ja gar nicht. Erfolg ist prickelnd. Bis jetzt ist jedes meiner Bücher ein Bestseller geworden und jeder neue Roman hat seinen Vorgänger übertroffen. Vor fünf Jahren kannte mich noch kein Mensch. Jetzt reißen sich die Fernsehsender um ein Interview oder eine Talkshow mit mir. Ich kann kaum noch auf die Straße gehen, ohne von irgendwelchen Leuten angesprochen zu werden. Meine Verlegerin hat mir allen Ernstes empfohlen, mir einen Bodyguard zuzulegen.“

„Was?“, rief Tess entgeistert. „Müssen es die Amerikaner immer übertreiben?“

Carol lachte. „Du weißt gar nicht, wie aufdringlich Fans sein können. Manchmal nervt es ganz schön.“

„Gib zu, du genießt es, im Erfolg zu baden“, warf Tess ein.

„Warum sollte ich es nicht zugeben“, erwiderte Carol. „Es ist Adrenalin pur. Und der Erfolg stachelt mich an, noch besser zu werden.“

„Fünf Bücher in fünf Jahren, das ist immerhin eine Leistung."

„Man muss gut sein, um Erfolg zu haben. Nein, man muss besser als die anderen sein. Es gibt keine Rücksicht."

„Ich kann mir vorstellen, dass du ebenso viele Neider hast wie Bewunderer."

„Da magst du Recht haben, aber daran will ich nicht denken." Sie öffnete wieder die Augen und plötzlich wurde sie ernst. „Um ganz ehrlich zu sein, Tante Tess, ich fühle mich völlig ausgebrannt."

„So siehst du auch aus", erwiderte Tess.

Carol blickte erschrocken. „Ist es wirklich so schlimm?", wollte sie wissen.

Tess lächelte. „Nicht so schlimm, dass es nicht mit viel Ruhe und frischer Luft zu kurieren wäre."

„Oh ja", bestätigte Carol. „Lange schlafen, lange Spaziergänge, darauf freue ich mich schon."

Sie durchfuhren Delanney. Neugierig schaute Carol aus dem Wagenfenster, um zu entdecken, was es in dem kleinen Fischerörtchen Neues gab. Es gab viel zu entdecken, schließlich war sie fast achtzehn Jahre nicht mehr hier gewesen, achtzehn Jahre, die sie zwischen New Yorks Wolkenkratzern und Redaktionsschreibtischen verbracht hatte. Ihr Erfolg als freie Schriftstellerin hatte ihr zwar einen hohen Bekanntheitsgrad eingebracht, ihre Freiheit aber weiter eingegrenzt. Der sechzigste Geburtstag von Tante Tess war die Gelegenheit für Carol, sich eine Auszeit zu gönnen. Und vielleicht konnte sie sogar Eindrücke für einen neuen Roman sammeln. Irland eignete sich ausgezeichnet für die Art von Fantasy-Romanen, die Carol Baxter schrieb.

„So, wir sind da." Tess fuhr den schmalen Weg zu ihrem Häuschen hinauf, das oberhalb der Steilküste und etwas außerhalb von Delanney lag. Von hier hatte man einen atemberaubenden Blick über die Küste und das Meer.

Aber Tess wusste auch zu berichten, dass es schnell ungemütlich werden konnte, wenn Sturm aufkam. Im Augenblick jedoch schien die Sonne zwischen weißen Wolken und ein warmer Wind strich über das Gras. Die Blumen im Garten verströmten einen betörenden Duft.

„Ich wusste gar nicht mehr, wie schön es hier ist", seufzte Carol. Dann ging sie um den Wagen und hievte ihr Gepäck von der Ladefläche. Wahrscheinlich würde sie den größten Teil ihrer mitgebrachten Garderobe überhaupt nicht benötigen. Die feinen Kostüme und Kleider, die sie sich nach und nach in den verschiedenen Boutiquen und Edelkaufhäusern von New York zugelegt hatte, würden hier sicher deplatziert wirken. Doch im Augenblick machte sie sich darüber keine Gedanken. Sie stellte die Koffer neben der Haustür ab.

Das Haus war kleiner, als sie es in Erinnerung hatte, und der Türrahmen niedriger. Aber diesen Geruch von Blumen und Gras, von Wind und Meer, all das hatte sie nicht vergessen. Sie betrat das Haus und befand sich gleich in der rustikalen Küche. Dunkle Balken zogen sich an der Decke entlang, von denen Bündel getrockneter Kräuter hingen. In der Küche hatte sich seit Carols Kindertagen nichts verändert. Da stand der massive Geschirrschrank aus geöltem Holz mit den Spitzenborten aus Papier und gehäkelten Gardinen, der große Holztisch, an dem gut zehn Personen Platz fanden, die Polsterbank in der Ecke unter dem kleinen Fenster und der verrußte Herd mit den vielen Töpfen und Pfannen an der Wand. Es duftete nach frisch gebackenen Waffeln.

Carol fühlte sich wieder in die Zeit ihrer Kindheit zurückversetzt. Oh, wie sie das alles liebte! Damals, als ihre Familie Irland verließ, um ihr Glück auf der anderen Seite des großen Teichs zu suchen, hatte sie die Ferne und das Abenteuer gelockt. Sie war zwölf Jahre alt, als sie nach New York auswanderten. Sie konnte sich noch sehr gut daran erinnern, wie sie an der Reling des Schiffes stand und zu dieser gewaltigen, fremden Stadt mit den riesigen Häusern hinüberstarrte. Der Abschied von Tante Tess, ihren Schulfreunden, von Delanney war kurz und schmerzhaft. Die unendlich vielen neuen Eindrücke, die in New York auf das halbwüchsige Mädchen einstürmten, verdrängten die Erinnerungen sehr schnell und bald hatte sie alles vergessen. So glaubte sie zumindest. Jetzt musste sie feststellen, dass ihr nichts entfallen war, sie sich an jedes kleine Detail erinnern konnte. Sie hatte die Erinnerungen nur in eine tiefe Schublade ihres Gehirns vergraben. Jetzt waren sie wieder da, frisch und lebendig, als wäre sie nie weg gewesen.

Tess nahm Carol die Jacke ab, während Carol auf der Eckbank Platz nahm. Sie blickte zum Fenster hinaus. Tess deckte den Tisch mit dem gleichen blau gemusterten Geschirr, das sie schon vor achtzehn Jahren benutzt hatte. Es bestand aus Steingut, war schwer und rustikal, doch Carol liebte es. Zärtlich strich sie über den Henkel der Tasse.

„Selbst gemacht?“, fragte sie, als Tess ein Glas dicke Schlehenkonfitüre auf den Tisch stellte.

„Warum fragst du?“ Tess blickte sie tadelnd an. „Ich würde nie welche kaufen.“

„Ich weiß." Carol nahm eine der warmen Waffeln und bestrich sie dick mit Konfitüre. „Deswegen ist sie einmalig. Alles ist einmalig bei dir." Mit einem zufriedenen Grunzen biss sie in die Waffel und schloss die Augen. „Köstlich", murmelte sie kauend.

Tess schenkte Kaffee ein. Der Kaffee war sehr stark und Carol befürchtete, dass er ihren Blutdruck über Gebühr ankurbeln würde. Doch sie trank ihn wie eine seltene Kostbarkeit. Und das war er auch. Es war kein Vergleich zu dem Pulverkaffee mit Maggigeschmack, den sie sonst zu Hause trank. Sie hatte nie Wert auf eine traditionelle Esskultur gelegt. Fastfood war sie seit ihren Kindertagen gewohnt, später hungerte sie sich die überflüssigen Pfunde wieder herunter und in den letzten Jahren empfand sie Essen nur als notwendiges Übel, um ihre körperlichen Kräfte zu erhalten. Seit sie bekannt und berühmt geworden war, achtete sie viel mehr auf ihr Äußeres, gab ihr Geld beim Frisör, bei der Kosmetikerin, im Fitnesscenter und in den Boutiquen aus. Sie war ihrem Ruf als Top-Autorin etwas schuldig.

Und dass kein Mann jemals für längere Zeit an ihrer Seite ging, machte sie umso begehrenswerter. Bislang waren es immer Männer gewesen, die ihr auf der Karriereleiter eine Sprosse nach oben geholfen hatten. Dabei hatte Carol jedoch stets darauf geachtet, dass die Bindung nicht zu eng wurde und sie sich gegebenenfalls ohne größere Probleme daraus zurückziehen konnte. Sie genoss die Bewunderung der Männer. Eine schöne und gleichzeitig intelligente Frau war auch im großen Amerika nicht unbedingt selbstverständlich.

Sie musste lächeln und streckte wohlig die Beine. Ja, sie konnte mit sich und ihrem Leben durchaus zufrieden sein.

Obwohl sie eigentlich nie so ganz zufrieden war: Kaum war ein Roman auf dem Markt, da plante sie schon den nächsten, der noch besser, noch umsatzstärker, noch berühmter werden sollte als der vorherige. Ehrgeiz, Selbstbestätigung, der Rausch des Erfolgs, sie konnte es selbst nicht erklären. Eine innere Unruhe trieb sie vorwärts.

Sie hatte hart gearbeitet, stundenweise in der Redaktion des Wochenblattes, in dem sie nach dem Studium ihre ersten Erfahrungen als Journalistin gesammelt hatte. Nach drei Jahren, als ihr erster Roman ein Erfolg wurde, stellte sie sich auf eigene Beine. Sie wollte frei sein für ihre Karriere als Romanautorin. Das hinderte sie jedoch nicht daran, zusätzlich wieder in der Redaktion zu arbeiten, dort Recherchen durchzuführen und vielfältige menschliche Kontakte zu pflegen. Sie brauchte die nervöse Hektik des Redaktionsalltags, das ständige Klingeln des Telefons, das Rattern des Faxgerätes oder des Tickers, die geschäftig hin und her eilenden Mitarbeiter. Umso entspannter ging sie danach an ihre Arbeit daheim in ihrer fast avantgardistisch eingerichteten Penthousewohnung im obersten Stock eines Wolkenkratzers. Bei dem Blick über die Skyline von New York konnte sie ihre Gedanken fliegen lassen in das Land ihrer Fantasie, in eine Welt voller Helden und schöner Mädchen, von Fabelwesen und bösen Mächten, von Schlachten des Guten gegen das Böse, vom Sieg des tapferen Helden und vom Happyend in den Armen einer schönen Prinzessin.

Vielleicht war es dieses glückliche Ende nach all den überstandenen Gefahren, die Carols Romane so erfolgreich machten. Sehnte sich nicht jeder Mensch nach diesem Glück, nach dem Licht am Ende des Tunnels, nach der Erfüllung der Träume und der Liebe? Jawohl, die Liebe spielte in all diesen Romanen eine große Rolle. Eine Liebe, die Carol selbst nie erfahren hatte. Sie glaubte, diesen oder jenen Mann zu lieben, gleichzeitig wehrte sie sich instinktiv gegen eine zu große Vertrautheit. Fast ängstlich scheute sie davor zurück, sich zu sehr an einen Mann, an einen anderen Menschen zu binden. Sie befürchtete, ihre Freiheit, ihre Selbstständigkeit einzubüßen und damit auch die Fähigkeit, schöpferisch und kreativ zu sein. Sie brauchte ihre persönliche Freiheit, um auch ihre gedankliche Freiheit zu erhalten.

Aber was war der Blick über die Dächer New Yorks gegen diesen Ausblick aus Tante Tess' Küchenfenster? Sie riss sich von diesem Bild los und richtete ihre Augen auf Tante Tess. Sie hatten sich achtzehn Jahre nicht mehr gesehen, aber sie hatten sich in all dieser Zeit geschrieben, miteinander telefoniert. Der Kontakt war nie abgerissen. Ihr Haar war grau geworden und ihre Falten tiefer, doch noch immer lag diese Mischung aus Güte und Resolutheit auf ihrem Gesicht. Tante Tess hatte es in ihrem Leben nie leicht gehabt, ihr Mann war früh gestorben und Kindersegen war ihnen verwehrt geblieben. Sie hatte sich mit einer kleinen Gärtnerei, die sie von ihrem Mann geerbt hatte, mehr schlecht als recht durchgeschlagen. Carol kannte sie nur in Gummistiefeln und einer langen grünen Gärtnerschürze durch das Gewächshaus oder die Gartenbeete stapfen oder mit ihrem klapprigen alten Lieferwagen Stiegen voller Blumen, Obst und Gemüse ausfahren. Sie belieferte die umliegenden Ortschaften, einige Geschäfte im Ort und später, als der Touristenstrom langsam einsetzte, auch einige Hotels und Restaurants.

Dieses Leben hatte Tante Tess gezeichnet. Und doch schien es Carol, dass ihre Augen die gleichen waren wie damals. Sie blickten aufmerksam und wach, klug und wissend, und manchmal ein kleines bisschen spöttisch. Ihr dunkles Haar wurde von silbernen Strähnen durchzogen, was ihr eine sympathische Art von Würde verlieh. Für einen Augenblick überkam Carol das Verlangen, sich in Tess' Arme zu schmiegen, ihre Wärme und Geborgenheit zu fühlen – wie damals, wenn irgendein Kummer ihr Kinderherz gequält und gewaltigen Weltenschmerz ausgelöst hatte. Tante Tess wusste zu trösten, zu besänftigen, zu helfen und zu raten. Ein Rat von Tante Tess war für Carol stets eine Offenbarung gewesen. Jetzt schienen die Weisheit des Alters und die Erfahrungen des Lebens noch intensiver geworden zu sein. Carol griff unwillkürlich nach ihrer Hand.

„Ich bin so froh, wieder hier zu sein", sagte sie leise.

Tess nickte. „Ich auch."

Carol gewahrte eine Bewegung im Garten. Einen Moment später öffnete sich die Glastür, die hinaus zum Garten führte. Ein Mann trat ein, den Kopf einziehend, weil er groß gewachsen war. Über seine breiten Schultern spannte sich ein kariertes Hemd. Zunächst sah Carol nur seinen dunklen Schopf, das Hemd, dessen oberste Knöpfe offen standen und einen Blick auf seine Brust freigaben, und eine mit hellem Staub überpuderte, ausgebleichte Jeans.

Er hob den Kopf und blieb abrupt stehen, als er Carol bemerkte. Auch Carol starrte ihn an. Er füllte den gesamten Türrahmen aus, ohne massig zu wirken. Sein Gesicht lag im Halbschatten, weil er mit seinem Eintreten fast die ganze Küche verdunkelte. Trotzdem konnte sie seine dunkelgrünen Augen erkennen, die in einem seltsamen Gegensatz zu seinem schwarzen Haar standen. Er besaß ein markantes, männlich wirkendes Gesicht, was nicht zuletzt der dunkle Dreitagebart bewirkte. Die Stille war fast greifbar, während sich beide anstarrten.

„Verzeihung", brachte er schließlich mit einem Blick auf Tess hervor. „Ich wusste nicht, dass Sie Besuch haben."

Er wollte sich augenblicklich wieder zurückziehen.

„Das ist meine Nichte Carol", sagte Tess.

Er musterte sie wieder, nickte kurz. „Miss."

„Dein Brot liegt dort auf dem Büfett", ließ sich Tess wieder vernehmen.

Mit zwei Schritten war der Mann am Schrank, nahm einen in ein Leinentuch eingeschlagenen Brotlaib an sich und verließ mit einem gemurmelten Gruß und ohne sich noch einmal umzuschauen die Küche. Carol schaute ihm nach, wie er den Garten durchquerte und schließlich aus ihrem Blickfeld verschwand.

„Wer war das?", fragte sie, nachdem sie sich von ihrer Überraschung erholt hatte.

„Patrick", erwiderte Tess beiläufig und schenkte Kaffee nach. „Ich habe ihm das Gartenhäuschen vermietet."

„Ach!" Irgendwie war Carol enttäuscht. Sie hatte angenommen, dass sie das kleine, romantische Häuschen mit dem wild wuchernden Efeu im hinteren Teil des Grundstückes bewohnen könnte. „Ich wusste ja gar nicht, dass du vermietest."

„Das hat sich so ergeben", erwiderte Tess ausweichend. „Ich habe dir das große Zimmer oben zurechtgemacht. Ich hoffe, es gefällt dir."

„Mir ist alles recht", lenkte Carol schnell ein. Sie wusste nicht, warum sie plötzlich beunruhigt war.

2. Kapitel

Carol streckte sich und gähnte herzhaft. Die Morgensonne schien durch das Fenster und kitzelte ihre Nase. Sie hatte erstaunlich tief, fest und lange geschlafen. Jetzt räkelte sie sich unter der bunten Steppdecke und ließ ihre Augen durch das Zimmer wandern. Seltsam, dass sie das Haus viel größer in Erinnerung hatte, auch dieses Zimmer, dessen Einrichtung sich nicht wesentlich verändert hatte. Während das Erdgeschoss von Tante Tess' Haus nur aus zwei großen Räumen bestand, der großen Küche und einer offenen Wohndiele mit dem großen Kamin, unterteilte sich das Obergeschoss in vier kleinere Räume, teilweise mit schrägen Wänden. Es gab ein winziges Bad, das erst viel später eingebaut worden war, eine ebenso winzige Wäschekammer und zwei Schlafzimmer.

Eines der Zimmer benutzte Tante Tess zum Schlafen. Darin standen noch die wuchtigen Ehebetten und ein großer dunkler Kleiderschrank. Der andere Raum diente seit jeher als Gästezimmer. Bereits als Kind hatte Carol in dem dunklen Holzbett mit den Schnitzereien am Giebel geschlafen. Ein Sessel, ein zierlicher Tisch, eine Kommode und ein schmaler Kleiderschrank vervollständigten die Einrichtung. Sogar die gehäkelten Deckchen auf der Kommode waren die gleichen, nur die kuschelige Steppdecke war neu.

Carol erhob sich und lief barfuß zum Fenster. Sie öffnete es und sog tief die Morgenluft ein. War es die Strapaze der langen Reise, war es die klare Seeluft oder das Gefühl, irgendwie wieder zu Hause zu sein? Sie hatte fast zehn Stunden geschlafen und fühlte sich nun wunderbar ausgeruht.

Carols Zimmer lag vom Meer abgewandt und gab den Blick auf das Hinterland frei.

Der Hang zog sich noch ein wenig höher, an seiner Flanke hatte Tante Tess Beete mit Blumen und Gemüse angelegt. Flache Sträucher schützten sie gegen den oft rauen Meereswind. Dahinter ging der Garten in Wiese über, unterbrochen von verkrüppelten Bäumen und Büschen. Und ganz hinten befand sich das Gartenhaus, ein kleines Gebäude aus Stein mit einem Reetdach, mit raumhohen Fenstern und einer überdachten Holzterrasse. Wilder Efeu klomm an Holzspalieren empor und schenkte dem verwunschenen Häuschen einen Hauch Romantik. Als Kind hatte Carol sich vorgestellt, dass hier eine Prinzessin wohnte, die auf ihre Erlösung durch einen Prinzen wartete. Vielleicht hatten diese Kinderträume sogar ihr nachfolgendes Leben beeinflusst, als sie begann, Fantasy-Romane zu schreiben? Fast fühlte sie sich in ihre eigene Romanwelt versetzt und plötzlich wurde ihr klar, wie sehr sie eigentlich von ihrer Kindheit hier in Delanney geprägt worden war. Das hatte sie in all den Jahren verdrängt, war ihr gar nicht mehr zu Bewusstsein gekommen.

Da entdeckte sie am Gartenhaus den Mann, der am Vortag in Tante Tess' Küche gekommen war. Er hantierte auf der Veranda, hängte ein Handtuch über das Holzgeländer und blickte für einen Moment in den Himmel hinauf. Dann verschwand er wieder im Inneren. Erneut überkam Carol ein eigenartiges Gefühl. Sie konnte es nicht definieren, es ballte sich in ihrem Bauch zu einer Mischung aus unbestimmter Furcht, Neugier, Ablehnung und Anziehung zusammen.

Sie schüttelte unwillig den Kopf. Gefühlsduselei war ihr fremd und trotz aller Fantasie für ihre Romane zeichnete sie ein klarer Verstand und kühler Kopf für alle Dinge des Lebens aus. Nachdenklich starrte sie zum Gartenhaus hinüber, obwohl von dem Mann nichts mehr zu sehen war. Gestern hatte sie für einen Moment das Gefühl gehabt, dass sie diesen Mann kannte. Aber ihr logischer Verstand sagte ihr, dass das nicht möglich war. Er mochte vielleicht in ihrem Alter sein, vielleicht etwas älter, auch das war nicht einfach zu bestimmen.

Sie riss sich selbst aus ihren Gedanken und tappte ins Bad hinüber. Tante Tess hatte ihr Handtücher zurechtgelegt, der Wasserboiler an der Wand war aufgeheizt und Carol beschloss, eine Dusche zu nehmen. So erfrischt und in ein luftiges Baumwollkleid gehüllt, begab sie sich in die Küche. Das Frühstück stand auf dem Tisch, von Tante Tess war nichts zu sehen. Die Tür zum Garten stand offen.

Carol blieb in der Tür stehen und blickte hinaus. Wie aus dem Füllhorn einer Göttin ergoss sich ein Blumenmeer über alle Beete. Es wogte in allen Farben. Die Blüten mischten ihren Duft zu einer einzigartigen Symphonie.

Tess kam den Gartenweg entlang. „Hallo, ausgeschlafen?“, begrüßte sie Carol.

„Guten Morgen, Tante Tess. Ich habe geschlafen wie ein Bär.“

„Dann hast du sicher Hunger. Der Tisch ist gedeckt.“

„Und du? Hast du schon gefrühstückt?“

Tess nickte. „Ich stehe mit den Vögeln auf. Und ich frühstücke auch zeitig.“

„Hast du schon im Garten gearbeitet?", wollte Carol wissen, während sie sich an den Tisch setzte.

„Nein, ich war bei Patrick und habe ihm das Frühstück ins Gartenhaus gebracht", antwortete Tess.

„Du bedienst ihn?", wunderte sich Carol.

Tess schüttelte sacht den Kopf. „Er kommt sonst zum Essen immer in meine Küche."

„Und warum kommt er jetzt nicht mehr?"

Tess widmete ihr einen langen und nachdenklichen Blick. „Er denkt, dass er stört."

„So ein Unsinn!" Carol zog die Augenbrauen zusammen. „Hast du es ihm nicht gesagt?"

„Doch. Aber er will nicht."

Sie hob die Schultern. „Dann soll er es bleiben lassen." Doch dann stutzte sie. „Oder störe *ich* ihn?"

„Das glaube ich kaum." Tess beschäftigte sich am Herd und Carol konnte ihr Gesicht nicht sehen.

„Er ist etwas seltsam, nicht wahr? Woher kennst du ihn überhaupt?"

„Er stammt aus dem Ort."

„Und warum wohnt er bei dir?"

„Er ist Künstler und braucht Licht und Platz."

„Das Gartenhaus ist wohl kaum geeignet dafür", warf Carol ein.

„Das Gartenhaus ist gut geeignet. Er ist Maler und Bildhauer."

„Sieh an. Irgendwoher musste der Dreck doch kommen, mit dem er überpudert war." Sie konnte sich ein Lächeln nicht verkneifen. „Und du findest das gut?"

Tess wandte erstaunt den Kopf. „Warum sollte ich das nicht gut finden? Ich brauche das Gartenhaus nicht mehr."

Carol schwieg und konzentrierte sich auf das Frühstück. Es ging sie wirklich nichts an, wem die Tante ihr Gartenhaus vermietete.

„Patrick ist ein guter Junge“, nahm Tess plötzlich den Gesprächsfaden wieder auf.

Irgendwie wurde es Carol unangenehm, dass die Tante wieder von dem Mann sprach. Jetzt war sie doch da und wollte Tess Gesellschaft leisten. Und sie setzte auch voraus, dass sie für ein paar Wochen der Mittelpunkt in Tess' nicht gerade abwechslungsreichem Leben sein würde.

„Du kennst ihn. Ihr seid früher zusammen in die Schule gegangen.“

Nachdenklich zog Carol die Stirn in Falten. „Ihn? Nein, da musst du dich irren.“

„Ich irre mich nicht. Es ist Patrick O'Brian und er ist ein oder zwei Jahre älter als du.“

„Patrick O'Brian? Ich kann mich nicht an ihn erinnern.“

„Vielleicht ist er dir nur nicht aufgefallen. Er war ein stiller Junge, unauffällig.“

Carol starrte an die Wand. Patrick O'Brian – dieser Name war nicht ungewöhnlich in Irland und nicht selten in Delanney. Diese Augen! Er musste schon damals diese eigenartigen dunkelgrünen Augen gehabt haben. Schwach erinnerte sie sich an einen dünnen, dunkelhaarigen Jungen, der schüchtern war und von seinen Mitschülern immer gehänselt wurde. Sollte das dieser Patrick O'Brian gewesen sein?

Mit einem leisen Seufzer erhob sie sich. Sie fand es müßig, darüber weiter nachzudenken. „Ich möchte gern ins Dorf gehen und schauen, was sich alles verändert hat“, sagte sie zu Tess.

„Brauchst du meinen Wagen?“

Carol schüttelte den Kopf. „Nein, ich laufe gern ein Stück. Es ist so wunderbares Wetter.“

Tess lächelte. „Geh nur. Schließlich musst du dich mit allem erst wieder vertraut machen.“

Strahlender Sonnenschein tauchte das Land in leuchtende Farben. Das Gras erschien grüner, der Himmel blauer und die Wolken weißer als anderswo auf der Welt. Das Gekreisch der Seevögel drang von der Steilküste zu Carol herüber und unterbrach die Stille, die über allem lag. Das Meer lag in relativer Ruhe, sie hörte keine Brandung gegen die Felsen schlagen. Beschwingt lief sie die schmale Straße entlang, die zum Dorf führte. Doch schon bald verließ sie den Asphaltsteg und lief querfeldein, sprang über niedrige Steinmauern, die die Weiden unterteilten, und durchquerte eine friedlich grasende Schafherde. Dann stand sie am Rand der steilen Klippen, die zur Bucht abfielen. Möwen segelten geschickt auf den unsichtbaren Winden und spähten nach Fischen im klaren Wasser aus.

Zu ihrer Linken sah sie Delanney in der kleinen Bucht liegen, es gab einen winzigen Hafen mit einigen Fischerbooten an der Mole, mit den bunten Häuserzeilen entlang der schmalen Hafenstraße und dem nicht fehlen dürfenden Pub. Dieser Anblick war ihr so vertraut, als wäre sie nie fort gewesen. Mit leichten Schritten lief sie den Hang hinunter, erreichte die ersten Häuser und verlangsamte dann ihr Tempo. Gierig wie ein ausgetrockneter Schwamm sog sie das Bild in sich auf, dazu die Geräusche vom Hafen, das Schwappen der Wellen an den Bug der Schiffe, das Kreischen der Möwen, das Hupen der wenigen Autos in den engen Straßen, die Gerüche von Fisch, Teer, Salzwasser und verbranntem Torf.

Sie schlenderte an der Mole entlang, schaute den Fischern zu, wie sie ihre Netze flickten oder ihre Kähne säuberten, wandte sich dann der Häuserfront in der Waterstreet zu. Von weiß und gelb über orange, blau bis dunkelgrün leuchteten die Fassaden der Häuser. Der Anblick erinnerte sie an ein Bilderbuch ihrer Kinderzeit. Hinter den Häusern, auf dem Gipfel des Hügels erhob sich die Kirche von Delanney. Sie war sehr alt und stammte wahrscheinlich aus der Wikingerzeit. Dahinter erstreckte sich der kleine Friedhof mit einem alten und einem neuen Teil. Sie erinnerte sich, dass es unter den Kindern des Ortes als Mutprobe galt, nachts einmal quer über den alten Friedhof mit seinen moos- und flechtenbewachsenen steinernen Kreuzen zu gehen. Sie hatte die Mutprobe bestanden, auch wenn sie danach nächtelang nicht schlafen konnte.

In einem grell orange gestrichenen Häuschen mit gelben Fenstern entdeckte sie ein Café. Früher musste es einmal ein Kolonialwarenladen gewesen sein. Sie konnte sich jedenfalls nicht mehr daran erinnern, dass es hier ein Café gab. Zwei Tische standen auf dem Pflaster davor. Große Sonnenschirme dienten gleichzeitig als Schutz gegen die Schauer. Sie waren angebunden, denn die ständige Meeresbrise rüttelte daran.

Sofort eilte eine Frau mittleren Alters herbei. „Ist es nicht ein schöner Tag heute?“, fragte sie und Carol nickte zustimmend. Das Wetter war ein allgegenwärtiges Thema, ob die Sonne schien oder ein kräftiger Regen niederging. Und die Iren schienen ohnehin jedes Wetter schön zu finden. Im Augenblick war wirklich nichts daran auszusetzen.

„Bitte einen Irishcoffee."

„Kommt sofort!" Die Bedienung verschwand wieder, um das Gewünschte zu bringen. Carol schloss die Augen, hielt ihr Gesicht der Sonne entgegen und genoss die sanfte Brise auf ihrer Haut.

Der Kaffee wärmte sie, nicht nur, weil er heiß war, sondern weil das Gemisch aus starkem Kaffee, braunem Zucker, heißem Whiskey und dem Sahnehäubchen ihren Kreislauf ankurbelte.

„Verbringen Sie hier Ihren Urlaub?", fragte die Frau. Es war die sympathische Art von Neugier, die den Iren eigen war.

Carol nickte lächelnd. „Ja und nein. Denn ich stamme von hier. Ich bin die Nichte von Tess O'Sullivan."

„Ist das die Möglichkeit?" Sie schlug vor Überraschung die Hände zusammen. „Tim, komm mal raus, die Nichte von Tess ist da! Sie verbringt hier ihren Urlaub!" Timothy O'Shea kam herausgeschlurft und begrüßte und bestaunte Carol. Im Nachbarhaus öffnete sich ein Fenster und Carol war sich sicher, dass in der nächsten Stunde ganz Delanney von ihrer Ankunft unterrichtet sein würde.

Doch Carol wollte nicht im Café sitzen bleiben. Als sie den Kaffee ausgetrunken hatte, bezahlte sie und erhob sich. Von der Waterstreet zweigte eine Straße ab, die hinauf ins Hinterland führte. Auf jeden Fall führte sie an der Kirche vorbei. Ein Wegweiser mit vielen Schildern, die in Englisch und Gälisch beschriftet waren, weckte falsche Hoffnungen. Delanney war nur ein kleiner Ort, es gab ein paar Pubs, einige Läden und kleine Werkstätten, aber nur ein einziges Hotel mit acht Zimmern. Hierher verirrten sich immer noch wenige Touristen. Carol fand es gut so. Delanney hatte sich seine beschauliche Stille und den langsamen Gang der Uhren erhalten. Ein Eselskarren kam ihr entgegen, der alte Mann mit der Schiebermütze und dem struppigen, gefleckten Hund grüßte sie. Sie grüßte zurück und blickte ihnen hinterher. Es gab sie immer noch, die Eselskarren, mit denen man alles Mögliche transportieren oder auch mitfahren konnte. Die Touristen waren ganz verrückt darauf, und auch Carol war als Kind gerne mitgefahren, obwohl sie keinen weiten Heimweg von der Schule hatte.

Ihr Elternhaus lag an der Straße zur Kirche hinauf. Nach wenigen Minuten hatte sie es erreicht. Es war ein schlichtes, graues Steinhaus, unverputzt, mit leuchtend weiß gestrichenen Fensterrahmen. Sie blieb davor stehen. Jetzt wohnten hier fremde Menschen. Ihre Eltern hatten es damals verkaufen müssen, um davon für sich und ihre fünf Kinder die Überfahrt zu bezahlen. Seitdem waren achtzehn Jahre vergangen.

Sie riss sich aus ihren Gedanken und Erinnerungen, ging die Straße weiter hinauf bis zur Kirche. Die Tür stand immer offen. Sie beschloss einzutreten, bekreuzigte sich und kniete auf dem kleinen Betstuhl vor dem Altar nieder. Es war das erste Mal seit damals, dass sie es wieder tat. Auch hier war die Zeit stehen geblieben.

Mit sich selbst im Reinen, trat sie hinaus. Am Tag sah der alte Friedhof mit seinen verwitterten Grabkreuzen gar nicht so schrecklich aus und sie musste unwillkürlich lächeln.

Drohende Wolkenberge türmten sich am Horizont. Plötzlich verdunkelte sich die Sonne und ein heftiger Wind kam auf. Dann fielen schon die ersten Tropfen. Im gleichen Augenblick bereute Carol, keine Jacke mitgenommen und keinen Schirm eingepackt zu haben. Dass das Wetter so abrupt umschlug, auch das hatte sie irgendwie vergessen. Jetzt wurde sie ziemlich unsanft daran erinnert. Ein Schirm hätte ihr wahrscheinlich wenig genützt, denn der heftige Wind steigerte sich zu einem unangenehmen Sturm. Innerhalb weniger Sekunden war Carol bis auf die Haut durchnässt. Sie blickte sich um, aber Bäume waren auf der grünen Insel seit jeher selten. Ergeben senkte sie den Kopf gegen den Sturm, kniff die Augen zusammen und lief mit schnellen Schritten weiter. Sie wählte eine Abkürzung über die Weiden und gelangte über den Hügel oberhalb von Tante Tess' Grundstück. Als sie den Gipfel erklomm und vor sich das kleine Haus inmitten der Büsche und Blumenbeete sah, blieb sie stehen. Im gleichen Moment hörte der Regen auf: Die Sonne zwängte ihre gebündelten Strahlen zwischen den Wolken hindurch, schien sie mit ihrer Kraft auseinander zu drücken und sorgte für ein fast unwirkliches Licht wie am ersten Tag der Schöpfung. Auch wenn Carol das Wasser den Rücken herabrann, atmete sie tief durch. Die Luft schmeckte würzig und rein. Das Meer schimmerte in allen Blautönen. Auf dem Gras glitzerten die dicken Regentropfen wie Perlen.

Sie gewahrte eine Bewegung auf der Terrasse des Gartenhäuschens. Patrick trat vor die Tür, dann in den Garten heraus und schien ebenfalls die klare Luft zu genießen.

Da er Carol den Rücken zudrehte, komme sie ihn in Ruhe betrachten. Er sah gut aus, auch wenn er wieder dieses karierte Hemd und von der Arbeit schmutzige Jeans trug. Seine Figur war wohl proportioniert, mit langen Beinen, schmalen Hüften und breiten Schultern. Die Schultern und seine Arme waren muskulös, ohne massig zu wirken. Sein dunkles Haar stand strubbelig vom Kopf ab und der Wind verfing sich darin. Carol wurde unwillkürlich an die Federn von Raben erinnert. Mit dem Patrick O'Brian, der damals mit ihr in die Schule gegangen sein sollte, hatte dieser Mann keine Ähnlichkeit.

Patrick, kenne ich dich?

Als spürte er, dass sie ihn beobachtete, drehte er sich plötzlich um und starrte zu ihr herauf. Carol war wie versteinert. Sie hatte keine Chance, sich vor seinem Blick zu verbergen, und fühlte sich peinlich berührt, als hätte er sie bei etwas Verbotenem erwischt. Er hielt ihrem Blick stand, und Carol fühlte sich zusehends unbehaglicher.

Dabei klopfte ihr das Herz bis zum Hals. Sie überlegte, ob sie den direkten Weg zum Haus nehmen und dabei unmittelbar an ihm vorbeilaufen sollte oder lieber den Umweg seitlich über den Hang bis zur Straße. Sie konnte sich nicht entscheiden. So blieb sie, wo sie war. Auch er rührte sich nicht. Beide verbanden ihre intensiven Blicke.

Carol wurde von einem Gefühlschaos heimgesucht. Dieser Mann zog sie an und stieß sie gleichzeitig ab. Warum kam er nicht auf sie zu, sagte ihr etwas Nettes, vielleicht ein Kompliment, lächelte, reichte ihr die Hand? Er starrte sie an wie ein seltenes Tier im Zoo. Warum schwieg er? Die Iren galten doch überall in der Welt als redselig und neugierig. Patrick schien eine Ausnahme zu sein.

Warum soll ich nicht zu ihm gehen?, dachte Carol und gab sich einen Ruck, um geradewegs zum Gartenhäuschen hinunterzulaufen. Im gleichen Augenblick wandte Patrick sich ab, um ins Haus zurückzukehren.

Enttäuscht und trotzig umrundete Carol mit großen Schritten den Hügel bis zur Straße, betrat das Grundstück durch das Tor und den Vorgarten mit den üppigen Blumen und atmete erleichtert auf, als sie Tante Tess in der Küche hantieren sah.

3. Kapitel

Die Abende waren kühl. Tess hatte den Kamin in der Wohndiele angeheizt. Es roch nach Ruß und Rauch, aber die Wärme, die aus der Feueröffnung herüberwogte, war sehr angenehm. Carol hockte auf dem Sofa, in eine karierte Decke gekuschelt, vor sich eine Tasse mit dampfendem Tee.

„Hast du vergessen, wie hier das Wetter ist?“, fragte Tess belustigt. „Ich wette, du hast keine Regenjacke in deinem umfangreichen Gepäck.“

Carol schüttelte den Kopf und beobachtete Tess, wie sie an einem dicken Schafwollpullover strickte. Sie saß in einem urtümlichen Sessel und hatte die Füße auf einen Hocker hochgelegt. Carol bemerkte ihre geschwollenen Gelenke.

„Soll ich dir auch so einen Pullover stricken?“, fragte sie.

Carol rümpfte die Nase. „Danke, aber ich habe genügend Garderobe.“ Bei dem Gedanken an die kratzige Schafswolle juckte es sie bereits jetzt. „Für wen strickst du ihn?“, wollte sie wissen. Ihr fiel auf, dass der Pullover ziemlich groß wurde.

„Für Patrick.“

Carol hätte es wissen müssen. Tante Tess bemutterte ihn ja wie einen eigenen Sohn!

„Wieso kümmerst du dich so um ihn?“, wollte sie wissen. „Er ist ein erwachsener Mann.“

„Auch ein erwachsener Mann braucht jemanden, der sich um ihn kümmert."

Carol lachte auf. „Übertreibst du es damit nicht ein bisschen?"

Tess hob die Schultern. „Es macht mir nichts aus. Ich habe doch sonst niemanden."

Carol schwieg. Ein bisschen konnte sie Tess ja verstehen. Sie lebte einsam in ihrem ziemlich abgelegenen Haus. Vielleicht erledigte er ja kleinere Reparaturen oder vertrieb ihr die Langeweile. Allerdings machte Patrick nicht den Eindruck, dass er sehr unterhaltsam war. Was störte sie dann daran?

„Was für ein Künstler ist er denn?", wollte Carol wissen. „Ein berühmter?" Sie lauschte auf das Klappern der Stricknadeln, das die Stille unterbrach. Ab und zu knackte ein Holzscheit ins Kamin und stieß eine Funkengarbe in den Schornstein hinauf.

„Kein berühmter", erwiderte Tess. „Aber ein begabter."

„Hat er keine Familie mehr hier? Keine Verwandtschaft?"

Tess ließ ihre Strickarbeit in den Schoß sinken. „Seine Mutter starb vor einem Jahr. Seine Geschwister sind in alle Winde verstreut. Zum Begräbnis waren sie noch einmal alle da." Sie schwieg und starrte ins Feuer. „Er ist der Jüngste, sie hatte ihm das Haus vererbt."

„Und warum lebt er jetzt bei dir?"

„Das Haus war völlig überschuldet. Sein Vater war Fischer und kam eines Tages nicht wieder zurück. Um die Kinder zu ernähren, hatte die Witwe Hypotheken auf das Haus aufgenommen. Patrick musste es verkaufen, um einen Teil der Schulden zu tilgen."

„Wenn er einige seiner Kunstwerke verkauft, dürfte es doch kein Problem sein, die Schulden abzubezahlen“, warf Carol ein.

Tess schüttelte sacht den Kopf. „Er verkauft nichts.“

„Sind seine Werke so schlecht?“

„Im Gegenteil. Er ist unglaublich begabt. Aber er will sie nicht verkaufen.“

„Was sind das für Werke?“ Carol wurde langsam neugierig.

„Plastiken, Skulpturen, er malt auch Öl- und Aquarellbilder. Er ist ein sehr vielseitiges Talent.“

Carol schlürfte lautstark den heißen Tee. „Das verstehe ich aber nicht. Er lebt lieber mit Schulden, als sich von einigen seiner Bilder zu trennen?“

„So ist es. Er hat eben seine ganz eigene Meinung dazu.“

„Und du gibst ihm Asyl? Zahlt er wenigstens Miete für das Gartenhaus?“

Tess atmete tief durch, dann schaute sie Carol an. „Ist das wichtig? Es steht ohnehin leer.“

Verständnislos wiegte Carol den Kopf. „Na hör mal! Ich meine, es ist deine Sache, wen du in dein Haus nimmst, aber so ganz uneigennützig solltest du nicht sein.“

„Bin ich auch nicht. Allein seine Anwesenheit verschafft mir ein Gefühl des Glücks.“

Carol lachte laut auf. „Stehst du neuerdings auf junge Männer?“

Tess' Gesicht blieb ernst. „Keineswegs. Das ist nicht der Grund. Es macht mich glücklich, ihm bei seiner Arbeit zuzuschauen. Es macht mich glücklich, dass ich ihm diese Möglichkeit bieten kann.“

„Warum versuchst du dann nicht, ein paar Käufer für seine Kunstwerke zu finden? Wenn er gut ist, dürfte das doch nicht so schwer sein. Oder soll ich mal versuchen, etwas loszubekommen? Ich habe einige Beziehungen zur amerikanischen Kunstszene."

„Ich glaube nicht, dass er etwas *losbekommen* will", erwiderte Tess. „Er macht diese Kunstwerke nur für sich."

„Ist das nicht ein bisschen verrückt?" Carol lehnte sich auf dem Sofa zurück. „Und wovon lebt er dann?"

„Von Gelegenheitsarbeiten. Er braucht nicht viel zum Leben."

„So sieht er auch aus. Ein wenig – hm – heruntergekommen."

„Du kennst ihn nicht, sonst würdest du nicht so über ihn reden", tadelte Tess.

„Wenn ich angeblich mit ihm zur Schule gegangen bin, dann müsste ich ihn ja kennen", konterte Carol. „Aber ich kann mich beim besten Willen nicht an ihn erinnern."

„Mit dem stillen Jungen von damals hat er auch nicht mehr viel gemein. Ich freue mich, wie er sich entwickelt hat, obwohl er nie auf der Sonnenseite des Lebens stand. Das kannst du natürlich nicht verstehen."

Carol schwieg verstimmt. Tess hatte ins Schwarze getroffen, aber es schmerzte sie. Sie hatte sich nie viel Gedanken darüber gemacht, dass ihr Lebensweg ziemlich gerade und ohne größere Stolpersteine verlaufen war. Die Auswanderung ihrer Familie hatte zwar ihr Leben verändert, aber sie hatte nie darüber nachgedacht, wie es wohl verlaufen wäre, wäre sie in Irland geblieben. Sie hatte in New York die Schule besucht, war dann aufs College gewechselt, wurde zunächst Journalistin und begann schließlich mit dem Schreiben von Romanen. Sie kannte die richtigen Leute, die die Romane herausbrachten, sie kannte die richtigen Leute, die sie vermarkteten, und schließlich war es ihrem eigenen Talent und ihrem Fleiß zuzuschreiben, dass sie mit diesen Romanen erfolgreich wurde. Im Land der unbegrenzten Möglichkeiten konnte jeder etwas werden, wenn er nur bereit war, dafür alles zu geben. Sie dachte an die Nächte, in denen sie mit entzündeten Augen vor dem Computer saß, schrieb und schrieb und von einem Erfolg zum nächsten jagte. Ihre Eltern hatten Arbeit gefunden, um ihr die Ausbildung zu ermöglichen, und auch ihre Geschwister gingen alle ordentlichen Berufen nach. Ja, sie stand wohl immer auf der Sonnenseite des Lebens. Warum aber tat Patrick nichts, um aus dem Schatten herauszutreten? Sie empfand nicht unbedingt Sympathie für diesen eigenwilligen Mann, aber ihr Interesse war geweckt.

Am nächsten Morgen stand sie zeitig auf. Tess war bereits in der Küche und bereitete das Frühstück zu. „Was machst du denn schon zu so früher Stunde auf den Beinen?", wunderte sie sich. „Du hast Urlaub und kannst ausschlafen."

„Ich habe ausgeschlafen", erwiderte Carol. „Und mich gestern auch nicht erkältet. Dein heißer Tee mit Honig hat Wunder gewirkt."

„Das freut mich. Dann kannst du dir ja das Frühstück schmecken lassen." Carol half Tess, den Tisch zu decken. Tess stellte Rührei mit Speck, Porridge, Toast, Butter, Orangensaft und Tee auf das Tablett.

„Ist das für Patrick?", wollte Carol wissen. „Ja. Ich bringe es ihm nur rüber, dann können wir gemeinsam frühstücken." Carol ergriff das Tablett. „Darf ich?" Tess blickte erstaunt auf, dann lächelte sie. „Wenn du willst."

„Weißt du, ich finde es trotzdem eigenartig, dass er nicht mit uns gemeinsam frühstücken will. Na, vielleicht kann ich ihn überzeugen, zurückzukommen. Schließlich will ich ihn nicht von seinem angestammten Platz vertreiben. Wo Platz für zwei ist, da ist auch Platz für drei."

Tess lachte auf. „Viel Glück!"

Carol nahm das Tablett und trug es durch den Garten hinauf zum Gartenhäuschen. Die Tür stand offen, von drinnen vernahm Carol lautes Klopfen.

Zögernd näherte sie sich, dann trat sie ein.

Patrick hämmerte an einem großen Steinblock herum und hatte bereits grobe Konturen herausgeschlagen. Zunächst reagierte er nicht auf Carol. Er schien sie nicht bemerkt zu haben. Vielleicht erwartete er auch Tess und reagierte deshalb nicht.

Carol blieb still stehen. Sie hatte es sich leichter vorgestellt, war überzeugt, ihr würden die passenden Worte einfallen. Doch jetzt schien ihr alles, was ihr in den Sinn kam, unpassend und banal. So schwieg sie, während sie ihn anschaute. Ihr erster Eindruck hatte sie nicht getäuscht. Er sah gut aus, wenngleich etwas verwildert, so würde sie es bezeichnen. Sie beobachtete ihn, wie er den Felsblock bearbeitete. Er arbeitete konzentriert und präzise, trat dann einen Schritt zurück, um seine Arbeit zu begutachten.

Er drehte den Kopf – und stockte. Der Meißel fiel ihm aus der Hand und er starrte sie an.

„Hallo", sagte Carol und lächelte. „Ich bringe Ihnen das Frühstück."

Seine Augen wanderten zwischen ihr und dem Tablett hin und her.

„Danke, das war nicht nötig", murmelte er.

„Oh, Tante Tess bringt Ihnen doch sonst auch das Frühstück", warf Carol ein.

„Nein", erwiderte er nur, ohne sich zu rühren. Carol blickte sich um und entdeckte einen Tisch. Sie ging die wenigen Schritte hinüber, schob die Dinge, die darauf lagen, einfach beiseite und setzte das Tablett ab. Dann blickte sie sich um.

Das Gartenhäuschen war spartanisch eingerichtet, kein Vergleich zu den hübschen Zimmern im Obergeschoss von Tante Tess' Haus: ein Tisch, ein Stuhl, ein altersschwacher Schaukelstuhl, ein Feldbett, eine alte Kommode, ein Kühlschrank. Es gab auch zwei Regale voller Werkzeug, Tonklumpen, halb fertigen Arbeiten, auch drei Skulpturen. Daneben stand eine Staffelei, an der Wand lehnten Gemälde. Einige waren mit Tüchern verhangen, von anderen konnte Carol nur die Rückseiten erkennen. Überall lagen Tuben mit Ölfarben herum und über allem breitete sich ein dünner Schleier hellen Gesteinsstaubs aus. Es herrschte eine heillose Unordnung, Unsauberkeit und Ärmlichkeit. Sie begriff nicht, dass Tante Tess diese Zustände so kritiklos duldete.

Patrick stand noch immer an derselben Stelle. In der Rechten hielt er den schweren Hammer, der Meißel lag zu seinen Füßen. In seinem Gesicht stand ein Ausdruck, den Carol schwer deuten konnte. Als wenn sie etwas Intimes entdeckt hätte. So hätte er wahrscheinlich geschaut, wenn sie ihn nackt unter der Dusche überrascht hätte.

„Na, dann guten Appetit“, sagte Carol und blickte missbilligend auf das Chaos und den Schmutz. Und rasieren könnte er sich auch mal wieder. Irgendwie war sie froh, als sie wieder an der frischen Luft stand.

Das war er also, Tante Tess’ geliebter Künstler! Carol kehrte kopfschüttelnd in die Küche zurück.

„Den kannst du vergessen“, seufzte sie und nahm am Tisch Platz.

Tess hob verwundert die Augenbrauen. „So? Wie kommst du denn zu diesem vernichtenden Urteil?“

„Er ist unhöflich.“

„Das kann ich eigentlich nicht bestätigen.“

„Er hat sich nicht einmal bedankt, als ich ihm das Tablett brachte. Und als ich ein Gespräch anfangen wollte, hat er kaum den Mund aufgekriegt.“

„Vielleicht war er nicht darauf gefasst, dass du es ihm bringst. Du musst ihm einfach etwas mehr Zeit geben.“

„Oh ja, ich weiß. Künstler sind sensibel“, spottete Carol und biss herzhaft in eine Scheibe Soda Brown Bread. „Aber wenn er bekannt werden will, muss er schon ein bisschen zugänglicher werden.“

Tess lächelte still vor sich hin. „Er will nicht bekannt werden und du solltest ihn deswegen nicht bedrängen. Ansonsten lohnt es sich aber, seine Bekanntschaft zu suchen.“ Sie zwinkerte Carol zu.

„Wieso?“

„Gefällt er dir nicht? Er sieht gut aus.“

„Hm, vielleicht, wenn er sich mal baden und rasieren würde. Außerdem bin ich nicht zu dir gekommen, um irgendwelche Männergeschichten anzufangen. Davon habe ich vorläufig genug.“

„Und ich hatte gehofft, einmal auf deiner Hochzeit tanzen zu können." Tess seufzte theatralisch, doch dann schmunzelte sie spitzbübisch. „Aber was nicht ist, kann ja noch werden."

„Liebe Tante Tess, die gestrengen irischen Sitten habe ich in Amerika abgelegt. Wegen ein paar unartiger Hormone kann man sich doch nicht das ganze Leben ruinieren. Außerdem habe ich noch nicht den Richtigen gefunden. Und der Richtige sollte es schon sein, wenn man sich ein Leben lang an ihn kettet."

„Da gebe ich dir Recht", bestätigte Tess. „Aber ich habe den Eindruck, du willst nicht einmal den Richtigen."

„Erraten! Ich will mich erholen, ausspannen, neue Eindrücke sammeln ..."

„Und einen neuen Roman beginnen?", fiel ihr Tess ins Wort.

Carol wiegte den Kopf. „Vielleicht. Wenn ich ein passendes Thema finde."

„Ich staune sowieso, wie du es schaffst, so viele Seiten voll zu schreiben. Ich habe sie alle noch, deine Bücher. Sie stehen drüben im Wohnzimmer im Bücherregal. Manchmal kann ich gar nicht glauben, dass meine Nichte Carol so eine berühmte Frau geworden ist."

„Ich habe das alles mit viel Fleiß und Mühe erreicht. Glaub mir, es ist nicht so, dass man sich einfach hinsetzt und alles zusammenschreibt. Ich beobachte, recherchiere, mache mir Notizen, manchmal kommt mir auch der Zufall zu Hilfe. Und ich weiß, was meine Leser lesen wollen."

„Aber deine Romane sind irgendwie unwirklich. Sie spielen in einem Fantasieland, die Menschen, deine Helden, haben nichts mit der Wirklichkeit zu tun."

Carol lächelte nachsichtig. „Sollen sie auch nicht. Es sind die Träume, die die Leser haben. Träumen wir nicht alle von der idealen Welt, wo immer das Gute das Böse besiegt? Wollen wir nicht alle Helden sein, auf die eine oder andere Weise?"

„Die eine oder andere Weise", wiederholte Tess nachdenklich. „Aber Träume allein reichen nicht aus, um in der Realität zu bestehen."

„Dafür bin ich im Leben auch Realistin geblieben, Fantasie lasse ich nur in meinen Romanen sprühen. Glaub mir, es ist ein einträgliches Geschäft, das Geschäft mit den Träumen."

„Man sieht es", bestätigte Tess. Sie stellte das Geschirr zusammen.

„Warte, ich helfe dir beim Abwaschen."

„Ach, lass nur, das kann ich schon allein", wehrte Tess ab. „Du hast Urlaub und sollst dich erholen."

„Ich kann mich des Eindrucks nicht erwehren, dass du dich wie eine Glucke benimmst", meinte Carol gutmütig und legte ihren Arm um die Schultern ihrer Tante. „Du verwöhnst Patrick und nun auch noch mich."

„Das tue ich gern", wehrte Tess bescheiden ab. „Geh du nur spazieren. Du siehst blass aus, eben wie eine Großstädterin."

„Das klingt nach einem Rausschmiss", ging Carol auf ihren scherzhaften Tonfall ein.

„Das soll es auch sein. Und nimm eine Regenjacke mit."

Carol nahm eine von Tess' Jacken vom Haken, aber nach einem Blick zum Himmel hängte sie sie wieder hin. Stattdessen griff sie zu einer Strickjacke. Sie wollte einen kleinen Spaziergang entlang der Steilküste unternehmen, doch diesmal nicht in Richtung Delanney. Sie erinnerte sich, dass es in einiger Entfernung eine kleine Bucht geben musste, in die man nur über die Felsen gelangte. Als Kinder hatten sie in der Bucht heimlich Lagerfeuer gemacht und in der Glut Kartoffeln gebacken. Bis einer ihrer Klassenkameraden von den Klippen stürzte, sich das Bein brach und allen anderen unter Androhung von Hausarrest weitere Zusammenkünfte in der Bucht verboten wurden.

Sie zog die Jacke enger um die Schultern, weil eine steife Brise vom Meer wehte.

Auch wenn es nicht kühl war, fröstelte sie etwas. *Ich bin nicht einmal mehr frische Luft gewöhnt*, dachte sie ein wenig verbittert. Wie weit hatte sie sich nur von all diesen Dingen, die sie einstmals liebte, entfernt!

Die Landschaft war wellenförmig, bis sie zum Meer hin plötzlich abbrach. In den unzugänglichen Felsen nisteten Seevögel. Das üppige Gras wuchs bis unmittelbar zum Felsabbruch und Carol musste darauf achten, nicht abzurutschen. Trotzdem lief sie so dicht wie möglich an der Kante entlang und genoss das Kribbeln im Bauch beim Blick in die Tiefe. Zwar war es nur ein billiger Ersatz, aber wie lange hatte sie kein richtiges Kribbeln mehr im Bauch gespürt! Sie musste unwillkürlich lächeln. Ihr Blick schweifte über das Hinterland, dessen satte grüne Wiesen von flachen Steinmauern und Heckenstreifen in unterschiedlich große Vierecke zerteilt wurde. Hier und da weideten Kühe und Schafe. Wie kleine, helle Perlen verteilten sie sich über das Land.

Für die Ziegen gab es kein Hindernis, sie kletterten mit vorwitzigem Meckern auf den Steinmauern herum. Friedlich zwischen den Rindern grasten Pferde und zwei Esel. Was für ein idyllisches Bild!

Auf der nächsten Anhöhe entdeckte sie einen kleinen Aussichtspunkt. Er musste neu sein, denn sie konnte sich nicht an ihn erinnern. Er war aus Holz in Form eines kleinen Tempels gebaut, unter dem eine Holzbank stand. Alles war weiß gestrichen. Dahinter wuchsen windzerzauste Rhododendronbüsche. Zwischen den Zweigen der Büsche sah sie eine Gestalt sitzen. Sie trug ein kariertes Hemd. Obwohl sie nur den gebeugten Rücken sah, wusste sie, dass es Patrick war.

Für einen Moment zögerte ihr Schritt, dann stapfte sie energischer über die Wiese. Auch wenn sie sich am Morgen etwas über ihn geärgert hatte, war sie nicht nachtragend. Seine spröde, abweisende Art hatte ihre Neugier geweckt. Patrick starrte über das Meer und schien tief in Gedanken versunken. Sein Gesicht war ernst.

„Hallo", grüßte sie ihn. „Darf ich mich setzen?"

Patrick schrak auf und erhob sich sofort. „N… natürlich", stammelte er. „Ich wollte sowieso gehen."

Sie bemerkte den Schock in seiner Stimme und die Unsicherheit und wurde selbst verwirrt.

Sie standen sich gegenüber und Carol bewunderte zum wiederholten Male seine Augen. Sie leuchteten in einem Blaugrün, das die Farben des Himmels und des Meeres widerspiegelte. Und in ihrer Tiefe schienen sie ebenso aufgewühlt wie das Meer. Carol verspürte etwas Seltsames in ihrem Innern, etwas Tiefes, Bekanntes. Es machte sie einen Herzschlag lang schwindelig. Sie hatte nicht erwartet, dass so etwas geschehen konnte. Mühsam versuchte sie, die Kontrolle über sich zurückzugewinnen und lächelte verkrampft.

Sie setzte sich und fasste nach seinem Handgelenk.

„Bleiben Sie doch."

Er schlug die Augen nieder, als wäre es ihm unangenehm. „Ich muss arbeiten."

Sie hielt seine Hand fest und zog ihn zu sich herab. „Warum weichen Sie mir ständig aus?"

„Das tue ich nicht", erwiderte er heftig, doch sein Blick strafte seine Worte Lügen. Sie bemerkte, wie er nervös mit den Fingern über seine Jeans strich. Dann entzog er ihr seine andere Hand. Carol bedauerte es.

Sie lehnte sich zurück und ließ ihren Blick über das Meer schweifen.

„Es ist ein wunderschöner Platz", sagte sie. „So friedlich und ruhig und doch faszinierend." Dann schaute sie ihn von der Seite an. „Kommen Sie oft hierher?"

Erstaunlicherweise blieb er sitzen, ließ seinen Blick ebenfalls bis zum Horizont schweifen. Sein Atem ging schwer.

„Nein", sagte er dann. „Eher selten."

Carol war sonst selten um Worte verlegen, aber dieses Gespräch kam schwer in Gang. Dabei wollte sie sich gern mit Patrick unterhalten.

„Seit wann wohnen Sie bei meiner Tante?"

„Seit einigen Wochen." Er antwortete einsilbig und mit leiser Stimme.

„Sie sind Künstler?" Es war eine dumme Frage und Carol bereute sie im gleichen Augenblick.

„Hm", brummelte er und suchte angestrengt einen Punkt am Horizont.

„Tante Tess sagte, dass wir uns eigentlich kennen müssten." Carol lachte unsicher. „Wir sind in die gleiche Schule gegangen."

„Hm." Patrick deutete ein Nicken an und Carol zog die Augenbrauen zusammen.

„Ich kann mich allerdings nicht so richtig daran erinnern."

Er schwieg. Carol wurde zunehmend ärgerlich. Mit der sprichwörtlichen Herzlichkeit und Offenheit, Gesprächigkeit und der gesunden Portion Neugier der Iren hatte Patrick überhaupt nichts gemein.

„Ich kann auch wieder gehen, wenn Ihnen meine Gesellschaft unangenehm ist", sagte sie und erhob sich.

„Nein!", stieß Patrick hervor und packte nun seinerseits Carols Handgelenk. Gleichzeitig erschrak er über seine heftige Reaktion. „Es … es tut mir Leid. Ich werde gehen."

Doch er blieb sitzen und Carol setzte sich wieder neben ihn. Sie vermied, ihn zu berühren, und versuchte, ihre durcheinander geratenen Gefühle zu ordnen. Für einen Moment überkam sie ein unbeschreiblicher Drang, sich an ihn zu lehnen. Irgendetwas war ihr so vertraut an Patrick, dass sie davon überwältigt und gleichzeitig verunsichert wurde. Sie widerstand auch dem Wunsch, ihre Handfläche auf seine Brust zu legen. Dabei hätte sie so gern die Wärme seiner Haut unter seinem karierten Hemd gespürt. Eine feine, helle Staubschicht überzog seine Kleidung und auch sein Haar. Sie betrachtete es mit einem leisen Lächeln. Es war dicht und dunkel und verleitete geradezu, es mit den Fingern zärtlich zu zerzausen.

Mit einem leisen Seufzer wandte sie sich wieder ab. Sie konnte sich nicht erklären, warum die alleinige Anwesenheit des abweisenden Mannes sie so in Aufruhr versetzte. Sie schob es auf eine kleine Portion gekränkte Eitelkeit ihrerseits. Bislang hatte sie ihre Wirkung auf Männer noch nie verfehlt, sie war sich dieser bewusst und erwartete ganz selbstverständlich deren Reaktion. Sie war noch nie ausgeblieben. Wenn sie ganz ehrlich war, empfand sie Patricks Verhalten als Ablehnung. Sie konnte sich nur nicht erklären, was der Grund dafür war.

Sie presste die Lippen zusammen und sog scharf die Luft durch die Nase ein. Ihr Ehrgeiz war geweckt, ein Ehrgeiz, diese so uneinnehmbar wirkende „Bastion“ zu erobern. Sie mochte sich keine Gedanken darüber machen, was danach kam, sie wollte auch keine Gewissensbisse zulassen.

Patrick hatte sie einfach neugierig gemacht.

„Ich interessiere mich für Ihre Arbeit“, nahm sie das einseitige Gespräch wieder auf. „Ich hatte leider in der Kürze keine Gelegenheit, Ihre Werke ausführlich in Augenschein zu nehmen.“

Er hob die Schultern, als wäre es ihm gleichgültig. „Da gibt es nicht viel zu sehen.“

„Ich denke doch“, widersprach sie lächelnd. „Sie sind zu bescheiden.“

Abrupt erhob er sich. „Ich muss jetzt wirklich gehen.“

„Patrick?“

„Ja?“ Er blieb stehen und drehte sich zu ihr um. Als sie seine Augen auf sich gerichtet fühlte, entstand plötzlich eine große Leere in ihrem Kopf. Sie suchte krampfhaft nach Worten.

„Ich würde mich gern wieder mit Ihnen hier treffen. Wir könnten uns unterhalten.“

Er hob wieder unbestimmt die Schultern. „Niemand kann Ihnen verwehren, hierher zu kommen“, sagte er dann. Carol schluckte die Enttäuschung über seine Antwort herunter.

„Nein“, sagte sie schärfer als beabsichtigt. „Ich werde auf jeden Fall wiederkommen.“

Er antwortete nicht, nickte ihr nur grüßend zu und ging mit großen Schritten davon. Carol blieb mit einem unbehaglichen Gefühl im Bauch zurück.

4. Kapitel

Sie hätte es wissen müssen oder zumindest ahnen, dass sie Tag für Tag allein auf der Bank an den Klippen sitzen würde. Sie wollte Patrick die Chance geben, von sich aus auf sie zuzukommen, aber sie hatte sich verrechnet. Patrick kam nicht: Er kam weder zur Bank noch in Tante Tess' Küche. Morgen für Morgen brachte Tess ihm das Frühstück ins Gartenhäuschen. Den Rest des Tages versorgte er sich offensichtlich selbst. Manchmal fuhr er mit Tess im Wagen fort. Carol konnte nicht ergründen, wohin sie fuhren. Vielleicht kaufte er ein, vielleicht besorgte er sich Werkzeug? Oder gab es einen zweiten Anlaufpunkt in seinem Leben außer Tante Tess? Vielleicht war es sogar eine Frau? Für Carol schien es undenkbar, dass so ein gut aussehender Mann völlig allein lebte.

Sie beschloss, in die Offensive zu gehen. Nachdem sie den vierten Tag vergebens auf ihn gewartet hatte, verließ sie den Aussichtsplatz und schlenderte zurück zum Haus. Schon von weitem sah sie ihn arbeiten. Er meißelte an einem großen Gesteinsbrocken im Gartenhäuschen. Die zweiflügelige Tür stand weit geöffnet, um Licht und Luft hereinzulassen. Sie registrierte seine kraftvoll geschmeidigen Bewegungen, den festen Griff seiner linken Hand um den Meißel. Seine rechte Hand führte den Hammer mit kurzen, präzisen Schlägen. Carol erschauerte ob dieser entschlossenen Kraft.

Sie lehnte sich gegen den Türrahmen und schaute ihm eine Weile zu. Er hatte sie bemerkt, aber er hob nicht den Kopf.

„Ich habe auf Sie gewartet“, sagte sie in seine Hammerschläge hinein.

„Ich hatte keine Zeit“, erwiderte er, ohne aufzusehen.

Sie schwieg, während sie weiter mit verschränkten Armen am Türrahmen lehnte und ihm zuschaute. Dann stieß sie sich leicht ab und trat ein.

„Was wird das?“, wollte sie wissen.

„Kommen Sie nicht näher“, warnte er sie und sie blieb erschrocken stehen.

„Darf ich es nicht sehen?“

Er ließ die Arme sinken und drehte sich nun zu ihr um. Sie bemerkte seinen abweisenden Gesichtsausdruck. „Die Steinsplitter fliegen herum. Sie könnten sich verletzen.“

„Sie tragen auch keine Schutzbrille“, stellte sie fest.

„Ich weiß, wie sich der Stein verhält.“

Sie trat näher heran und blickte zu ihm auf. „Es wäre aber schade um Ihre schönen Augen.“

Für einen Moment hatte sie ihn aus der Fassung gebracht. Seine Lippen verzogen sich zu einem unsicheren Lächeln. Doch gleich darauf wurde er wieder ernst. Er schluckte und sie beobachtete fasziniert die Bewegung seines Adamsapfels. Seine Nähe machte sie atemlos. Ob er ahnte, was er für eine Wirkung auf sie hatte?

„Was wird das?“, wiederholte Carol ihre Frage.

„Eine Skulptur“, antwortete er.

„Gesprächig sind Sie wohl überhaupt nicht?“

„Ich schweige lieber.“

Carol lehnte sich nun an den grob behauenen Stein, verschränkte wieder die Arme über der Brust und schaute ihn herausfordernd an. „Wer nichts sagt, kann auch nichts Falsches sagen."

Er packte sein Werkzeug fester. „Ganz recht."

„Also befürchten Sie, etwas Falsches zu sagen?", bohrte Carol weiter.

„Nein." Er hob die Hände und einen Moment lang glaubte Carol, er würde den Meißel nach ihr werfen.

„Wollen Sie mir nicht verraten, was für eine Skulptur Sie hier machen?"

„Nein." Es klang endgültig und er trat noch einen Schritt näher.

Carol hielt es für klüger, ihn nicht weiter zu provozieren. Sie hob die Schultern und trat beiseite. „Dann eben nicht."

Er griff zu einer angefangenen Flasche Bier, setzte sie an die Lippen und nahm einen tiefen Zug. Wieder beobachtete sie das Spiel seines Adamsapfels. Seine Haut war, wie alles in diesem Raum, von einer Staubschicht überpudert. Schweißtropfen hatten kleine, rinnenförmige Muster hinterlassen. Nachlässig wischte er sich mit dem Handrücken über Stirn und Lippen. Er verschmierte dabei den Staub. Eine Haarsträhne fiel ihm in die Stirn. Der Vergleich mit den Rabenfedern drängte sich Carol wieder auf. Sie stellte ihn sich frisch gebadet und rasiert, gekleidet in einen dunkelblauen Seidenanzug vor. Mit ihm hätte sie sich sehen lassen können!

Ohne sich weiter um Carol zu kümmern, setzte Patrick seine Arbeit fort. Wie eine Melodie klang das helle, metallische Hämmern. Bei jedem Schlag rückte er den Meißel eine Winzigkeit weiter und schlug so Rillen und Furchen in den Stein. Er führte die Werkzeuge sicher und genau, obwohl Carol keine vorgezeichnete Linie auf dem Stein erkennen konnte. Woher wusste er, wohin er schlagen musste? Sie hätte ihn gern danach gefragt, aber sie unterließ es. Es würde sich schon noch eine Gelegenheit ergeben, das Gespräch wieder aufzunehmen. Wenn er merkte, dass sie sich von seiner unfreundlichen Art nicht abschrecken ließ, würde er sicher etwas zugänglicher werden.

Außerdem war er ein Mann, und es war ihr bislang immer gelungen, die Aufmerksamkeit von Männern auf die eine oder andere Weise auf sich zu ziehen.

Sie schlenderte im Zimmer umher und interessierte sich nun für die Gemälde. Sie standen allesamt mit der Vorderseite gegen die Wände gelehnt, soweit sie nicht mit Tüchern abgedeckt waren. Ein Tuch hing über einer Staffelei. Sie hob eine Ecke des Tuchs an, um darunter zu spähen.

Es polterte, als Patrick das Werkzeug fallen ließ. Mit drei großen Schritten war er bei ihr und packte ihr Handgelenk.

„Nein!", schnaubte er zornig.

„Herrje, was habe ich denn nun wieder falsch gemacht?", fragte sie, nachdem sie den Schreck schnell überwunden hatte. „Warum darf ich Ihre Bilder nicht sehen?"

Sein Griff war schmerzhaft und Carol verzog das Gesicht. Augenblicklich ließ er sie los, blieb aber stehen, um zu verhindern, dass sie wieder das Tuch anhob.

„Das geht niemanden etwas an."

Wahrscheinlich war er einer dieser introvertierten Künstler, die nur für sich selbst malten. Ja, es soll Maler gegeben haben, die nie ein Bild verkauft haben, weil sie in ihre eigenen Meisterwerke verliebt waren!

Carol hob die Augenbrauen. Wäre das nicht Stoff für einen neuen Roman? Ein verrückter Künstler, der seinen Bildern und Skulpturen in mondlosen Nächten Leben einhauchte? Der Gedanke daran faszinierte und erheiterte sie gleichermaßen. Ihr Lächeln erstarb, als sie zu Patrick aufblickte.

Das Leuchten seiner Augen durchschnitt sie wie Laserstrahlen. Er stand nahe vor ihr und sie spürte etwas wie kleine elektrische Funken auf ihrer Haut tanzen. Seine Iris hatte sich verdunkelt, sie leuchtete jetzt fast schwarz. Ihr fehlte jedoch das hungrige Glitzern, das den Männern sonst in den Augen stand, wenn sie sie betrachteten. Er schien in sie hineinzublicken, ihre Seele zu suchen. Sie erschrak darüber und wich unwillkürlich zurück.

Etwas in seinem Blick war anders, als sie erwartet hatte. Sie musste in ihm etwas ausgelöst haben. In diesem Blick gefangen, konnte Carol nicht anders reagieren. Sie war überzeugt, dass er seinen spröden Charme ganz bewusst einsetzte. Er war sich seiner männlichen Anziehungskraft sicher. Er wollte sie ködern, er wollte sie bannen und sie verunsichern. Beinahe wäre es ihm gelungen.

„Du bist schön", flüsterte er. Mit einer überaus langsamen Bewegung hob er seine Hand zu ihrem Gesicht, strich ganz sacht mit den Fingerspitzen drüber, als müsse er ihre Konturen erkunden. Sein Blick folgte seinen Fingern, er verinnerlichte ihr Profil, die Zartheit ihrer Haut, die Farbe ihres Haars.

Nach einem winzigen Moment der Verlegenheit schaute sie ihn fest an. Der Verlegenheit folgte Verärgerung. Hatte er ihr wirklich nicht mehr zu sagen als so ein klischeehaftes Kompliment? Gab es keine anderen Worte, die ausdrückten, wie sie auf ihn wirkte? Er musste diese seltsame Aura doch ebenfalls spüren, dieses Prickeln, dieses wellenförmige Beben, diese Atemlosigkeit. Dass sie schön war, konnte sie bei jedem Blick in den Spiegel feststellen. Das musste er ihr nicht sagen!

„Das weiß ich", erwiderte sie störrisch. Im gleichen Moment hätte sie sich am liebsten auf die Zunge gebissen.

Augenblicklich ließ er den Arm fallen, starrte sie mit einer Mischung aus Enttäuschung und Resignation an. Dann drehte er sich um, nahm seine Werkzeuge wieder auf und begann zu hämmern. Er würdigte Carol keines Blicks mehr.

Sie fühlte sich wie ein Idiot und gescholtenes Schulmädchen und spürte zu ihrem Entsetzen Schamröte in ihr Gesicht steigen. Wortlos verließ sie das Gartenhaus.

Der Zwischenfall verfolgte sie noch den ganzen Tag. Noch nie hatte ein Mann sie auf diese Weise behandelt. Entsprechend einsilbig gab sie sich auch am Abend, als sie mit Tante Tess vor dem Kamin saß. Es war Sommer, doch die Abende waren kühl. Tess strickte wieder an Patricks Pullover. Ab und zu warf sie ihrer Nichte einen prüfenden Blick zu.

„Du bist heute recht still", stellte sie fest. „Langweilst du dich?"

Carol nestelte an den Fransen der bunten Sofadecke herum. „Ich weiß nicht. Ich muss mich erst an die Ruhe und Beschaulichkeit des ländlichen Lebens gewöhnen. In mir steckt irgendwie noch die Hektik der Großstadt."

Tess lächelte weise. „Ja, hier kann man wieder zur Besinnung kommen."

„Glaubst du, dass das bei mir notwendig ist?", wunderte sich Carol.

„Sicher. Es schadet keinem, ein bisschen in sich zu gehen. Oder über gewisse Dinge nachzudenken."

„Worüber sollte ich denn nachdenken?"

„Oh, da gibt es vieles. Über die Dinge des Lebens, den passenden Deckel zum Topf."

Carol lachte auf. „Was sind denn das für Gedankensprünge?"

„Keine Gedankensprünge", sagte Tess hintergründig. „Du hast einen Korb bekommen, nicht wahr?"

„Wenn du Patrick meinst, dann lag es eindeutig an mir", entfuhr es Carol.

Tess hob die Augenbrauen. „So viel Selbstkritik?"

„Ich weiß nicht, wie ich mit ihm umgehen soll. Einem Gespräch weicht er aus, antwortet nur einsilbig und verschmäht sogar mein Interesse für seine Kunst. Im nächsten Augenblick starrt er mich an und sagt mir, dass ich schön sei."

„Und was ist daran nicht in Ordnung?"

„Na, hör mal", ereiferte sich Carol. „Das ist doch nur plump. Konnte er mir nicht irgendetwas Nettes sagen? Zum Beispiel, dass er sich freut, dass ich wieder nach Irland zurückgekommen bin."

„Vielleicht sagt er es noch. Es war sicher der falsche Zeitpunkt."

„Er ist mir zu kompliziert. Ich mag es nicht, wenn ich mir jedes Wort, das ich sage, vorher reiflich überlegen muss."

„Das ist nicht notwendig. Ich fände es ein schönes Kompliment, wenn man mir sagen würde, dass ich schön sei. Nur, mir sagt das keiner."

„Ich fand es nur einfallslos. Aber vielleicht habe ich auch überreagiert. Ich glaube, er wird mir nie mehr ein Kompliment machen. Es sei denn, ich werde zu Stein."

„Er liebt seine Arbeit und er ist wirklich ein großer Künstler. Außerdem ist er es nicht gewöhnt, mit Frauen von Welt wie dir umzugehen. Er passt sicher nicht auf eine Party mit Bussi-Bussi und hohlem Geschwätz. Er ist scheu und ein wenig gehemmt. Aber was er sagt, meint er ehrlich."

Carol starrte gedankenversunken in das Kaminfeuer. Ob sie wollte oder nicht, Patrick beherrschte ihre Gedanken. Sie hatte noch nie einen so zwiespältigen Menschen kennen gelernt. Er passte nicht in das Bild von Männern, das sie sich bislang gemacht hatte. Sie hatte die Männer in Kategorien unterteilt. Da gab es zwei große Gruppen: Männer, die sie interessierten, und Männer, die sie nicht interessierten.

Von denen, die sie interessierten, gab es wiederum verschiedene: die lieben, zärtlichen, verständnisvollen Männer, die sie trösteten, verwöhnten, ihr jeden Wunsch von den Augen ablasen. Diese waren meist unkompliziert, wurden schnell langweilig und manchmal wegen ihrer Anhänglichkeit auch lästig.

Dann gab es die Machos, die sich ihres Sexappeals zu sehr bewusst waren und so ziemlich jeder Frau nachstiegen, um ihr eigenes Ego zu stärken. Meist waren sie potente Liebhaber, konzentrierten sich auf den eigenen Orgasmus und wollten danach von ihrer Partnerin gelobt werden. Alles in allem aber waren sie erbärmlich, weil hinter der maskulinen Fassade nicht viel übrig blieb.

Weiter gab es die braven, häuslichen, biederen Männer, die sich tatsächlich nach Heim, Familie und Geborgenheit sehnten, heimlich aber die wildesten Sex-Fantasien auslebten. Bei denen klemmte irgendwo ein Rädchen.

Und dann gab es die ganz harten, die Cowboys des Lebens, die eine Frau mit einem wilden Pferd gleichsetzten.

Sie wollten es fangen, zureiten, ihm ihren Willen aufzwingen, doch wenn es zahm geworden war, suchten sie sich das nächste Abenteuer. Sie rochen nach Wind, Schweiß, Männerfreiheit und Kurzlebigkeit.

Neben all diesen Arten von Männern, die ihr im Leben hier und da begegnet waren, gab es auch eine Sorte Männer, für die sie noch kein lebendes Vorbild gefunden hatte: die Helden in ihren Romanen. Sie vereinten ausschließlich die positiven Eigenschaften aller Männersorten. Diese künstliche Sorte Mann war die beste und begehrenswerteste und insgeheim verglich sie jeden Mann mit diesem unerreichbaren Ideal.

Doch nun hatte sie einen Mann kennen gelernt, den sie nirgendwo einordnen konnte, weder unter die Kategorien der realen Männer und erst recht nicht unter die Kategorie Romanheld. Und doch musste sie zugeben, dass sie als Schriftstellerin keinen Mann hätte erschaffen können, der faszinierender, geheimnisvoller, unnahbarer, aber deswegen umso begehrenswerter war als Patrick. Vielleicht gerade deshalb ging er ihr nicht aus dem Kopf. Er hatte ihr Interesse geweckt, wenngleich sie es nicht so recht zugeben wollte, und auch ihren Ehrgeiz. Patrick hatte sie ohne Worte zum Kampf aufgefordert. Und sie hatte das Duell angenommen.

„Hast du schon Pläne für einen neuen Roman?“, riss Tess sie aus den Gedanken.

Carol blickte auf. „Nein, im Augenblick noch nicht. Wieso fragst du?“

„Nun, ich dachte, inzwischen hast du einige Inspirationen bekommen.“

„Inspirationen?“

„Es war nur so ein Gedanke.“ Tess schien sich wieder auf ihre Strickarbeit zu konzentrieren.

„Weißt du, Tante Tess, ich erinnere mich noch sehr genau, als ich Kind war und die Ferien bei dir verlebte, hast du mir immer Geschichten erzählt. Meist waren es keltische Sagen, deren Sinn ich schwer verstanden habe. Sie handelten von tollkühnen keltischen Kriegern, von Helden, die von Göttern abstammten und ganz unglaubliche Taten vollbrachten, von Frauen, die zaubern konnten und durch die Nebel gingen. Irgendwie habe ich dann meine eigenen Geschichten daraus gemacht. Ich glaube, du hast die Saat in mir gelegt, Schriftstellerin zu werden.“

Erstaunt schaute Tess auf. „So? Also bin ich schuld an deinem Glück?“

Carol lachte. „In gewisser Weise; ich bin dir dankbar dafür.“

„Aber selbst hast du den Helden deiner Träume noch nicht gefunden“, stellte Tess trocken fest.

„Ich habe gar nicht gesucht“, erwiderte Carol.

„Wirklich nicht? Aber du träumst davon, oder?“

Carol seufzte leise. „Wenn du Patrick meinst, dann ist er bestimmt *nicht* der Mann meiner Träume.“

Der Albtraum lastete auf ihrer Brust und nahm ihr den Atem. Sie sah sich durch einen unheimlichen Wald laufen. Es gab diese Wälder noch in Irland, mit knorrigen, alten Bäumen, überwuchert von feuchtem Moos und Efeu, von Farn und Gräsern. Sie bahnte sich mit den Händen einen Weg, Wassertropfen fielen ihr ins Gesicht. Sonnenstrahlen drangen durch die Baumkronen und ließen den Waldboden dampfen. In den aufsteigenden Nebeln glaubte sie Gestalten zu erkennen, die schwebten, um sie herum einen Reigen tanzten. Sie versuchte danach zu greifen, doch sie entwanden sich ihr, zerflossen in die Konturenlosigkeit. Dann formten sie sich zu einem Gesicht. *Sein* Gesicht! Sie sah seine waldgrünen Augen, voller Traurigkeit und Verlangen. Seine schmalen Wangen mit dem dunklen Hauch eines Bartes, seine geraden Augenbrauen und die schmale Nase. Er öffnete leicht die Lippen, als wollte er ihr etwas sagen, doch sie verstand seine Worte nicht. Verzweiflung ergriff sie. Die Sonne blendete, die Bäume wurden zu dunklen Schatten. Sie glitt auf dem feuchten Untergrund aus. Im Fallen streckte sie die Arme nach Patrick aus. Sie erreichte ihn nicht. Sein Gesicht wurde von aufsteigenden Nebeln verschleiert, wurde amorph. Das Grün seiner Augen formte sich zum Spiegel eines wunderschönen Sees, während sein Körper im Dunst zerfloss. Er verschwand wie ein Gedanke, ein Traum, eine Fantasie. Sie wollte rufen, ihn zurückhalten, aber kein Laut drang aus ihrer Kehle. Ihre Lunge presste die Luft gegen einen Widerstand, dann wachte sie schweißgebadet auf. Ihr Herz raste und sie brauchte eine Weile, um sich zu besinnen.

Es war nur ein Traum, ihr Körper aber zitterte. Sie schlug die Decke beiseite, tappte barfuß über die Dielen zum Fenster und öffnete es. Der Mond schien hell und tauchte die Landschaft in ein unwirkliches Licht. Es war so hell, dass es Schatten warf. Die steinernen Mauern, die die Schafkoppeln abgrenzten, zogen sich wie die Muster einer Patchworkdecke dunkel durch das silbergrüne Gras. Der Wind raschelte in den Rhododendronbüschen und trug den Duft der Blüten zu ihr herauf. Deutlich konnte sie Patricks Gestalt sehen. Er hockte auf der Stufe zur hölzernen Veranda des Gartenhauses. Den Kopf hielt er auf die Hände gestützt, die Arme auf den Knien. Sein Oberkörper war nackt, er trug nur Jeans.

Deutlich konnte sie die sanften Wölbungen seiner Rückenmuskeln erkennen.

Es tut mir Leid, flüsterten ihre Lippen. *Es tut mir so Leid. Patrick!* Die Worte waren stumm wie seine Worte in ihrem Traum. Sie hatte ihn nicht verstanden. Er würde sie auch nicht hören.

Plötzlich drehte er den Kopf und blickte zu ihr herüber. Im hellen Mondlicht musste er sie am Fenster stehen sehen. Und plötzlich begriff sie: Er hatte ihre Worte gehört! Er war zu weit weg, als dass sie seine Augen sehen konnte, aber sie spürte, dass sich ihre Blicke miteinander verwoben. Furcht und Gewissensbisse, ihr bisher unbekannte Empfindungen, quälten sie.

Je mehr er sich vor ihr verschloss, umso mehr begehrte sie ihn. Sie fühlte sich von ihm angezogen auf eine seltsame, fast magische Weise, die sie sich nicht erklären konnte. Und es überraschte sie. Sie wollte diese fremden Gefühle nicht zulassen. Irgendwie musste sie ihre Selbstsicherheit und ihren Selbsterhaltungstrieb wieder aktivieren.

5. Kapitel

Das helle Licht des Tages hatte alle Schatten der Nacht vertrieben. Mit dem Sonnenschein setzte auch Carols logisches Denken wieder ein. Sie musste aufhören, sich in Gedankenspielen und Träumen zu ergehen und stattdessen zielgerichtet etwas unternehmen. Und sie wusste auch schon, was.

Das Schulgebäude war ein schmuckloser, einstöckiger Bau unterhalb der Kirche mit einem gepflasterten Hof, gemauerten Torpfeilern und einem schmiedeeisernen Tor.

Carol stand vor diesem Tor und blickte an der Fassade empor. Der Besuch in ihrer eigenen Vergangenheit erfüllte sie mit einem eigenartigen Gefühl. Hier war sie zur Schule gegangen, hatte all die kleinen sowie großen Freuden und Kümmernisse eines Kindes erlebt, dessen Welt völlig andere Dimensionen besaß als die Welt der Erwachsenen.

Heute erschien ihr das Gebäude nicht so gewaltig, der Schulhof nicht so groß und ihre Probleme von damals verschwindend klein. Die Relationen hatten sich verändert. Und doch klopfte ihr jetzt das Herz ein wenig, als sie den Knopf der Messingklingel drückte.

Es dauerte eine geraume Weile, bis sich ein Fenster im oberen Stockwerk öffnete und ein Kopf mit grauem Haar sichtbar wurde. Er gehörte einer Frau. „Ja, bitte? Was wünschen Sie? Wir haben Ferien."

„Ich weiß", rief Carol hinauf. „Bitte entschuldigen Sie. Ich wollte zum Direktor der Schule."

„Direktor?“ Ihre Lippen verzogen sich zu einem kleinen Lächeln. „Es ist eine Direktorin.“

„Dann bitte zur Direktorin.“

„Und worum geht es?“

„Ich bin eine ehemalige Schülerin.“

Der graue Kopf verschwand plötzlich und das Fenster schloss sich. Einige Zeit später öffnete sich die Tür. Eine kleine, grauhaarige Frau stand vor ihr. Sie trug ein schlichtes Kleid mit einer langen Strickjacke darüber und eine Brille.

Carol schaute sie lange an. „Mrs O'Lacey?“

„Die bin ich“, erwiderte die alte Dame. „Kennen wir uns?“

„Aber sicher. Ich bin Carol Baxter. Vor achtzehn Jahren war ich Ihre Schülerin. Sicher können Sie sich nicht an mich erinnern, dafür erinnere ich mich umso besser an Sie.“ In der Tat traten die Erinnerungen plötzlich so klar hervor, als hätte Carol erst gestern die Insel verlassen. Sogar der Geruch nach gewachsten Holzstufen schien ihr wieder vertraut.

„Carol Baxter?“, überlegte Mrs O'Lacey. „Achtzehn Jahre, sagen Sie, ist das her?“

Carol nickte. „Ich bin zu Besuch bei meiner Tante Tess O'Sullivan und besuche die Stätten meiner Kindheit.“

Auch wenn sich Mrs O'Lacey nicht an Carol zu erinnern schien, streckte sie ihr herzlich die Hände entgegen. „So kommen Sie doch herein. Ich freue mich wirklich, dass Sie sich noch an Ihre Schulzeit erinnern. Die meisten wollen sie lieber vergessen.“ Sie kicherte. „Sie waren sicher eine gute Schülerin.“

„Na ja“, relativierte Carol. „Ich hatte meine Lieblingsfächer und manches, das ich nicht mochte.“ Sie ging neben Mrs O'Lacey her und blickte sich um. „Es sieht ja noch fast so aus wie früher“, stellte sie fest.

„Ja, ja, es hat sich nicht viel verändert. Für manche dringenden Reparaturen fehlt auch das Geld. Wollen Sie Ihr altes Klassenzimmer besuchen?“

„Das wäre eine gute Idee“, freute sich Carol. Sie schaute sich suchend um, dann zeigte sie auf eine Tür. „Ich glaube, dieses war es.“

Carol drückte langsam die Klinke nieder, öffnete die dunkle Holztür und trat in das Klassenzimmer. Mrs O'Lacey besaß genug Feingefühl, um Carol sich in diesem Augenblick ihren Erinnerungen hingeben zu lassen, und wartete auf dem Flur.

Carol blickte sich um. Die Einrichtung erinnerte nicht mehr an die Zeit von vor zwanzig Jahren. Die Schulbänke waren neu, der Raum war in freundlichen hellen Farben gestrichen und an den Wänden hingen andere Bilder. Auch standen die Bänke damals streng in drei Reihen. Der sprichwörtliche Kinderreichtum der Iren hatte auch gut gefüllte Schulklassen zur Folge. Irgendwo mittendrin saß Carol. Jetzt standen die Bänke an drei Seiten. Carol zählte nur zweiundzwanzig Plätze.

Sie ging zurück zu Mrs O'Lacey, die geduldig auf dem Gang wartete.

„Es hat sich doch allerhand geändert“, sagte Carol mit gedämpfter Stimme. „Es sind weniger Kinder geworden.“

Das Gesicht der alten Dame wurde ernst. „Ja, es sind viel weniger geworden. Viele Familien haben den Ort verlassen, vor allem junge Menschen suchen Arbeit und ihr Glück in den Städten. Wo leben Sie jetzt?“

„In New York.“

Die Direktorin nickte verstehend. „Aber es ist wunderbar, dass Sie Ihre Heimat nicht vergessen haben. Und Ihre Schule.“ In ihre Augen trat wieder eine Lebendigkeit, wie sie sie früher besessen hatte. „Machen Sie mir die Freude, ich lade Sie zu einem Tee ein. Dann können wir noch ein bisschen über die alten Zeiten plaudern."

„Gern." Carol folgte Mrs O'Lacey die Treppe hinauf in eine kleine Einliegerwohnung.

„Es ist ganz praktisch, gleich in der Schule zu wohnen", sagte sie, als müsse sie sich dafür entschuldigen. „Seit der alte Tim Flannagan gestorben ist, übe ich das Amt des Schuldirektors aus. Ich unterrichte auch noch, aber alles fällt mir schon ziemlich schwer. Noch ein Jahr, dann setze ich mich endgültig aufs Altenteil."

„Und wer übernimmt dann diesen Posten?", wollte Carol wissen.

„Niemand", erwiderte Mrs O'Lacey. „Die Schule wird geschlossen."

„Warum?", fragte Carol betroffen.

Mrs O'Lacey hob resigniert die Schultern. „Es lohnt sich nicht mehr."

Sie hantierte geschäftig in der kleinen Wohnküche und bereitete den Tee zu. „Das ist Cork Blending", sagte sie stolz und reichte auf einem kleinen Tablett Milch und Zucker. Dazu gab es Rosinenbrötchen. „So etwas bekommen Sie in New York bestimmt nicht."

„Nein", erwiderte Carol. Sie wollte der alten Dame ihre Freude lassen. Dass Carol in New York keinen Tee trank, lag nicht daran, dass es keinen gäbe. Einschlägige irische Händler führten alle bekannten Teesorten. Carol nahm sich einfach keine Zeit für die traditionellen irischen Teepausen jeweils vormittags und nachmittags.

Sie hätte Mrs O'Lacey einfach nach Patrick O'Brian fragen können. Vielleicht erinnerte sie sich an ihn, vielleicht auch nicht. Warum sie es nicht tat, konnte sie nicht erklären. Sie wollte es selbst herausfinden. Wenn sie nicht weiterkam, konnte sie die Direktorin immer noch fragen.

„Gibt es denn noch die alten Klassenbücher?“, wollte Carol wissen.

„Aber ja“, antwortete Mrs O’Lacey lebhaft. Sie sprang auf und eilte zu einem großen, dunklen Schrank. Zuvor suchte sie den Schlüssel in einem Fach des Schreibtischs, der gleich daneben stand.

Sie öffnete die Schranktür und holte einen Stapel Bücher hervor, denen man den häufigen Gebrauch ansah.

„Am besten setzen Sie sich hierher an den Schreibtisch“, schlug sie vor. „Da ist das Licht besser. Schauen Sie selbst, ob Sie finden, was Sie suchen.“

Carol hatte nichts davon gesagt, dass sie etwas Bestimmtes suchte, aber sie widersprach auch nicht. Mit einem dankenden Lächeln ließ sie sich am Schreibtisch nieder. Auf dem Deckel war das Jahr vermerkt. Sie suchte sich ihren Jahrgang heraus und blätterte in dem alten Klassenbuch mit den vergilbten Seiten. Mit dem Finger fuhr sie die Liste der Namen entlang. Sie erinnerte sich plötzlich wieder an all die Namen: Anne Plunkett, Mary O’Connell, Oliver Summers, Thomas Rothman, Henry Doyle, Amanda Bishop, Linda O’Donovan. Da war auch ihr Name: Carol Baxter. Und hier – ihr Atem stockte – gab es tatsächlich einen Patrick O’Brian. War es Zufall oder war er es tatsächlich?

„Bitte“, wandte sie sich an die Direktorin, „haben Sie auch Fotos von den Klassen?“

„Ein paar schon.“ Sie überlegte, dann kramte sie einige Mappen aus dem obersten Fach des Schrankes hervor. „Welcher Jahrgang?“ Sie warf einen Blick auf das Klassenbuch.

„Hier, das könnte es sein.“ Sie schob Carol eine verstaubte Mappe zu.

Mit zitternden Fingern blätterte sie das Album auf und eine Reise in die eigene Vergangenheit begann. Sie erkannte einige ihrer Mitschülerinnen wieder. Sie verglich die Namen unter den bräunlich verfärbten Fotos mit den Gesichtern und ihren Erinnerungen. Ja, plötzlich konnte sie sich an viele erinnern, auch an manche erlebten Episoden. Sie suchte nach einem Gesicht, das auf Patrick O'Brian passen könnte. Zuletzt blieb nur ein schmaler, blasser Junge übrig, der eingezwängt zwischen seinen Klassenkameraden stand. Er war kleiner als die anderen und sehr dünn, wirkte fast zerbrechlich. Er hatte dunkles Haar und eine unkleidsame Brille auf der Nase. Das Jackett, das er trug, war mindestens zwei Nummern zu groß und hing wie ein Sack an seinem mageren Körper. Er besaß keine Ähnlichkeiten mit dem Mann, der bei Tante Tess wohnte. Und doch musste es sich um Patrick handeln. Carol konnte sich nicht an ihn erinnern. Zu dieser Zeit war sie in den großen, blonden Arne Magnussen verliebt, den Sohn einer schwedischen Fischerfamilie, der bereits zwei Mal sitzen geblieben und auf Grund seiner fortgeschrittenen körperlichen Entwicklung der Schwarm aller Mädchen war.

Und plötzlich fand sie es idiotisch, in alten Klassenbüchern und vergilbten Fotos zu wühlen. Was suchte sie eigentlich? Ihre eigene Vergangenheit? Und was war mit Patrick? Selbst wenn sie tatsächlich damals eine Klasse besucht hatten, so lag das achtzehn Jahre zurück. Die meisten der Mitschüler auf diesem Foto waren sicher in alle Winde verweht. Wer blieb schon in so einem Kaff wie Delanney? Hier gab es kaum Arbeit, hier gab es keine Zukunft. Wahrscheinlich hatten noch einige Familien aus dem Ort die weite Reise übers Meer gewagt, um am anderen Ufer des Ozeans ein neues Leben zu beginnen.

Sie hätte trotzdem Mrs O'Lacey nach Patrick fragen können, aber plötzlich hatte sie es satt, dass Patrick ihre Gedanken beherrschte. Sie war nach Irland zurückgekehrt, um sich von den Anstrengungen ihrer Arbeit zu erholen, und nicht, um sich neuem Stress auszusetzen.

So bedankte sie sich bei Mrs O'Lacey für den Tee und ihre Bemühungen, wechselte noch ein paar belanglose Worte mit ihr und verabschiedete sich dann.

Carol ging zum Hafen hinunter und betrat ein Geschäft für Bekleidung. Der Laden war leer und die Verkäuferin, die auf einem Stuhl saß und Zeitung las, blickte etwas verwundert auf. Aber die Unterbrechung schien ihr angenehm zu sein, denn mit einem freundlichen Lächeln erhob sie sich.

„Schöner Tag heute, nicht wahr?", begrüßte sie Carol, die sich etwas verstohlen im Geschäft umsah. Das, was hier an den Stangen hing, war so weit aus der Mode, dass es fast schon wieder modern war. Und es gab zeitlose Kleidung wie Aran Sweaters und handgewebte Tweedstoffe.

Draußen verdunkelte sich der Himmel und ein Schauer ging über der Küste nieder.

„Oh ja, ein schöner Tag", erwiderte Carol. Sie beschloss, sich noch etwas im Laden umzusehen, bevor sie ihren Wunsch äußerte. Vielleicht hatte sich bis dahin der Regenschauer verzogen.

„Sie sind Touristin?" Es war mehr eine Feststellung der Verkäuferin. „Sie kommen aus den Staaten, nicht wahr?"

„Sieht man mir das an?", staunte Carol.

„Aber sicher!“ Die Verkäuferin umkreiste Carol und bewunderte zum wiederholten Male ihr lachsfarbenes Kostüm. Es war denkbar ungeeignet für das irische Wetter. „Ich erkenne es an der Kleidung“, plauderte sie weiter. „Und an Ihrem Dialekt.“

„Meinem Dialekt?“

„Mittlerweile bekomme ich darin Übung“, versicherte sie Carol. „Vor fünf Jahren war noch nicht viel los mit den Touristen. Aber langsam kommen sie: Briten, Schweden, Amerikaner, Dänen. Vorigen Sommer besuchte uns sogar eine Gruppe Japaner. Die haben alles fotografiert, sogar die Auslagen im Schaufenster. Und immer haben sie sich abwechselnd davor gestellt. Das war vielleicht lustig.“

Draußen schien bereits wieder die Sonne und die Regentropfen perlten vom Schaufensterglas herab.

„Tja, eigentlich bin ich keiner von diesen Touristen“, sagte Carol langsam. Ihre Hand strich über einen dunkelgrün karierten Tweedstoff. „Aber ich habe offensichtlich vergessen, wie es hier ist. Ich brauche eine Regenjacke.“

„Aber das ist doch überhaupt kein Problem.“ Die Verkäuferin zog sie zu einem Ständer, an dem Regenjacken in allen Größen und Farben hingen. Eine dunkelblaue Jacke besaß am Kragen und den Ärmeln grün karierte Stoffaufschläge. Mit dem gleichen Muster gab es handgewebte Tweedschals.

Carol probierte einige Jacken an, bis sie eine passende gefunden hatte. „Und den Schal nehme ich dazu“, sagte sie.

Die Verkäuferin schien sehr zufrieden mit dem Geschäft und überhäufte Carol mit Fragen. „Und Sie stammen tatsächlich aus Irland? Doch nicht etwa hier aus der Nähe? Ist es nicht toll, wieder zu Hause zu sein?“

Carol nickte als Antwort auf alle Fragen, bezahlte und ließ sich mit einem Blick aus dem Schaufenster alles in einen Beutel packen.

War es wirklich so toll, wieder zu Hause zu sein? Zuhause! Dieses Wort hatte sich in ihr Gehirn eingebrannt. Aber was bedeutete es?

Der Blick über den Hafen war ihr so vertraut, als hätte es die Zeit dazwischen nicht gegeben. Sie fand sich problemlos im Ort zurecht, nur manche Geschäfte waren jetzt anders. In ihren Augen schien sich nichts verändert zu haben. Als würde ein Schleusentor geöffnet, so löste die fast unverändert gebliebene Gegend in ihr eine Flut von Erinnerungen aus. Und bei jeder Einzelheit, die sie wieder erkannte, zog sich in ihrem Inneren schmerzhaft etwas zusammen.

Wie damals lagen die Fangkörbe am Kai, mit denen die Fischer Hummerkrabben aus dem Meer holten. Gleich gegenüber befand sich das Fischgeschäft, in dem es stets fangfrischen Lachs gab, und keine zwanzig Schritte weiter lag der Pub. Die Tür war geöffnet, irische Musik dudelte aus dem Radio und sie hörte das Lachen der Männer, die sich am Tresen versammelt hatten.

Carol beschloss, für das Abendessen einen halben Lachs zu kaufen. Tess würde ihn zubereiten müssen, weil sie selbst vom Kochen keine blasse Ahnung hatte. Und sie hätte nicht einmal etwas dagegen, wenn Patrick zum Essen käme. Carol seufzte. Somit hatte sich der Kreis ihrer Gedanken wieder geschlossen.

Sie durchquerte die Straße der Erinnerungen, während sie den Weg zurücklief. Da waren die uralten Rhododendronbüsche mit ihren glänzenden Blättern. Sie wuchsen hier nicht sehr hoch, weil der stete Wind vom Meer sie beugte. Da war die verkrüppelte, windschiefe Kiefer und unten im Tal, im Windschatten der Küste, lagen die üppigen Gärten der wenigen villenartigen Häuser. Weiter oben säumten Ginster und Weißdorn die Straße. Dann trat sie aus dem Schutz des Grüns und wurde heftig vom Wind zerzaust. Die nächste dunkle Wolke schob sich unerbittlich übers Meer heran. Carol beschleunigte ihren Schritt.

Hinter der Kurve konnte sie bis zu Tante Tess' Grundstück blicken. Ein Lastwagen stand davor. Und sie sah Tante Tess und Patrick, die mit dem Fahrer sprachen. Dann stieg der Fahrer ein, wendete, indem er tiefe Furchen in das Gras zog, und fuhr knapp an Carol vorbei dem Ort zu. Carol musste zur Seite springen und drohte ihm erbost hinterher.

Tess wartete auf Carol, während Patrick zum Gartenhaus ging.

„Ist etwas passiert?", wollte Carol wissen.

„Nein, wieso?"

„Dieser Lastwagen, der fuhr ja wie ein Verrückter."

Tess lachte. „Er ist froh, seine Last los zu sein. Patrick hat neue Arbeit bekommen." Sie deutete mit dem Kopf zum Gartenhaus.

Carol reckte den Hals, doch sie konnte nichts erkennen. Die Fuchsienbüsche versperrten ihr den Blick.

„Was ist es?" Carol wurde neugierig.

Tess lächelte geheimnisvoll. „Schau doch selbst nach."

Carol zog die Nase kraus.

„Ich habe den Eindruck, dass Patrick es gar nicht gern sieht, wenn ich in sein Heiligtum eindringe."

„So?", wunderte sich Tess. „Dann hatte ich bislang wohl einen falschen Eindruck. Mir zeigt er alle seine Arbeiten und fragt mich nach meinem Urteil."

Carol verspürte einen leichten Stich der Eifersucht in der Magengegend. „Da besitzt du wohl ein besonderes Privileg“, erwiderte sie säuerlich. „Oder er fühlt sich dir verpflichtet, weil du ihn bei dir wohnen lässt.“

Tess lachte belustigt auf. „Das glaube ich keineswegs. Er ist ein großartiger Künstler, aber er ist wie eine Blume, die im Verborgenen blüht. Man muss ihre Schönheit nur erkennen.“

„Ich habe mich auch für seine Arbeit interessiert und eine Abfuhr erhalten. Er wollte mir nicht einmal seine Bilder zeigen.“

„Vielleicht befürchtete er nur, dass du seine Kunst nicht verstehst.“

„Ist er wirklich von sich so überzeugt und eingenommen?“

Tess warf ihr einen langen, prüfenden Blick zu. „Im Gegenteil. Offensichtlich hast du ein völlig falsches Bild von ihm. Eigentlich verwunderlich bei deinem … Beruf.“

Carols Gesicht verdüsterte sich. „Wie meinst du das?“

„Ich hatte von dir eine bessere Menschenkenntnis erwartet. Schließlich beschreibst du ja Charaktere in deinen Romanen.“

Mit einer ungeduldigen Kopfbewegung warf Carol ihr Haar über die Schultern. „Meine Romanfiguren haben mit dem wirklichen Leben nichts gemein. Es sind Idealgestalten, Helden, gute oder böse Menschen, wie man sie sich erträumt.“

Sie lächelte. „Es sind meine Geschöpfe, perfekte, ideale Geschöpfe. Man kann ihnen nacheifern, aber man wird sie nie erreichen.“

„Welchen Sinn haben dann deine Romane?“, wollte Tess wissen.

Auf diese Frage verschlug es Carol fast die Sprache. „Also hast du mich überhaupt nicht verstanden“, stellte sie kopfschüttelnd fest.

„Doch“, widersprach Tess. „Ich habe dich nur zu gut verstanden.“

Carol drückte Tess den Beutel mit dem Fisch in die Hand. „Fürs Abendessen“, sagte sie.

Tess hob die Augenbrauen. „Lachs?“

„Wie wäre es mit Dillsoße und Kartoffeln?“

„Ein Festtagsmenü.“ Tess packte den Fisch auf den Küchentisch. Draußen wurde es von einer Minute zur anderen dunkel, dann peitschte der Regen waagerecht gegen die Scheiben. „Da hast du aber Glück, dass du noch rechtzeitig hergekommen bist“, stellte sie fest.

Mit einem verschmitzten Lächeln zog Carol die Regenjacke aus dem Beutel. „Ich gelobe Besserung.“

„Ich sehe, du bist lernfähig.“ Tess nahm eine Pfanne aus dem Schrank und pinselte sie mit Öl aus.

„Kann ich dir etwas helfen?“, fragte Carol mehr aus Höflichkeit.

„Gott bewahre, ins Kochen lasse ich mir nicht hineinreden.“

„Danke, ich hatte auch etwas anderes vor.“ Carol zog die Regenjacke über.

„Wo willst du denn hin?“, fragte Tess entgeistert. Draußen regnete es noch immer, doch der heftige Wind hatte nachgelassen.

„Ich sagte doch, ich gelobe Besserung. Hast du etwas dagegen, wenn ich Patrick zum Essen einlade?“

„Der Lachs reicht für eine halbe Kompanie. Er wird sich freuen, er mag Fisch.“

„Ich gehe zu ihm hinüber und sage es ihm selbst.“

Tess blickte Carol nachdenklich hinterher, die geduckt durch den Garten huschte, die Kapuze der Regenjacke hochgeschlagen. Dann widmete sie sich der Lachszubereitung.

Patrick schien nicht mehr zornig zu sein. Carol hoffte, dass er den kleinen, unerquicklichen Zwischenfall inzwischen vergessen hatte. Sie wollte ihm entgegenkommen, freundlich und offen sein. So würde sie ihn aus der Reserve locken. Und sie würde ihre Worte in Zukunft besser wählen.

Neben der grob behauenen Skulptur, an der Patrick bisher gearbeitet hatte, lag ein weiterer unförmiger Steinblock, mannshoch und von rötlicher Farbe. Es war Sandstein aus den Macgillycuddy's Reeks. Patrick ging um den Klotz herum, betrachtete ihn eingehend von allen Seiten und Carol fragte sich, was es daran so Interessantes zu sehen gab. Dann hob er schließlich den Kopf und schaute zu Carol, die an der Tür stehen geblieben war.

„Neue Arbeit?“, fragte sie.

„Hm“, brummte er.

„Was soll es werden?“

„Weiß ich noch nicht.“

„Ist das ein Auftrag?“

„Nein.“

„Wovon leben Sie dann?“

Sein Blick wurde unfreundlich und scharf. „Was wollen Sie?“

Sie wusste, dass sie wieder den falschen Ton getroffen hatte. Sie ärgerte sich darüber und versuchte, den Schaden zu mildern. Mit einem um Verzeihung bittenden Lächeln trat sie näher.

„Entschuldigung, Patrick, ich wollte Ihnen nicht zu nahe treten. Wirklich, ich sehe diese Art von Kunst zum ersten Mal. Ich meine, ich habe noch nie einen Bildhauer gekannt und ihm noch nie bei seiner Arbeit zugesehen. Es ist neu für mich. Bitte erklären Sie mir, was ich nicht verstehe."

„Da gibt es nichts zu erklären", erwiderte er unwirsch. „Weil es nichts zu verstehen gibt."

Carol kämpfte mit sich, um sich nicht wieder im Tonfall oder in den Worten zu vergreifen. „Ist es so schlimm, wenn sich ein Mensch für einen anderen Menschen interessiert?"

Sein abweisender Gesichtsausdruck milderte sich etwas. „Solange er ihm nicht auf die Zehen tritt."

„Tue ich das?", wollte sie wissen.

Er atmete tief durch, stopfte sein Hemd in den Bund seiner Jeans und wandte sich ihr gänzlich zu. „Wie ein Elefant im Porzellanladen."

Carol klappte der Unterkiefer herab und sie starrte ihn entgeistert an. „Danke für das Kompliment", murmelte sie.

„Hören Sie, Miss ..."

„Ich heiße Carol."

„Ich weiß, wie Sie heißen. Also ..."

„Warum nennen Sie mich dann nicht bei meinem Namen?"

Er atmete wieder tief durch, als verlöre er langsam die Geduld. „Okay, Carol, ich ..."

„Das klingt schon besser. Eigentlich könnten wir alle Förmlichkeiten beiseite lassen."

„Und aus welchem Grund?"

Sie trat noch einen Schritt näher an ihn heran. „Ich war heute in der Schule von Delanney."

Wie eine Feder schnellte er herum und starrte angestrengt in die Zimmerecke. Mit so einer heftigen Reaktion hatte Carol nicht gerechnet. Sie fühlte ein wenig Mitleid mit ihm aufkommen, ohne dass sie den Grund wusste. Sie trat an ihn heran und legte besänftigend ihre Hand auf seinen Arm.

Sie spürte, wie er sich bei ihrer Berührung versteifte.

„Patrick, wir sind zusammen in die Schule gegangen."

„Na und?", zischte er.

„Wir sind uns nicht fremd. Ich habe vom ersten Augenblick an gespürt, dass wir uns kennen."

„Es hat nichts zu bedeuten. Dazwischen liegen achtzehn Jahre."

„Jetzt bin ich wieder da, Patrick. Ich bin zurückgekehrt."

„Doch sicher nicht für immer", stellte er sarkastisch fest.

„Nein, nur für einige Wochen. Aber es ist der Ort meiner Geburt, der Ort meiner Kindheit, der Ort, wo meine Wurzeln liegen."

„Achtzehn Jahre, in denen die Zeit weitergegangen ist." Sie hörte Verbitterung in seinem Tonfall.

„Wir sind erwachsen geworden in diesen achtzehn Jahren, haben uns entwickelt. Damals waren wir Kinder, unbeschwert und unschuldig. Zwar hatte ich manchmal geglaubt, meine Probleme würden mich schier erdrücken, aber Tante Tess wusste immer einen guten Rat. Über jeden Liebeskummer hat sie mich hinweggetröstet." Carol lachte. „Es waren Kindereien, Nichtigkeiten, die wir nur zu ernst genommen haben. Jetzt sehne ich mich manchmal nach dieser unbeschwerten Zeit zurück. Sie war nichts im Vergleich zu dem, was danach kam."

„Eines Tages warst du verschwunden.“ Er vermied es immer noch, sie anzuschauen.

„Ja, als meine Eltern beschlossen, nach Amerika auszuwandern. Sie haben mir bis zuletzt nichts gesagt, um mich nicht zu beunruhigen.“ Sie zögerte. „Trotzdem … es war ein harter Bruch.“

Interessiert betrachtete er den Sandstein. „Hattest du keine Sehnsucht nach Irland?“, fragte er beiläufig und sprach dabei gegen den Stein. Sie schüttelte nachdenklich den Kopf. „Ich kann mich nicht mehr so genau daran erinnern. All das Neue, was auf mich einströmte, hat mir über den Trennungsschmerz geholfen. Und ganz ist der Kontakt ja nie abgebrochen.“

Patrick schnaufte durch die Nase. „Ein richtiger Ire wird in Irland geboren, um irgendwann auszuwandern. Und das ist wohl auch vernünftig.“

„Nein“, widersprach Carol weich. „Dann wäre die Insel bald leer.“

„Manche bleiben ja auch da, solche wie ich.“ Es klang hart und zynisch.

Sie ließ sich nicht verunsichern. „Und manche kehren zurück, solche wie ich.“

Er wandte ihr sein Gesicht zu und sie begegnete seinem skeptischen Blick mit einem Lächeln.

„Ich habe Lachs mitgebracht. Tante Tess bereitet ihn zu, mit Dillsoße und Kartoffeln. Ich lade dich dazu ein. Komm zum Dinner herüber.“

„Ich habe keinen Hunger.“

„Patrick, ich weiß, dass du ein Ire bist. Du musst es mir nicht beweisen, indem du mir deinen sturen Schädel zeigst. Ich höre deinen Magen bis hierher knurren.“

„Tess kann mir ja etwas rüberbringen. Ich muss mit meiner Arbeit beginnen.“ Er wandte sich von ihr ab und wieder seinem Steinbrocken zu.

Carol seufzte. Das war ihr noch nie passiert, dass ein Mann einen Stein ihr vorzog.

6. Kapitel

Patrick versuchte sich auf den Stein vor ihm zu konzentrieren, aber es wollte ihm nicht gelingen. Die versteckten Konturen, die er in jedem Felsen, in jedem Stein erkannte, verschwammen plötzlich vor seinem Auge.

Seine Gedanken drifteten ab wie ein Boot, dessen Strick sich vom Poller am Kai gelöst hatte. Die unbestimmten Linien in seinem Kopf nahmen Gestalt an.

Er hatte ihr Haar gefühlt. Es war voll und schwer und trotzdem seidig. Er fragte sich, wie es wohl duftete. Was für ein Gefühl musste es sein, wenn seine Hand die Wölbung ihres Rückens erkundete, in die Mulde ihres Kreuzes eintauchte, die sanften Rundungen ihres Pos erklomm? Wie mochte sich ihre Haut anfühlen, ihre Lippen, die Hügel ihrer Brüste?

Sein Instinkt kämpfte mit der Vernunft. Er streckte sich wie ein Kind nach den Sternen, ohne sie jemals erreichen zu können. Aber er konnte sie bewundern, bestaunen, von ihnen träumen. Das konnte ihm keiner nehmen.

Er blickte sich in der Hütte um. Sie war so unsagbar ärmlich, so voller Unordnung und Schmutz. Bislang hatte er das nicht so empfunden, jetzt wurde es ihm überdeutlich bewusst. Seine Welt war nicht ihre Welt und an ihrem Gesichtsausdruck hatte er gesehen, wie sie dies alles hier verabscheute. Wie sollte sie auch wissen, wie sollte sie begreifen, warum er so lebte? Wie sollte sie verstehen, was er in seinen Bildern und Skulpturen ausdrückte?

Er würde für sie ein Fremder bleiben. Und das war gut so.

Sie wühlte in seiner Vergangenheit herum. In ihm schrillten Alarmglocken. Was suchte sie? Ahnte sie etwas? Wusste sie es gar? Allein der Gedanke bereitete ihm Übelkeit.

Er fühlte sich von Carol unglaublich angezogen, doch gleichzeitig wäre er am liebsten vor ihr bis in den entferntesten Winkel der Welt davongelaufen. Trotzig schob er die Unterlippe vor und biss die Zähne zusammen. Der Kampf würde ihn Kraft kosten und es war nicht abzusehen, wie er ausgehen würde. Die archaische Triebkraft brodelte an die Oberfläche, ohne dass er etwas dagegen tun konnte. Seit Anbeginn der Menschheit waren es immer die gleichen Fragen, die sich wohl nie ändern würden. Er versuchte diese Triebkraft zu unterdrücken, sie niederzukämpfen.

Er ging zum Kühlschrank, nahm eine Flasche Bier heraus, öffnete sie mit einer ungeduldigen Handbewegung und nahm einen tiefen Zug daraus. Die Kühle in seinem Magen verwandelte sich fast augenblicklich in ein heißes Prickeln. Ob es so war, wenn er seinen Bauch gegen ihren presste? Wenn er seine Lippen über ihren Körper gleiten ließ, wenn seine Zunge das Salz ihrer Haut schmeckte?

Er begann den Alkohol zu spüren. Er hatte nicht mitgezählt, wie viel Flaschen er schon getrunken hatte, seit sie gegangen war. Er trank zu viel, das wusste er, doch es war ihm egal. Wen kümmerte es schon, ob er betrunken war? Wen kümmerte es, ob er sich schlecht fühlte? Es interessierte ihn ja selbst nicht mehr. Irgendwann hatte er diesen

Schalter umgelegt, das Bewusstsein dafür stillgelegt. Es lebte sich besser so, wenn man darüber nicht nachdenken, sich nicht verantwortlich fühlen und niemandem Rechenschaft ablegen musste.

Wütend warf er sein Werkzeug auf den Boden. Sie war gekommen, eingedrungen in seine Welt, hatte von ihr, von ihm Besitz ergriffen. Er hasste so etwas. Er hatte doch die Mauern um sich nicht umsonst errichtet. Er wollte nicht, dass andere Menschen hinter diese Mauern blickten. Seine Mutter hatte es getan und auch Tess. Er hatte es zugelassen, weil er wusste, dass sie ihn verstehen würden. Sie hatten ihn nicht von sich gestoßen oder wie ein seltenes Tier betrachtet. Aber sie hatten ihm auch nicht helfen können.

Seine Mutter war tot. Als seine Geschwister ihm auf dem Friedhof die Hand drückten, da stand Mitleid in ihren Augen und Hilflosigkeit. Und eine gewisse Erleichterung, sich davonstehlen zu können. Sie hatten ihre Familien, ihre Arbeit, ihr eigenes Leben. Zu diesem Leben gehörte Patrick nicht. Er würde niemals dazugehören, weil er niemals würde so leben können wie sie.

Vielleicht hatte es Tess gespürt, als sie ihm die Hand drückte, um ihm ihr Beileid mitzuteilen. Und im gleichen Moment hatte sie ihm angeboten, dass er in ihrem Gartenhaus wohnen könne, so lange er wolle. Er hatte ihr nicht geantwortet, aber Tess schien gewusst zu haben, wie seine Entscheidung ausfallen würde. Viele Möglichkeiten gab es nicht.

Als das Grab geschlossen, seine Geschwister gegangen und das Haus verkauft waren, stand er vor ihrer Tür. Sie hatte ihn in die Arme genommen und er hatte geweint wie ein kleines Kind. Dann hatte er die Tränen weggewischt,

Hammer und Meißel genommen und einen großen, harten Stein bearbeitet. Aus einem amorphen Klumpen formte er ein Keltenkreuz, verziert mit den komplizierten Mustern und Spiralen einer längst untergegangenen Kultur. Und plötzlich fühlte er sich wieder frei. Er hatte etwas gefunden, um seine geschundene Seele atmen zu lassen. In Stein gemeißelt, aus Ton geformt, auf Leinwand gemalt drückte er aus, was ihm anders nicht gelang. Er wollte sich niemandem mitteilen, es war seine ureigene Kunst. Er wollte nicht verstanden werden. Er wollte nur fühlen, dass er selbst aus dem Käfig ausbrechen konnte, in den er gesperrt worden war. Und nun war sie in diesen Käfig eingedrungen! Ihm konnte nichts Schlimmeres passieren.

Sie war schön, das hatte er auf den ersten Blick gesehen. Er besaß einen Blick für Schönheit, Harmonie und Ästhetik. Sie war noch viel schöner als damals. Damals hegte er eine stille Bewunderung für sie, heimlich und unentdeckt. Jede Linie, jeder Ausdruck ihres Gesichts, jedes Farbspiel auf ihrem Haar registrierte er. Sie hatte keine Ahnung, welchen Platz sie in seinem Denken und Fühlen einnahm. Es hatte schrecklich geschmerzt. Und dann, als die Zeit der großen Dunkelheit über ihn kam, erschien sie ihm in seinen wirren Träumen.

Eines Tages war sie verschwunden, wie in den Nebeln des Feenlandes. Nur Auserwählte, so erzählten die Alten, wären in der Lage, diese Nebel zu teilen und auf die andere Seite zu gelangen. Doch er hatte weder zu ihr gelangen noch sie zurückholen können. Sie war und blieb verschwunden.

Und nun war sie wieder da! Warum hatten die Nebel sich geteilt und sie wieder Mensch werden lassen? Sie war schöner geworden, erwachsen, eine Frau! Er begriff, dass auch er erwachsen geworden war. Und ein Mann! Er verfluchte dieses Schicksal, das ihn einer derartigen Prüfung unterzog.

Die Bierflasche war leer. Langsam erhob er sich und ging hinaus. Draußen hatte sich die Nacht über der Küste ausgebreitet. Im Westen glomm noch ein Licht am Himmel wie von sterbendem Feuer. Er ging um die Hütte herum, teilte die dichten Hecken mit den Armen und spürte den Schmerz nicht, als sie seine Haut zerkratzten. Vor dem steinernen Kreuz blieb er stehen. Es war so dunkel, dass er es nicht sehen konnte, aber es war auch nicht notwendig. Mit den Händen fühlte er das Relief der Spiralen und Mäander. In der Mitte des Rades befand sich die Triskele aus drei miteinander verknüpften „S“. Auch wenn die Symbolik aus grauer Vorzeit stammte, so verfehlte sie nicht ihre Wirkung.

„Sie wird mir drei Mal begegnen“, flüsterte er und lehnte seine Stirn an den harten Stein. Dann ballte er seine Hände zu Fäusten und schlug verzweifelt dagegen. Der Stein war hart und stand unerschütterlich, so als müsse er ihm verdeutlichen, dass er sich gegen sein Schicksal nicht auflehnen konnte.

Er wandte den Kopf und blickte hinüber zum großen Haus. Von hier aus konnte er zu ihrem Fenster blicken. Dahinter befand sie sich, lag wahrscheinlich im Bett und schlief. Er stellte sich ihre Gesichtszüge im Schlaf vor, entspannt, mit einem rosigen Hauch auf den Wangen und einem entrückten Lächeln auf den Lippen. Er stellte sich vor, wie er ihr vorsichtig die Decke vom Körper zog, diesen schönen, biegsamen, gelösten Körper, der ihn in einen Taumel versetzte. Wie eine Venus lag sie da, ihre tiefen und langsamen Atemzüge hoben und senkten ihre Brust. Der feine Stoff ihres Hemdes floss über diesen Körper wie eine Welle glänzenden Wassers. Der Mond kam hinter einer Wolke hervor und übergoss sie mit silbernem Licht. Dann krümmte er sich zusammen und stöhnte gequält auf.

7. Kapitel

Die kleine Bucht befand sich etwa eine halbe Meile entfernt von Tante Tess' Haus. Sie war fast unzugänglich, nur ein halsbrecherischer Kletterpfad führte hinunter. Carol erinnerte sich, dass sie als Kinder manchmal dort gebadet hatten, denn am Fuß erstreckte sich ein schmaler, aber schöner Sandstrand. Allerdings gab es dann Ärger zu Hause, denn die starke Brandung machte selbst ausgezeichneten Schwimmern zu schaffen.

Einer der Jungs hatte sich das Bein gebrochen, als er von einer Welle gegen die Felsen geschleudert wurde. Es dauerte fast eine Stunde, bis sie ihn die Felsen hinaufgezogen hatten, wobei er ständig schrie und jammerte. Das Resultat war das Übliche: eine Woche Hausarrest und danach striktes Verbot, je wieder die Bucht zu betreten. Natürlich hielt sich keiner daran, es war so verlockend. Unter einem kleinen Felsvorsprung hatten sie Feuer entfacht und Kartoffeln in der Glut gebacken. Heute erschien es ihr wie ein romantisches Abenteuer.

Carol hatte ein großes Badehandtuch und Sonnencreme in einen Stoffbeutel gepackt und wanderte an der Steilküste entlang bis zur Bucht. Vorsichtig äugte sie hinunter. Es war ziemlich tief und sie wunderte sich, dass sie als Kinder den Mut besaßen, da hinunterzuklettern. Den Pfad gab es noch, er war sogar frei von dem störrischen Gras und Gestrüpp, das manchmal auf den Felsvorsprüngen wuchs.

Also wurde er ab und zu benutzt. Sie fragte sich, wer wohl in diese einsame Bucht kam.

Vorsichtig tastend begann sie den Abstieg. Es ging einfacher, als sie befürchtet hatte. Als sie sich auf halber Höhe befand, entdeckte sie das Boot. Es lag umgekippt auf dem Sand. Also gab es jemanden, der diese Bucht auch besuchte, vielleicht hinaus zum Angeln fuhr.

Als sie am Fuß der Klippen angelangt war, warf sie ihre Tasche in den Sand und untersuchte das Boot. Darunter lagen zwei Angeln, eine alte Regenjacke und eine Plane, auch ein Plastikeimer für den Fang und ein zerlöcherter Käscher. Alles schien schon lange nicht mehr benutzt worden zu sein.

Carol breitete das Badetuch aus und legte sich darauf. Obwohl es sonnig und warm war, zerrte der Wind heftig an Carols Haar. Er blies ständig feinen Sand über ihren Körper. Das Boot würde ihr einen Windschutz bieten. Sie stemmte sich gegen den Bootsrumpf und rollte es herum. Es polterte und einen Moment befürchtete sie, dass es kaputtgehen würde. Aber es hielt stand. Das Meer hatte sich während der Ebbe zurückgezogen, sodass sie nicht befürchten musste, plötzlich davongetragen zu werden. Zuunterst legte sie die Plane, darauf ihr Handtuch. Dann zog sie Shirt und Hose aus und streckte sich aus. Im Windschatten des Bootes war es sehr angenehm. Sie trug einen hellblauen Bikini, ziemlich knapp und ursprünglich für einen Badeurlaub in Florida gedacht. Aus dem Urlaub war nichts geworden. Jetzt wollte sie den Bikini wenigstens einweihen und mit Meerwasser taufen. Der Ozean war der gleiche, stellte sie belustigt fest. Nur, dass sie sich auf der anderen Seite befand.

Als sie sich etwa eine halbe Stunde gesonnt hatte, streifte sie zunächst das Oberteil des Bikinis ab, später auch das Etwas von einem Höschen. Hier konnte sie ja niemand sehen und eine zarte, aber nahtlose Bräune würde ihrem Körper bestimmt gut stehen.

Mit der Zeit wurde es im Boot warm, aber auch unbequem. Carol erhob sich und spähte nach dem Wasser. Langsam setzte die Flut ein, aber sie kam gemächlich und auch der Wellengang war nur gering. Prüfend warf sie einen Blick die Klippen hinauf, doch weit und breit war niemand zu sehen. Nur einige Seevögel segelten im warmen Aufwind der Küste, andere hatten sich auf die Felsvorsprünge gesetzt und verteidigten mit aufgerissenen Schnäbeln ihr winziges Revier. Dann stieg sie aus dem Boot und ging langsam zum Wasser. Es war kälter, als sie erwartet hatte. Und doch tat es ihrem erhitzten Körper gut. Vorsichtig ließ sie sich hineingleiten und schwamm mit kräftigen Armzügen parallel zum Strand. Eine Unterströmung erfasste sie und sie mühte sich gegen den Sog. Obwohl sie gut schwimmen konnte, hatte sie Respekt vor dem Meer. Ein Pool erschien ihr wesentlich sicherer, aber so etwas gab es hier weit und breit nicht.

Als sie wendete, um zum Strand zurückzuschwimmen, stockte ihr Atem. Jemand kam den Pfad heruntergeklettert. Es war ein Mann, der ein kariertes Hemd trug. Carol ahnte sofort, dass es sich nur um Patrick handeln konnte. Er schien sie noch nicht entdeckt zu haben, denn er lief mit großen Schritten auf das Boot zu. So schnell Carol auch schwamm, er war schneller. Wahrscheinlich hatte er bereits von oben gesehen, dass das Boot umgedreht worden war.

Die Angeln hatte Carol achtlos beiseite geworfen.

Patrick hatte das Boot erreicht und schaute hinein. Dort lag ihr Bikini! Dann blickte er sich suchend um. Carol spürte Grund unter den Füßen und blieb unschlüssig stehen. Sollte sie einfach so herausspazieren? Sie war ja vollkommen nackt! Er hatte sie sofort entdeckt und starrte zu ihr herüber. Sie begann zu frieren. Doch Patrick dachte nicht daran, sich vom Fleck zu rühren.

„Kannst du dich nicht mal umdrehen?", rief Carol ihm zu.

Sie kam einige Schritte aus dem Wasser heraus und verschränkte die Arme über der Brust. Carol empfand sein Verhalten als unverfroren. Er hatte sie in eine peinliche Situation gebracht. Zwar brauchte sich Carol ihres Körpers keineswegs zu schämen, andererseits fand sie es nicht als Selbstverständlichkeit, vor fremden Männern nackt herumzuspazieren.

Die einsetzende Flut drückte gegen ihren Rücken, die Wellen wurden etwas höher und sie spürte kaum noch ihre Beine vor Kälte. Blaue Flecken breiteten sich auf ihrer Haut aus und ihre Zähne schlugen klappernd zusammen. *Verdammter Idiot!*, schalt sie ihn im Stillen. Zorn und Angst packten sie. Zorn über seine Unverschämtheit und Angst, er könnte die Situation ausnutzen.

Langsam entstieg sie dem Meer wie einst Aphrodite, die Arme immer noch über der Brust verschränkt. Patrick ließ keinen Blick von ihr und Carol blieb gar nichts weiter übrig, als direkt auf ihn zuzugehen. Neben ihm blieb sie stehen, zog das Handtuch aus dem Boot und wickelte es sich um den Körper.

„Du hättest dich wenigstens umdrehen können", fauchte sie ihn an.

Sie bemerkte verärgert, wie sich seine Mundwinkel zu einem kleinen, spöttischen Grinsen verzogen.

„Warum?“, fragte er dann. „Der Anblick eines nackten Körpers bringt mich nicht unbedingt aus der Fassung. Außerdem hast du mein Boot benutzt, ohne mich zu fragen.“

„Ich wusste nicht, dass es dein Boot ist“, erwiderte sie gereizt.

„Jetzt weißt du es.“ Sein Gesicht wurde wieder abweisend. Es schien ihn nicht zu berühren, dass sie am ganzen Körper vor Kälte zitterte.

„Und ich konnte ja nicht ahnen, dass du ausgerechnet heute angeln willst.“

„Jetzt weißt du es.“

Sie warf ihm einen wütenden Blick zu. „Darf ich mich wenigstens anziehen?“

Wortlos packte er ihren Bikini und ihren Beutel und warf alles in den Sand. Dann nahm er die Angeln, Käscher und Eimer auf und packte es ins Boot. Ohne sie nochmals anzuschauen, stemmte er sich dagegen und schob das Boot ins Wasser. Dann sprang er hinein und ruderte gegen die Flut hinaus. Unmittelbar vor der Bucht warf er den kleinen Anker, legte die Angeln aus und machte es sich im Boot bequem.

Carol starrte ihm fassungslos nach. Ihre Angst war längst verflogen. Ja, sie fand es sogar lächerlich, dass sie einen Augenblick lang befürchtet hatte, er könnte die Situation ausnutzen. Zwar hatte er sie angestarrt wie ein Alien, aber es schien ihn nicht im Mindesten berührt zu haben. Ihr gepflegter, ansehnlicher Körper, wenngleich im Augenblick mit roten und blauen Flecken wegen der Kälte des Wassers übersät, schien ihn überhaupt nicht zu erregen.

„Pah“, schnaubte sie ärgerlich und raffte ihre Sachen zusammen. Sie zog sich in den Schutz der Felsen zurück, wo sie sich ankleidete. Sie warf mehrmals prüfende Blicke zu Patrick hinüber, aber der konzentrierte sich auf seine Angeln und drehte ihr den Rücken zu.

Ignorant, dachte sie noch, als sie bereits zum Pfad hinüberlief: Doch mitten im Schritt stockte sie. Warum ließ sie sich von ihm vertreiben? Schließlich war sie eher da gewesen. Es war nicht seine Bucht und sie hatte genauso das Recht, hier zu sein, wie er. Zwar war es sein Boot, aber sie hatte es nicht im eigentlichen Sinn benutzt. Sie drehte sich um und ging langsam wieder zurück. Hier, unter dem kleinen Überhang des Felsens, hatten sie früher immer das Lagerfeuer entfacht. Sie blickte sich suchend um. Einige Steine lagen noch verstreut herum. Auf den Klippenvorsprüngen wuchsen starrige Büsche, deren Holz man verbrennen konnte.

Sie hatte sogar ein Feuerzeug dabei, weil sie ursprünglich vorgehabt hatte, eine Zigarette zu rauchen. Doch der Wind hatte sie davon abgehalten. Außerdem rauchte sie nicht wirklich, sondern nur selten in Gesellschaft, vor allem, wenn dazu auch Alkohol floss. Kurz entschlossen warf sie ihren Beutel in den Sand und kletterte ein Stück auf die Felsen, um einige Äste abzubrechen. Dass es waghalsig war, kam ihr im Augenblick nicht in den Sinn.

Alles, was sie fand, schichtete sie zu einem Reisighaufen auf, packte einen Kreis aus Steinen herum und setzte sich dann wartend in den Sand. Einmal musste Patrick wieder zurückkommen.

Die Wellen schwappten gegen den Rumpf des Bootes und versetzten es in ein gleichförmiges Wiegen. Patricks Augen hefteten sich auf die beiden tanzenden Schwimmer seiner Angeln. Er fühlte sich peinlich berührt und es war ihm unangenehm, Carol in dieser Situation überrascht zu haben. Aber er hatte wirklich nicht erwartet, dass jemand so verrückt sein konnte und bei diesem Wetter im Meer schwimmen ging. Das Meer war an dieser Stelle gefährlich, wie fast überall an der Westküste. Diese Amerikanerin war eine Ignorantin. Sie ignorierte die Gefahr des Meeres, sie ignorierte, dass es nicht ihr Boot war, und sie ignorierte sein Schamgefühl, indem sie splitterfasernackt hier herumhüpfte. Er hätte sich umdrehen sollen, ja, er hätte sich abwenden müssen. Das verlangte einfach das gute Benehmen, aber irgendwie war es ihm nicht möglich, den Blick von ihr abzuwenden. Sie war schön, wunderschön. Die Kühle des Wassers, die an ihrem Körper herabrinnenden Tropfen, ihre großen, in einer seltsamen Gefühlsmischung aufgerissenen Augen, ihre zu einer stummen Frage leicht geöffneten Lippen, ihr im Wind zerzaustes, feuchtes Haar, das alles hatte sich unauslöschlich in sein Gehirn gebrannt.

Er biss die Lippen zusammen. Sie ahnte nicht, was sie damit in ihm auslöste. Gleichzeitig regte sich in ihm Widerstand. Sie war in diese kleine Bucht gekommen, die er seit vielen Jahren nur allein besuchte. Niemand außer den Seevögeln in den Klippen hatte ihm jemals dabei Gesellschaft geleistet. Beim Angeln konnte er seine Gedanken treiben lassen, hier war er nicht der gebranntmarkte Junge, auf den die Leute mit Fingern zeigten, ungläubig mit dem Kopf schüttelten oder gar milde lächelten wie über einen Idioten. Hier konnte er träumen und neue Ideen fassen. Manchmal nahm er seinen Skizzenblock mit und zeichnete, was ihm vor die Augen kam: Wellen, Spiegelungen im Meer, tollkühne Flugmanöver der Seevögel oder die schroffen Felsen der Küste mit den überhängenden Grassoden. Manchmal zeichnete er auch die Fische, die er fing. Er bedauerte, diesmal den Block nicht mitgenommen zu haben. Denn er verspürte die beginnende Unruhe, die ihn immer befiel, wenn eine Idee für ein Bild oder eine Skulptur in ihm reifte. Der Druck baute sich auf wie in einem Dampfkessel, und wenn er nicht schnell einen Stift und ein Blatt Papier in die Hände bekommen würde, drohte er zu explodieren.

Er blickte unwillkürlich hinüber zur Küste und gewahrte Carol, wie sie halsbrecherisch auf den Klippen herumkletterte. Er hielt den Atem an. War sie von allen guten Geistern verlassen? Was trieb sie da?

Er sah, wie sie Äste von den Büschen abbrach und auf den Strand warf. Patrick glaubte zu wissen, was sie vorhatte. Auch er hatte als Kind hier am Feuer gesessen und es manchmal auch später wiederholt, um die gefangenen Fische zu braten. Er mochte den rauchigen Geschmack des Feuers im zarten Fleisch der Fische.

Missmutig blickte er in den Eimer. Gerade vier kümmerliche Meerbrassen lagen darin. Es würde kein Festmahl werden und er war nicht gewillt, es mit Carol zu teilen. Sollte sie ruhig warten. Vielleicht war ihm das Anglerglück noch hold.

Aus dieser Entfernung war es ihm möglich, Carol zu beobachten, ohne dass sie es bemerkte. Er lehnte sich gegen die Planken, verschränkte die Arme hinter dem Kopf und blinzelte zu ihr hinüber. Sie schichtete das Reisig zu einem Haufen zusammen, sammelte Steine und packte sie im Kreis herum. Er musste unwillkürlich lächeln. Genauso hatten sie es als Kinder getan. Und er konnte sich auch erinnern, dass er sie damals beobachtet hatte, wie sie am Feuer saß und dessen Schein rotgoldene Funken in ihr Haar zauberte. Carol besaß schon damals eine wunderschöne Haarfarbe, ein Kastanienbraun, das im Licht rötlich glänzte. Rote Haare waren in Irland nichts Ungewöhnliches, aber dieses satte Kastanienbraun mit den rötlichen Reflexen, das volle, dichte Haar, zu dicken Zöpfen geflochten, hatte ihn seit jeher fasziniert. Carol ahnte ganz sicher nichts von seinen Gedanken, weder damals noch heute. Sie hatte immer noch diese wunderbare Haarfarbe und insgeheim war er froh, dass sie es nicht gefärbt oder gar blondiert hatte. Diese Farbe passte zu Carol wie ihre rehbraunen Augen, die vereinzelten Sommersprossen auf der Nase und der zarte Schwung ihrer Augenbrauen.

Die Angelsehne spannte sich und riss Patrick aus seinen Träumen. Vorsichtig holte er die Leine ein und schob den Käscher darunter. Enttäuscht blickte er auf den kleinen Schellfisch. Eigentlich hätte er ihn wieder ins Wasser werfen müssen. Carol würde ihn für diese magere Ausbeute verspotten.

Seine Augen verirrten sich wieder zu Carol. Sie hatte den Reisighaufen fertig aufgestapelt und saß nun, mit dem Rücken an die Felsen gelehnt und das Kinn auf die angezogenen Knie gestützt, im Sand. Er spürte, dass sie ihn beobachtete. Gemächlich rollte er die Angelsehnen ein, obwohl der Druck in seinem Inneren weiter wuchs. Es war gefährlich, zu ihr an Land zurückzukehren, weil er wusste, dass sie auf ihn wartete.

Und doch hielt er es keine Sekunde länger in seinem Boot aus. Mit wenigen Ruderschlägen und der Flut ließ er sich zurücktreiben.

Er sprang an den Strand und zog das Boot am Tau hinter sich her. Es ging schwer und er musste es weit hinaufziehen, damit es nicht weggespült wurde. Er legte die Angeln, Plane und Regenmantel daneben, kippte das Boot um und verstaute alles darunter. Nur den Eimer mit den Fischen nahm er mit. Langsam ging er zu Carol und stellte ihr den Eimer wortlos vor die Füße.

Sie warf einen Blick hinein.

„Die leben ja noch", stellte sie angewidert fest und zog die Oberlippe zurück.

„Für den Fall, dass sie nicht deine Gnade finden. Dann werfe ich sie ins Wasser zurück.

Sie blickte zu ihm auf. Er stand groß, breitschultrig und mit einer unerschütterlichen Ruhe gegen den abendlichen Himmel, der sich im Schein der untergehenden Sonne rotgolden färbte.

„Warum bist du so sarkastisch?", wollte sie wissen und zog das Feuerzeug aus ihrer Hosentasche. Sie schützte die Flamme mit der Hand gegen den Wind und hielt sie gegen die dünnen Zweige. Zuerst zögerlich, dann immer kräftiger fraß sich das Feuer durch das Holz.

„Wenn du schon meine Einladung zum Fischessen ausgeschlagen hast, hoffte ich, dass du mich zum Essen einlädst. Als gut erzogener Gast frage ich nicht, was auf den Tisch kommt."

Er warf ihr einen langen Blick zu, den sie nicht deuten konnte, dann ließ er sich auf die Knie nieder, zog ein Messer aus dem Gürtel und tötete die Fische.

Carol wandte angewidert den Kopf ab. „Hättest du das nicht am Wasser machen können?"

„Sagtest du nicht, dass du als gut erzogener Gast keine Ansprüche stellen würdest?" Er grinste, weil sie sich über seine Worte ärgerte.

Carol schwieg und presste die Lippen zusammen. Der Anblick der offenen Fischleiber ekelte sie. Und doch konnte sie ihre Augen nicht davon wenden, wie seine Hände arbeiteten. Wie bei seiner Arbeit am Stein, so waren auch hier seine Bewegungen bedächtig und überlegt. Kein überflüssiger Handgriff, keine Unsicherheit. Seine Nähe beruhigte und erregte sie gleichermaßen.

Mit dem Messer spitzte er kleine Stöcke an und spießte die Fische auf. Er kam zu ihr herüber, hockte sich neben sie und schob die Fische in die Glut.

„Pass auf, damit sie nicht verbrennen." Er drückte ihr die Stöcke in die Hand. „Kannst du das?"

Empört wollte sie ihm antworten. Sein Gesicht war nur wenige Zentimeter von ihrem entfernt und glänzte im Feuerschein wie Bronze. Das Wort blieb ihr im Hals stecken, ihr Mund offen stehen. Sie sah spöttische Funken in seinen Augen, die jetzt in dunklem Grün leuchteten. Er war ihr so nah, dass sie seinen warmen Atem auf ihrem Gesicht spürte. Sie spürte das Blut in den Kopf steigen, eine heiße Welle schwappte hinterher und sie rang nach Luft. Seine Lider senkten sich, sein Blick lag auf ihren geöffneten Lippen. Sie bewunderte seine dichten, dunklen Wimpern, die jetzt dieses seltsame Grün seiner Augen verdeckten.

Er näherte sein Gesicht dem ihren noch weiter, sie erwartete die sanfte Berührung seiner Lippen und in ihrem Kopf klickte sich der Verstand aus. Sie wollte auch nicht denken, sie wollte sich den Atem rauben lassen. Doch als hätte er es sich plötzlich anders überlegt, zuckte er zurück und erhob sich. Er deutete auf die Stöcke, die sie noch immer in der Hand hielt.

„Aufpassen und immer drehen!"

Er entfernte sich, ging zum Wasser, spülte den Eimer aus und wusch sich gründlich seine blutigen Hände. Dann verstaute er den Eimer unter dem Boot. Doch statt zu ihr zurückzukehren, lehnte er sich an den Bootsrumpf, verschränkte die Arme über der Brust und versank in den Anblick der untergehenden Sonne. In einer Orgie aus roten und goldenen Flammen tauchte sie in den Dunst ein, der über dem Horizont lag. Mit angehaltenem Atem betrachtete Carol ihn vor diesem grandiosen Hintergrund. Es war ein Naturschauspiel ohnegleichen, dieser Sonnenuntergang und davor Patrick.

Sie konnte sich die Faszination nicht erklären, die von ihm ausging. Er wirkte so stark, so unerschütterlich, hart wie der Fels, den er bearbeitete, aber genauso unzugänglich. Doch wie er so dastand, spürte sie eine eigenartige Verletzlichkeit, unsichtbar, aber doch vorhanden.

Sie vergaß, die Fische zu drehen. Zu spät bemerkte sie, dass die Haut bereits schwarz verkohlt war. Sie würde sich wieder seinen leisen, aber schmerzhaften Spott zuziehen. Vergeblich versuchte sie, mit einem Stück Holz die verkohlte Schicht abzukratzen.

Sie schrak zusammen, als er plötzlich neben ihr stand. Er hockte sich nieder und nahm ihr die Stöcke aus der Hand.

„Du hast wirklich alles vergessen“, stellte er fest. Sie kam sich vor wie ein gescholtenes Kind.

Er schob die Glut etwas auseinander, drehte die Fische und rüttelte sie in die heiße Asche hinein. „So garen sie gleichmäßiger durch.“

„Ich habe in New York selten Gelegenheit, Fische am offenen Feuer zu braten.“

Es klang trotzig. Zu ihrer Überraschung lächelte er.

„Das habe ich auch nicht erwartet. Ich dachte nur, dass du dich noch daran erinnerst."

„Dass wir hier gesessen haben?" Sie strich sich eine Haarsträhne aus der Stirn. „Nein, das habe ich nicht vergessen. Stück für Stück kommt die Erinnerung wieder. Damals haben wir Kartoffeln in der Glut gebacken." Sie blickte nachdenklich in das niedergebrannte Feuer. „Und einer von den Jungs hatte sich das Bein gebrochen."

„Vorhin dachte ich, dass du auch von den Klippen stürzt. Das war ziemlich waghalsig."

„Du hättest mich sicher gerettet." Sie blickte ihn aus den Augenwinkeln an.

„Bist du dir da so sicher?" Seine Augen funkelten wieder in leisem Spott. Sie schob es auf das verlöschende Licht des Tages.

Sie zog es vor zu schweigen. Er erregte ihren Widerspruch, aber damit hätte sie zerstört, was sie mühsam aufgebaut hatte.

Es gab nichts und niemanden, den sie mit Patrick vergleichen konnte. Sie bewegte sich auf unbekanntem Territorium.

„Ich glaube, jetzt sind sie gar", murmelte er und zog die Stöcke aus der Glut. Er pflückte einige breite Blätter von einer Pflanze, die aus einer Felsspalte wuchs. Dann legte er einen Fisch darauf und halbierte ihn mit dem Messer. Das dampfende weiße Fleisch verströmte einen angenehmen Duft. Patrick reichte ihr ein Blatt.

„Vorsicht, heiß", warnte er. Er selbst nahm das andere. Mit den Fingern klaubten sie das köstliche Fleisch heraus, die Gräten und verbrannte Haut warfen sie ins Feuer.

Carols Stimmung besserte sich zusehends, und nachdem sie alle Fische verspeist hatten, fühlte sie sich satt und träge. Sie liefen zum Wasser, um sich zu waschen.

Die Nacht senkte sich über die kleine Bucht, Nebel zogen wie Wesen aus einer anderen Welt über den Wasserspiegel. Das Meer lag erstaunlich ruhig, der Himmel im Westen hatte eine dunkelviolette Farbe angenommen.

Sie blieben beide stehen. Ein wenig verlegen trocknete sich Carol die Hände an den Jeans ab. Patrick stand einen Schritt neben ihr. Sie wünschte sich, dass er den Arm um ihre Schultern legen möge, aber er tat es nicht. Eine unerklärliche Scheu schien ihn plötzlich zurückzuhalten.

„Es ist richtig romantisch hier“, seufzte sie leise. „Wir sollten das wiederholen.“

Er rührte sich nicht. „Nein“, sagte er nach einer Weile. „Es gibt zu wenig Holz.“ Er drehte sich um und ging zum Feuer zurück. Sie folgte ihm. Er suchte noch einige Zweige und warf sie in die sterbenden Flammen. Das Feuer loderte wieder auf.

„Du scheinst dich nicht zu freuen, dass ich hier bin“, sagte sie leise.

Er schwieg, als suche er nach einer Antwort. Er fuhr mit der Hand übers Kinn und es kratzte. Sie hatte ihn nie anders als unrasiert erlebt. Dann hob er in einer unbestimmten Geste die Schultern. „Doch …“

Sie wandte den Kopf ab. „Was habe ich auch erwartet? Es ist ein blödes Gefühl, wenn man heimkommt und man wird als Fremde betrachtet.“

Er senkte den Kopf. „Entschuldige“, murmelte er. „So habe ich das nicht gesehen.“

„Ist schon gut." Sie lachte nervös auf. „Vielleicht habe ich zu viel erwartet."

Plötzlich wurde ihr klar, wie viel sich seitdem verändert hatte. Achtzehn Jahre lagen dazwischen. Die unbeschwerte Zeit der Kindheit war für immer vorbei. Und danach hatten sie beide ein anderes Leben geführt. Achtzehn Jahre waren eine lange Zeit …

Sie wandte sich ab. „Ich sollte jetzt gehen." Sie wusste nicht, warum sie insgeheim hoffte, dass er sie zurückhielt. Doch er hielt sie nicht. Er blieb am verlöschenden Feuer stehen, während sie, mit den Händen tastend, den schmalen Pfad über die Klippen suchte. Sie keuchte, als sie den Klippenrand erreichte. Dann holte sie tief Luft und blickte sich noch einmal um. Die Bucht lag im Dunkeln, das Feuer konnte sie von hier oben nicht sehen. Die Kühle der Nacht stieg zu ihr herauf. In der Ferne schwammen Nebelschwaden zwischen den Hügeln hindurch. Sie spürte Tränen in die Augen steigen. Noch nie hatte sie sich so einsam gefühlt.

8. Kapitel

Hinter dem Haus im Windschatten war es warm und still. Selbst die Vögel in den Büschen und Bäumen waren verstummt. Einzig die zwei halbwüchsigen Palmen in den Kübeln an der geschützten Rückwand bewegten leise raschelnd ihre Wedel. Carol lag im Liegestuhl, ein Buch in den Händen. Aber sie hielt die Augen geschlossen und lauschte der Stille.

Patrick war mit Tess ins Dorf gefahren. Carol ließ das Buch sinken, öffnete die Augen und blickte sich um. Irgendwie vermisste sie das melodische Hämmern, wenn Patrick an seiner Skulptur arbeitete.

Andererseits …

Sie hob sich aus dem Liegestuhl heraus und schaute sich wieder um. Es war eine günstige Gelegenheit. Mit schnellen Schritten lief sie über den Rasen und zwischen den Blumenrabatten hindurch.

Die Tür zum Gartenhaus stand offen. Wahrscheinlich war sie immer offen. Vor Tess hatte er auch keine Geheimnisse. Und vor ihr?

Er wollte ihr seine Bilder und Skulpturen nicht zeigen. Es musste einen Grund haben. Diesen Grund wollte sie erfahren.

Sie fühlte sich wie ein Eindringling und Dieb, als sie in der Tür stehen blieb. Drinnen herrschte die übliche Unordnung. Über allem lag der feine Staub. Zögernd trat sie ein, immer noch unsicher, ob sie es lieber lassen sollte. Dann gab sie sich einen Ruck. Zuerst schlug sie das Laken zurück, das den roten Sandstein überdeckte. Undeutlich formte sich aus dem Stein eine Figur. Es war die Figur eines Mannes, doch sie konnte nicht deuten, was sie darstellen sollte. Sie zog das Tuch wieder darüber.

Mehr als die Skulpturen interessierten sie seine Bilder. Von denen hatte sie noch gar nichts gesehen. Die Bilder lehnten an den Wänden. Sie kippte ein Bild nach dem anderen an und betrachtete die Vorderseiten. Es waren sehr stimmungsvolle Bilder, auf denen das Meer, Möwen im Wind, Berge im Nebel, blühende Gärten zu sehen waren. Daneben aber gab es auch andere Bilder, die nur komplizierte Muster darstellten: Spiralen, zu Knoten verschlungene Bänder, ineinander verschlungene Körper von Fischen oder Schlangen. Das waren altkeltische Muster, wie man sie vor über eintausendfünfhundert Jahren zur Illumination heiliger Bücher benutzte. Sie überlegte, warum er ausgerechnet diese Motive gewählt hatte.

Und dann ... Carol hätte das Bild beinahe fallen gelassen. Es war ein Bild von ihr, wie sie mit etwa zwölf Jahren ausgesehen haben mochte! Sie betrachtete es genauer. Es war kein Zweifel möglich: Ihr Gesicht war noch kindlich schmal, das Kinn etwas spitz, doch ihre Augen, der Schwung ihrer Augenbrauen, die vollen Lippen, die dicken Zöpfe – das war sie selbst. Doch gemalt war es nicht von einer ungeübten Kinderhand. Dieses Bild musste viel später entstanden sein, als sie schon längst ein anderes Leben in Amerika führte.

In ihrem Magen ballte sich ein Knoten zusammen. Sie fand andere Bilder, so, wie sie jetzt aussah. Zeichnungen,

Skizzen, mit Bleistift, Kohle, Aquarellstift. Patrick musste sie nach ihrer Ankunft gezeichnet haben, denn ihr Gesicht zeigte den reifen Ausdruck einer Frau, mit sinnlichen Lippen, sanften Linien, wissenden Augen, ihrer jetzigen Frisur. Zuletzt fiel ihr eine Skizze in die Hand. Sie zeigte das Meer mit Schaumkämmen auf den Wogen. Aus diesem Schaum entstieg eine Meerjungfrau. Patrick hatte den Augenblick eingefangen wie in einer Fotografie. Und doch war es ein Bild seiner Fantasie. Da war Carols Gesicht, ihre großen, erstaunten Augen, die geöffneten Lippen, Scham und Unschuld, Angst und Verlangen im Blick. Die Hände der Seejungfrau versuchten unbeholfen, ihre Brüste zu verbergen. Es gelang ihr nicht ganz. Unterhalb des Nabels ging der sanfte Schwung ihrer Hüften in einen biegsamen Fischleib über. Das Venusdelta zwischen ihren Schenkeln schien durch die Fischschuppen hindurchzuschimmern und um die Schultern kringelte sich das feuchte Haar. Dem Betrachter wurde nur so viel offenbart, wie nötig war, um vor Entzücken aufzuseufzen. Himmel, war das Bild schön!

Carol war davon so berührt, dass sie sich setzen musste. In diesem Bild lag etwas, das tief aus Patricks Seele kommen musste. Es war unglaublich ausdrucksstark. Es war eindeutig die Situation, wie sie aus dem Wasser stieg, und doch war es ganz anders. In jeder Linie, in jeder Schattierung glaubte sie Verlangen zu sehen. Sie konnte sich vorstellen, was er dabei empfunden hatte, als er es malte. Nein, sie konnte es sich nicht wirklich vorstellen … Es musste viel tiefer, gewaltiger und überwältigender sein, als sie es sich je ausmalen konnte.

Sie schämte sich plötzlich, in diese intime Welt eingebrochen zu sein. Vorsichtig stellte sie das Bild zurück zu den anderen. Dann ging sie hinaus und setzte sich auf die Stufe der Veranda. Sie schloss die Augen und atmete tief durch, um ihren rasenden Herzschlag zu beruhigen. Als sie die Augen wieder öffnete, nahm sie die friedliche Schönheit, die sie umgab, voll in sich auf. Der auffrischende Wind brach die Stille, strich weich wie Seide über ihr Gesicht. In den Büschen rauschte es. Sie hatte vergessen, wie schön es hier war. Sie hatte vergessen, was ihr das alles einst bedeutet hatte. Sie war wieder da und doch war alles ganz anders.

Während sie auf Patrick wartete, hatte sie Zeit nachzudenken. Patrick hatte sie nie vergessen! Diese Erkenntnis überraschte und beschämte sie gleichermaßen. Sie konnte sich an Patrick überhaupt nicht erinnern. Er hatte die Erinnerung an sie im Herzen behalten. Dieses Kinderbildnis musste er gezeichnet haben, als er längst ein erwachsener Mann war. Vielleicht hatte er sich in seiner Fantasie ausgemalt, wie sie jetzt aussehen mochten. Aber es gab nur dieses Kinderbildnis und die Zeichnungen, die er seit ihrer Ankunft angefertigt hatte. Über diese war sie besonders verblüfft, denn er hatte sie ja kaum richtig angeschaut, ja, er hatte sie gemieden. Und doch hatte er jedes Detail ihrer Mimik, ihrer Erscheinung, sogar ihrer Stimmungen vollkommen eingefangen. Hinter seiner spröden Fassade musste ein viel sensiblerer Mensch stecken, als sie es sich vorstellen konnte.

Ein warmes Gefühl durchströmte sie. Sie konnte nicht sagen, ob es eine Art von Sympathie, beginnendes Verständnis, unterschwelliges Mitleid oder gar ein Anflug von Zuneigung war. Sie konnte es nicht definieren und das verwirrte sie. Es gab etwas zwischen ihnen, das offensichtlich schon immer bestanden hatte, eine unsichtbare Bindung, fernab jeglicher Vordergründigkeit. Es lag tief, sehr tief, dass sie selbst es nicht bemerkt hatte. Aber Patrick hatte es gespürt, hatte es schon immer gespürt, achtzehn Jahre lang.

Seine Bilder berührten sie zutiefst, machten sie aber auch betroffen. Ihre plötzliche Unsicherheit stimmte sie aber auch versöhnlich. Sie musste einen Weg finden, um auf Patrick zugehen zu können. Bislang hatte sie es falsch angefasst, ihn nur vor den Kopf gestoßen. Ein Elefant im Porzellanladen, dieser Vergleich traf wohl ziemlich genau zu. Sie war auf seinen Gefühlen herumgetrampelt, auf seinen Empfindungen für sie. Doch welcher Art waren diese Gefühle?

Carol pustete hörbar die Luft aus. Das alles traf sie wie ein Hammer. Lang gehegte Gefühle für sie, die Patrick achtzehn Jahre in sein Herz eingeschlossen hatte. Sie war überwältigt, aber sie wusste nicht, wie sie damit umgehen sollte. Es war eine neue Erfahrung für sie, auf die Gefühle anderer Rücksicht zu nehmen. Bislang waren ihr immer die eigenen Gefühle wichtig gewesen. Nach mehreren gescheiterten Beziehungen war sie zu der Überzeugung gelangt, dass es besser war, Gefühle auszuklammern. Sie störten nur und machten alles unnötig kompliziert.

Sie hörte den Wagen kommen, doch sie rührte sich nicht von der Stelle. Patricks Schritte knirschten über den Kiesweg vorm Haus. Sie hörte seine Stimme, getragen vom Wind. Tess sagte etwas zu ihm und er lachte. Er lachte tatsächlich! Carol hatte ihn noch nie lachen hören. Wie mochte sein Gesicht dabei aussehen? Ob seine Augen beim Lachen funkelten? Es bedrückte sie, dass sie es nicht geschafft hatte, Patrick zum Lachen zu bringen. Carol wollte Patrick so gern näher kommen, doch ihr wurde klar, dass

Tess ihm bereits viel näher war. Wieder keimte leise Eifersucht in ihr auf.

Im hinteren Teil des Gartens gab es keine Kieswege. Der Hauptweg war mit Steinplatten gepflastert, kleine Pfade nur ins Gras getreten. Patrick überquerte, genau wie Carol, die Wiese und tauchte plötzlich zwischen den Rhododendronbüschen auf.

Sein Schritt stockte, als er sie bemerkte, dann ging er an ihr vorbei ins Haus. In den Händen trug er mehrere Pakete. Wahrscheinlich war er mit Tess in Killarney einkaufen gewesen. Warum hatte Tess sie nicht gefragt, ob sie sie begleiten wolle? Sicher wollte es Patrick nicht. Doch sie schob den leisen Unmutsgedanken beiseite.

Patrick packte seine Einkäufe aus, ohne sich um Carol zu kümmern. Er fragte nicht einmal, warum sie hier saß. Nach einer Weile erhob sie sich, trat in den Türrahmen und lehnte sich dagegen, während sie die Arme verschränkte. Sie sah sein verbissenes Gesicht, die zusammengepressten Lippen und wie er konsequent ihrem Blick auswich.

„Patrick, was ist los?“, wollte sie von ihm wissen.

Er fuhr herum und sie sah Zorn in seinen Augen lodern. „Warum hast du das getan?“

„Was getan?“

„Die Bilder angeschaut. Sie sind nicht für deine Augen bestimmt. Sie sind für niemandes Augen bestimmt. Du bist einfach hier eingedrungen, hast herumgewühlt. Was hast du dir dabei gedacht?“

Sie schlug die Augen nieder. „Es tut mir Leid. Ich wusste nicht, dass es dir so nahe geht. Aber ich suche einen Weg, um dir näher zu kommen, um dich zu verstehen. Ich glaube, dass dieser Weg über deine Kunst führt.“

Sie stieß sich vom Türrahmen ab und trat näher. Patricks Körper bebte, sein Atem ging stoßweise und er fuhr sich mit gespreizten Fingern durchs Haar. Er war furchtbar aufgebracht und wirkte gleichzeitig schrecklich hilflos.

Sie versuchte ihn zu besänftigen und legte ihre Hand auf seinen Arm. „Du hast mich all die Jahre nicht vergessen", sagte sie leise. „Das freut mich." Sie stockte. „Nein", verbesserte sie sich, „es überwältigt mich."

Er schwieg und starrte auf irgendeinen Punkt an der Wand.

„Ich habe mir überlegt, ob es gut war, hierher zurückzukommen. Vielleicht willst du gar nicht, dass ich hier bin. Vielleicht wolltest du mich nur in der Erinnerung behalten, wie ich damals war. Träume sind etwas sehr Schönes, aber manchmal zerplatzen sie wie eine Seifenblase und die Wirklichkeit sieht ganz anders aus. Vielleicht bist du von mir enttäuscht, weil du dir eine ganz andere Frau vorgestellt hast, die aus dem Mädchen mit den Zöpfen geworden ist. Es tut mir Leid, wenn ich dir auf diese Weise deine Träume zerstört habe."

Sie schwieg einen Herzschlag lang, ihre Hand strich seinen Arm herab und erfasste seine Hand. Sie hielt sie fest und genoss die Wärme seiner Haut. Die Innenfläche seiner Hand war rau und schwielig. Hammer und Meißel hatten ihre Spuren hinterlassen. „Vielleicht sollten wir uns neu kennen lernen, es sozusagen als zweite Chance ansehen?"

Sie blickte fragend zu ihm auf. Er starrte immer noch gegen die Wand, aber seine Lider zuckten und sie konnte sehen, wie er mit seinen Gefühlen kämpfte.

„Ich wollte dir nicht zu nahe treten", fuhr sie immer noch leise fort. „Aber ich wünsche mir, dir nahe zu sein."

Er drehte den Kopf und blickte auf sie herab. Dann stahl sich ein leises Lächeln auf seine Lippen. Er beließ seine Hand in ihrer, während er die andere Hand hob und über Carols Haar strich. Dann griff er in ihre Locken, beugte sich herab und presste sein Gesicht hinein. So verharrte er eine geraume Weile, bevor er sich wieder aufrichtete.

„Ich habe mich immer gefragt, wie dein Haar duftet", murmelte er verlegen.

Seine Gesichtszüge waren weicher geworden, in seinen Augen schien sich das Universum zu spiegeln. Sie ließ seine Hand los und schlang beide Arme um seinen Hals. Seine Nähe raubte ihr den Atem. Zögernd und unsicher, so als befürchtete er, dass es ihr nicht recht sein würde, nahm er sie in die Arme. Ihre Blicke fanden sich und verschlangen sich ineinander wie die Spiralen und Mäander auf seinen Bildern. Ihre Körper lehnten sich aneinander und schlossen eine Kluft, die bis dahin Freude und Schmerz trennte. Für einen Atemhauch der Zeit hielten sie sich fest, eine winzige Insel in der Weite des Ozeans, ein Lichtpunkt im Dunkel der Unendlichkeit.

Carol war sich dessen in dem Moment nicht bewusst. Sie konzentrierte sich auf die Flut der Gefühle, die er in ihr auslöste und die sie zu überschwemmen drohte. Es tat ihr so gut, die Kraft seiner Arme zu spüren, die Wärme seines Körpers. Voller Erstaunen vernahm sie, wie seine Augen zu ihr sprachen. Die Worte formten sich in ihrem Kopf, ohne sie zu hören. Sie konnte diese Stimme nicht zum Schweigen bringen, weil sein Blick sich in ihre Seele senkte. Sie spürte die Wärme tief in sich drin, es kam ihr so vertraut vor.

„Patrick", flüsterte sie an seinen Lippen. Ihre Stimme zitterte. Sie hatte ihn gezwungen, viel von sich preiszugeben, einfach, indem sie seine Bilder betrachtet hatte. Sie fühlte sich schuldig und gleichzeitig tief berührt. „Patrick." Sie suchte seine Lippen, hob sich auf die Zehenspitzen, schlang die Arme fester um ihn.

Auch er packte sie fester, jedoch nur, um sie ein Stück von sich zu schieben. Er schaute sie immer noch unverwandt an. „Es gibt Dinge im Leben, die man nicht halbherzig tun sollte", sagte er.

„Das tue ich nicht", versicherte sie ihm. „Und wie ist es bei dir?"

Er atmete tief durch. Dann schüttelte er sachte den Kopf. „Für mich hat sich nichts geändert."

Enttäuschung malte sich auf ihr Gesicht. „Inwiefern?"

Er betrachtete sie. *Mein Gott, ist sie schön*, dachte er und kämpfte gegen den Schmerz in seinem Herzen. Eigentlich hatte er nie aufgehört, sie zu lieben. Aber jetzt war er dabei, sich neu in sie zu verlieben, in die andere, erwachsene Carol, die schöne, reife, begehrenswerte Frau.

Eine Spur von Traurigkeit stand in seinem Blick. Er würde es ihr nicht begreiflich machen können, warum er sie nicht ermuntern durfte, seine Gefühle zu erwidern. Er durfte ihr nicht einmal seine Gefühle offenbaren, ob sie davon ahnte oder nicht. Sollte sie wissen, dass er sie nicht vergessen hatte. Aber sie durfte nicht wissen, wie sehr er sie liebte!

Ein verlegenes Lächeln spielte um seine Lippen, als er seine Hände von ihr nahm. In einer hilflosen Geste hob er sie und deutete auf den Raum um sie herum. „Die Geschichte von der großen Liebe unter einem ärmlichen Dach ist eine Legende, erfunden von hässlichen Männern ohne Geld."

Sie starrte ihn an. „Du glaubst … weil du nicht reich bist, weil du Angst hast, mir nichts bieten zu können …?"

Er schüttelte wieder den Kopf.

„Vielleicht muss jeder im Leben einmal eine traurige Liebesgeschichte erlebt haben."

„Ich betrachte das nicht gerade als Kompliment für mich", brachte Carol mühsam hervor.

„Es liegt nicht an dir", erwiderte er mit weicher Stimme. „Es liegt an mir."

„Und dein Traum?"

Er wandte sich von ihr ab. „Den kann mir niemand nehmen."

Langsam, mit gesenktem Kopf, ging sie zur Tür. Im Türrahmen drehte sie sich noch einmal um.

„Patrick?"

„Ja?"

„Darf ich wiederkommen?"

Er zögerte kurz. „Ja."

Sie bemühte sich um ein Lächeln, das ihr nicht so recht gelang. Es war ein Schimmer der Hoffnung, aber eben nur ein Schimmer. Sie trat auf die Terrasse hinaus. Die Abenddämmerung flocht Melancholie in den Blumenteppich des Gartens. Diese Melancholie pflanzte sich in ihrem Herzen fort.

„Carol?"

Er stand immer noch am selben Fleck. Sie drehte sich um.

„Ja?"

„Ich bin froh, dass du gekommen bist."

Ihr Lächeln vertiefte sich und er gab es zurück. Der Schimmer der Hoffnung wurde ein bisschen heller.

9. Kapitel

Auch wenn die Vernunft Carol eindringlich sagte, dass sie sich von Patrick fern halten sollte, war es fast unmöglich, dieser Stimme zu gehorchen. Denn es gab eine andere, leisere, dafür umso intensivere Stimme, die sagte: *Geh zu ihm!*

Etwas war geschehen mit ihr. Langsam und unmerklich, dafür stetig und umfassend wie ein Klimawechsel. Ein Zwang hatte sie erfasst, der ihr ganzes Sein polarisierte: Patrick. Er war der Magnet, der die Kompassnadel in ihrem Bauch zwang, sich nach ihm auszurichten. Wohin sie auch floh, die Nadel zeigte immer zu ihm.

Diese unheimliche Macht flößte ihr Angst ein. Sie versuchte, diese Anziehungskraft zu leugnen, zu ignorieren. Aber nun erkannte sie, dass sie sich wünschte, dieser Kraft nachzugeben.

Seit vielen Jahren hatte sie nicht so tief empfunden wie jetzt.

Sie hörte das helle, melodische Hämmern des Meißels auf dem Sandstein, mal ganz nahe, wenn sie sich im Garten aufhielt, oder leise und fern, wenn sie sich im Haus befand. Und wenn sie es nicht hörte, glaubte sie es zu spüren, als feine Erschütterungen ihres Solarplexus, die sich wie Stromstöße in ihren Nerven fortpflanzten. Als wäre er ein Teil von ihr, war er in ihrem Körper allgegenwärtig.

Wovon hatte sie geträumt in all den Jahren? Gab es eine Sehnsucht nach diesen starken Armen? Gab es ein Verlangen nach diesem Kuss? Gab es das Begehren nach diesem Körper? Plötzlich kam es ihr vor, als hätte sie in den vergangenen achtzehn Jahren nicht wirklich gelebt – oberflächlich vielleicht, dahingeplätschert wie flaches Wasser. Das wirkliche Leben fand woanders statt, wartete noch auf sie. War es hier?

Ihre Augen suchten den Kontakt mit irgendetwas von ihm, seinem Handtuch über dem Geländer, einem liegen gelassenen Werkzeug, vielleicht sogar mit ihm selbst.

Manchmal verstummte das Hämmern für einige Zeit, manchmal für länger. Vielleicht malte er dann an einem Bild oder saß einfach nur da und hing seinen Gedanken nach. Ob er dann an sie dachte?

Carol hielt die selbst auferlegte Untätigkeit nicht aus. Sie musste etwas tun, irgendetwas. Sie wusste nur nicht, ob sie zu ihm gehen oder vor ihm fliehen sollte. Ihr Gefühl sagte ihr, dass sie zu ihm gehen sollte, ihr Verstand riet eindringlich, so weit wie möglich von ihm fernzubleiben. Sie entschied sich für die Stimme der Vernunft.

Killarney war ihr Ziel.

„Möchtest du mit meinem Wagen fahren?", fragte Tess.

Carol überlegte, doch dann schüttelte sie den Kopf. „Danke, aber ich habe Probleme mit dem Linksverkehr. Außerdem habe ich einen ausgedehnten Einkaufsbummel vor, da stört der Wagen nur. Ich nehme den Bus."

„Einkaufsbummel?" Tess' Lippen verzogen sich spöttisch. „Du hast doch schon ein halbes Warenlager an Kleidung mitgebracht."

„Es fehlt mir einfach. In New York durchstreife ich auch häufig die Geschäfte und Boutiquen, ohne dass ich etwas Bestimmtes suche. Wenn mir etwas gefällt, dann kaufe ich es."

Tess hob die Augenbrauen. „Reicht überhaupt ein Kleiderschrank für dich aus?"

„Ich sortiere ja auch ab und zu wieder was aus." Carol nahm die Regenjacke vom Haken, entschied sich aber nach einem Blick zum strahlend blauen Himmel nur für einen kleinen Regenschirm, der in ihre Tasche passte. „Bis heute Abend!"

Der Bus brachte Carol nach Killarney. Am Bahnhof stieg sie aus. Der Name der Stadt stammte vom gälischen Cill Airne, was so viel wie Schlehendornkirche bedeutete. Außer dem romantischen Namen war nicht mehr viel davon geblieben. Die einstmals verschlafene Stadt war überlaufen von Touristen. Das lag aber mehr am Reiz der seenreichen Umgebung. In Killarney kauften die Touristen ein und darauf hatten sich die Geschäfte eingestellt. Ein wenig lustlos durchstreifte Carol die Läden. Als ihr die Füße schmerzten, bereute sie, nicht doch auf Tess' Angebot eingegangen zu sein. Die Stadt selbst hatte wenig Interessantes zu bieten, die Umgebung dafür umso mehr. Ihr sehnsüchtiger Blick fiel auf die von riesigen Rhododendronwäldern überwucherten Berge und Hügel. Auf einmal wünschte sie sich in die Einsamkeit, wollte mit sich und ihren Gedanken allein sein. Der Verkehr der Stadt, die Menschen, die Busse mit den Touristen störten sie.

In einem plötzlichen Entschluss bestieg sie den Bus und fuhr bis zum Muckross Park. Unterhalb der Ruine der Muckross-Abtei lag ein wunderschöner Park. Herrliche Rhododendronanlagen wechselten mit weiten Rasenflächen. Mittendrin stand ein Haus. Hier wohnte einst der deutsche Schriftsteller Rudolf Erich Raspe, der die Geschichte des Lügenbarons von Münchhausen schrieb.

Carol setzte sich auf eine Bank. Vielleicht sollte sie doch anfangen, ein neues Buch zu schreiben. Die Nähe von Muckross House inspirierte sie. Es müsste eine Fantasy-Geschichte sein, möglicherweise sogar die von einem unheimlichen Künstler, der seinen steinernen Skulpturen in mondhellen Nächten Leben einhaucht. Vielleicht war dieser Künstler ein Magier in der Art des jungen Barden Taliesin, der die Kunst der Verwandlung beherrschte.

Der Gedanke faszinierte sie und nahm sie gefangen. Sie blickte einer einachsigen Kutsche, gezogen von einem kräftigen Schimmel, nach. Touristen ließen sich damit durch den Park fahren. In einem Pferdewagen durch die Berge streifen, entlang der Ufer der Seen, das wäre ein wunderbares Abenteuer.

Carol wurde unruhig. Der Ausflug nach Killarney hatte nicht dazu beigetragen, sie von ihren Gedanken abzulenken. Im Gegenteil, etwas in ihrem Inneren drängte sie zur Tat. Sie erhob sich von der Bank und lief mit zügigen Schritten zur Bushaltestelle. Sie wollte nach Delanney zurückkehren und sofort mit dem neuen Roman beginnen.

Die Busfahrt zurück war zeitlich kürzer als ihr Weg von Delanneys Ortsmitte zu Tante Tess' Haus. Zu ihrem Ärger zog sich der Himmel, der den ganzen Tag über blau und fast wolkenlos gewesen war, mit drohenden dunklen Wolken zu. Sie beschloss, die Abkürzung über die Hügel zu nehmen. Vielleicht schaffte sie es noch vor dem drohenden Schauer.

Bevor sie die Hügelkuppe erreichte, klatschten vereinzelte dicke Tropfen herab und unvermittelt begann es wie aus Kannen zu gießen. Fluchend nestelte Carol den Schirm aus der Tasche. Bevor sie ihn aufgespannt hatte, war sie bereits bis auf die Haut durchnässt. Und als sie ihn endlich geöffnet hatte, wurde er von einer heftigen Windbö gepackt und umgeknickt. Verdammtes irisches Wetter!

Ihr blieb nichts anderes übrig, als weiterzulaufen, den Hügel hinunter, über die niedrige Umfassungsmauer, durch die hintere Hecke aus Stechpalmen und Haselbüschen, dann rettete sie sich auf Patricks Terrasse. Sie hatte nicht bemerkt, dass er im Türrahmen stand und in den Regen hinausschaute.

Es war zu spät, um davonzulaufen. Außerdem lähmte irgendetwas ihre Bewegungen. Sie stand vor ihm, das Wasser rann an ihr in Rinnsalen herab. Die Bluse, der Rock, alles klebte an ihrem Körper wie eine zweite Haut. Mit seinem Blick zog er den ihren in den Bann. Dann ließ er seine Augen über ihren Körper wandern, hinab und wieder hinauf. Sie verharrte bewegungslos, die Arme ließ sie hängen, fühlte diese Blicke wie streichelnde Hände und schämte sich gleichzeitig ihrer Gefühle. Langsam streckte er die Arme nach ihr aus, nahm ihren Kopf zwischen die Hände und beugte sich zu ihr herab. Nur wenige Zentimeter waren ihre Gesichter voneinander entfernt. Sie spürte seinen warmen Atem, wie er über ihre Wangen strich. Unter ihren halb geschlossenen Lidern gewahrte sie seine sich öffnenden Lippen. Er besaß schöne Lippen, einladend, verlockend. Carol war überzeugt, dass sie nach Schlehenkonfitüre schmeckten.

„Patrick“, murmelte sie.

Als seine Lippen ihre berührten, fühlte sie den Boden unter ihren Füßen schwanken. Sie schlang die Arme um seinen Oberkörper, fühlte die festen Muskeln unter ihren Händen und erschauerte ein ums andere Mal. In seinem

Kuss lag alles: Leidenschaft, Zärtlichkeit, Begehren, Ehrfurcht, Zuneigung, Fieber, Lust – und Angst.

Er zitterte! Ein feines Beben wie von einem in der Ferne vorüberfahrenden Zug durchlief seinen Körper. Sie hielt ihn umfangen, strich mit den Händen an seinem Rücken herab. Einen Herzschlag lang hatte sie geglaubt, dass er unerfahren sein würde, dass sie ihn sanft führen müsse, um ihm begreiflich zu machen, was sie wollte. Aber sie stand nur da, während seine Lippen nun über ihre Wangen glitten, zur Schläfe, über ihre Augenlider. Sie irrte sich. Er wusste, was er wollte. Er schien zu wissen, was sie wollte.

Er küsste, leckte, saugte jeden einzelnen Regentropfen von ihrer Haut. Sie wand sich unter diesen Berührungen in unbeschreiblicher Lust. Seine Hände wanderten zu ihrer Bluse herab und versuchten, den klebrigen Stoff von ihrem Körper zu ziehen. Sie versuchte vergebens, ihm dabei zu helfen. Der Stoff haftete auf ihrer Haut und sie drehte sich ungeduldig hin und her. Seine federleichten Küsse ließen eine Gänsehaut von ihren Armen über ihren Rücken hinabrieseln und entfachten gleichzeitig ein Feuer in ihren Adern. Die lustvollen Schauer verwandelten sich augenblicklich in glühend heißes Verlangen.

Seine Lippen wanderten ihren Hals entlang, vergruben sich in ihre Halsbeuge, perlten weiter über ihre entblößte Schulter. Ihre Haut glänzte vor Nässe, ihr Haar duftete nach feuchtem Moos, und als sie den Kopf überwältigt in den Nacken warf, berührten seine Lippen den Ansatz ihrer Brüste. Wie ein Magnet zog er alle ihre Empfindungen auf sich. Sie spürte ein schmerzhaftes Verlangen, das sie aufstöhnen ließ. Schwäche erfasste sie und Angst, er könne aufhören, ihren Körper zu liebkosen. Mit den Händen riss sie ihre

Bluse auf, während er sie vor sich her in das Haus schob. Die Knöpfe sprangen nach allen Seiten davon. Sie nahm es nicht zur Kenntnis. Dann schob sie ihre Hände unter sein Hemd. Im Gegensatz zu ihr war seine Haut trocken und warm. Mit fliegenden Fingern knöpfte sie es auf und streifte es von seinen Schultern. Als sie seine nackte Haut an ihrer spürte, schossen Stromstöße durch ihren Körper. Aber da war noch etwas anderes, das tiefer ging als profane körperliche Lust. Ihr Herz begann zu schmerzen und in ihrem Bauch ballte sich ein dumpfes Gefühl zusammen. Unfähig, überhaupt noch einen klaren Gedanken zu fassen, ließ sie sich von ihm zu seinem zerwühlten Feldbett ziehen. Gleich darauf lag sie auf der staubigen Decke.

Ungeschickt versuchte er, den Knopf an ihrem Rockbund zu öffnen. Er schaffte es nicht. Stattdessen versuchte er nun, den Rock über ihre Schenkel nach oben zu schieben. Carol stellte die Beine an. Unvermittelt richtete er sich auf. Er betrachtete sie unter gesenkten Lidern, während er den Bund seiner Jeans öffnete und den Reißverschluss herunterzog. Seltsamerweise ließ er sich Zeit dabei. Sie fühlte den kühlen Luftzug an ihrem Körper. Sie betrachtete seinen Körper: Er war vollkommen, wie seine Plastiken, Statuen, Bilder. Fast schmerzte es sie, ihn so zu sehen.

Eine Zeit lang war nichts weiter zu hören als das Heulen des Windes und das Prasseln des Regens.

Ohne die Augen von ihm zu lassen, öffnete sie mit fahrigen Fingern ihren Rock und streifte ihn ab. Das Wasser auf ihrer Haut trocknete nach und nach. Es kribbelte.

Patrick beugte sich herab und legte sich neben sie. Er suchte ihre Lippen, während seine Hand sacht über ihren Körper strich. Beide versuchten, den Augenblick hinauszuzögern, sich zu beherrschen. Doch es gelang ihnen nicht. Mit einem leisen Aufstöhnen schlang Carol ihre Arme um ihn und zog ihn zu sich. Er schob sich über sie, und dann gaben sie sich all den Gefühlen hin, die seit dem ersten Augenblick ihrer Begegnung ständig gewachsen waren. Ihre Hände fuhren auf seinem Rücken auf und ab, bis sie sich in seinen dichten Haarschopf vergruben, während Patrick sich auf die Arme stützte und ihr Gesicht betrachtete, als er sie liebte.

Sie liebten sich mit einer Intensität und Leidenschaft, die beide überwältigte. Wie Ertrinkende aneinander geklammert, versanken sie schließlich in einem Meer unendlichen Glücks.

Carol hielt stets gern die Zügel in der Hand. Sie hatte gewusst, dass sie irgendwann mit Patrick im Bett landen würde. Sie hätte ihn verführt, wie sie auch jeden anderen Mann verführt hätte. Doch alles hatte eine Wendung genommen, auf die sie nicht vorbereitet gewesen war. Von Patrick ging etwas aus, das sie nicht mit Worten beschreiben und nicht mit dem Verstand erfassen konnte. Die männlichen Instinkte zu wecken war etwas anderes, als sein Herz zu treffen. Er besaß einen schönen, begehrenswerten Körper, doch den besaßen andere Männer auch. Er war anders, als sie erwartet hatte. Etwas steckte in diesem Körper, das sich ihr entzog und das doch ausstrahlte wie ein radioaktives Element. Die Strahlen waren nicht zu sehen, nicht zu hören, nicht zu spüren, aber sie durchdrangen alles und lösten in ihr eine ungewollte und überraschende Reaktion aus. Etwas bröckelte in ihr, eine Kruste der Abwehr und Selbstverteidigung gegen ihre Umwelt. Sie hatte schon mehrfach ihren Körper hingegeben, aber noch nie ihr Herz!

Es war mehr zwischen ihnen als diese körperliche Vereinigung, eine Tiefe, eine Gemeinsamkeit, die sie nie zuvor empfunden hatte. Es erfreute und erschreckte sie zugleich. Sie musste sich überwinden, um sich von ihm abwenden zu können. Sie wäre lieber neben ihm liegen geblieben, ihre Wange auf seiner schweißfeuchten Brust, hätte seinen tiefen Atemzügen und dem dumpfen Klopfen seines Herzens gelauscht. Als sie ihn nicht mehr spürte, fühlte sie Sehnsucht in sich. Sie blickte auf ihn herab, wie er dalag, den Körper entspannt und ermattet. Doch in seinem Gesicht …

Er hielt die Augen offen und starrte gegen die Wand. Ein verkniffener Zug lag um seinen Mund, eine Spur Trotz, eine Spur Verbitterung und auch Verachtung. Carol spürte, dass diese Gefühle nicht ihr galten, sondern ihm selbst. Und in diesem Augenblick war er ihr wieder so fremd wie am ersten Tag.

10. Kapitel

Ihre Beziehung war unklar und schwer einzuordnen. Anfangs fand sie ihn abweisend und verschlossen, dann hatte er ihre Neugier geweckt. Als er sich gegen ihre vorsichtigen Annäherungsversuche wehrte, wollte sie ihn erobern. Doch sie hatte ihn nicht erobern können, sondern er hatte eine Tür geöffnet, durch die sie geschritten war. Sie war in ein Land gelangt, das ihr fremd und doch vertraut war. Ihre Körper hatten sich vereint. Für Carol war es überraschend innig gewesen, viel mehr als reiner Sex. Ständig wandelte sich diese Welt vor Carols Augen, immer wieder präsentierte sie sich ihr neu, verwirrend, unaussprechlich süß und voller Leidenschaft, aber auch voller Schwermut und Schmerz. Sie war verwirrt. Was empfand sie für Patrick? Und was hatte er für Gefühle für sie?

Carol kam zu keinem Ergebnis und beschloss, es nicht mehr zu hinterfragen. Sie wollte es einfach nur annehmen, ausleben, genießen. Es war wie ein unerwartetes, wunderschönes Geschenk, weich wie eine Wolke, in die man sich hineinfallen lassen konnte, beschützend wie ein Kokon, der sie mit federleichten Seidenfäden umhüllte, warm wie ein Feuer, das sie von innen erwärmte.

Tess war nicht entgangen, dass sich die Beziehung zwischen Carol und Patrick gewandelt hatte. Doch sie fragte nicht und Carol erzählte nichts. Irgendwie wäre es Carol unangenehm gewesen, hätte Tess erfahren, dass sie mit

Patrick geschlafen hatte. Es war einfach so passiert. Nicht, dass Carol es bereut hätte. Es war unglaublich aufregend gewesen und schön und unerwartet zärtlich. Ihr Atem stockte in der Erinnerung daran. Sie musste zugeben, dass sie sich von Patrick angezogen fühlte. Es war nicht einfach, mit ihm umzugehen. Er war kompliziert, widerspruchsvoll und dabei doch eine atemberaubende Mischung, faszinierend, erotisch, herausfordernd. Etwas lag tief in seinem Inneren vergraben, das ihn mit der Aura des Geheimnisvollen umgab. Carol war sich nur nicht sicher, ob es etwas Gutes oder etwas Schlechtes war. Doch hinter dieses Geheimnis zu kommen, war fast unmöglich. Aber das hatte sie bereits beiseite geschoben. Sie wollte sich ihm hingeben, einfach von ihm geliebt werden.

Carol erwachte mit einem unbeschreiblichen Glücksgefühl. Diesmal fiel ihr das Aufstehen nicht schwer. Sie half Tess beim Zubereiten des Frühstücks. Sie deckte den Tisch für drei Personen. Jetzt gab es keinen Grund mehr, dass Patrick sie mied. Er sollte seinen gewohnten Platz in der Küche wieder einnehmen.

„Ich werde ihn holen", sagte sie zu Tess und eilte durch den Garten. Auf dem Gras lag Tau. Das Gartenhaus lag still und einsam. Vielleicht schlief Patrick noch. Sie lächelte in der Vorfreude, ihn mit einem sanften Kuss zu wecken, und dann würde sie seine Wärme spüren, durch sein zerwühltes Haar streichen und vielleicht sogar …

„Patrick?" Sie klopfte an die Tür und öffnete sie einen Spaltbreit. Ihr Blick schweifte durch den Raum. Das Bett war zerwühlt, es herrschte die übliche Unordnung. Doch Patrick war nicht da!

Carol öffnete die Tür ganz. „Patrick!" Sie blickte sich um. Langsam ging sie zum Bett und schob ihre Hand unter die Decke. Das Laken war kalt. Patrick musste schon längere Zeit fort sein.

Nachdenklich kehrte Carol in die Küche zurück. Tess bemerkte die Enttäuschung auf Carols Gesicht. Eine Weile schwieg sie, doch dann setzte sie ihre Teetasse ab und schaute Carol an. „Er ist ein erwachsener Mann und kann gehen, wohin er will", sagte sie.

„Soll er doch", erwiderte Carol spitz. „Ich mache ihm keine Vorschriften." Sie kämpfte gegen die aufsteigenden Tränen und ärgerte sich darüber.

„Du hast erwartet, dass er nun Tag und Nacht für dich da ist, immer um dich herum, dich verwöhnt, dir jeden Wunsch von den Augen abliest ..."

„Nein, das stimmt nicht", fiel sie Tess ins Wort, aber sie wusste im gleichen Moment, dass Tess Recht hatte. „Ich dachte zumindest, dass er nun etwas zugänglicher wird."

„Gib ihm Zeit." Tess neigte den Kopf. „Du bist zu ungeduldig."

Carol senkte den Blick. „Ich weiß. Trotzdem könnte er ein bisschen freundlicher sein. Wenn man sich kennen lernen will, geht das doch nur, wenn man Zeit miteinander verbringt. Aber er weicht mir aus."

„Vielleicht muss er erst einmal damit fertig werden, was geschehen ist. Für ihn ist es nicht ganz so selbstverständlich, mit einer Frau zu schlafen."

Carol schnappte hörbar nach Luft und spürte, wie sie errötete. Gleichzeitig stieg eine Hitze in ihr auf. „Du weißt es?"

Tess zuckte mit den Schultern. „Natürlich. Und ich bin auch nicht prüde. Du weißt, in einem streng katholischen

Land ist das keine Selbstverständlichkeit. Aber ihr seid beide erwachsen. Und wenn es Patrick getan hat, dann wollte er es auch.“ Ihr Blick wurde durchdringender. „Und er meint es damit ernst.“ Sie lehnte sich auf ihrem Stuhl zurück. „Du bist sicher ein anderes Leben gewöhnt, hast wohl auch nicht wie eine Nonne gelebt.“ Sie hob abwehrend die Hände, als Carol Luft holte, um etwas zu erwidern. „Es geht mich auch gar nichts an, auch nicht, was du mit Patrick tust. Ich lege dir nur ans Herz, dich nicht leichtfertig zu verhalten. Patrick ist kein Mann für eine Nacht oder ein Urlaubsflirt, den man abhakt, wenn man wieder abreist.“

„Warum sagst du mir so etwas?“

„Es soll eine Warnung sein. Dabei geht es mir weniger um dich als um Patrick.“

„Natürlich“, murmelte Carol. Jetzt kehrte Tess wieder ihren Mutterinstinkt heraus.

„Er hat eine sehr verletzliche Seele. Das Schlimmste, was Patrick passieren kann, ist, dass ihn jemand enttäuscht. Er ist von vielen Menschen enttäuscht worden, deshalb hat er sich sehr zurückgezogen. Aber er ist ein guter Mensch. Ich werde nicht zulassen, dass jemand mit seinen Gefühlen spielt.“

„Ich schwöre dir, dass ich nicht mit ihm spiele. Und es ist nicht nur so eine kurze Affäre.“

„Schwöre lieber nicht, sondern geh in dich und werde dir über deine Gefühle zu ihm im Klaren.“

„Ich mag ihn, ich mag ihn sogar sehr. Er macht es mir nicht gerade leicht, aber ich werde alles tun, um ihm zu beweisen, dass ich es auch ernst meine.“

Tess schaute sie lange an. „Ich werde dich zu gegebener Zeit daran erinnern.“

Im zeitigen Morgengrauen hatte Patrick das Gartenhaus verlassen. Er trug einen dicken Wollpullover und eine Regenjacke.

Die Küste lag im Dunst, es war kalt. Er vermied es, einen Blick zu Carols Fenster hinaufzuwerfen, als er am Haus vorbeiging. Sie lag bestimmt noch im Bett, warm, weich, entspannt im Schlaf. Er durfte nicht dran denken, weil es sofort in seinen Eingeweiden schmerzte. Seit Tagen tobten die Kämpfe, die er mit sich selbst ausfocht. Dass er mit Carol geschlafen hatte, hatte die ganze Sache nicht einfacher gemacht.

Mit ausholenden Schritten stapfte er den Hügel zur Küste hinauf, ging eine halbe Meile an der Steilküste entlang bis zur Bucht, wo sein Boot lag. Als er den steilen Pfad hinunterkletterte, erinnerte er sich daran, wie er sie hier gesehen hatte, nackt, nass, verfroren und gleichzeitig so ungemein anziehend. Dieser Druck in seinem Inneren, unwillkürlich und nicht beeinflussbar, hatte ihn getrieben, sie zu zeichnen. Wie eine Meerjungfrau, ein Wesen aus einer anderen Welt war sie ihm erschienen. Sie hatte das Bild gesehen und er könnte sich jetzt noch dafür ohrfeigen, dass er die Tür nicht abgeschlossen hatte. Ihm fiel ein, dass er gar keinen Schlüssel dazu besaß. Niemandem würde einfallen, das Gartenhaus einfach zu betreten, ob er anwesend war oder nicht. Warum tat Carol es?

Am schmalen Strand angelangt, drehte Patrick das Boot um, packte die Angeln hinein und schob es in das Wasser. Die Ebbe hatte begonnen. Mit kräftigen Ruderschlägen trieb er das Boot auf die offene See. Bald war die Küste nur noch schemenhaft zu erkennen. Wie Walbuckel ragten die oberen Rundungen der Hügel aus dem Dunstschleier heraus. Auch der Himmel versteckte sich hinter diesem feuchtkalten Schleier. Nur das Farbenschauspiel von Schwarz über Blau und Violett bis zu Grau verriet den anbrechenden Morgen. Patrick atmete tief durch, seine Muskeln lockerten sich mit jedem Ruderschlag.

Diese Morgendämmerung auf dem Meer zu erleben war ihm zu einem großen Bedürfnis geworden. Für ihn befand es sich hier draußen, dieses Allgewaltige und Mystische, die Geburt eines neuen Tages, der dramatische Moment, wo der gleißende Feuerball die Schwärze der Nacht hinter den Horizont drängte. Während er die Angeln auslegte, breitete sich ein rosaroter Schein über der Wasserfläche aus. Die Dunstschleier zerstoben in groteske Formen, tanzten zwischen den Hügeln, um sich dann vor seinen Augen im Nichts aufzulösen. Fasziniert beobachtete er diese Wandlungen. Das Werden und Vergehen, die Bewegung, der Wandel galten als die höchste Wahrheit, weil sie dem Leben Bedeutung verliehen. Die Nebel, das Wasser waren die Schleier, hinter denen sich andere Welten verbargen. Patrick sehnte sich danach, diese Schleier zu teilen und in diese anderen Welten übertreten zu können. Er war sich sicher, dass er auf diese Weise von seinem Makel erlöst werden würde. In der Anderswelt seiner Vorfahren änderte sich die Realität und wurde übernatürlich. Warum aber verschloss sie sich vor ihm?

Könnte er sein Leben abstreifen wie eine Schlangenhaut, könnte er auch Carol unbefangener entgegentreten. Er verspürte das Kribbeln in seinem Bauch bei dem Gedanken an sie. Was hatte sie an sich, dass sie solche Gefühle in ihm weckte? Warum wurde er von ihr in einen Bann geschlagen, der ihn selbst erschreckte? Es war etwas

Vertrautes zwischen ihren Seelen. Vielleicht hatten sie sich bereits in einem anderen Leben geliebt. Und nun war sie zurückgekommen durch die Nebelschleier aus der Anderswelt. Wie ein übernatürliches Wesen, wie eine Fata Morgana. Er befürchtete, dass auch sie wie die Nebelfetzen ins Nichts zerfließen könnte, wenn er die Hand danach ausstreckte.

Die Morgennebel hatten sich noch nicht vollständig aufgelöst, doch er hatte bereits einige Fische gefangen. Am frühen Morgen bissen sie besonders gut. Gemächlich holte er die Leinen ein und verstaute die Angeln unter dem Sitzbrett. Er hatte noch keine Lust zurückzufahren. Vor allem wollte er Carol nicht begegnen. Er wusste nicht, wie er ihr in die Augen schauen sollte, nachdem …

Ein Ruck ging durch seinen Körper. Er lief schon wieder davon. Ein Leben lang war er davongelaufen. Was hatte ihm das gebracht? Überall hatte er den Ort gesucht, wo er Ruhe und Frieden finden konnte, aber er hatte ihn nie gefunden. Auch nicht in Tess' Gartenhaus. Denn genau hier brach Carol in sein Leben ein. Er fragte sich, ob es Zeit war, weiterzuziehen, einen anderen Ort zu suchen.

Die kurzen Wellen klatschten gegen den Bug des Boots und brachten es in eine leise Schaukelbewegung, der Wind hatte aufgefrischt und vertrieb den letzten Nebel. Die Küste trat jetzt deutlich hervor. Die Bucht lag noch im Schatten. Wenn nicht die Wanderung der Sonne gewesen wäre, hätte man meinen können, die Zeit wäre stehen geblieben. Manchmal wünschte er sich, bestimmte Augenblicke für die Ewigkeit festzuhalten, andere Momente wieder aus dem Bewusstsein zu löschen. Carol in den Armen zu halten, sie zu küssen, zu lieben – das waren diese Augenblicke, für die es sich lohnte zu leben. Er erinnerte sich ihres entrückten Gesichtsausdrucks in den Sekunden höchster Ekstase, sah noch genau die Farbe ihres Teints, eine zarte Röte wie die des Morgenhimmels. Er spürte noch das Beben ihres Körpers, ihre Bewegungen, ihren heftigen Atem. Er hätte sie so gern für alle Ewigkeiten festgehalten, sie beschützt vor der Unbill der Welt und des Lebens. Aber wie konnte er sie beschützen, wenn er selbst Schutz benötigte? Und brauchte sie überhaupt Schutz, eine schöne, selbstbewusste Frau, die in Amerika lebte?

Er war froh, dass es diese Augenblicke gegeben hatte, er bereute nicht, mit ihr geschlafen zu haben. Er hatte schon lange keine Frau mehr gehabt, doch mit Carol war es so vertraut, so wunderschön. Und er bekam Angst, diese grässliche Angst vor der Frage, was danach kam. Wenn es dieses Danach nicht geben würde …

Er ergriff die Ruder und tauchte sie in das Wasser. Auf der Oberfläche bildeten sich Ringe, die konzentrisch auseinander liefen. Die Weisheit des Wassers. Er erinnerte sich an die vielen Mythen und Sagen seiner keltischen Heimat. Sie hatten sie in der Schule gelernt und auch Tess hatte ihm viel erzählt. Er war damit aufgewachsen und er hatte sie alle in sich aufgesogen wie ein trockener Schwamm. Jetzt gaben sie ihm den Halt und den Trost, den er so dringend brauchte. Die Urahnen hatten der Herrin vom See geopfert, ihr Geschenke dargebracht. Vielleicht sollte er es auch tun, sein Herz tief im See versenken. Es würde für alle Ewigkeiten dort unten ruhen, bewacht von den feengleichen Wesen, die es auch unter Wasser gab. Und dieses blöde Herz würde nie wieder schmerzen, ihn nicht beunruhigen mit seinem wilden Schlagen. Ob er so Ruhe und Frieden finden konnte?

Er schüttelte nachdenklich den Kopf. Auf eine sonderbare Weise war er sogar froh, dass sie gekommen war. Er hatte etwas erlebt, was er ohne sie niemals erlebt hätte. Ein neues, bisher unbekanntes Gefühl hatte von ihm Besitz ergriffen. Er fühlte sich glücklich!

Mit gleichmäßigen Schlägen ruderte er zurück zum Strand, zog das Boot auf den Sand und lud es aus. Dann sammelte er das wenige Holz, das er finden konnte, zu einem Haufen zusammen und entfachte ein Feuer. In der Glut briet er die Fische. Als sie gar waren, legte er sie auf große Blätter und brach die Fischkörper auf. Dampf stieg von dem weißen Fleisch auf. Er erinnerte sich daran, als er mit Carol hier saß. Sie hatte eine fast kindliche Freude dabei empfunden, auf diese Weise zu essen.

Patrick lehnte sich mit dem Rücken an die Felswand, während er langsam die Fische verzehrte. Man brauchte nicht viel zum Leben, ein Boot und eine Angel, ein Messer und Feuer. Aber reichte das wirklich? Gehörte zum Leben nicht mehr? Nichts Materielles, sondern das Gefühl, Glück, Liebe.

Er seufzte leise auf und blickte zum Himmel empor. Die Möwen jagten kreischend nach Fischen im Wasser und ein Schwarm Papageientaucher fiel lautstark in die krüppeligen Büsche am Steilufer ein. Er warf die Reste der Fische ins Feuer, schüttete die Glut mit Sand zu und erhob sich. Sein Frühstück würde im Gartenhaus stehen. Vielleicht hatte sogar Carol das Tablett gebracht. Sie war sicher enttäuscht gewesen, ihn nicht anzutreffen. Aber er wollte und konnte ihr nicht in die Augen schauen. Er hatte die Grenze überschritten. Auch wenn er es nicht bereute, ja, zugab, dass er es gewollt hatte, hätte es nie geschehen dürfen. Denn Carol würde die Frage stellen, ganz sicher würde sie die Frage nach dem Danach stellen. Und davor hatte er eine panische Angst!

11. Kapitel

Der Tag von Tante Tess' Geburtstag stand bevor. Für Carol völlig unbegreiflich, schien Tess die Ruhe selbst zu sein. Sie konnte keinerlei Vorbereitungen für eine Feier feststellen.

„Ja, kommen denn keine Gäste?", fragte Carol sie verwundert.

„Oh, sicher werden Gäste kommen", erwiderte Tess. „Ich habe niemanden speziell eingeladen. Ich lasse mich einfach überraschen."

„Aber dazu musst du doch einige Vorbereitungen treffen. Was willst du ihnen anbieten? Wir müssen einkaufen fahren, Geschirr organisieren, vielleicht ein Zelt für den Garten, wenn es regnet …"

Tess lachte. „Mach dir darüber doch keine Gedanken. Meine Gäste werden schon nicht verhungern."

Carol kribbelte es in den Fingern. Die Vorbereitungen einer Party dauerten bei ihr stets einige Tage und sie benötigte Unmengen von Listen, um alles unter Kontrolle zu bekommen. Dafür waren Carols Partys auch berühmt. Aber sie wollte Tess keine Vorschriften machen, wie sie ihren eigenen Geburtstag zu gestalten hatte. Sie war allerdings der Meinung, dass Patrick dabei etwas behilflicher sein könnte. Er ließ sich kaum noch sehen, fuhr morgens bereits mit Tess' Fahrrad ins Dorf und Carol hatte keine Ahnung, was er dort trieb. Oft kam er erst abends wieder, dann hörte sie das Hämmern und Klopfen aus dem Gartenhaus. Meist jedoch war die Tür geschlossen und Carol beging kein zweites Mal den Fauxpas, einfach bei ihm einzudringen. Eingedenk Tess' Warnung wollte sie ihm auch Zeit geben, sich an die neue Situation zu gewöhnen. Aber je mehr Zeit verging, umso mehr befürchtete Carol, dass Patrick schlichtweg bereute, seine Hormone nicht unter Kontrolle gehabt zu haben, und gar nichts mehr von ihr wissen wollte.

Einen Tag vor ihrem Geburtstag schien Tess aus ihrem Gleichmut aufzuwachen. „Hast du Lust, mit mir ins Dorf zu fahren?", fragte sie Carol.

„Gern. Ich nehme an, dass du doch etwas einkaufen willst."

„Ganz recht. Und ich nehme an, dass du mir dabei hilfst."

Sie kletterte in Tess' Pick-up und sie fuhren die schmale Straße entlang bis zum Hafen von Delanney. Dort stellte Tess den Wagen ab.

„Hast du keine Einkaufsliste?", wollte Carol wissen.

Tess schüttelte den Kopf. „Wozu? Die paar Dinge kann ich mir noch merken. Ich werde zwar morgen sechzig, aber noch bin ich nicht verkalkt." Dass es ihr ein wenig schwer fiel, sich an ihr Alter zu gewöhnen, gab sie nicht zu.

Beim Fleischer kaufte Tess mehrere Kilo Hammelfleisch. Der Fleischer gab ihr auch gleich zwei riesige Töpfe mit. „Für das Stew", meinte sie schmunzelnd, als Carol ungläubig den Kopf schüttelte. Danach gingen sie noch ins Fischgeschäft und kauften Räucherlachs. Dann kehrten sie zum Wagen zurück.

„Das ist alles?" Carol konnte es nicht fassen. „Keine Getränke?"

Tess griff nach ihrer Hand. „Es ist mein Geburtstag. Willst du es mir nicht überlassen, wie ich ihn gestalte?"

„Natürlich", gab Carol kleinlaut bei.

„Du kannst mir noch allerhand helfen. Zum Beispiel bei der Zubereitung des Stew."

Seufzend kletterte Carol wieder in den Wagen. Tess wusste doch, dass sie keine Ahnung vom Kochen hatte!

Es war dann doch allerhand Arbeit, das Stew vorzubereiten. Carol schälte Kartoffeln und Zwiebeln, die Tess aus dem Garten brachte, hackte Kräuter und zerschnitt das Hammelfleisch. Dann rührten sie beide in den riesigen Töpfen. Das Ganze musste mehrere Stunden garen.

Gegen Abend kam ein Wagen vorgefahren, ein Pick-up ähnlich dem, den Tess fuhr. Nur dass er rotbraun gespritzt war und sich an der Fahrertür die Aufschrift des Pubs von Delanney befand. Der Wirt stieg aus, seine unvermeidliche Zigarettenkippe im Mundwinkel, und lud einen Stapel Bierkisten ab. Lagerbier war darunter und Guinness.

„Hallo Tess", grinste er in die Küche hinein. „Ich hoffe, dein Stew reicht für das ganze Dorf. Mindestens so viel werden kommen. Hier." Er stellte zwei Flaschen irischen Whiskey auf den Tisch. „Für den Gaeliccoffee. Die Schüsseln für das Stew habe ich auch gleich mitgebracht und eine Kiste voll Löffel." Er schob seine Mütze in den Nacken, kratzte sich am Kopf und richtete die Mütze wieder gerade. „Hast ja eine flotte Küchenmagd." Er blitzte Carol übermütig zu. „Muss weiter. Bis morgen dann." Und dann war er wieder verschwunden.

„Ach, so läuft das", staunte Carol.

„Ja, so läuft das", erwiderte Tess. „Es ist sein Geburtstagsgeschenk, meine Party mit Getränken auszustatten. Und der Bäcker bringt morgen Früh das Brown Bread und Toast ganz frisch. Und das Stew und den Räucherlachs steuere ich bei. Noch Fragen?"

Carol schüttelte den Kopf. Jetzt freute sie sich auf den morgigen Tag und war gespannt, was Tess wohl zu ihrem Geburtstagsgeschenk sagen würde.

Carol hatte sich den Wecker gestellt, um als Erste ihrer Tante zu gratulieren. Doch Tess war schon auf den Beinen und hantierte in der Küche.

„Tante Tess, alles Liebe und Gute zu deinen sechzigsten Geburtstag“, rief Carol und umarmte sie.

„Herrje, betone nicht, dass es der sechzigste ist“, schnaufte Tess gerührt. „Aber ich freue mich, dass du deswegen extra über den großen Teich geflogen bist.“

Carol lachte. „Und schau, was ich dir mitgebracht habe. Nicht alles in meinem Gepäck waren Edelklamotten.“ Sie drückte ihr ein riesiges Paket in die Hand.

„Was ist denn das?“, fragte sie völlig fassungslos. „So ein riesiges Geschenk!“

„Pack es aus“, forderte Carol sie auf.

Etwas verlegen stellte Tess es auf dem Küchentisch ab und überlegte, wo sie das Geschenkpapier öffnen sollte.

„Reiß es doch einfach auf“, schlug Carol ungeduldig vor.

„Nein, es ist so hübsch verpackt.“ Tess zögerte immer noch.

„Na los, ich will dein Gesicht sehen, wenn du es auspackst.“

„Was könnte es sein?“, überlegte Tess. „Es ist so groß.“

„Und du hast es garantiert noch nicht“, ergänzte Carol schmunzelnd.

Vorsichtig öffnete Tess das Paket. Zuerst kam eine dicke Styroporverpackung zum Vorschein. Carol half ihr beim Entfernen.

„Du großer Gott, was ist denn das?“ Mit großen Augen starrte Tess auf die Apparate, die dazwischen klemmten.

„Eine Hi-Fi-Anlage", sagte Carol stolz. „Und damit sie gut in dein Wohnzimmer passt, sind die Boxen mit Zedernholz verkleidet. Schau, damit kannst du Radio hören und CDs abspielen."

„CDs? Ich besitze aber gar keine."

„Jetzt besitzt du die erste." Carol reichte ein kleines, flaches Päckchen nach. „Irische Volksmusik, made in USA."

„Aber du bist nicht ganz gescheit, mir so ein teures Geschenk zu machen." Sie blickte ein klein wenig vorwurfsvoll auf Carol.

„Liebe Tante Tess, ich habe mit meinen Büchern genug Geld verdient, damit ich dir dieses Geschenk machen kann. Schließlich hast du doch auch die Saat in mir gelegt, Schriftstellerin für Fantasy-Romane zu werden."

„Übertreibst du da nicht ein wenig?" Sie blickte wieder skeptisch auf die Anlage. „Da sind so viele Knöpfe dran. Ich weiß nicht, ob ich damit zurechtkommen werde."

„Keine Angst, ich erkläre es dir. Du wirst bestimmt deine Freude daran haben."

Tess kam nicht dazu, weiter darüber nachzudenken. Das Bäcker-Auto fuhr vor und brachte das Brot. Natürlich mussten sie auf Tess' Geburtstag anstoßen. Tess beließ es beim Saft. „Sonst liege ich in zwei Stunden unter dem Küchentisch", scherzte sie.

Und dann ging es Schlag auf Schlag. Das ganze Dorf schien auf den Beinen zu sein, um Tess zu gratulieren. Das Irishstew köchelte auf kleiner Flamme und Carol schwang die Schöpfkelle. Stapel von Keramikschüsseln standen bereit, auf dem Rasen stand das Bier, jeder suchte sich irgendwo Platz. Carol schnitt Brot auf, belegte Toast mit Räucherlachs, kochte mehrere Kannen Kaffee, aus dem Tess dann den Gaeliccoffee mit Zucker, Whiskey und Sahne zauberte. Einige Gäste hatten Musikinstrumente mitgebracht, es wurde musiziert, gesungen und getanzt.

Sie sangen „The Rose of Tralec“ und „Danny Boy“ und Carol wunderte sich, dass sie diese Lieder in all den Jahren nicht vergessen hatte. Die teure Hi-Fi-Anlage stand unbeachtet neben der Kommode im Wohnzimmer.

Tess kam kaum zur Ruhe, aber auch Carol hatte alle Hände voll zu tun. Tess schien im ganzen Ort beliebt zu sein, alle hatten ein freundliches Wort für sie, umarmten und küssten sie, klopften ihr aufmunternd auf die Schulter und die Männer rissen sich darum, mit ihr zu tanzen. Selbst Petrus schien sein besonderes Geschenk für Tess mitgebracht zu haben. Nur zwei Mal gab es einen kurzen Schauer.

Der Tisch mit den Speisen wurde kurzerhand mit einer Plane zugedeckt und die Gäste verzogen sich einstweilen auf die Terrasse vom Gartenhaus.

„Wo ist eigentlich Patrick?“, fragte Carol und blickte sich suchend um.

Tess lächelte mild. „Du weißt doch, dass er den Rummel nicht mag. Er wird sich irgendwohin verzogen haben.“

„Aber wohin? Ich habe bereits alles nach ihm abgesucht.“

„Ganz sicher hat er irgendwo noch einen geheimen Zufluchtsort, den niemand kennt.“

„Du scheinst dir keine Gedanken darüber zu machen?“, stellte Carol ein wenig verärgert fest. Tess schüttelte den Kopf. „Warum sollte ich? Wenn alles vorbei ist, taucht er bestimmt wieder auf.“

„Ich finde es nicht nett von ihm, dass er deinen Geburtstag vergisst.“

Tess schaute sie erstaunt an. „Wieso sollte er meinen Geburtstag vergessen haben?"

„Hat er nicht?"

„Hat er nicht. Er war ganz in der Frühe mein erster Gratulant."

„Ach!" Dabei war Carol extra zeitig aufgestanden, um Tess als Erste zu gratulieren. Offensichtlich kam sie, was Patrick betraf, immer einen Schritt zu spät.

Spät am Abend, als die letzten Gäste gegangen waren, ließ sich Tess aufstöhnend in den Sessel sinken.

„Man sollte denken, dass es eine Freude ist, Geburtstag zu haben. Heute denke ich, Gott will mich dafür strafen."

„Aber Tante Tess, es war ein wunderschöner Geburtstag. Du warst der Mittelpunkt und alles hat sich nur um dich gedreht."

„Meine Beine denken anders darüber", seufzte sie. Ihre Knöchel waren unförmig angeschwollen.

„Soll ich dir Umschläge bereiten?", fragte Carol.

Tess winkte ab. „Nein, nein, ich muss nur eine Weile die Füße hochlegen, dann geht es schon wieder."

„Ich werde inzwischen all deine Geschenke auf der Kommode anordnen", schlug Carol vor. „Ich glaube, da ist gar nicht so viel Platz."

„Oh, da fällt mir ein, dass ich einen Platz für Patricks Geschenk suchen muss."

Carol horchte auf. Etwas schwang in Tess' Stimme, das seltsam klang, fast ein wenig gerührt. „Was hat Patrick dir denn geschenkt?"

„Ein Bild. Dort." Sie wies mit dem Finger auf etwas Verhangenes, dass ganz hinten in der Ecke stand.

„Warum hast du es in die Ecke gestellt?", wollte Carol wissen.

„Weil es nur für meine Augen bestimmt ist."

„Hat er das gesagt?"

„Nein. Aber ich weiß es."

„Soll ich jetzt das Zimmer verlassen?", fragte Carol ein wenig vergnatzt.

Tess lächelte. „Aber nein. Bring es her und halte es an die Wand. Vielleicht dorthin?" Sie wies an die lange Wand neben dem Kamin. Eine etwas altmodische Uhr hing dort, deren Werk seit längerem kaputt war.

Carol holte das Bild hinter der Kommode hervor und zog das Tuch ab. Es war ein Aquarellgemälde, in bunten Farben gehalten. Es zeigte Tess' Haus, aber aus einer sehr ungewöhnlichen Perspektive. Nicht die Vorderfront war zu sehen, sondern die Ansicht vom Hügel aus. Vorn rechts war das Gartenhaus mit seinem Reetdach angedeutet, überwuchert von wildem Efeu, eingebettet in die Rhododendronbüsche, die schmalen Gartenwege zwischen den Blumenbeeten, die rot blühenden Fuchsien und die zerzausten Wedel der beiden Palmen. Wie in der Morgensonne schien sich das Wohnhaus aus dem bunten Blumenmeer zu erheben. Das Licht fiel flach ein und erhellte die Rückfront des Hauses in einer Weise, wie sie Carol noch nie beobachtet hatte. Sie erkannte viele Details wieder und bewunderte Patricks Beobachtungsgabe. Da war auch das Fenster ihres Zimmers. Und dahinter, schemenhaft nur, stand sie selbst. Eine Hand gegen den Fensterrahmen gelehnt, schien sie in Gedanken versunken hinüber zum Gartenhaus zu blicken.

Carol blieb der Mund offen stehen.

„Wie findest du es?", wollte Tess wissen.

„Es ist … ungewöhnlich", erwiderte Carol mit heiserer Stimme.

„Nimm die Uhr ab und häng es an den Haken“, forderte Tess sie auf.

Carol hob die alte Uhr herunter. Dabei fiel das Uhrglas heraus. „Sie ist wirklich nichts mehr wert“, stellte Tess fest. „Ist der Haken stark genug?“

„Ich glaube schon.“ Carol hakte den Aufhänger des Rahmens ein. Dann trat sie einige Schritte zurück. Sie betrachtete das Bild mit geneigtem Kopf. „Es ist hübsch. Und ungewöhnlich.“

„Ja, er hat wirklich Talent.“ Auch Tess versank in den Anblick des Bildes.

Carol näherte sich wieder dem Bild und untersuchte es genauer. „Wieso hat er es nicht signiert?“, wollte sie wissen.

„Warum sollte er?“

„Jeder Künstler signiert sein Werk.“

„Er macht das nie.“

„Dann sollte er es bald tun. Ich glaube, er wird bestimmt berühmt.“

Tess lachte auf. „Genau das glaube ich nicht. Und du weißt, wie Patrick darüber denkt. Er hat seine Meinung nicht geändert.“

„Ich werde ihn dazu bewegen.“

12. Kapitel

Die Wolkenfront trieb vom Westen her auf die Küste zu. Mit gleichmäßigen Schritten stapfte Patrick über den Hügel. Er durchquerte die Schafherde, die in einem von einer Steinmauer umgrenzten Areal weidete. Die Tiere ließen sich von ihm nicht stören, als wüssten sie, dass er zu dieser Landschaft gehörte wie die Lummen und Austernfischer, Ginsterbüsche und Fuchsienhecken. Der heftige Wind zerzauste sein Haar. In der Hand trug er einen Seehecht. Diesmal war das Anglerglück ihm hold gewesen. Er würde ihn Tess geben, damit sie ihn zubereitete.

Er nahm die Abkürzung über die Einfassungsmauer von Tess' Garten, als er Carol entdeckte. Sie arbeitete mit Tess im Garten. Er sah ihren gebeugten Rücken, einen Korb mit ausgezupftem Unkraut neben sich. Sie trug Jeans und ein Shirt und darüber eine von Tess' Strickjacken. Es war immer noch kühl, aber Carol schien es plötzlich nichts auszumachen.

Sie hatte ihn nicht bemerkt und er blieb stehen, um sie zu betrachten. Selbst bei dieser einfachen Tätigkeit verströmte sie eine solche Anmut und Eleganz, dass er sich bei Gedanken ertappte, die er nicht haben sollte. Nicht jetzt und nie wieder. Das erschien ihm aber plötzlich fragwürdig. Er starrte sie an, registrierte die Linie ihres Rückens, die gleichmäßigen Bewegungen ihrer rechten Hand, sah den Wind in ihren kastanienbraunen Locken spielen. Ihre Art, sich zu bewegen, machte es ihm schwer, seinen Blick zu lösen.

Tess bemerkte ihn und winkte ihm zu. Da drehte auch Carol sich um. Er fühlte sich ertappt und verlegen. Schließlich fasste er Mut und ging auf die beiden Frauen zu. Tess erhob sich und er gab ihr den Fisch.

„Donnerwetter, da hast du aber heute einen guten Fang gehabt", bestaunte sie den Seehecht.

Er lächelte. „Ja, es ist ein Wunder, dass sich einer so nahe an die Küste herangetraut hat."

„Ich werde ihn zum Lunch zubereiten." Tess entfernte sich und brachte den Hecht in die Küche, während Carol immer noch neben dem Unkrautkorb hockte. Sie blickte Patrick von unten herauf an. Wie er so dastand, vom Wind umweht und doch unerschütterlich wie ein Fels in der Brandung, verspürte sie ein warmes Gefühl in sich aufsteigen.

Nun, da er Tess den Fisch gegeben hatte, wusste er plötzlich nicht mehr, wohin mit seinen Händen. Er vergrub sie tief in die Taschen seines Sweaters.

Carol bemerkte seine Verlegenheit und fand sie plötzlich sympathisch.

Sie erhob sich und klopfte ihre schmutzigen Hände an ihren Jeans ab. Sie standen sich gegenüber und eine seltsame Vertrautheit zwischen ihnen stellte sich plötzlich ein.

„Schön, dass du da bist", sagte Carol leise. Er antwortete mit einem befangenen Lächeln.

„Gehst du hinüber?", wollte sie wissen und deutete mit dem Kopf zum Gartenhaus.

Er nickte. „Willst du mitkommen?"

Sie war überrascht über seine Aufforderung und ebenso erfreut. „Gern."

Sie wischte sich nochmals die Hände an den Jeans ab. Diese Geste entlockte ihm ein erleichtertes Lächeln. Dann streckte er seine Hände vor. „Sie sind auch schmutzig."

Seite an Seite gingen sie die wenigen Schritte zum Gartenhaus. Patrick öffnete die Tür, die der Wind zugeschlagen hatte, und ließ Carol eintreten. Drinnen zog er seinen Sweater aus und hängte ihn an einen Haken neben der Tür. Dann ging er hinter ein Regal, das als Raumteiler diente. Zu ihrer Überraschung entdeckte Carol dort ein kleines Waschbecken, einen Heißwasserspeicher darüber, daneben einen kleinen Kocher, am Haken ein Handtuch.

„Nicht komfortabel, aber heißes Wasser ist manchmal nicht zu verachten", sagte er. Er machte ihr Platz, damit sie sich neben ihn ans Waschbecken stellen konnte. Er reichte ihr die Seife. Gemeinsam wuschen sie sich die Hände und trockneten sie sich am gleichen Handtuch ab. Sie waren sich nah und die kleine Ecke mit dem blinden Spiegel, seinem Rasierzeug darunter, dem Zahnputzbecher, aus dem der Stiel einer Zahnbürste ragte, hatte etwas Intimes an sich. Sie lächelten sich über das Handtuch hinweg an und keiner wusste etwas Passendes zu sagen.

Patrick hatte geglaubt, Carol nicht wieder in die Augen schauen zu können, nachdem sie sich so ekstatisch geliebt hatten. Aber nun musste er feststellen, dass es ihm gar nicht so schwer fiel. Als es an ihren Händen nichts mehr abzutrocknen gab, hängte Patrick das Tuch wieder an den Haken. Carol ging vor ihm her in den Raum hinein. In der Mitte stand eine Statue, über der ein Tuch hing.

„Deine neue Arbeit?", fragte sie.

„Ja."

„Aus dem roten Sandstein?"

„Hm. Es ist noch nicht fertig." Er nahm das Tuch und zog es herab. Eine halb fertige männliche Figur kam zum Vorschein. „Oh, wer ist das?"

„Belenos, ein keltischer Gott."

„Keltische Kunst?" Sie war überrascht.

„Nein, meine Vorstellungen von einem keltischen Gott. Die vorchristlichen Kelten haben selten Menschen und Tiere abgebildet. Nur Muster, Ornamente und abstrakte Formen."

„Woher weißt du dann, wie ein keltischer Gott aussehen muss?"

„Ich weiß es nicht. Es ist gleichgültig, wie er aussieht, welche Gestalt er hat. Wichtig ist nur, was er bewirkt."

Sie trat dicht an die Skulptur heran. Sie war aus dem feinen Sandstein herausgeschlagen. Ihre Linien waren weich und harmonisch. Am besten war das Gesicht gearbeitet. Ein keltischer Gott mit antiken griechischen Zügen, archaisch und modern zugleich und doch ein Stück körperlich gewordene Seele von Patrick. Atemlos betrachtete sie das Werk. Dann legte sie sacht die Hand auf die Schulter der Figur und strich darüber.

„Gefällt er dir?", wollte Patrick wissen.

„Er ist wunderschön", flüsterte sie ergriffen. Sie glaubte, im Gesicht des Gottes etwas von Patricks Zügen zu erkennen. Vielleicht war es dieser Anflug von Melancholie, dieses fast scheue Lächeln um den wohl geformten Mund, der ihr so vertraut war.

Patrick trat hinter die Figur, um den Ausdruck in ihrem Gesicht studieren zu können. Dann legte er seine Hand auf ihre. Sie fühlte seine Wärme auf ihrem Handrücken, die Kühle des Steins an ihrer Handfläche. Beides war Patrick.

„Ich habe das Gefühl, ich lebe gleichzeitig in mehreren Welten“, sagte sie leise.

Er antwortete ihr in einer Sprache, die sie kannte, aber nicht mehr verstand. „Du sprichst gälisch?“, staunte sie.

„Ich habe es von Tess gelernt“, erwiderte er lächelnd.

„Hast du deswegen diesen Gott gemeißelt?“

Er schüttelte den Kopf. „Er war in mir. Irgendwie. Ich habe ihn gefühlt. Und dann habe ich ihm eine Gestalt gegeben.“

Sie staunte über seine Worte und war gleichzeitig gerührt. Sie verharrte still, damit er seine Hand nicht von ihrer nahm. Zwischen ihnen stand der steinerne Gott und doch störte er nicht. Er war wirklich ein Teil von ihm!

Er wandte sich ab und Carol bedauerte es. Patrick ging zu einem Regal und kramte darin herum. Es herrschte immer noch eine heillose Unordnung und sie wurde das Gefühl nicht los, dass er dieses Chaos nicht so recht beherrschte. Ja, er wirkte einen Moment rührend hilflos, als er davor stand und etwas suchte, was er offensichtlich nicht fand. Doch dann kramte er aus einem Karton mehrere halb abgebrannte Kerzen hervor, nahm zwei Untertassen und fingerte aus seiner Hosentasche ein Feuerzeug. Er zündete die Kerzen an, tröpfelte das Wachs auf die Teller und klebte damit die Kerzen fest. Behutsam stellte er die Teller auf den Fußboden.

„Ich habe leider nur einen Stuhl“, sagte er. Er sah schuldbewusst aus.

„Macht nichts“, erwiderte sie. „Setzen wir uns eben auf den Fußboden.“ Sie hockte sich neben die brennenden Kerzen auf den völlig verstaubten, handgewebten Wollteppich.

Er ging zum Kühlschrank. „Ich habe auch keinen Wein", sagte er zu ihr. „Nur Bier."

Sie hob die Schultern. „Kein Problem. Trinken wir eben Bier."

Er nahm zwei Flaschen Beamish aus dem Kühlschrank und warf mit dem Ellenbogen die Tür zu. Ein kühler Luftzug wehte zu ihr herüber, der sie frösteln und die Flammen der Kerzen flackern ließ. Sie schlang die Arme um ihren Oberkörper.

„Gläser gibt es auch keine."

Sie hatte es nicht anders erwartet, aber seltsamerweise störte sie das auch nicht. „Wir können aus der Flasche trinken."

Er ließ sich neben ihr auf dem Teppich nieder und reichte ihr eine Flasche. Sie ließ zischend den Verschluss auffliegen und hob die Flasche an. Sie tranken beide gleichzeitig, wobei Carol zuerst die Flasche wieder absetzte. Der bittersüße Geschmack kitzelte ihre Zunge. Eine wohlige Wärme durchzog ihren Körper, doch das lag nicht am Bier. Sie spürte Patricks Nähe überdeutlich.

Plötzlich war es nicht mehr wichtig, wo sie sich befanden, dass es nur einen Stuhl gab und dass der Teppich staubig war. Nichts war mehr von Bedeutung als dieser Mann an ihrer Seite, dessen Körper sie jetzt leicht berührte und der sich im Augenblick sacht mit der Zungenspitze über die Lippen fuhr. Schatten tanzten über die Wände, die Konturen verloren ihre Schärfe und das geheimnisvolle Lächeln des keltischen Gottes schien noch sanfter zu werden.

Patrick legte seinen Arm um Carols Schultern und sie lehnte sich an ihn. Gemeinsam schwiegen sie. Es sagte mehr als tausend Worte. Seine Hand streichelte sanft ihren

Oberarm, wanderte hinauf in die Mulde ihres Halses, die er zärtlich mit dem Daumen rieb. Sanfte Schauer durchfuhren Carol. Sie seufzte leise auf. Draußen regnete es und die Tropfen klatschten gegen die Fensterscheiben. Es war ein gleichförmiges, beruhigendes Geräusch. Er neigte den Kopf und lehnte seine Wange gegen ihr Haar. Einen Moment versenkte er sein Gesicht in Carols Locken und sog tief ihren Duft ein.

„Als Kind habe ich immer deine dicken Zöpfe bewundert", sagte er leise. „Ich war schrecklich in dich verliebt." Aus seinem Tonfall hörte sie, dass er lächelte. Plötzlich drückte er ihren Kopf sacht nach oben, dass sie ihn anschauen musste. Sein Gesicht war wieder ernst geworden.

„Carol, in den letzten achtzehn Jahren bin ich nie so glücklich gewesen wie in diesem Moment."

Sie blickte ihn an, voller Verwunderung und Empfindsamkeit. Seine Augen hielten ihrem Blick stand, verhießen Zärtlichkeit, Aufrichtigkeit – und Liebe. Das Kerzenlicht malte einen sanften, rotgelben Farbton auf sein Gesicht, die Iris seiner Augen verdunkelte sich und sein schwarzes, volles Haar glänzte wieder wie Rabenfedern.

In diesem geheimnisvollen, magischen Augenblick verliebte sich Carol Baxter unsterblich in Patrick O'Brian.

13. Kapitel

Das helle Klopfen des Hammers auf den Meißel klang wie Musik, sehr rhythmisch, sehr melodiös. Carol schaute Patrick bei der Arbeit zu. Noch nie hatte sie einen Menschen so entspannt arbeiten sehen. Sie selbst war stets angespannt, wenn sie an einem Roman schrieb. Auch wenn sie es nicht wahrhaben wollte, doch sie reagierte gereizt auf Störungen, wurde nervös unter Termindruck und bekam Muskelschmerzen, weil ihr ganzer Körper sich beim Schreiben verspannte.

Patrick bewegte sich mit der Geschmeidigkeit eines wilden Tieres um den Steinblock herum. Es war warm und er hatte sein Hemd ausgezogen. Carol beobachtete das Spiel seiner Muskeln. Er besaß keine ausgeprägte Muskulatur wie ein Bodybuilder, sondern lang gestreckte Muskeln wie bei einem Läufer. Er bewegte sich tatsächlich viel bei seiner Arbeit, trat immer wieder zurück, um das Ergebnis zu begutachten. Er sah etwas in diesem Stein, das Carols Augen verborgen blieb. Sie spürte seine Energie, eine bestimmte Kraft in der Art, wie er arbeitete. Er schien selbstvergessen und doch hoch konzentriert, vermied jede unnötige Kraftverschwendung und steckte doch voller Leben.

„Weißt du, manche Bildhauer formen zunächst ein Modell aus Ton“, erklärte er. Es war das erste Mal, dass er von sich aus ein Gespräch begann.

„Und warum tust du es nicht?“, wollte Carol wissen.

Er schüttelte den Kopf und Strähnen fielen in seine Stirn. Es gab ihm ein verwegenes Aussehen. „Weil ich es nicht brauche."

„Und woher weißt du dann, wo genau du den Meißel ansetzen musst?"

„Ich weiß es nicht", antwortete er, ohne seine Arbeit zu unterbrechen. „Ich spüre es."

„Warum hat der Gott diese seltsamen Striche auf seinem Körper? Soll das ein Muster sein?"

„Ja und nein. Das ist die altkeltische Ogham-Schrift. Sie basiert auf dem numerischen Fünfersystem. Die Anzahl der einzelnen Stricharten ist entscheidend. Diese Striche bedeuten seinen Namen – Belenos." Er glitt fast liebkosend mit dem Finger an den Strichen entlang. „Gleichzeitig ist es sein Schmuck. Die Schrift bekommt damit religiöse Bedeutung."

Sie schwieg. Fast erschien Patrick ihr wie nicht von dieser Welt. Andererseits war er zu real, um nicht seiner männlichen Ausstrahlung anheim zu fallen. Diese Gegensätzlichkeit zwischen seinem Äußeren und seinem Wesen verlieh ihm etwas Magisches, Unbestimmtes. Und plötzlich begriff sie, was sie an ihm so faszinierend fand. Er lebte nach seinen eigenen Regeln. Er scherte sich nicht um das, was andere sagten, dachten oder taten. Er lebte sein eigenes Leben, und das sehr konsequent. Es störte ihn nicht, dass er keine modische Kleidung trug, ja, nicht einmal saubere. Für seine Arbeit war es nicht notwendig und die angebliche Ärmlichkeit im Gartenhaus war nichts weiter als die Reduzierung der Bedürfnisse auf das notwendige Maß. Alles, was darüber hinausging, war überflüssig. Sie schüttelte unbewusst den Kopf und lächelte.

„Es ist unglaublich. Für mich ist es einfach ein großer Stein.“

„Eigentlich ist es nur der Unterschied zwischen dem Sehen und Erkennen“, sagte er. „Du siehst den Stein, ich erkenne ihn.“ Er beugte sich zu ihr herab. Sie spürte seinen warmen Atem und ein Schauer durchfuhr sie.

„Und was ist mit mir?“, wollte sie wissen.

„Ich bin mir nicht sicher, ob ich dich nur sehe oder auch das erkenne, was darunter steckt.“

Er stand da, hielt Hammer und Meißel in den Händen und Carol bemerkte, wie fest sich seine Hände darum schlossen. Seine Finger hatten Kraft, die Sehnen auf seinem Handrücken traten dabei hervor.

Doch seine große körperliche Kraft setzte er ganz behutsam ein. Obwohl sie sich manche Momente davor fürchtete, als könne er ihr mit einem Hammerschlag den Schädel zertrümmern, zitterte sie im nächsten Augenblick unter dieser geballten, gezähmten Kraft.

Sie hatte vor Ungeduld und Vorfreude gezittert, den Augenblick der Vereinigung mit ihm zu erleben als eine Art Sieg, als die Kulmination auf der Spirale der Lust. Vor allem aber war sie überzeugt gewesen, dass sie diese Lust immer beherrschen würde, dass sie stets über den Dingen, über ihm stehen würde. Sie war neugierig auf ihn gewesen, hatte ihre Schlingen ausgelegt, um ihn zu fangen.

Sie hatte ihn nicht gefangen, obwohl sie eins mit ihm wurde. Und er wurde eins mit ihr. Sie hatte das Ziel erreicht, aber sie hatte nicht mit seiner merkwürdigen Ausstrahlung und Macht über sie gerechnet.

Nun war es, als hätte er in jeder Hinsicht Besitz von ihr ergriffen. Er besaß sie mit einem Selbstverständnis, das sie verblüffte und zugleich erschreckte. Und das sie genoss. Er dominierte sie nicht, aber er beherrschte sie doch völlig. Der banale Akt der Vereinigung ging weit über das Körperliche hinaus. Es war eine spirituelle Erfahrung. Wenn sie sich liebten, dann legte sie ihren Verstand beiseite. Sie tauchte ab in eine Welt der Gefühle, in neblige Gefilde jenseits aller Logik.

„Emain Ablach", hatte er in der Umklammerung dieser Verzückung geflüstert und Carol hatte später Tess danach gefragt.

„Land der Feen", hatte sie geantwortet, „ein Ort jenseits des Möglichen, das Avalon schlechthin."

Er entführte sie in eine Welt, in der nur noch die Empfindungen zählten, wo sich Traum und Wirklichkeit vermischten, die Grenzen fließend wurden und sich schließlich im Universum auflösten. Und da wurde ihr klar, dass sie nicht auf der Welt war, um Bücher zu schreiben, und er nicht auf der Welt war, um Figuren aus Stein zu meißeln. Sie waren beide geboren und an diesem Ort der Erde zusammengekommen, um sich zu lieben.

Die tastenden Annäherungsversuche waren vorbei. Jetzt waren sie Liebende geworden, zwei Menschen, die eins geworden waren. Die Grenzen zwischen ihnen verschwammen, jeder nahm und jeder gab dem anderen. Es war nicht einfach aus ihrem Willen heraus geschehen, es war ihre Bestimmung.

Carol liebte die langen Spaziergänge mit Patrick. Die Farbe Grün bekam hier ihre eigene Bedeutung. Grün in allen Schattierungen, in allen Nuancen, es gehörte zu Irland, wie Patrick dazugehörte. Wahrscheinlich würde sie Patrick zeit ihres Lebens mit dieser Farbe in Verbindung bringen. Und mit den Sonnenuntergängen, die sie in der Einsamkeit der Bucht erlebten. Manchmal sahen sie die Sonne im Meer versinken, manchmal spielte sich das Naturschauspiel hinter einem Wolkenvorhang ab, den der sterbende Tag zum Brennen brachte. Der Himmel wogte in einem Farbschauspiel zwischen Glutrot und Schwarz. Die dunklen Wolken zogen über sie hinweg, begleitet vom Schreien der Seevögel. Patrick ergriff Carols Hand und half ihr, die Klippen hinaufzuklettern.

So plötzlich, wie der Wind aufgekommen war, flaute er wieder ab und Nebel zogen herauf. Wie ein milchiger Brei waberten sie in den Senken zwischen den Hügeln. Auf der anderen Seite der Bucht ragte unheimlich wie ein Skelett der kleine Aussichtstempel heraus.

„Man könnte meinen, wir befinden uns auf der Nebelinsel“, flüsterte Carol versonnen. „Jetzt begreife ich, wie die alten irischen Sagen und Mythen entstanden.“

„Ich glaube, ihr Zauber wirkt noch heute.“ Patrick deutete in Richtung der versunkenen Sonne. „Man sagt, die sagenhafte Anderswelt liegt im Westen. Nebel bilden die Grenze, die Auserwählte sowohl in die eine wie auch in die andere Richtung durchschreiten können.“

„Du meinst das Feenland, das Totenreich.“

„Kein Totenreich wie das Jenseits der Christen. Die Anderswelt ist das Reich der Träume, der Feen und Geister, auch der Toten und Ahnen.“

„Du kennst dich gut aus in der alten keltischen Religion.“

Er schmunzelte. „Da hat Tess etwas nachgeholfen. Sie kennt so viele Geschichten.“

Carol hob erstaunt die Augenbrauen. „Hat sie dir viele erzählt?“

„Es waren wunderbare Abende am Kamin. Sie saß in ihrem Lehnstuhl, erzählte die Mythen. Das Feuer knisterte und ich habe mich in diese Welt hineinversetzt."

„Aha, deshalb deine Vorliebe für keltische Motive."

„Nein, nicht deshalb. Ich habe mich schon vorher dafür interessiert. Schließlich sind es die Wurzeln unseres Volkes."

„Auch mir hat Tess früher diese Geschichten erzählt. Von den Sidhe, die in den baumbestandenen Hügeln wohnen, oder den Leprechauns, dem Kleinen Volk, das unter Weißdornbüschen zu Hause ist. Ich habe mich immer vor dem schwarzen Pooka gefürchtet, der einsame Spaziergänger erschreckt. Dann wagte ich nicht, abends allein nach Hause zu gehen. Ein guter Grund, bei Tante Tess zu übernachten." Sie lächelte versonnen in Gedanken daran. „Leider vergisst man vieles. Wer befasst sich schon gern mit der Vergangenheit, wo doch schon die Gegenwart problematisch genug ist."

Er legte den Arm um ihre Schultern und sie kuschelte sich Schutz suchend hinein. Schweigend blickten sie beide auf die wogenden Nebel.

„Die Anderswelt liegt im Westen", nahm Patrick das Thema wieder auf. „Für einige Auserwählte teilen sich die Nebel und sie gelangen auf die andere Seite. Auch du bist aus dem Westen gekommen."

Sie blickte ihn überrascht an. „Was willst du damit sagen?"

„Dass du nicht von dieser Welt bist. Du bist gekommen und du wirst wieder gehen."

Sie lachte auf. „Aber ich bin doch hier ganz bei dir." Sie strich zärtlich über seine Hand auf ihrer Schulter.

„Die Fee Morgaine kam auch durch den Nebel. Sie bestimmte das Schicksal an König Artus' Hof. Dabei zeigte sie ziemlich menschliche Schwächen. Diese Auserwählten sind immer zum Teil Menschen. Doch eines Tages verschwinden sie wieder ins Nebelreich. Man möchte sie halten, aber die Hand greift ins Leere – eben eine Fata Morgana."

Er wandte sich um und zog sie mit sich. Langsam schlenderten sie zurück. Es war empfindlich kühl geworden.

Im Gartenhaus angelangt, kratzte er die Asche aus dem Kamin und entfachte ein Feuer. Er schüttelte flüchtig das Fell davor aus. Dann bedeutete er Carol, sich darauf niederzulassen. Er kramte in einer Mappe im Regal und zog eine Zeichnung hervor. Sie zeigte ein kreisrundes Ornament, geteilt durch eine wogende Linie. Bei genauerem Hinsehen erkannte Carol, dass es sich bei den Mustern um die Köpfe von Schafen handelte, filigran aus Kringeln und Spiralen gestaltet. Auf der einen Seite waren die Schafe weiß, auf der anderen Seite schwarz.

„Das ist die Insel des Maelduin. Tess erzählte mir diese Geschichte. Maelduin gelangte auf diese Insel, durch die ein Zaun als Grenze verlief. Auf der einen Seite grasten schwarze Schafe, auf der anderen Seite weiße. Wenn der Schäfer ein Tier auf die andere Seite führte, änderte es seine Farbe. Die schwarzen wurden zu weißen Schafen, die weißen zu schwarzen. Die Wirklichkeit wird in der Anderswelt übernatürlich."

Carol betrachtete nachdenklich das Bild. „Aber welche Seite ist die Wirklichkeit und welche die Anderswelt?"

Er antwortete nicht, überließ sie ihren eigenen Gedanken. Hatte sie wirklich die Seiten gewechselt? War sie jetzt ein weißes oder ein schwarzes Schaf?

Langsam streckte sie sich auf dem Fell aus. Patrick setzte sich neben sie und beugte sich zu ihr herab. Die Wärme des Feuers erhitzte sie von außen, aber in ihrem Inneren glühte ein anderes Feuer. Sie sah sein Gesicht über sich, das Haar fiel ihm in die Stirn und seine Augen nahmen wieder die smaragdgrüne Färbung an. Er betrachtete sie lange. Mit einem Arm stützte er sich auf dem Boden auf, die andere Hand erkundete sacht ihren Körper.

Carol räkelte sich unter seinen Liebkosungen und schloss die Augen. Die Grenzen ihres Körpers zerflossen in Wärme und Gefühl. Nichts auf der Welt wünschte sie sich mehr, als diesen Augenblick für die Ewigkeit festzuhalten.

Patrick öffnete Knopf für Knopf ihre Bluse. Er nahm sich Zeit dabei, konzentrierte sich scheinbar auf das, was seine Finger taten. Carol beobachtete ihn unter gesenkten Lidern und lächelte. Sie liebte Patrick bis zum Wahnsinn. Seine Berührungen lösten in ihr ein Kribbeln und Pulsieren aus, das sie kaum noch ertragen konnte. Trotzdem bemühte sie sich stillzuhalten. Ihn zu betrachten, wie er sie entkleidete, war ebenso erregend. Überhaupt wollte sie ihn unablässig anschauen, jede Regung seines Gesichts, jede Bewegung seines Körpers studieren. Sie wollte ihn in sich aufsaugen wie lebenswichtigen Sauerstoff.

Ihr wurde klar, dass sie ohne ihn nicht leben konnte. Sie brauchte ihn wie die Luft zum Atmen.

Er hatte schließlich alle Knöpfe geöffnet und streifte den Stoff der Bluse beiseite. Carol trug nichts darunter, was ihm einen leisen Ton des Entzückens entlockte. Er beugte sich noch tiefer herab und versenkte seine Lippen zwischen ihre Brüste.

Carol seufzte laut auf und vergrub ihre Hände in seinem Haar. Sie ermunterte ihn, seine Zärtlichkeiten fortzusetzen. Langsam wanderten seine Lippen an ihrem Körper herab. Sie spürte, wie er den Bundknopf ihrer Hose öffnete und den Baumwollstoff über ihre Hüften schob. Sie stellte die Beine an und half ihm, sich der Kleidung zu entledigen. Selbstvergessen liebkoste er ihren Körper. Dann senkte er seinen Mund auf ihre Lippen.

Carol spürte einen Energiestrom, der von ihm zu ihr überflutete, sie in höhere Sphären hob und vor Verlangen erbeben ließ. Sie zog ihn an sich und wusste nicht, wo ihr Körper aufhörte und seiner begann. Es gab nichts Trennendes zwischen ihnen. Doch er löste den Kuss und erhob sich. Ihren besorgten Blick beantwortete er mit einem beruhigenden Lächeln.

„Bleib so liegen", flüsterte er. Er ging zum Tisch und nahm den großen Skizzenblock. Dann setzte er sich rittlings auf einen wackeligen Schemel und begann zu zeichnen.

Erstaunt beobachtete sie sein Treiben, doch dann lächelte sie, schob einen Arm unter den Kopf und blieb einfach liegen, entspannt und sinnlich.

„Du bist wunderschön", murmelte er. Carol schloss wieder die Augen und genoss es, Mittelpunkt seiner Aufmerksamkeit zu sein.

Patrick zeichnete mit konzentrierten, präzisen Strichen, seine Hand führte mit spielerischer Leichtigkeit den Stift. Irgendwann klemmte er ihn zwischen die Lippen, griff zu einem anderen Stift, zeichnete weiter, verwischte Konturen mit dem Finger, schließlich erhob er sich und kam langsam zu ihr herüber.

Laszív öffnete sie die Augen und betrachtete das Bild, das er ihr entgegenhielt.

„Bin ich das wirklich?“, fragte sie überwältigt. „Es ist traumhaft schön.“

Er hatte die Atmosphäre eingefangen, die die Grenzen zerfließen und Konturen verschwimmen ließ.

Das Feuer des Kamins zeichnete weiche Schatten auf den nackten Körper und auf dem Gesicht lag ein nach innen gerichteter Ausdruck von Sinnlichkeit.

Patrick war ein genialer Künstler! Sie spürte, wie ihre Augen feucht wurden.

„Oh Patrick“, murmelte sie mit erstickter Stimme. „Es ist einfach wundervoll!“

Sie streckte voll Verlangen die Arme nach ihm aus. Ohne den Blick von ihr zu lassen, streifte er sein Hemd und die Jeans ab. Im roten Schein des Feuers wirkte sein Körper fast überirdisch schön. Einen Herzschlag lang blieb er stehen, ohne falsche Scham, ohne den Makel der Zweideutigkeit. Wie seit Anbeginn der Welt gab es zwischen den Körpern zweier Liebender nur diese natürliche Unschuld. Dieses Bild brannte sich Carol in ihr Bewusstsein ein und sie wusste, dass sie es bis zu ihrem Tod darin bewahren würde. Dann beugte er sich zu ihr herab.

Sie hatte den Kopf in den Nacken gelegt und hielt die Augen geschlossen. Seine Lippen zeichneten die Linie ihres Profils nach. Es glich einer Wanderung über die Insel der Glückseligkeit. Ob in den sanften Tälern und Mulden ihrer Kehle oder ihrer Halsbeuge oder über die gekrönten Hügel ihrer schönen Brüste, seine Lippen nahmen jeden Millimeter dieser zauberhaften Landschaft in sich auf. Sie versenkten sich in den Brunnen ihres Nabels, glitten über die sanfte Wölbung ihres Bauches hinab bis zum geheimnisvollen Dreieck zwischen ihren Schenkeln. Er legte die Wange an die Innenseite ihres Oberschenkels und versank ergriffen in die Betrachtung dieses mystischen Körperteils. Carols Schamhaar besaß die gleiche kastanienbraune Farbe wie ihr Haupthaar und war ebenso dicht und seidig. Wie ein heiliger Hain der alten keltischen Druiden verbarg es ganz im Inneren das Geheimnis einer liebenden Frau. Ein kleiner Tropfen Honigtau, kostbar wie eine Perle, glänzte auf der Spitze und wies ihm den Weg zu diesem Geheimnis. Patrick ließ sacht seinen warmen Atem darüber streifen und beschloss, Carol eines Tages an so einen mystischen Ort zu entführen.

Ganz langsam senkte er den Kopf herab und tauchte sein Gesicht in dieses seidenweiche, verlockende Mysterium. Zitternd sog er tief das Odeur in sich ein und verband mit seinen Sinnen die Schönheit ihres Körpers mit dessen Duft. Er hörte Carol leise aufseufzen. Genau hier in diesem geheimnisvollen Delta, das eine Göttin wie Venus erschaffen haben musste, lag der Eingang zum Paradies. Die Nebel aus einer kastanienbraunen Wolke aus Seide waren bereit, sich für ihn zu öffnen. Er verspürte eine tiefe Demut und Dankbarkeit dafür, dass er bis zu diesem Ziel gelangen durfte.

Langsam hob er sein Gesicht, stützte sich auf seine Arme und ließ seine Lippen den ganzen Weg zurückwandern, bis er die ihren fand. Sein Körper schob sich sacht über ihren, wie eine Wolke den Mond bedeckte. Und dann öffneten ihm die Nebel von Emain Ablach den Weg ins Paradies.

14. Kapitel

Als Carol die Tür zum Gartenhaus öffnete, wusste sie, dass sich etwas verändert hatte. Sie konnte nur nicht gleich feststellen, was es war. Doch dann sah sie es. Oder besser, sie sah nichts. Denn Patrick hatte aufgeräumt! Zumindest, soweit das überhaupt möglich war. Alles lag ordentlich in den Regalen, nichts lag mehr auf dem Fußboden herum. Fertige Bilder hatte er an die Wände gehängt, andere standen ordentlich auf den Staffeleien. Die Bildhauerarbeiten hatte er in eine bestimmte Ecke verbannt, wo sich jetzt auch das Werkzeug befand. Über dem Bett lag eine handgewebte Decke ausgebreitet, der Teppich war ausgeklopft und auf dem Tisch – Carol musste unwillkürlich lächeln – stand in einem leeren Konservenglas ein bunter Blumenstrauß. Es waren keine Blumen aus Tante Tess' Garten, sondern wilde Blumen, die er auf den landseitigen geschützten Hängen gepflückt hatte: langstielige tiefblaue Glockenblumen, kräftiger Fingerhut, dazwischen gelber Ginster, die roten Lampions der Fuchsien. Selbst die Fensterscheiben hatte er geputzt und die sonst allgegenwärtige und alles überziehende Staubschicht war verschwunden. Gerührt kämpfte sie gegen die Tränen.

„Warum gehst du nicht hinein?", hörte sie seine Stimme hinter sich.

Sie fuhr herum. „Wann hast du das gemacht?", wollte sie wissen.

Er lachte leise. „Heute Nacht."

Sie schüttelte den Kopf. „Dabei wollte ich diese Nacht in meinem Bett schlafen, um dir auch einmal Ruhe zu gönnen. Und da packt dich der Putzteufel." Sie schlang die Arme um seinen Hals, zog seinen Kopf zu sich herab und küsste ihn. „Du bist wirklich stets für eine Überraschung gut."

Er lächelte ein wenig verlegen, aber sie sah, dass er sich freute.

„Wirst du heute nicht an deinem Gott arbeiten?", wollte Carol wissen.

Er hob unbestimmt die Schultern. „Eigentlich wollte ich angeln gehen."

„Warum nicht? Ich weiß, dass du gern angelst." Sie hob mit einem fragenden Blick die Augen. „Und dabei möchtest du bestimmt allein sein."

Er schüttelte den Kopf. „Nicht unbedingt", sagte er leise und wie zu sich selbst.

Sie legte sanft ihre Hand auf seinen Arm. „Heißt das, du würdest mich mitnehmen?"

„Würdest du denn mitkommen?"

Einen Moment blickte sie ihn stumm an und genoss seine körperliche Nähe. „Ich möchte alles mit dir teilen. Ich möchte alles tun, was du auch tust. Ich möchte keine Sekunde mehr ohne dich sein."

Er gab den tiefen Blick zurück und schwieg, als müsse er nachdenken. „Dann komm", sagte er nur.

Carol blickte zum Himmel und sah nur unendliches Blau, über das weiße Wolken wie Segelschiffe dahinglitten. Sie trug schlichte Jeans, ein Shirt und darüber eine Strickjacke. Heute sollte wohl einer der seltenen Tage sein, an denen es nicht regnen würde.

Auch Patrick nahm keine Regenjacke mit und Carol vertraute auf seine Erfahrung. Seite an Seite liefen sie zur Bucht. Auf dem steilen Pfad ging Patrick voran und reichte ihr seine Hand. Carol hätte es auch ganz gut allein geschafft. Aber sie nahm seine Hand gern an. Es tat so gut, seine Kraft zu spüren.

Unten angekommen blickte er sich prüfend um, so als müsse er sich vergewissern, dass sich niemand an seinem Boot zu schaffen gemacht hatte. Carol verstand dieses seltsame Gebaren nicht, hatte sie hier doch überhaupt noch keinen anderen Menschen gesehen. Wer würde sich schon an diesem alten, nach Fisch und Teer stinkenden Boot vergreifen? Doch sie schwieg darüber. Es war nicht die Zeit, darüber Diskussionen zu führen. Sie hatte den Eindruck, dass Patrick es nicht mochte, gewisse Dinge zu hinterfragen. Sie hielt es für klüger zu warten, bis er von allein anfing, davon zu erzählen.

Er stemmte sich gegen den Bootsrumpf und kippte das Boot mit einem Schwung um. Zunächst packte er die Angeln und den Eimer hinein, dann schob er es kraftvoll ins Wasser. Bevor es ganz vom Strand rutschte, hielt er es fest, damit Carol einsteigen konnte. Dann versetzte er ihm einen Stoß und sprang hinein.

Er nahm auf der Ruderbank Platz, während sie sich in das Heck des Bootes setzte. In der Nähe des Strandes herrschte eine leichte Dünung, die Patrick mit kraftvollen Ruderschlägen überwand. Dahinter lag das Meer still und ruhig im Sonnenschein. Dort, wo die Ruderblätter eintauchten, bildeten sich konzentrische Ringe, auf denen sich die Sonnenstrahlen in kleinen Blitzen brachen. Ein friedliches Schweigen lag über allem. Selbst die Seevögel in den Klippen schienen diese andächtige Stille zu respektieren.

Carol schwieg ebenfalls, hielt die Augen geschlossen und das Gesicht der Sonne zugewandt. Doch ihre Sinne waren hellwach. Sie dachte daran, wie alles gekommen war. Nein, sie hatte nicht die Absicht gehabt, sich in Patrick zu verlieben. Doch da war diese eigenartige Spannung, die in der Luft lag und auch in ihr war, wenn sie sich in Patricks Nähe befand. Zunächst war es Neugier, Faszination, auch ein kleines bisschen Angst vor dem Unbekannten. Diese innere Spannung hatte nachgelassen und etwas anderem Platz gemacht.

Auf sonderbare Weise war sie froh, nach Irland gekommen zu sein. Natürlich konnte sie vorher nicht ahnen, was sie hier erwarten würde. Seltsam war nur, dass Tess niemals erwähnt hatte, dass Patrick bei ihr wohnte. Doch hätte sie überhaupt gewusst, von wem Tess sprach? Carol konnte sich wirklich nicht an den Patrick aus ihren Kindertagen erinnern. Aber das erschien ihr nicht schlimm. Im zarten Alter von zwölf Jahren wäre sie ohnehin nur zu einer platonischen und unschuldigen Schwärmerei im Stande gewesen. Jedenfalls war Patrick nicht der Mittelpunkt ihrer Jungmädchenträume gewesen. Später begleiteten sie so manche Männer auf ihrem Lebensweg, doch sie alle liebten sie nicht so bedingungslos wie Patrick. Die anderen besaßen bereits faule Stellen wie überreifes Obst. Bei manchen konnte man diese Stellen nicht gleich erkennen, weil sie tief im Inneren verborgen blieben, aber sie waren da. Verdorben durch Geld, Machtanspruch, Karrieredenken oder Besitzansprüche, Geltungsbedürfnis oder einfach nur Eitelkeit. Aber was sie nun erlebte, war etwas Neues für sie. Neu und in seiner Intensität überwältigend. Niemand, den sie kannte, hatte nur die leiseste Ähnlichkeit mit ihm. In gewisser Weise war er kompliziert und gleichzeitig so einfach, fast unschuldig in seiner natürlichen Art zu lieben.

Sie beobachtete ihn, wie er ruderte. Er hatte die Ärmel seines Hemdes aufgekrempelt. Seine Arme waren kräftig, mit langen Muskeln und starken Sehnen. Die oberen Knöpfe seines Hemdes standen offen und sie konnte das Spiel seiner Brustmuskeln beobachten. Unwillkürlich stahl sich ein Lächeln auf ihre Lippen.

„Woran denkst du?", fragte er. Das Rudern schien ihn nicht anzustrengen und er geriet nicht außer Atem.

Sie fuhr spielerisch mit dem Fuß über die Angelruten. „An dich", erwiderte sie. „Ich denke daran, wie wundervoll es ist, mit dir allein hier draußen, diese friedliche Stille, der warme Sonnenschein."

Während sie ihn ansah, während sie die kraftvoll geschmeidigen Bewegungen seines Körpers beobachtete, spürte sie das aufkeimende Verlangen in sich. Ihre Blicke begegneten sich und hielten sich fest. Patrick zog die Ruder ein und legte sie vorsichtig ab. Carol beugte sich zu ihm vor und streckte ihm ihre Hand entgegen. Er nahm sie und hielt sie fest. Die Wärme seiner Hand ließ sie vor Wonne erschauern. Auch er beugte sich etwas vor. Seine Augen bekamen eine unergründliche Tiefe wie das Meer. Er verströmte solch eine Sinnlichkeit, dass ihr beinahe schwindelig wurde. Ein Zauber hatte sie erfasst, ein Zauber, der von ihm ausging.

Patrick glitt von der Bank und kniete sich vor Carol. Im gleichen Moment ließ sich auch Carol auf die Knie nieder. Er legte seine Hände auf ihre Schultern, doch dann strich er über ihr Haar. Die Sonne ließ es in allen Variationen von Rot und Gold erstrahlen. Sein Blick folgte seinen Händen und Carol sah, wie fasziniert er war.

„Dieses Haar“, murmelte er, „diese Farbe war es, die ich in all den Jahren nicht vergessen konnte. Es ist eine wunderbare Farbe und ich bin froh, dass du sie nicht verändert hast.“

Sie konnte darauf nicht antworten, aber sie spürte die Wärme, die in seinen Worten lag. Diese schlichte Ehrlichkeit berührte sie.

„Ich habe mich immer gefragt, wie sich dein Haar anfühlen würde, mir gewünscht zu erfahren, wie es duftet. In all den Jahren habe ich niemals geglaubt, dass sich dieser stille Wunsch erfüllen würde.“

„Aber du hast ihn auch nie vergessen“, erwiderte sie ebenso leise. „Achtzehn Jahre lang.“ Sie schloss ergriffen die Augen und legte den Kopf in den Nacken. Patrick beugte sich über sie und suchte ihre Lippen. In seinem Kuss lag eine tiefe Zärtlichkeit, die sie zu Tränen rührte. Ihre Hände glitten über seine Brust, seine Schultern und verschlangen sich dann in seinem Nacken. Mit den Daumen streichelte sie sein Haar und verursachte ihm eine wohlige Gänsehaut.

Er nahm ihr Gesicht in seine Hände, betrachtete sie wie ein seltenes Kleinod, um sie dann wieder zu küssen. „Ich kann davon nicht genug bekommen“, hauchte er. Sie spürte seinen warmen Atem und erschauerte. Für den Bruchteil einer Sekunde durchzuckte sie die Angst, er könne sie verlassen, irgendetwas würde mit ihm geschehen, ein Unglück, ein furchtbarer Schicksalsschlag. Wie der Flügelschlag eines großen dunklen Vogels kam und ging dieser Gedanke. Die

Sonne schien, das kleine Boot wiegte sich sanft auf dem Meer und Patrick hielt sie in seinen starken Armen.

„Patrick, ich liebe dich." Sie strich mit ihrer Wange über seine und bemerkte, dass sie frisch rasiert war. Warum war ihr das nicht vorher aufgefallen? Ihre Hand strich über seine andere Wange. Eine Weile verharrten sie so, Stirn an Stirn, und rührten sich nicht. Es war, als würden ihre Gedanken ineinander fließen, ihre Gefühle und Sinne verschmelzen.

Nach einer Weile hob Patrick den Kopf und schaute sie an. Sein Blick war entrückt, als lauschte er in seinem Inneren den eben erlebten Gefühlen nach. Seine Lippen verzogen sich zu einem unbestimmten und schüchternen Lächeln, und doch lag so viel Charme und Anmut darin.

„Ich möchte mit dir schlafen", sagte er so unvermittelt und im Widerspruch zu seinem Gesichtsausdruck, dass Carol überrascht aufblickte.

„Was? Hier?", fragte sie entgeistert. Er nickte stumm. Sie blickte sich unsicher um. Natürlich war weit und breit niemand in der Nähe, nicht einmal die sonst allgegenwärtigen Seevögel kreisten über ihnen. Es gab nur eine unendliche Wasserfläche, Wärme, Licht – und Patrick.

Carol schien, dass das Wasser um sie herum zu leuchten begann. Ihr Atem wurde schwer, als sie langsam die restlichen Knöpfe seines Hemdes öffnete und es ihm über die Schultern streifte. Die Sonne und das Rudern hatten seine Muskeln gelockert, sie fühlten sich wunderbar geschmeidig an. Einen Augenblick lang löste er seine Arme von ihrem Körper, damit sie das Hemd gänzlich abstreifen konnte, dann fasste er sie wieder. Er machte keine Anstalten, sie von ihren Kleidern zu befreien, und während er sie hielt, begann sie, die dünne Strickjacke, die sie über das Shirt gezogen hatte, aufzuknöpfen. Er betrachtete sie dabei mit Ernst und Hingabe. Selbst als sie das Shirt über den Kopf zog, hielten seine Hände sie fest. Das Boot bewegte sich nicht, es schaukelte nicht einmal. Sie lehnte ihren Oberkörper an seine Brust. Seine Haut glühte. Sie genoss das Gefühl, das dumpfe Herzklopfen in seiner Brust zu spüren. Es verhieß so viel Kraft und Leben. Wie eine warme Woge brach es gegen ihren Körper, stieg empor und wurde so mächtig, dass sie darin zu versinken glaubte. Auf diese Gewalt ihrer Gefühle war sie nicht vorbereitet. Als er sich zu ihr beugte und seinen Atem in ihre Lunge hauchte, glaubte sie sich einer Ohnmacht nahe. Sie ließ sich in seine Arme sinken und er fing sie auf. Erst als sie die harten Planken des Bootes unter ihrem Rücken spürte, nahm sie überhaupt wieder etwas wahr. Sie sah über sich den blauen Himmel, weiße Wolken und eine unglaubliche Helligkeit. Gleichzeitig überfluteten sie Ströme der Leidenschaft, brandeten in ihr Herz hinauf bis ins Gehirn. Carol wähnte sich in seltsamen, unbekannten Gewässern, die sie mit sich führten, auf ihren Wellen wiegten.

Bislang hatte sie geglaubt, die Art, sich zu lieben, wäre immer und überall gleich, nur die Variationen boten kleine Unterschiede. Doch sie hatte sich geirrt. Seine zärtlichen Finger waren wie der Wind, schickten magische Schwingungen durch ihren Körper. Ihre Haut zog sich zusammen, um sich dann zu spannen und sich ihm entgegenzupressen. Sie sank tiefer und tiefer, bis sie hilflos diesem Gefühl ausgeliefert war. Alles in ihr strebte danach, ihn in sich aufzusaugen.

Als er sich über sie schob, verdunkelte er die Sonne. Sie empfand seinen Körper wie eine wärmende Decke, wie einen mächtigen Schutz, der sich über sie breitete. Wellenförmige Beben erschütterten ihren Körper und ließen sie wieder am Rande einer Ohnmacht taumeln. Mit einem traumwandlerischen Einfühlungsvermögen tat er genau das, was ihr Körper und ihre Seele bedurften. Wie ein uraltes Wissen, ein archaischer Instinkt aus tausend vorher gelebten Leben bewegten sie sich in einer vollendeten Harmonie aus Körper und Geist. Jede Woge pflanzte sich im anderen fort, jeder angedeuteten Regung kam der andere in sanfter Einsicht zuvor. Woge um Woge türmte sich höher, zog sie hinab in dunkle Tiefen des Vergessens und trug sie wieder hinauf in kulminierende Höhen. Es war ein Verlöschen und gleichzeitig Geborenwerden. Der Himmel schien sich zu wölben und der Raum seine Grenzen zu sprengen. Das Universum stürzte auf sie herab und entführte sie in die Unendlichkeit.

Der Sturm verebbte und machte tiefer Ruhe und Frieden Platz. Nichts denken, nichts wollen, nichts bewegen, so lagen sie ineinander verschlungen, bis die sanfte Meeresbrise sie frösteln ließ. Sie erwachten aus der Erstarrung, kehrten auf die Welt zurück und blickten sich verwirrt und überrascht um. Fließende Schatten bewegten sich über ihre Körper hinweg. Es waren große, flockige Wolken, die den Himmel blank polierten.

Patrick richtete sich auf und bemerkte, wie sie zitterte. Er nahm ihre Jacke und breitete sie über ihren Körper. Dann zog er sich das Hemd über. An die Bootswand gelehnt, blieb er auf den Planken sitzen und blickte aufs Meer hinaus. Carol bettete ihren Kopf in seine Armbeuge. Völlig gelöst lag sie da, die Augen geschlossen, durchflutet von leisen Nachbeben. Die Wärme und Stärke seines Armes schenkten ihr ein ganz besonderes Gefühl des tiefen Vertrauens. Sie hatte nicht gewusst, dass sie sich nach diesem Vertrauen und dieser Geborgenheit zeit ihres Lebens gesehnt hatte.

Carols Gedanken flossen träge. Sein unglaubliches Einfühlungsvermögen, seine tiefe Zärtlichkeit beschämten und erschütterten sie gleichermaßen. Das war nicht das Ergebnis versierter sexueller Übungen, das war Ausdruck eines tief greifenden Gefühls.

Sie blickte zu ihm auf. Sein Gesicht war sanft und gelöst, mit einer kleinen Spur Melancholie im Blick. Sie schwiegen beide und es schien der Austausch eines neuen Wissens zu sein. Sie verstanden sich ohne Worte, sie wussten um des anderen Gefühle. Dieses gemeinsame Verstehen leuchtete in einer Helligkeit, die alles andere in den Schatten stellte.

Carol schmiegte ihre Wange an seinen Arm. Es war ein Ausdruck von liebevoller Dankbarkeit. Glück ertrug keine einengenden Grenzen. Hier auf dem Meer waren sie beide frei, frei genug, um sich zu verschenken. Flüchtig und nebelhaft streifte sie der Gedanke, dass es nur ein spontaner Einfall gewesen war, nach Irland zu kommen und eine Auszeit zu nehmen. Was wäre gewesen, wenn sie nach Florida oder zu ihren Eltern nach Enfield geflogen wäre? Sie spürte, dass sie sich niemals wieder von Patrick würde trennen können. Damit eröffnete sich ihr eine Tragweite, auf die sie nicht vorbereitet war.

„Hast du dir vorgestellt, dass es so zwischen uns sein könnte?“, fragte sie leise und malte mit dem Finger unsichtbare Muster auf seiner Haut.

„Ich weiß nicht“, antwortete er ebenso leise. „Ich habe mir zwar gewünscht, dich in den Armen zu halten, aber ich habe es mir nicht vorgestellt.“

Sie drehte etwas den Kopf und drückte ihre Lippen auf die Stelle an seinem Handgelenk, wo sie den Puls spürte. Unter ihren Lippen war der Rhythmus seines Blutes wie ein sanftes, pochendes Echo. Leben, wunderbar warmes Leben!

Tränen stiegen in ihr auf und sie erfasste eine Ergriffenheit, die man verspüren mag, wenn man ein neugeborenes Menschenwesen in den Armen hält. Das Wunder der Geburt, das Wunder des Lebens gebot dem Menschen Demut. Wenn zwei Menschen zusammenfanden in so einer tiefen, ehrlichen Liebe, wurde ein neues Wesen geboren: namenlos, aber hell und rein wie Licht.

Carol fragte sich, wie es sein musste, wenn ein Traum wahr, ein Märchen sichtbar würde. Verhieß es Erleichterung, Freude, Glück?

Sie schaute auf in sein Gesicht. Er blickte ernst und gedankenverloren aufs Meer. Er schien vergessen zu haben, dass er eigentlich angeln wollte. Es war auch nicht mehr wichtig. Nichts war mehr wichtig, außer dass sie beieinander waren. Er wandte sein Gesicht ab und Carol konnte nicht erkennen, was sich nun darauf spiegelte. Es war Angst.

15. Kapitel

Die flachen grauen Steinmauern unterteilten das grüne Land wie eine Patchworkdecke. Carol hockte auf einer dieser Mauern und ließ ihre Beine baumeln. Neben ihr saß Patrick. Er war einen ganzen Kopf größer als sie und besaß ziemlich lange Beine. Jedenfalls saß er in einer sehr eigenwilligen Art auf der Mauer, fast rittlings, ein Bein angezogen, das andere auf dem Boden abgestützt. Auf dem angezogenen Schenkel lag ein Skizzenblock. In einer Schachtel, die auf der Mauerkrone stand, befanden sich Aquarellstifte. Patrick malte die kleine Schafherde, die auf dieser eingemauerten Weide graste. Aber es waren nicht nur Schafe. Zwei Esel, ein Maultier und zwei Ziegen befanden sich darunter.

Das erste Bild zeigte die Herde. Carol bewunderte, wie genau er die Haltung und Bewegungen der Tiere wiedergab. Es war ein sehr anmutiges Bild, zart in den Farben und im Stil. Während die Schafe grasten, das Maultier vor sich hin döste und die beiden Esel sich neckten, blickten die Ziegen neugierig zum Betrachter.

„Ich könnte dir ein ganzes Leben lang zuschauen, wenn du malst", stellte Carol fest. Er antwortete mit einem stillen Lächeln. Carol rückte ein Stück näher zu ihm heran. „Wo hast du das gelernt?"

„Das habe ich nicht gelernt, nicht bei einem Lehrer. Ich habe schon immer gemalt, auch als Kind. Ich konnte es einfach."

„Aber wie fängst du diese Stimmung ein? Ich finde das Bild noch stimmungsvoller als die Wirklichkeit. Dabei ist dieser Anblick allein wunderbar romantisch."

Er blickte auf, doch während sein Mund noch lächelte, blickten seine Augen seltsam ernst. „Ich fange die Träume ein."

Sie lauschte seinen Worten nach und spürte eine leichte Gänsehaut auf den Armen. „Wovon träumst du?", fragte sie mit flüsternder Stimme. Sie hatte Angst, seine Träume zu verscheuchen.

Statt einer Antwort schlug er ein neues Blatt seines Blocks auf. Mit schnellen, präzisen Strichen führte er den Stift darüber. Carol reckte den Hals, konnte aber nicht erkennen, was er da zeichnete. Obwohl sie neugierig war, zügelte sie sich und wartete, bis er fertig war. Er hielt ihr den Block entgegen. Das Bild zeigte ein Pferd, das auf den Betrachter zugaloppierte. Es war ein wunderschöner, stolzer Schimmel mit wehender Mähne und dunklen, schimmernden Augen. Aber das Besondere war, dass er Flügel besaß, herrliche große Flügel wie ein Engel.

„Was bedeutet das?", fragte sie ergriffen, nachdem sie sich gefasst hatte.

„Es ist meine Seele", sagte er schlicht. „Sie sucht den Weg der Träume."

Da war es wieder, das flatternde Gefühl im Magen. Wie ein Stein ins Wasser fällt und konzentrische Wellenkreise auslöst, begann es in ihr zu brennen und zu vibrieren. Seine Stimme blieb unverändert ruhig. „Träume sind Schiffe mit roten Segeln, getragen auf den Wogen der Sehnsucht."

Mit beiden Händen wischte sie sich über die Augen. Etwas bewegte sich in ihr, das sich ihr immer wieder entzog. Sie konnte nicht einmal ahnen, was es war.

Er blickte sie nachdenklich an. „Kannst du dich nicht erinnern?“

Sie schüttelte langsam den Kopf. „Woran?“

„An die Träume, die Sehnsucht. In all den Leben vor diesem Leben waren sie immer gleich.“

Ihr nüchternes Denken wurde nicht mit ihm fertig. Verdammt, da hatte sie fünf Fantasy-Romane geschrieben, die allesamt Bestseller geworden waren, aber ihre ganze Vorstellungskraft reichte nicht aus, um Patricks Worten zu folgen.

„Kann sein“, antwortete sie ausweichend. „Das Leben ist voller Phänomene.“

Sie hörte ihn leise lachen. „Dir fehlt einfach der Glaube daran.“

„Du siehst Dinge, die ich nicht sehe.“

„Du siehst sie auch, aber du verschließt davor die Augen. Du lässt diese Art des Sehens nicht zu.“

„Ich glaube, ich werde die Welt nie so sehen können wie du. Diese Farben!“ Sie deutete auf das erste Bild mit der Schafherde. Sie weidete nicht nur auf einer grünen Wiese.

Dieses Grün war die Summe aller Grüns, die überhaupt möglich waren.

„Es soll neunundneunzig Arten von Grün geben“, sagte er und sein Lächeln verbreiterte sich. „Aber ich glaube, es sind einige mehr.“

„Es ist eigenartig, dass meine Erinnerungen an Irland in erster Linie aus Farben bestehen“, sagte Carol nachdenklich. „Irgendwie fühle ich mich aber nicht als Irin. Amerika ist anders.“

„Du bist trotzdem eine echte Irin.“ Er wickelte sich eine Locke ihres Haares um seinen Finger. „Das Feuer der Iren spiegelt sich in ihren roten Haaren wider.“

Sie fuhr spielerisch mit den Händen durch sein dunkles, dichtes Haar. „Das halte ich für ein Märchen. Ich habe noch niemals solch eine heiße Leidenschaft wie bei dir erlebt. Dein Haar erinnert mich allerdings an Rabenfedern.“

Er blickte sie überrascht an.

Ein wenig verlegen senkte sie den Blick. „Nun ja, dieser Vergleich drängte sich mir ganz spontan auf, als ich dich das erste Mal sah. Ich meine, das erste Mal, seit …“ Sie stockte und drehte das Gesicht weg.

Er legte den Block beiseite und schob sich näher zu ihr heran. Seine Lippen verzogen sich wieder zu diesem halben Lächeln, das gleichzeitig gelassen und spöttisch wirkte. „Raben waren die Begleiter der Druiden. Sie flüsterten ihnen die Weisheit ins Ohr.“

Sein Lächeln verbreiterte sich. „Wie kommst du auf Raben?“

„Ich weiß nicht. Aber es war weder fremd noch erschreckend. Eher als …“ Sie suchte nach Worten.

„Als würdest du es bereits kennen? Als würden wir uns bereits kennen?“

Sie nickte und biss sich auf die Unterlippe.

Er beugte sich zu ihr vor und vergrub seine Lippen in ihrem Haar. Die Berührung elektrisierte sie und ließ es in ihrem Kopf pulsieren.

„Was hat das zu bedeuten, Patrick?“, flüsterte sie mit erstickter Stimme.

Gelassen fuhr er fort, sie zu liebkosen. Zart und behutsam strich er mit den Fingerkuppen über ihre Haut. Sie spürte die Feuchte des Verlangens und ein pochendes Brennen in ihrem Unterleib. Sie war plötzlich müde, gegen diese Sehnsucht anzukämpfen.

„Das kommt ganz auf dich an", antwortete er zaghaft.

„Ich weiß nicht, was richtig ist", sagte sie beklommen. „Ich habe Angst, einen Fehler zu machen."

„Vielleicht solltest du gar nicht so viel darüber nachdenken. Sagen dir nicht deine Gefühle, was zu tun ist?"

„Ich bin sehr verwirrt", gab sie zu. „Ich weiß nicht, was da geschieht mit mir, mit uns."

Er klappte plötzlich den Block zu. „Komm mit", sagte er und fasste ihre Hand. Er erhob sich und sie sprang von der Mauer herab.

„Wohin gehen wir?", wollte sie wissen.

„Du wirst es gleich sehen", erwiderte er.

Sie liefen weit, es musste mehr als eine Stunde gewesen sein, über Hügel, Felder, Wiesen, querten viele Steinmauern, einige Straßen und ein Tal. Dann standen sie vor der Ruine einer alten Abtei.

„Wo sind wir hier?", fragte Carol. Ergriffen starrte sie auf die grauen Mauern, die aus dem Grün des Bodens in den Himmel ragten.

„St. Patrick's Abbey", erwiderte Patrick.

„Ich wusste gar nicht, dass es in der Nähe von Delanney so eine Abtei gibt."

„So nahe ist das gar nicht", entgegnete Patrick. „Wir sind etwa vier Meilen gelaufen."

„Wenn nicht die Dächer fehlen würden, könnte man meinen, hier wohnen immer noch Mönche oder Nonnen." Mit staunenden Augen betrachtete Carol den Gebäudekomplex. Das Kloster bestand aus einem länglichen Geviert von steinernen Häusern mit einem Rundturm. Die Innenseiten der Gebäude bildeten einen säulengetragenen Wandelgang um den Innenhof, in dem jetzt Gras wuchs. Patricks Hand fest umklammert, durchschritten sie gemeinsam die leeren Hallen, durch die der Wind strich. Das Echo ihrer Schritte hallte. Die steinernen Mauern waren noch erstaunlich gut erhalten. Aus einigen Mauerfugen wuchsen kleine Büsche. Schmale, hohe Rundbogenfenster verliehen dem eher trutzigen Bau etwas Verletzliches, Graziles.

„Es ist, als wäre die Zeit stehen geblieben", flüsterte Carol. „Ich komme mir vor wie vor eintausend Jahren. Kann das wirklich sein?"

„Als Gott die Zeit schuf, hat er genug davon gemacht."

Mit sichtlichem Vergnügen streifte Patrick durch die Ruinen, setzte sich schließlich auf ein umgestürztes Grabkreuz und begann zu zeichnen. Mit wenigen Strichen skizzierte er das ganze Kloster, einige Details zeichnete er sehr genau. Carol schaute ihm zu und bemerkte seinen seltsam entrückten Blick. Er erfasste wohl jeden einzelnen Stein der Gebäude, andererseits schien er durch die Mauern hindurchzublicken, als sähe er etwas, das ihren Augen verborgen blieb.

„Diese Abtei wurde bereits im achten Jahrhundert gegründet, als die Insel gerade christianisiert wurde. An der gleichen Stelle befand sich ein uraltes keltisches Heiligtum. Die Mönche haben einen Teil der alten Druidensteine für den Bau verwendet." Er deutete auf das Fundament der Mauern. „Die Iren waren von jeher ein sehr gläubiges Volk."

„Ein Wunder, dass sie dann so bereitwillig dem neuen Gott Platz gemacht haben", sagte Carol.

„Eigentlich nicht. Spürst du nicht die mystische Ausstrahlung dieses Ortes? Der Name des Gottes ist nebensächlich. Es sind immer die Orte, die diesen Geist in sich tragen. Nicht umsonst wurde das Kloster genau an dieser Stelle errichtet."

„Manchmal habe ich das Gefühl, dass du den alten keltischen Göttern näher bist als dem christlichen Gott. Ist es nicht eine Ironie des Schicksals, dass St. Patrick der Schutzheilige der katholischen Iren ist?“

Sein Blick schweifte in unbestimmte Ferne, ohne etwas konkret wahrzunehmen. „Der heilige Patrick hat die Götter der Druiden besiegt. Götter sterben, wenn die Menschen sie vergessen.“

„Du hast sie nicht vergessen. Leben sie deshalb noch?“

„Glaubst du, sie leben nur für mich?“, fragte er zurück. Wieder beobachtete sie seinen eigenartigen Blick, als schaue er durch sie hindurch.

„Ich weiß es nicht. Die Vergangenheit ist für mich zu weit weg, um eine richtige Beziehung dazu zu haben. Du bist hier aufgewachsen, aber ich …“ Sie senkte den Kopf. „Ich kenne das alles nur aus Tante Tess' Erzählungen. Aber das sind nur Sagen.“

Er ließ den Stift sinken. „Sagen und Mythen haben hier den gleichen Stellenwert wie die Geschichte. Die irischen Heldensagen sind eine Mischung aus beidem.“

Mit der Hand strich sie sich das Haar aus dem Gesicht. „Wenn du so sprichst, werde ich immer ganz unsicher. Und in dieser Umgebung weiß ich plötzlich nicht, in welcher Zeit wir eigentlich leben.“

Er lächelte plötzlich und dieses Lächeln verlieh seinem Gesicht eine wundervolle melancholische Sanftheit. Zum wiederholten Male fragte sie sich, wer Patrick wirklich war. Ein Wanderer zwischen den Welten und Zeiten?

Der raue Wind, der vom Meer wehte und durch die wenigen Hügel zwischen hier und der Küste kaum abgeschwächt wurde, nahm sie plötzlich gefangen. Ihr wurde schwindelig und sie hielt sich an Patrick fest. Mit einem Mal überkam sie das Gefühl, als dringe etwas an die Oberfläche ihres Bewusstseins: ein Erkennen. Es war, als wäre eine Eierschale zerplatzt, die ihr bis jetzt den Blick auf die Welt da draußen verwehrt hatte. Sie wollte diesem Gefühl misstrauen, auf der Hut sein.

Er fasste ihre Hand und zog sie aus der Ruine heraus. Sie überquerten den alten Friedhof mit den typischen runden Keltenkreuzen und bestiegen einen kleinen Hügel, dessen Bestimmung zunächst nicht erkennbar war. Oben standen rundherum Steine wie wachsame steinerne Zeugen einer längst vergangenen Zeit. Carol zählte fünfzehn Stück. In der Mitte des Kreises, der etwa einen Durchmesser von fünfzehn Metern hatte, befand sich ein einzelner Dolmen. War dies einer der legendären Druidenkreise?

Patrick blieb stehen und zog sie zu sich heran. Für einen Moment stockte ihr der Atem. Die Vision war nur kurz, den Bruchteil einer Sekunde lang. Und doch hatte sie das Bild ganz deutlich gesehen: einen Mann, gekleidet in eine bodenlange Kutte, eine Kapuze auf dem Kopf, deren Zipfel ebenfalls bis zum Boden reichte. Die Hände hielt er vor dem Körper verschlungen, sie wurden durch die weiten Ärmelenden verdeckt. Nur das Profil des Mannes war deutlich gegen den sich im Abendrot blutig verfärbenden Himmel zu erkennen. Es war Patricks Gesicht. Aber er befand sich in einer anderen Welt, in einer anderen Zeit.

„Halt mich fest“, flüsterte sie verwirrt und beunruhigt.

Er sagte nichts. Seine Hände bewegten sich über ihren Körper, drangen zwischen Haut und Stoff. Seine Lippen fuhren ihren Hals entlang nach oben, berührten ihren Mund, die Wangen, die Augenlider. Dann lehnte er seine

Stirn an ihre, als könne er auf diese Weise die Vibrationen auffangen, die aus ihrem Gehirn drangen.

Die Sonne senkte sich unter den Horizont und malte ein unvergleichliches Farbenschauspiel an den Himmel. Von Blutrot über dunkles Violett bis zu allen Nuancen von Dunkelblau verfärbte sich der Himmel. Die ersten Sterne begannen zu blinken. Nur wenige Wolken zogen schwarzviolette Schleier über dieses grandiose Bild. Aus dem Inneren der Erde schienen unsichtbare Energieströme aufzusteigen. Sie durchdrangen die beiden Menschenwesen im Rund der Steine und ließen sie erbeben.

Mit einem leichten Druck seiner Hände auf ihre Schultern ließ Patrick Carol ins Gras knien. Dann kniete er sich vor sie.

„Lass uns die Nacht hier bleiben“, bat er.

„Hat es eine bestimmte Bewandtnis?“, wollte sie wissen.

Er nickte nur stumm. „Ich kann es dir jetzt nicht erklären. Aber ich wünsche es mir.“

Sie erwiderte nichts, sondern streifte sich den dünnen Pullover ab, den sie trug. Sie legte ihn ins Gras. Die Kühle des Abends machte ihr nichts aus, sie spürte sie kaum. Ihr Körper glühte. Seltsame Schauer, warm und pulsierend, gingen durch ihren Körper. Diese Empfindungen waren ihr vollkommen neu. Nichts Ähnliches war ihr je widerfahren.

Patrick bewegte sich mit einer mühelosen Sicherheit, als gehöre er in diese für Carol so unbekannte und atemberaubende Welt. Die Zeit besaß plötzlich keine Gültigkeit mehr und sie konnte nicht sagen, ob der Patrick, den sie nun in den Armen hielt, der Maler aus der Gegenwart, der Heilige aus der Vergangenheit oder der Druide aus dem Archaikum war. Es war auch ohne Bedeutung. Das Blut rauschte in ihren Ohren und wieder erfasste ein Schwindel ihre Sinne. Die spielerische Ausgeglichenheit in all seinen Bewegungen zog Carol mit aller Macht zu ihm hin. Sie wünschte sich, dass ihr Körper zu einer amorphen Masse zerfloss, um ihn in sich gänzlich aufzunehmen.

Als sich hinter dem spitzen Giebel der Klosterruine der helle Vollmond hervorschob und alles mit einem silberweißen Licht übergoss, tauchte Carol in die andere Welt ein. Sie spürte seine Lippen auf ihrem Mund, seine Zunge, die ihre Lippen teilte, und den Atem, den er ihr einhauchte. Es waren magische Augenblicke, die in ihr den brennenden Wunsch weckten, er möge sie verhexen. Das Gefühl, das er in ihr erzeugte, war wie ein Schweben auf dem Wind. Es berauschte ihren Körper und Geist. Halb ohnmächtig und doch auf seltsame Weise hellwach verfolgte sie diesen Flug in ihr unbekannte Sphären. Sie fühlte sich mit einem Male befreit von den Zwängen des irdischen Lebens. Sie bestand nur noch aus Gefühl, kleine Knoten in ihrem Bauch öffneten sich wie die Knospen von Seerosen und entfalteten eine überwältigende Pracht. Trommelwirbel erschütterten ihr Herz und pflanzten sich bis in die entferntesten Regionen ihres in blinde Verzückung geratenen Körpers fort. Der Mond schien beide in seinen Bann zu ziehen und mit sich auf die himmlische Reise zu nehmen.

Hinter ihren geschlossenen Lidern wurden plötzlich Bilder der Erinnerungen lebendig, Erinnerungen aus einem anderen Leben. Da waren Männer und Frauen, in lange Gewänder gekleidet, sie trugen brennende Fackeln und bildeten eine leuchtende Schlange, während sie den Hügel hinaufwanderten. Sie hörte seltsame Gesänge, getragen und wehmütig, aber von innigen Gefühlen. Der Steinkreis hob sich schwarz gegen den dunkelvioletten Himmel ab. In seiner Mitte stand ein Mann … die Erinnerung wiederholte sich … der Mann trug eine bodenlange Kutte, seine Kapuze reichte bis zu den Fersen. Scharf wie ein Scherenschnitt erkannte sie das Profil seines Gesichts … Er hob die Hände, als beschwöre er die Mächte des Himmels und der Erde, als vereine er all das Irdische und das Göttliche in sich, was die Weisheit der Menschheit ausmacht …

„Patrick", seufzte sie in ihrer Verzückung und klammerte sich an ihm fest. Der Mann im Steinkreis mit Patricks Gesicht hielt die Hände zusammen, als umhüllten sie eine Kostbarkeit. Und als er sie langsam öffnete, hob sich ein Schmetterling empor, golden leuchtend und von überirdischer Schönheit. Mit taumelnden Flügelschlägen flatterte er empor in den Nachthimmel. Sie wollte ihn halten, ihn daran hindern zu entschwinden und streckte vergeblich verlangend den Arm nach ihm aus.

„Ich wusste, dass du zurückkommen würdest", hörte sie Patricks Stimme von irgendwo her. „Ich habe es immer gewusst …"

Als sie erwachte, war es sehr kühl und Tau fiel auf ihre Körper. Patrick schlief neben ihr mit ruhigen, gleichmäßigen Atemzügen. Der Mond war verschwunden, doch die Morgendämmerung noch nicht angebrochen. Es war die Zeit, in der sich ein Mann leise und verstohlen davonschlich, noch mit dem Nachklang des warmen Körpers der Geliebten auf der Haut. Die Welt lag im Sterben, bevor sie mit der Morgendämmerung neu geboren wurde. Carol beugte sich zu Patrick herab und küsste ihn sanft auf den Mund.

„Wie konntest du es wissen?", fragte sie leise.

„Ich habe es mit dem Herzen gefühlt", murmelte er schlaftrunken. Doch Carol war sich sicher, dass es das nicht allein war. In Patrick vereinte sich etwas, was nicht nur aus diesem einen Leben war.

16. Kapitel

Carol half Tante Tess, den Garten in Ordnung zu halten, Blumen zu schneiden, die Tess zu Sträußen band und im Ort verkaufte. Auch im Gewächshaus gab es einiges zu tun. Tess ermahnte sie zwar, sich zu erholen, schließlich hätte sie Urlaub, aber Carol war es lieber, die Zeit mit einer Beschäftigung zu verbringen. Der Grund war, dass Patrick neuerdings wieder tagsüber verschwand und erst gegen Abend nach Hause kam. Diese Art von ihm, ihr ganz nah zu sein und sich dann wieder von ihr zurückzuziehen, irritierte und verärgerte sie. Sie suchte die Ursache bei sich, fand aber nichts, was der Grund für Patricks Verhalten hätte sein können. Er sprach nicht darüber, wo er in dieser Zeit war. Als sie ihn darauf ansprach, tat er so, als hätte er ihre Frage nicht gehört.

Carol beklagte sich darüber bei Tante Tess, aber die versuchte Carol klar zu machen, dass Patrick auch noch sein eigenes Leben hatte. Ihr anfängliches Misstrauen, Patrick hätte irgendwo eine andere Frau, zerstreute Tante Tess mit einem schallenden Lachen. Mit etwas ernsterer Miene sagte sie dann zu Carol, dass zur Liebe auch eine große Portion Vertrauen gehören würde. Das sah Carol schließlich ein. Doch es kränkte ihre Eitelkeit, dass es neben ihr noch etwas anderes für Patrick gab. Sie wollte der Mittelpunkt seines Lebens sein und es gefiel ihr, möglichst jede Minute mit ihm zu verbringen. Sie fühlte sich mit ihm allein auf einer Insel der Glückseligkeit, die von nichts und niemandem gestört werden durfte. Sie war auf alles eifersüchtig, was außer ihr Patricks Interesse weckte, selbst auf Tess. Und auf seine komischen alten Götter.

„Patrick beschäftigt sich offenbar viel mit der keltischen Vergangenheit“, sagte Carol, während sie neben Tess im Gewächshaus stand und Astern eintopfte. Die Glastür stand offen und ein warmer Sommerwind wehte herein. Seit einigen Tagen schon hatte Petrus offensichtlich mit den geplagten Urlaubern an der Westküste Erbarmen und sandte nur beste Qualität aus der Wetterküche.

„Warum nicht?“, entgegnete Tess, ohne von ihrer Arbeit aufzuschauen. „In dieser Gegend ist diese Kultur noch allgegenwärtig. Es sind auch Patricks Wurzeln. Es ist schön, wenn man sich seiner Wurzeln erinnert.“

„Das mag sein“, erwiderte Carol nachdenklich. „Aber ich habe den Eindruck, dass er auch noch an die alten Götter glaubt. Ist das nicht ein bisschen seltsam?“

„Wegen des Belenos' den er in Stein meißelt?“ Tess lachte. „Woran ein Mensch glaubt, ist seine ganz private Sache. Ich möchte fast sagen, es ist sehr intim, weil es sein Innerstes, seine Seele betrifft. Und ich finde, dass es egal ist, wie der Gott heißt, zu dem man betet – Hauptsache es hilft.“

Carol schwieg eine Weile. „Trotzdem, ist das nicht Blasphemie?“

„Herrje, die Iren sind alle gute Katholiken und auf achthundertfünfzig Schäfchen kommt ein Hirte. Und weißt du, warum die Iren so treue Katholiken sind? Weil sie vorher genauso inbrünstig zu ihren anderen Göttern gebetet haben. Diese Menschen hier brauchen einfach den göttlichen Beistand, schon weil sie ein schweres Leben hatten und immer noch haben. Aber sie sind etwas ganz Besonderes."

Carol nickte stumm. Tess blickte sie aufmerksam an. „Und du gehörst auch zu ihnen."

Mit einem leisen Seufzer stellte Carol einen Blumentopf beiseite. „Weißt du, manchmal fühle ich mich hier doch noch sehr fremd. Dabei sprechen alle die gleiche Sprache, abgesehen vom Gälischen, das ich kaum beherrsche. Ich kenne hier jeden Stein und jedes Haus, und doch fühle ich mich wie ein Besucher, der weiß, dass er wieder abreisen wird."

„Dann überleg mal, woran es liegen könnte", forderte Tess sie auf.

Carol hob die Schultern. „Mir fehlt ein wenig der Sinn für das allgegenwärtige Mystische und Sagenhafte, obwohl ich doch als Kind diese Geschichten so gern gehört habe. In meinen Romanen ist das etwas anderes. Aber es sind Romane. Hier leben wir doch in der realen Welt. Und wir sind moderne, aufgeklärte Menschen."

„Dir hat sich damals der Sinn dafür verschlossen. Später bist du damit nicht mehr in Berührung gekommen und jetzt, wo du es ganz nah erlebst, ängstigt es dich."

Carol warf ihrer Tante einen kurzen Blick zu. Sie hoffte nicht, dass Patrick ihr von der Liebesnacht im Steinkreis erzählt hatte. Bei der Erinnerung daran jagten immer noch leise Schauer ihren Rücken herab. Es war eine Mischung aus wonnevoller Lust und lusterfülltem Grusel. Die seltsamen Visionen machten sie nachdenklich und beklommen. Ein eigenartiges Schamgefühl hinderte sie daran, Tess danach zu fragen. Alles, was mit Patrick zusammenhing, wurde von einem mystischen Nebel umgeben. Sie wollte selbst das Mysterium ausfindig machen, auch auf die Gefahr hin, dass es ihre Liebe entzauberte. Doch sie wusste auch, dass sie es nicht erzwingen konnte. Sobald sie Patrick in irgendeiner Weise drängte, verschloss er sich sofort vor ihr. Diese Angst, wieder einen Schritt zu weit zu gehen und zu zerstören, was sich so zart und mühsam aufgebaut hatte, lähmte ihren sonst so forschen Tatendrang.

Doch wenn Patrick kam, zerstoben all diese düsteren und zweifelnden Gedanken. Dann lebte sie wirklich nur für den Augenblick und Patrick mit ihr.

Der August wurde ungewöhnlich warm. In Delanney waren die Tische des Cafés auf der Hafenstraße fast ständig besetzt und sogar einige Touristen hatten das malerische Örtchen für sich entdeckt. Patrick mied die Menschen, wo es nur ging. Wenn er abends kam – er fuhr immer mit Tante Tess' Fahrrad –, schien er plötzlich aufzuleben. Er wusch sich, kleidete sich um und unternahm mit Carol lange Spaziergänge, die immer irgendwohin in die Einsamkeit führten.

Das kleine Steinhaus inmitten einer mit Trockenmauern umfriedeten Parzelle wirkte verlassen. Es war ein ungewöhnlich schwüler Abend. Carol war ins Schwitzen gekommen und sie ließ sich schnaufend auf der Steinmauer nieder. Mit dem Handrücken wischte sie sich über die feuchte Stirn.

„Es gibt hier einen Brunnen", sagte Patrick und deutete zum Haus. Wenige Schritte daneben bemerkte Carol das steinerne Rund sowie eine Viehtränke.

„Wer hat hier gewohnt?", wollte sie wissen.

„Hier wohnt niemand", erwiderte Patrick. „Aber ein Schäfer kommt manchmal hierher, lässt seine Herde übernachten und tränkt die Tiere. Und er übernachtet dann in diesem Haus."

Carol betrachtete abschätzend die winzige Hütte. Die Eingangstür war niedrig, die Fenster nichts weiter als zwei quadratische Löcher im Gemäuer. Sie erhob sich und ging neugierig näher. „Und du bist sicher, dass hier niemand ist?", vergewisserte sie sich.

Patrick schüttelte den Kopf. „Dann wären die Schafe auch hier."

Carol betrat die Hütte, die nur aus einem einzigen Raum bestand. Es gab keine Einrichtung. In einer Ecke lag ein Haufen Stroh, an der Giebelwand befand sich eine Feuerstelle mit einem Rauchabzug. Ein rostiger Topf, ein eiserner Schürhaken, etwas Feuerholz waren das Einzige, was an eine menschliche Nutzung erinnerte. Beklommen blickte Carol sich um. Sie hatte vergessen, dass es hier Leben gab, das jenseits ihrer Vorstellung lag. Trotz der Wärme fröstelte sie und sie verließ schnell das Haus. Sie musste den Kopf beugen, um sich nicht am Türsturz zu stoßen.

Patrick hatte aus dem Brunnen Wasser geschöpft und wartete auf Carol. Dankbar ließ sie sich das Wasser über die Hände schütten, wusch sich Gesicht und Hals und trank dann einige Schlucke. Danach erfrischte er sich selbst. Er wies auf eine dichte Brombeerhecke, die einen Teil der halb eingestürzten Mauer überwucherte. „Ich glaube, sie sind reif", sagte er.

Carol folgte ihm, während er hinüberging und die schwarzroten Beeren pflückte.

„Hm, die sind sogar süß", schwärmte Carol, nachdem sie einige Beeren gekostet hatte. Sie klemmte eine zwischen die Lippen und bot sie auf diese Weise Patrick an. Er beugte den Kopf zu ihr herab, legte seine Lippen auf ihre und nahm vorsichtig die Beere ab. Er lachte leise und begann seinerseits, Carol wie einen kleinen Vogel zu füttern.

Sie ließen sich in das hohe Gras nieder. Um sie herum nickten rosa Distelblüten im warmen Wind. Fasziniert beobachtete Carol, wie selbstvergessen und hingebungsvoll Patrick war. Wenn er lachte, bildeten sich zwei längliche Grübchen auf seinen Wangen und in seine Augen trat ein übermütiges Funkeln. Er besaß ebenmäßige Zähne, die Carol unglaublich gut gefielen, und statt einer Brombeere schob sie ihre Zungenspitze zwischen seine Lippen. Dann schlang sie die Arme um seinen Hals und ließ sich nach hinten sinken. Dabei zog sie Patrick mit sich.

„Du bist viel süßer als alle Beeren der Welt", murmelte sie.

Die Insekten summten um sie herum und in den Fugen der Mauern zirpten Grillen. Die Welt war da am schönsten, wo sie am ursprünglichsten war.

Patrick streifte Carols Bluse ab und platzierte eine Brombeere nach der anderen auf ihrem Körper.

„Was machst du da?", kicherte sie.

„Lach nicht, sonst kullern sie alle wieder herunter." Er sammelte die Beeren wieder auf und begann erneut, sie auf ihrer Haut anzurichten. „Ein besonderes Dessert."

Atemlos beobachtete Carol ihn. Überall legte er die schwarzen Beeren hin, in die Mulde zwischen ihren Brüsten, in einen Kreis auf ihrem Bauch, in ihren Nabel, zuletzt auf jede Spitze ihrer Brüste. Es kitzelte.

„Nicht lachen", warnte er sie, als er bemerkte, dass es in ihrem Bauch verdächtig zuckte.

„Du bist verrückt!" Sie durfte wirklich kaum atmen, sonst wären alle Brombeeren herabgekullert. Patrick beugte sich über sie und begann, mit den Lippen eine Beere nach der anderen wieder „abzupflücken".

„Das kitzelt!", gluckste sie und wühlte mit den Händen in seinem Haar.

„Das soll es", erwiderte er. Sie spürte seine Zunge, seine Lippen, seine Hände. Die Beeren hinterließen dunkelrote Flecke auf ihrer Haut, die er hingebungsvoll ableckte.

„Das ist wirklich verrückt", keuchte sie atemlos. Sie richtete sich leicht auf, als er die letzte Beere genascht hatte. „Jetzt bin ich dran. So ein Dessert lasse ich mir nicht entgehen."

Sie kam nicht sehr weit. Lachend umklammerten sie sich, rollten im Gras umeinander, gesprenkelt mit blauroten Saftflecken und gepiekst von Disteln.

„Iiiii, jetzt kommen die Wespen", kreischte Carol. „Die wollen auch etwas abhaben!" Sie sprang auf und lief zum Brunnen. Patrick folgte ihr. Im steinernen Trog stand noch Wasser und das war nicht so kalt wie das Wasser aus dem Brunnen. Gegenseitig rieben sie sich die Flecken ab, aber Patrick konnte nicht umhin, Carol mit dem kalten Brunnenwasser zu bespritzen, bis sie vor Wonne schrie. Nass und außer Atem ließen sie sich vor dem Haus nieder und nutzten die letzten Sonnenstrahlen, um sich zu trocknen.

Patrick legte den Arm um Carol und sie lehnte sich an ihn. Langsam normalisierte sich ihr Puls. Er riss einen Grashalm ab und kaute versonnen darauf.

„Ich hätte nicht gedacht, dass es mit uns so weit kommen könnte", sagte Carol und schüttelte verwundert den Kopf. „Es geschah wie von selbst."

Er blickte auf sie herab. „Bereust du es?"

Sie warf den Kopf in den Nacken, als sie lachte. „Keine Sekunde. Ich bin so glücklich."

Er legte seine Wange auf ihr Haar. „Das bin ich auch."

Sie war auch deshalb glücklich, weil sie Patrick so ausgelassen und sorglos erlebte. Es war ein wunderschöner Abend, der sie alles andere hatte vergessen lassen. Er war von einer beglückenden Heiterkeit. Auch seine Melancholie, seine seltsam dumpfe Traurigkeit war wie fortgeblasen. Dieser Patrick wirkte sehr jugendlich, unbekümmert und unschuldig in seiner Verliebtheit. Sie war unendlich froh darüber. Mit einem Seufzer warf sie sich auf den Rücken.

„Sag mir, dass du mich liebst", forderte sie ihn auf.

Er beugte sich über sie. „Ich liebe dich", flüsterte er. Dann versenkte er seinen Blick tief in ihre Augen, dass es wie Ameisen durch ihren Bauch kribbelte. „Und jetzt sag du, dass du mich liebst."

„Ich liebe dich", wisperte sie. Dann streckte sie die Arme weit von sich und schaute in den Himmel hinauf. „Ich möchte es in die Welt schreien: Ich liebe dich!"

Plötzlich sprang sie auf, tanzte über die Wiese, drehte sich, die Arme in die Luft erhoben. „Ich liebe dich, Patrick O'Brian, ich liebe dich!"

„Carol, du hast nichts an", rief er ihr lachend zu.

„Na und?", schrie sie zurück. „Das ist doch völlig egal! Wichtig ist nur, ich liebe dich!" In ihre letzten Worte hinein grollte ein Donner. Erschrocken blieb sie stehen und blickte zum Himmel. Über dem kahlen Hügel türmten sich dunkle Wolken.

„Oje!" Sie ließ die Arme sinken. „Schaffen wir es noch bis nach Hause?"

Ehe Patrick überhaupt antworten konnte, klatschten die ersten dicken Tropfen herab. Geistesgegenwärtig sprang er auf und klaubte ihre Sachen zusammen, die verstreut auf dem Gras lagen, und brachte sie in die Hütte.

„Komm herein", rief er ihr zu. Im gleichen Moment öffneten sich die Himmelsschleusen. Carol blieb stehen, wo sie stand, aber sie hob wieder die Arme zum Himmel. Dann begann sie sich zu drehen, tanzte im Regen, der die letzten Brombeerflecken in hellroten Rinnsalen von ihrer Haut spülte. Eine Weile schaute Patrick ihr lächelnd zu. Sie war so schön, so zauberhaft wie eine Waldnymphe. Der warme Gewitterregen hüllte sie in einen silbrigen Schleier und ihr nackter Körper schimmerte wie Kristall.

Die Anmut ihrer Bewegungen fesselte ihn und unwillig nahm er den Schmerz in seinem Herzen wahr. Er versuchte den Schmerz zu unterdrücken. Aber er wusste, dass es zu spät war.

Langsam trat er hinaus in den Regen, ging auf Carol zu, die immer noch entrückt tanzte. Er schloss die Arme um sie und hielt sie fest. Der Regen konnte ihnen nichts mehr anhaben, nicht das bösartige Grollen des Himmels, nicht die zuckenden Blitze und die schwarzen Wolken. Dann hob er sie auf seine Arme und trug sie hinüber zur Hütte.

Drinnen ließ er sie sacht ins Stroh gleiten, suchte in seiner Hosentasche nach dem Feuerzeug und entzündete das Reisig im Kamin, dann legte er einige Holzscheite auf. Die Feuerzungen leckten am Holz empor, es zischte und knackte und kleine Rauchwolken stoben auf. Bald wogte angenehme Wärme zu ihnen herüber.

Aus Carols Haaren tropfte das Regenwasser und rann über Schultern und Brust herab. Auf Patricks Rücken hatten sich Wassertropfen wie Perlen gesammelt. Sie beugte sich darüber und saugte die Tropfen auf wie vorher die Beeren. Dann lehnte sie die Wange an seine Haut. Die Wärme seines Körpers wirkte ungemein beruhigend.

„Ich liebe dich“, flüsterte sie erschöpft. Dieses Gefühl für ihn war so elementar wie die Naturgewalten draußen vor der Tür.

17. Kapitel

Als Carol erwachte, war sie sich nicht gleich sicher, wo sie sich befand. Es war die undefinierbare Grenze zwischen Nacht und Tag. Die Nacht war gegangen, aber der Tag noch nicht gekommen. Kühler Seewind bauschte die Gardinen vor dem kleinen Fenster, das sie stets nachts ein Stück offen ließ, und von fern hörte sie das eintönige Rauschen des Meeres. Das alles war ihr so vertraut seit ihrer frühesten Kindheit. Sie presste ihre Wange in das mit Linon bezogene Federkissen und streckte sich wohlig. Es war wunderbar, so sorglos und behütet zu leben. Das kleine Zimmer in Tante Tess' Haus war wie eine schützende Höhle, anheimelnd und gemütlich. Regen, Wind und Kälte konnten ihr hier nichts anhaben.

Carol zog sich die Decke bis an die Ohren und drehte sich mit einem leisen Seufzer des Wohlgefühls auf die andere Seite. Sie dachte an Patrick und durchlebte das aufregende Kribbeln in ihrem Körper ein zweites Mal. Jeder Tag mit ihm war wunderbarer als der vorhergehende, jedes Mal, wenn sie sich liebten, war es eine Steigerung des vorhergehenden Mals. Sie dachte an das abendliche Gewitter und die kleine Schäferhütte. Alles hatte sich auf das Ursprüngliche beschränkt. Und sie hatte dabei nichts vermisst.

Sie lächelte in der Erinnerung daran, zugleich ungläubig über ihre eigene Wandlung. Noch vor wenigen Wochen waren die Boutiquen und Kaufhäuser New Yorks, die

Szenetreffs und diversen Bars, die Buchpremieren und Pressetermine die wichtigsten Dinge in ihrem Leben. Da gab es Partys mit vielen bekannten und wichtigen Personen, da fuhr sie mit diversen Liebhabern auf Luxusjachten und verbrachte den Urlaub an Traumstränden in der Südsee. Auf sorgsam gepflegten Golfplätzen kannte sie sich ebenso aus wie in schlossähnlichen First-Class-Hotels.

Und plötzlich war alles ganz anders: Ihr Traumstrand befand sich in einer kleinen, unzugänglichen Bucht an der Steilküste, ihre Luxusjacht war ein nach Teer und Fisch riechendes Ruderboot, ihr Schloss eine niedrige Steinhütte ohne Einrichtung und statt des gepflegten Golfrasens wandelte sie über Viehweiden voller Moose, Flechten, Disteln und Wildblumen. Doch das Unglaublichste war der Mann, mit dem sie das alles erlebte.

Wie das Meer, das in großen Wogen ans Land brandete, so kam Patrick auf sie zu, berauschend und manchmal beängstigend. Dann zog er sich wieder zurück, ließ sich nicht fassen, um selbst Atem zu schöpfen und sie erneut mit seiner Liebe zu überwältigen. So wie das Meer spiegelte er die Farben des Himmels wider, mischte sie immer wieder neu und auf faszinierende Weise. Dem Ozean gleich erlebte sie seine Oberfläche, mal still und glatt, friedlich und entspannt, mal aufgewühlt und dunkel, beunruhigend und gewaltig. Ihr Blick reichte nicht bis zu dessen Grund, sie konnte die geheimnisvollen Tiefen nicht ausloten. Sie schwamm in den wunderbaren Gefühlen, die er ihr entgegenbrachte, badete in diesem seidigen, warmen Gewässer und ließ sich lustvoll treiben; so wie im Meer verlor sie manchmal den Grund unter den Füßen und bekam Angst, darin gänzlich zu versinken.

Patrick! Ihr fehlten die Worte, um seine Widersprüchlichkeit zu beschreiben und das, was sie für ihn empfand. Es war ein Wechselbad der Gefühle: Noch nie im Leben hatte sie so vieles gleichzeitig verspürt.

Obwohl es draußen noch dunkel war, zwitscherte eine Amsel lautstark in der Hecke und begrüßte den Morgen, der hinter dem Horizont lag. Der Wind trug den salzigen Geruch des Meeres und Kühle herein. Sie zog die Decke noch ein Stück höher und versuchte, wieder einzuschlafen. Zärtlich strich sie mit der Hand übers Kopfkissen, als wäre es Patricks Wange. Sie wünschte sich sehnlichst, Patrick würde mit ihr das Zimmer und das Bett teilen, aber diesen Vorschlag hatte er lachend abgelehnt.

„Schlaf dich aus", hatte er Carol geraten. „Dein Bett und mein Bett sind einfach zu schmal, um darin eine ganze Nacht zu verbringen. Uns würde am Morgen jeder Knochen einzeln schmerzen."

„Es gibt Betten, die wesentlich breiter sind", hatte Carol entgegnet.

Patricks Gesicht war ernst geworden, als er ihr antwortete. „Die sind für ein gemeinsames Leben und gemeinsames Sterben gedacht."

„Kannst du dir kein gemeinsames Leben vorstellen?", fragte ihn Carol mit leiser Beunruhigung.

„Doch", erwiderte er und blickte sie fest an. „Aber du lebst in deiner Welt und ich in meiner. Die Brücke dazwischen ist sehr schmal. Und sie zu überqueren erfordert Mut."

„Hättest du diesen Mut?", wollte sie wissen.

Er lächelte traurig. „Weißt du, ich durchlebte Zeiten, da bedeutete mir das ganze Leben sehr wenig. Jetzt kann ich nicht verhindern, glücklich zu sein. Aber ein Narr, der glaubt, dieses Glück hielte ewig."

„Du glaubst nicht an das große Glück, an die ewige Liebe", stellte sie enttäuscht fest.

Er schüttelte sachte den Kopf. „Der Gedanke, dass wir uns je wieder trennen könnten, erscheint mir unerträglich. Ich kann dich nicht daran hindern zu gehen, wenn du es für richtig hältst. Aber bis zum letzten Augenblick werde ich hoffen, dass du dich anders entscheidest."

Sie schlang die Arme um seinen Hals und suchte seine Lippen. „Solange du mich nicht verlassen willst, verschwende ich keinen Gedanken daran. Ich kann an nichts anderes mehr denken als an dich. Ich spreche deinen Namen wie ein Gebet. Du bist in mir. Ich spüre, wie du lebst, wie du atmest, wie dein Herz schlägt. Du beherrschst meine Gedanken und Gefühle …"

In der Dunkelheit sah sie sein Gesicht und erinnerte sich an den seltsamen Ausdruck in seinen Augen. Als blicke er in eine andere Welt, verloren sich seine Augen in der Ferne.

„Die Brücke ist schmal", murmelte er. „Verdammt schmal." Dann küsste er sie auf die Stirn und schob sie zu Tante Tess' Haus hin. Tess schlief schon längst und Carol schlich auf Zehenspitzen hinein.

Als sie an diesem Morgen das zweite Mal erwachte, schickte die Sonne ihre Strahlen über die Hügel. Das Gewitter hatte die Luft gereinigt und die Farben erstrahlten besonders klar. Schnell erhob sie sich, zog sich an und eilte in die Küche hinunter. Sie dachte nicht, Tante Tess noch anzutreffen, da sie meist um diese Zeit bereits im Garten arbeitete. Umso überraschter war Carol, als sie den Tisch noch gedeckt vorfand, Tess stand am Herd und brühte eine große Kanne Kaffee auf und am Tisch – Carol schnappte nach Luft – saß Patrick und schnitt eines der knusprigen Brötchen auf.

„Guten Morgen, Langschläfer“, begrüßte er Carol mit einem spitzbübischen Schmunzeln.

Trotz ihres mittlerweile sehr innigen Verhältnisses hatte es Patrick bis dahin vorgezogen, allein im Gartenhaus zu frühstücken und das zu einer unchristlich frühen Stunde. Dass er nun mit dieser Selbstverständlichkeit in Tante Tess' Küche saß, verschlug ihr die Sprache. Offensichtlich hatte er auch nicht vor, wieder zu verschwinden, wie er es in den letzten beiden Wochen mit konstanter Regelmäßigkeit getan hatte. Er schien bester Laune zu sein und summte leise vor sich hin, während er sein Brötchen dick mit Butter und Schlehenkonfitüre bestrich und Tante Tess den Kaffee einschenkte.

Im Halbschlaf hatte sich Carol noch Sorgen gemacht, was Patrick mit seinen Andeutungen gemeint haben mochte, und in ihrem Magen war ein unbehagliches Gefühl zurückgeblieben. Nun aber sah es ganz so aus, als befasse er sich ernsthaft mit dem Gedanken an ein wesentlich breiteres Bett.

Mit einem erwartungsvollen Lächeln nahm sie am Tisch Platz. Auch Tess schien vergnügt. Sie lächelte still und warf Patrick ab und zu einen bedeutungsvollen Blick zu.

„Was ist eigentlich los?“, fragte Carol. „Habe ich etwas falsch gemacht oder klebt noch Zahnpasta in meinem Gesicht?“

„Lass es dir schmecken“, entgegnete Tess. „Mit einem ordentlichen Frühstück im Magen packt man das Tagwerk gleich viel kraftvoller an.“

Sie band sich ihre grüne Gärtnerschürze um, nahm den Strohhut vom Haken und verschwand aus der Küche. Carol sah sie zum Gewächshaus hinübergehen. Patrick erhob sich, stellte das Geschirr zusammen und trug es zur Spüle. Mit Gelassenheit ließ er Wasser ein und begann, das Geschirr abzuspülen. Mit einer Mischung aus Verblüffung und Eifersucht betrachtete Carol ihn dabei. Sie blieb am Tisch sitzen und fühlte sich plötzlich überflüssig. Er tat so, als gehöre er hierher, als wäre er hier zu Hause. Dafür verstärkte sich in Carol das unbehagliche Gefühl, nur Gast zu sein. Sein Selbstverständnis, mit dem er in Tante Tess' Küche werkelte, berührte sie unangenehm. Dabei hatte sie doch selbst gehofft und gedrängt, dass Patrick seine Zurückhaltung aufgeben und endlich wieder in Tess' Küche zurückkehren sollte. Aber er war nicht Tess' Sohn, überhaupt nicht mit ihr verwandt. Doch er schien einen größeren Stellenwert bei Tess einzunehmen als sie.

Im gleichen Moment schämte sich Carol ihrer Gedanken. Tess verwöhnte ihn genug und deshalb konnte er sich ruhig auf diese Weise nützlich machen. Sie wusste selbst nicht, was sie daran störte. Verstimmt stand sie auf und trat neben ihn.

„Ist das nicht eigentlich Frauenarbeit?"

Patrick warf ihr einen belustigten Blick zu. „Ich hätte dich nicht für so konservativ gehalten."

Sie schnappte nach Luft, und als sie den Mund wieder zuklappte, drückte er ihr ein Geschirrtuch in die Hand. „Du kannst ja abtrocknen."

„Du überraschst mich, Patrick O'Brian."

Er schmunzelte stillvergnügt, verstaute das Geschirr im Küchenschrank und säuberte die Spüle. Dann nahm er ihr das Geschirrtuch ab, hängte es an den Haken und hauchte ihr einen Kuss auf die Stirn. „Es freut mich, dass ich dich überraschen konnte."

„Willst du mir deine hausfraulichen Qualitäten beweisen oder was soll das?" Sie bemerkte das Blitzen in seinen Augen.

„Ich habe noch eine Überraschung für dich."

„Ja?" Sie blickte sich suchend um. „Wo?"

„Nicht hier. Komm mal mit." Er nahm ihre Hand und zog sie mit sich. Er lief durch den Garten zum vorderen Tor. Carol traute ihren Augen nicht. Draußen stand ein wunderschöner Planwagen, davor ein zottiges, aber kräftiges Connemara-Pony.

„Himmel, bist du unter die Tinker gegangen?", rief sie aus.

Er schüttelte lachend den Kopf. „Das ist so ein Wagen, wie er auch an Touristen vermietet wird. Hast du Lust, ein wenig über Land zu fahren?"

„Du meinst, du und ich – nur wir beide in diesem Wagen?" Sie hielt überwältigt die Luft an.

„Das meine ich. Ich möchte dir einige Stellen zeigen, die ein bisschen weiter weg sind. Und mit dem Planwagen wäre es ganz bequem."

„Oh Patrick, das ist eine wunderbare Idee." Sie war augenblicklich versöhnt und er schien sich zu freuen. Doch dann gab Carol zu bedenken: „Was wird Tante Tess sagen?"

„Sie wünscht uns gute Reise. Und das hat sie uns eingepackt."

Er kletterte auf das vordere Trittbrett und öffnete die Tür. Oben bestand sie aus einem zweiflügeligen kleinen Fenster, unten aus einem Türblatt. Davor befanden sich rechts und links die Sitzböcke für den Pferdelenker. „Komm!“ Er hielt ihr seine Hand entgegen und sie nahm sie, um sich hinaufziehen zu lassen.

„Mein Gott, das ist ja wie in einer Puppenstube!“, rief sie überrascht aus. Sie kannte diese Tinker-Wagen aus ihrer Kinderzeit, aber sie hatte noch nie einen von innen gesehen. Für die Touristen waren sie auch sicher wesentlich komfortabler nachgebaut worden. Es gab eine richtige kleine Küche mit Propangasherd, einen eingebauten Schrank, eine Kommode, einen Klapptisch und Sitzbänke, die nachts zu Betten umfunktioniert werden konnten. Und hinten befanden sich Verschläge für das Pferdefutter und das Pferdegeschirr. Patrick wies auf einen Korb mit Brot, Weinflaschen, Schinken, Räucherlachs, Eiern, Würstchen, Cornflakes, Milch. Selbst Bier fehlte nicht, wahrscheinlich die Reste von Tess' Geburtstag.

Tränen der Rührung stiegen in Carol auf und sie schlang schluchzend die Arme um Patrick. „Es ist traumhaft schön.“ Sie schwor sich, nie wieder einen schlechten Gedanken über Patrick und Tess zuzulassen.

Der bunte Zigeunerwagen bewegte sich, gezogen von dem gemächlich dahintrottenden schwarzen Connemara-Pony, entlang der Landstraße landeinwärts. Wie ein grüner Tunnel wölbten sich die Äste der Bäume darüber und spendeten sowohl Schatten als auch Schutz vor dem Wind. Patrick und Carol saßen sich gegenüber auf den seitlichen Kutschböcken, Patrick hielt die Zügel locker in der Hand. Das Pony schien auch so seinen Weg zu kennen. Nur manchmal, wenn ihnen ein Auto entgegenkam oder sie überholen wollte, mussten sie ein wenig von der Straße fahren. Aber kein Autofahrer hupte ungehalten wegen der kleinen Verzögerung. Carol fand das sehr rücksichtsvoll.

Bald aber verließen sie die Straße und fuhren auf einem ausgefahrenen Feldweg quer durch die Wiesen, dann tiefer in die Berge. Mehrmals rasteten sie und gönnten dem Pony eine Pause. Zu Mittag bereitete Patrick in der kleinen Küche einen Lunch zu, denkbar einfach mit Tee, Saft und Sandwiches, dazu etwas Obst. Am späten Nachmittag erreichten sie den Rand eines Waldes, der zur Killarney Area gehörte. Es war eine einsame Gegend, die den Touristen noch nicht sehr bekannt war. Carol war froh darüber. Sie wusste plötzlich die Einsamkeit der Gegend und die Zweisamkeit mit Patrick zu schätzen.

Patrick suchte einen geschützten Platz aus, wo er den Wagen abstellte und das Connemara-Pony ausschirrte. Die mitgebrachten Pflöcke klopfte er in den Boden und zäunte eine kleine Koppel ein. Der Boden war nicht so steinig wie unmittelbar an der Küste, sondern etwas sumpfig, und so ließen sich die Pflöcke leicht einschlagen. Das Tier begann sofort zu grasen, nachdem Patrick ihm das Fell abgerieben und es getränkt hatte.

Carol hatte ihn bei diesen Arbeiten beobachtet und wieder diesen wonnevollen Schauer dabei verspürt. Alles, was Patrick tat, wirkte so wunderbar beruhigend und sicher. Erst als das Pferd versorgt war, wandte er sich ihr zu. Nebenbei hatte Carol Tee aufgebrüht. Sie setzten sich auf eine Decke neben dem Wagen, die Teeschalen in den Händen.

„Ich kann es immer noch nicht fassen", sagte Carol bewegt. „Es ist wie im Märchen." Sie sah eine fast kindliche Freude auf Patricks Gesicht.

„Ein bisschen Freiheit", erwiderte er bescheiden. „Aber es macht Spaß."

Als sie den Tee ausgetrunken hatten, erhob sich Patrick. „Komm mit, ich möchte dir etwas zeigen."

Er hielt ihre Hand, während sie auf den Wald zugingen. Kühle und Schatten umfingen sie wie in einer Kirche. Es war der Dom der Natur, gewaltiger als alles, was Menschen erbaut hatten. Tiefer und tiefer führte Patrick sie in diesen Wald hinein. Er wurde immer dichter und märchenhafter. Es gab nicht viel Wald im Südwesten, aber hier war er noch vorhanden und in den feuchten Senken sogar ursprünglich und üppig wie ein Urwald. Mächtige alte Bäume standen da, mit bizarrem Astwerk. Manche waren bereits umgestürzt. Alles wurde von einem Teppich aus Moosen, Flechten, wildem Efeu und eigenartigen Schlingpflanzen überzogen. Dazwischen breiteten riesige Farne ihre Wedel aus, fein gefiedert die einen, kompakt und lanzenförmig die anderen. Ein grünes Dämmerlicht herrschte und von den Pflanzen tropfte Feuchtigkeit.

Carol blieb unwillkürlich stehen. Sie war sich sicher, noch nie an diesem Ort gewesen zu sein, und doch erschien er ihr bekannt. Und plötzlich wusste sie woher. Ihr Traum! Sie hatte diesen Wald damals in ihrem Traum gesehen! Sie hatte es wieder vergessen, aber jetzt war die Erinnerung da, deutlicher als je zuvor. Und wenn jetzt noch Nebel aufstiegen und ein See …

„Komm ein Stück weiter", forderte Patrick sie auf. „Dort drüben befindet sich ein kleiner See."

Wie in Trance folgte sie ihm. Der Boden war unwegsam, sie stolperte über dicht bewachsene Baumstämme und Äste, über Grasbuckel und tapste in morastige Pfützen.

Plötzlich brach das späte Sonnenlicht in dick gebündelten Strahlen durch das Geäst und ließ den Waldboden dampfen. Wie Waldgeister tanzten die Nebelschwaden, bewegten sich mit der Anmut elfengleicher Wesen.

Und dann standen sie vor dem See. Es war ein sehr kleiner See, mehr ein Tümpel, seine Ufer dicht bewachsen von Farnen und riesigen, breitblättrigen Pflanzen. Die Kronen der Bäume beugten sich darüber, als wollten sie den kleinen See beschützen, die krüppeligen Äste reckten sich nach der schillernden Wasserfläche wie die Arme von Greisen nach dem Jungbrunnen.

Ergriffen blieb Carol stehen, ihre Hand immer noch in der von Patrick. „Wie schön", flüsterten ihre Lippen. „Wie im Märchen."

Er ließ ihre Hand los und begann, sich auszukleiden.

„Was tust du?", fragte sie.

„Zieh dich aus. Lass uns hier baden."

„Warum?"

„Es ist ein vorzeitlicher heiliger Ort. Solange hier Menschen leben, haben sie in diesem kleinen See gebadet."

Wortlos streifte Carol ihre Kleidung ab. Einen Augenblick lang standen beide, wie Gott sie geschaffen hatte, nebeneinander am Ufer dieses mystischen Sees. Carol hätte sich nicht gewundert, wenn plötzlich eine Fee aus dem Wasser gestiegen wäre und sie in ihr Reich entführt hätte. Patrick trat vor, ging einige Schritte hinein und ließ sich dann lautlos in das Wasser gleiten. Der Grund war schlammig, aber wenn sie ihn nicht aufwühlten, würde das Wasser klar bleiben.

Sie sah seinen nackten Körper durch das Wasser hindurchschimmern wie ein Wesen aus einer anderen Welt.

Carol folgte ihm. Das Wasser war kühl, aber wie Seide auf der Haut. In der Mitte des Sees erwartete Patrick sie. Sie spürte seine Hände an ihrem Körper und hielt die Luft an.

„Patrick", murmelte sie. „Ich habe das alles schon einmal geträumt. Ich habe im Traum diesen Wald gesehen und diesen See und die Nebel – und dich."

Sein Lächeln war sanft und seltsam entrückt. „Sicher", erwiderte er. „Wenn du es gespürt hast, dass sich unsere Seelen hier vereinen werden, dann ist der Traum nur die Spiegelung dessen, was dich in der Zukunft erwartet."

„Du meinst, es war so etwas wie eine Vorsehung?"

„Vielleicht." Seine Hände glitten an ihrem Körper auf und ab und trotz der Kälte entfachten seine Berührungen in ihr ein heißes Feuer.

Sie versuchte, den mystischen Augenblick zu bannen, und schloss die Augen. Sie legte den Kopf auf die Wasseroberfläche, ließ ihren Körper und die Sinne treiben. Sie schwiegen, um die Heiligkeit des Augenblicks nicht zu stören. Selbst die Vögel in den Bäumen waren verstummt.

Carol wusste nicht mehr, in welcher Welt sie sich befand. War das noch die Wirklichkeit? War es dieses Feenreich, das sie betreten hatten, war es Emain Ablach oder gar die Anderswelt jenseits der Nebel? Sie wusste es nicht und sie wollte es auch nicht wissen. Sie spürte nur, dass etwas mit ihr geschah. Tief von innen heraus wurde sie neu geboren.

Als die Kälte des Wassers zu schmerzen begann, schwammen sie langsam zum Ufer zurück. An der einzigen Stelle, die von langstieligem weichem Gras bewachsen war, legten sie sich nieder. Das Wasser rann von ihren Körpern, die Tropfen verschwanden zwischen den Grashalmen wie in das nächste Zwischenreich, dort wo Elfen und Zwerge wohnten.

Ihre Vereinigung geschah mit einem Ernst, der für den Ort angemessen erschien, und diesmal spürte Carol so deutlich wie nie zuvor, dass dabei nicht nur ihre Körper sich vereinten, sondern auch ihre Seelen. Wie ein Versprechen vor dem Altar einer Kirche war dieser doch so banale Akt. Aber hier gab es nichts Banales. Es war ein Ort, wo sich das Profane mit dem Sakralen vereinte. Die Trennung zwischen Erde und Himmel, zwischen Diesseits und Paradies war aufgehoben.

18. Kapitel

Carol trennte sich nur ungern von dem magischen Platz, an den sie Patrick geführt hatte. Hier, so war sie sich sicher, hatte sie die wahre, die alles durchdringende Liebe erfahren.

Doch Patrick versprach ihr, dass er sie an andere Plätze führen würde, die ebenso schön waren.

Auch mit Patrick war eine Wandlung vor sich gegangen. Aus dem verschlossenen, wortkargen Mann wurde etwas, das Carol in sich aufsog wie ein Rauschmittel. Patrick lachte viel, ritt ausgelassen auf dem Pferd über die Hügel, spazierte mit Carol durch die Wiesen und Rhododendronhänge. Sie streichelten, küssten, liebten sich, tranken gemeinsam Tee oder schauten schweigend den Wolken am Himmel und dem Sonnenuntergang zu.

An einem kleinen Bergsee rasteten sie erneut. Das Ufer des Sees war mit üppigem Wald bewachsen. Eichen, Erdbeerbäume, Riesenfarne und Bambus wuchsen hier. Am Abend nach dem Dinner gingen sie hinunter zum Wasser, suchten sich eine Stelle im Gras und setzten sich. Patrick legte den Arm um ihre Schultern und Carol lehnte sich gegen ihn. Sie blickten auf den See hinaus, dessen gegenüberliegendes Ufer im Nebel verschwamm.

Der Berg spiegelte sich im Wasser, dazwischen zogen die Nebelschwaden und darüber die Wolken.

„Schau", sagte Patrick leise und deutete auf das Spiegelbild. „Zwei Welten, die eine oben und die andere unten. Aber welche ist die wirkliche?"

„Das ist schwer zu sagen", erwiderte Carol ebenso leise. „Kommt auf den Standpunkt an."

„Eben", bestätigte Patrick. „Würden wir dort unten im Wasser stehen, wäre diese Welt oben die unwirkliche."

„Und umgekehrt genauso", ergänzte Carol. „Ich finde das sehr faszinierend." Er hauchte ihr einen Kuss ins Haar. „Ich frage mich, was das Schicksal für uns bereithält", überlegte sie.

Er atmete tief durch. „Seit Anbeginn der Zeit fragen die Menschen sich das. Früher lebten hier weise Männer und Frauen, die die Fähigkeit besaßen, aus dem Flug der Vögel, den Mondphasen oder dem Lauf der Sterne das Schicksal vorauszusagen. Jeder König hatte so einen Weisen an seiner Seite. Die Könige waren Krieger und berüchtigte Raufbolde. Die weisen Männer und die Seherinnen waren dafür verantwortlich, den Ausgang einer Schlacht vorherzusagen. Danach gingen die Könige in die Schlacht oder eben nicht."

Carol lachte leise. „Das wäre nicht schlecht, wenn man so einen Propheten befragen könnte."

„Würdest du das tun?"

„Warum nicht? Will nicht jeder wissen, was das Schicksal für einen bereithält?" Patrick schwieg und sie hob den Kopf. „Möchtest du es nicht wissen?"

Er zuckte mit den Schultern. „Manchmal ist es besser, man weiß es nicht."

„Ich hätte keine Angst davor, es zu erfahren. Ich bin sicher, dass unsere Zukunft wunderschön sein wird. Vielleicht nicht frei von Schwierigkeiten, aber auf jeden Fall voller Liebe."

Langsam ließ er seine Augen über den See schweifen, als blicke er tatsächlich in eine andere Welt.

„Wer die Zukunft vorhersagen will, muss die Vergangenheit kennen", sagte er leise wie zu sich selbst. Carol hielt den Atem an, um ihm zu lauschen. „Deshalb", fuhr er fort, „begannen die keltischen Seher und Propheten ihre Weissagungen mit einem Rückblick in die Vergangenheit. Diese begnadeten Menschen verewigten ihre Erfahrungen zunächst in einer langen Litanei über vergangene Leben." Er legte eine kleine Pause ein und wandte ihr den Kopf zu. „Wusstest du, dass sie alle an die Wiedergeburt glaubten?"

Carol schüttelte stumm den Kopf.

„Häufig verwandelten sich die Druiden in Tiere, Pflanzen und Naturerscheinungen wie den Wind oder Regen, um historische Ereignisse zu beobachten. Diese Gabe ist mehr Menschen gegeben, als man wahrhaben möchte. Deshalb sind sich manche Seelen so verwandt, manchmal kennt man Dinge oder Ereignisse, die man eigentlich gar nicht kennen kann."

„Das habe ich auch schon erlebt", erwiderte Carol. „Und der Traum von diesem kleinen, verwunschenen See … Vielleicht war ich in einem anderen Leben schon einmal dort."

„Vielleicht kennen wir uns auch bereits aus einem früheren Leben", warf er ein. „Vielleicht haben wir beide schon tausend Leben zuvor gelebt."

Sie strich sacht mit der Hand über seine Brust und fühlte seine Muskeln unter dem Hemd. „Deshalb ist mir alles an dir so vertraut."

„Alles, was heute geschieht, ist schon einmal geschehen und ein Vorspiel für das, was noch geschehen wird. Unser Gestern ist unser Morgen."

Carol atmete tief. Seltsamerweise erregten und ängstigten sie diese philosophischen Betrachtungen. „Wir leben aber weder im Gestern noch im Morgen, sondern im Jetzt", entgegnete sie. Sie schob ihre Hand unter sein Hemd und fühlte seine heiße Haut. „Ich möchte das Jetzt für immer festhalten."

„Und beginnst damit das Morgen." Er presste seine Hand auf ihre und hielt sie an der Stelle fest, wo sein Herz pochte. „Glaubst du überhaupt, dass wir eine gemeinsame Zukunft haben werden?"

„Ich bin davon überzeugt." Sie zog ihn zu sich herab und suchte seine Lippen. „Fühlst du denn nicht, dass wir beide zusammengehören? Wir sind zwei Teile eines Ganzen."

„Das bedeutet nicht zwangsläufig, dass das Schicksal zulässt, dass wir zusammenbleiben."

„Ich glaube, es liegt ganz allein an uns, was wir daraus machen. Wir brauchen uns nur nicht zu trennen."

„Aber es ist nicht das dritte Mal", entgegnete er gedankenverloren.

„Das dritte Mal? Was meinst du damit?"

„Ach nichts." Er lächelte plötzlich. „Es ist dieser Ort, der Melancholie ausstrahlt. Wir sollten weiterziehen."

„Aber es ist sehr schön hier. Ich würde gern noch etwas bleiben."

„Gut, wenn du das möchtest. Vielleicht sollte ich die Stimmung auf andere Weise nutzen." Er erhob sich und ging zum Wagen zurück. Als er wiederkam, hielt er den Skizzenblock in der Hand. Er setzte sich ein Stück von Carol entfernt an eine höher gelegene Stelle.

„Bleib dort“, wies er sie an.

Er nahm einen Stift und begann zu zeichnen. Er warf ihr kurze Blicke zu, mit denen er ihr Bild wie mit einer Fotolinse einfing. Er formte etwas daraus, das durch seinen Körper, über seine Hand auf das Papier übertragen wurde. Carol hielt ganz still und beobachtete ihn ihrerseits. Er zeichnete schnell und konzentriert, doch sein Körper blieb locker und entspannt. Unwillkürlich musste sie lächeln.

„Darf ich es sehen?“

„Erst, wenn es fertig ist.“

Sie übte sich in Geduld.

„Weißt du, wie du aussiehst? Wie eine schöne Prinzessin, die ganz allein am Ufer sitzt und darüber nachdenkt, ob ein Frosch oder Prinz vorbeikommt.“

„Lieber ein Prinz“, erwiderte sie. „Bei einem Frosch weiß man nie, was am Ende dabei herauskommt.“

„Vielleicht solltest du doch einen Wahrsager befragen“, schlug er vor. Er hatte die Zeichnung beendet und kam zu Carol. Sie nahm das Blatt in die Hand.

„Wie schaffst du es nur, diese Stimmung so einzufangen?“

„Keine Ahnung.“ Es klang belanglos.

„Du bist ein großer Künstler und weißt es nicht. Bei Gott, er hat dich dafür ausersehen.“

Patrick warf ihr einen scharfen Blick zu. „Nicht Gott. Er hat mich gestraft. Für mich ist er nur ein zorniger alter Mann irgendwo da draußen.“

„Du zürnst mit Gott?“, fragte sie erstaunt.

Er nickte zögernd. „Ich habe die Verbindung zu ihm abgebrochen.“

„Und dich den keltischen Göttern zugewandt?"

„Das hat damit gar nichts zu tun. Die Kelten wurden schnell Christen. Ich habe keltische Vorfahren, deshalb pflege ich deren Kunst und Kultur, soweit das überhaupt noch möglich ist. Wahrscheinlich ist mir wie der keltischen Kultur der Untergang bestimmt."

„Was redest du da? Du hast ein unglaubliches Talent, du bist ein hervorragender Künstler. Du vermarktest dich nur schlecht. Nein, du vermarktest dich überhaupt nicht. Kunst ist kein Selbstzweck."

Er zuckte wie beiläufig mit den Schultern. „Ich will nicht, dass mir jemand etwas abkauft. Ich glaube nicht einmal, dass anderen Menschen meine Kunst gefällt."

„Mir gefällt sie, und ich bin überzeugt, dass sie vielen anderen Menschen auch gefallen würde. Du musst es nur versuchen, du musst vor die Tür treten und ihnen deine Kunst präsentieren. Woher sollen sie sie sonst kennen?"

Er schüttelte entschieden den Kopf.

„Gott hat dir etwas geschenkt, wofür du dankbar sein musst", sagte sie eindringlich.

Doch um Patricks Mundwinkel legte sich wieder dieser harte Zug, der sie beunruhigte und ängstigte. „Nein", erwiderte er. „Er hat mir etwas genommen." Er erhob sich. Für ihn war das Gespräch beendet.

Carol wusste, dass sie auf etwas Wichtiges in Patricks Leben gestoßen war, aber sie konnte nicht begreifen, was es war. Auch erwähnte sie es nicht wieder. Aber das Gefühl blieb. Es war ein Gefühl der Angst. Die Unersättlichkeit, mit der sich ihre Körper vereinigten, zeugte von dieser Angst. Wie in einem stummen Einverständnis gönnten sie ihren Körpern keine Ruhe. Sie zehrten voneinander wie

Verdurstende und gönnten sich erst Ruhe, als ihre geschundene Haut keine Berührung mehr zuließ.

Der Regen trommelte auf das hölzerne Dach des Wagens und raubte Carol den Schlaf. Ab und zu warf sie einen Blick zu Patrick hinüber. Es war zu dunkel, um etwas zu erkennen und sie wollte die kleine Petroleumlampe nicht anzünden. Sie wusste nicht, ob er schlief. Seine Atemzüge gingen langsam und gleichmäßig, doch gleichzeitig hatte sie das Gefühl, dass er in die Nacht hineinlauschte.

Was war es nur, das sich immer wieder trennend zwischen sie schob? Immer, wenn sie glaubte, ihm ganz nahe gekommen zu sein, zog er sich plötzlich zurück. Hatte er sich schon zu sehr in seine Kunst und seine Fantasie vergraben?

Für Carol gab es keinen Zweifel, dass sie sich nicht wieder trennen würden. Ihr weiterer Weg würde gemeinsam verlaufen. Nur wie er aussehen würde, das wusste sie nicht. Oder doch? Sie hatten bislang nicht darüber gesprochen. Aber eigentlich gab es da nicht viel zu überlegen. Sie würde Patrick mit nach Amerika nehmen. Sie besaß genug Geld, um ihm ein sorgenfreies Leben zu ermöglichen, ihm ein Atelier einzurichten, wo er malen und modellieren konnte, Ausstellungen zu organisieren, ihn mit wichtigen Persönlichkeiten von Kunst und Kultur zusammenzubringen. Er wäre nur einer von unzähligen Iren, die den Weg über das Meer gefunden hätten.

Patrick an ihrer Seite, das würde auch ihr Auftrieb verleihen. Sie hätte nie für möglich gehalten, dass sie sich einmal so sehr danach sehnen würde, mit einem Mann zusammenzuleben. Sie hatte viele Jahre gesucht und unter all den Männern in ihrem Leben keinen gefunden, mit dem sie sich vorstellen konnte, alt zu werden. Patrick war dieser Mann. Ihm fühlte sie sich verbunden mit ihrer ganzen Seele.

Er war ein Individualist, aber das waren viele Iren. Ja, sie fand es gut, dass er seinen eigenen Weg ging, sich nicht um Regeln und Konventionen scherte, sondern seinem Gefühl folgte. Und dieses Gefühl hatte ihn zu ihr geführt, hatte sie beide zusammengebracht. Nichts konnte sie wieder trennen.

Jetzt hatte das Trommeln des Regens etwas Beruhigendes an sich. In der Dunkelheit tastete sie nach seiner Hand und hielt sie, während sie langsam in den Schlaf hinüberglitt.

Der Regen schien alle dunklen Wolken aus Carols Gedanken weggewaschen zu haben. Strahlender Sonnenschein erwartete sie, als sie am Morgen aus dem Wagen kletterte. Nur das Pferd sah etwas zerzaust aus. Sein Fell dampfte, als die Sonne höher stieg.

Carol bereitete ein üppiges Frühstück, während sie auf Patrick wartete. Er musste zeitig aufgestanden sein, die Angel, die er mitgenommen hatte, fehlte. Carol war sich sicher, dass er im Augenblick die Zutaten zum Dinner fing.

Als er eine Stunde später immer noch nicht kam, packte sie alles in einen Korb und ging hinab zum See. Sie entdeckte ihn auf dem umgestürzten Stamm eines Baums, der ins Wasser hineinragte.

Carol stellte den Korb ab und gesellte sich zu ihm. Sie hauchte ihm einen Kuss auf die Wange. „Schon etwas gefangen?“, wollte sie wissen.

Er schüttelte den Kopf. „Trotz des Regens wollen sie nicht beißen“, murmelte er.

„Ist doch nicht so schlimm“, tröstete Carol ihn. „Tess hat uns genug mitgegeben. Wir werden nicht verhungern.“

„Darum geht es nicht“, erwiderte er leise.

Sie legte ihre Hand auf seinen Arm und spürte die Wärme seiner Haut durch den Stoff des Flanellhemdes. Er lehnte den Rücken an den Stamm und starrte in die Ferne.

„Was hast du?“, wollte sie wissen.

„Ich habe nachgedacht“, sagte er, „über die Zukunft.“

„Und zu welchem Schluss bist du gekommen?“

Er hob leicht die Schultern und schwieg. Dann seufzte er auf. „Du siehst, ich schaffe es nicht einmal, ein ordentliches Abendbrot zu fangen.“

Carol lachte auf. „Also das ist es! Du hast Angst, dass du mich nicht versorgen könntest?“

Als er wieder schwieg, atmete sie tief durch. „Zwischen uns ist etwas Wundervolles geschehen, das möchte ich nicht verlieren.“

Er lächelte schwach.

„Ich liebe dich, Patrick. Ich liebe dich so sehr, dass es mir fast Angst macht. Ich hatte fast schon vergessen, was ein anderer Mensch mir bedeuten kann. Aber du …“ Sie schwieg und blickte ihn eindringlich an. „Komm mit mir nach Amerika. Dort kannst du deine Kunst viel besser an den Mann bringen. Du selbst kannst dich besser entfalten.“

Er kaute auf einem Grashalm und ließ seinen Blick irgendwo im Himmelsblau verschwinden.

„Nein“, sagte er plötzlich und bestimmt. „Ich gehöre hierher.“

Carol rückte ein Stück näher an ihn heran, legte ihre Wange auf seine Brust und lauschte auf das regelmäßige Klopfen seines Herzens. Sie liebte es, sich auf diese Weise an ihn zu schmiegen.

So war sie ihm, seinem Herzen, ganz nah.

„Was sollte ich in Amerika“, murmelte er, als spräche er mit sich selbst.

„Hunderttausende Iren sind nach Amerika ausgewandert“, warf Carol ein.

„Ja“, sagte er. „Aber ich werde nicht gehen.“

Sie presste sich fester an ihn. „Ich möchte immer bei dir sein.“

„Warum solltest du das nicht können?“, fragte er.

„Weil ich wieder nach Amerika zurückkehren muss.“

„Du musst nicht, wenn du nicht willst.“

„Patrick, versteh doch, unsere gemeinsame Zukunft liegt dort drüben auf der anderen Seite des Meeres. Es gäbe für dich so unendlich viele Möglichkeiten. Du kannst so wunderbar malen und könntest zum Beispiel meine Bücher illustrieren.“

Sie spürte, wie er sich anspannte. „Was für Bücher?“

„Meine Romane. Bis jetzt erledigt das eine Grafik-Agentur. Das wäre fantastisch, wenn du die Bilder dazu entwirfst und malst.“

Er hob den Kopf. „Was für Bücher?“, wiederholte er.

Auch Carol hob den Kopf und blickte ihn mit einem unsicheren Lächeln an. „Die Romane, die ich geschrieben habe.“ Sie richtete sich endgültig auf. „Nun sag bloß, das weißt du nicht?“

Er schüttelte stumm den Kopf.

Sie zog die Knie an und schlang ihre Arme darum. „Ich bin Schriftstellerin, sogar eine ziemlich berühmte. In den USA bin ich seit fünf Jahren stets unter den Top-Ten. Auch in Irland werden meine Bücher verkauft und ich glaube, in über zwanzig anderen Ländern auch. Sie sind sogar in andere Sprachen übersetzt worden.“

„Das wusste ich nicht", murmelte er. „Du hast es mir nie gesagt."

„Du hast nie danach gefragt. Außerdem nahm ich an, dass du es weißt. Hast du keinen Roman von mir gelesen?"

Er schüttelte kaum merklich den Kopf.

„Und Tess hat dir auch nichts erzählt?"

„Nein." Seine Stimme klang gepresst.

„Da bin ich wirklich überrascht. In New York kennt man mich. Ich kann nicht einmal in Ruhe einkaufen gehen, ohne Autogrammwünsche erfüllen zu müssen. Ich schreibe Fantasy-Romane. Einer soll sogar verfilmt werden."

Sie warf ihm einen Blick zu und bemerkte, dass er immer noch in den Himmel starrte. Sie streckte sich wieder an seiner Seite aus, legte den Kopf auf seine Brust und fuhr spielerisch mit den Fingern durch sein dunkles Brusthaar. „Du bist doch auch voller Fantasie. Ich gebe dir meine Bücher zum Lesen, Tante Tess besitzt sie alle. Dann kannst du dir Gedanken darüber machen, wie du sie illustrieren würdest. Ich stelle mir das wunderbar vor. Ich liebe deine Bilder. Du hast großes Talent." Sie lachte leise. „Das find ich grandios – du weißt nicht, wer ich bin." Sie stützte sich auf die Ellenbogen auf. „Aber weißt du, vielleicht war es wirklich ganz gut, dass du es nicht wusstest. Ich habe auch viele falsche Freunde ..."

Er richtete sich plötzlich auf und schob sie von sich. „Wir sollten zurückfahren", sagte er.

„Warum? Es ist so wunderbar hier."

Er holte die Angel ein und erhob sich.

„Patrick, was ist los?"

„Nichts. Ich will nur zurück. Ist das zu viel verlangt?"

Carol konnte sich seinen plötzlichen Stimmungsumschwung nicht erklären. „Okay, wenn du unbedingt willst …“ Sie folgte ihm widerwillig, den Korb mit dem unangetasteten Frühstück in der Hand.

Er holte das Pferd, schirrte es an und packte sorgfältig den Wagen. Auf der ganzen Rückfahrt sprach er kein Wort.

19. Kapitel

In Delanney fand eine kleine Ausgabe des Rose of Tralee Festivals statt, zu dem Rosen dazugehören wie Musik, Tanz und Bier. Traditionellerweise wurde auch eine Rosenkönigin gekürt.

Auch wenn Tess ihre kleine Gärtnerei nicht mehr offiziell betrieb, so ließ sie es sich nicht nehmen, das Festival mit ihren Blumen auszustatten. Sie befand sich samt ihres Pick-ups in Delanney. Patrick brachte den Wagen zurück zum Verleiher.

Etwas einsam stand Carol im leeren Haus. Ihr Blick fiel auf Tess' Bücherregal. Sorgfältig aufgereiht standen dort Carols Romane zwischen den vielen Fachbüchern über Blumen, Gärtnerei und Landschaftsgestaltung. Fast zärtlich ließ sie ihre Finger über die Buchrücken gleiten. „Nebelland", „Perlenträume", „Sternenhimmel", „Silberwolken" und ihr letzter Roman „Spiegelbilder". Sie lächelte in Erinnerung an die Tage am See. Dieser Roman war fast eine Vorahnung dessen, was sie am See erlebt hatten. Wenn Patrick erst ihre Bücher gelesen hatte, würde er sicher anders über Carols Vorschlag denken. Patricks stimmungsvolle Bilder zu ihren Romanen, der Gedanke begeisterte sie immer mehr. Kurz entschlossen nahm sie alle fünf Bände aus dem Regal und ging damit hinüber zum Gartenhaus. Patrick war noch nicht zurück. Es würde wohl auch noch eine Weile dauern.

Carol hatte keine Lust, so lange zu warten. Sie packte den Stapel Bücher auf den Tisch, riss ein leeres Blatt aus dem Skizzenblock und suchte nach einem Stift. *Bin in Delanney. Bitte komm nach. Carol*, schrieb sie darauf und legte es auf die Bücher. Dann verließ sie das Gartenhaus, suchte nach Tess' Fahrrad und radelte ins Dorf.

Schon von weitem hörte sie Musik, Lärm und Lachen, Gesang und ein Nebelhorn vom Hafen her. Die Menschen waren in ausgelassener Stimmung und über allem lag der intensive Duft von Rosen.

Carol ließ sich von dem Trubel und der Fröhlichkeit gefangen nehmen. Nach den wundervollen, aber einsamen Tagen mit Patrick erwachte in ihr plötzlich eine Sehnsucht nach Geselligkeit. Jeder im Dorf wusste, dass sie zu Besuch gekommen war, und sie wurde von den Bewohnern herzlich begrüßt, ob sie sie nun kannten oder nicht.

Ab und zu hielt sie nach Patrick Ausschau. Sie wusste nicht, wohin er den Tinker-Wagen bringen musste. Wahrscheinlich würde es etwas länger dauern. Irgendwann entdeckte sie auch Tess. Carol begrüßte sie strahlend.

„Ich wusste gar nicht, dass es hier solch ausgelassene Feste gibt. Das Dorf ist ja kaum wiederzuerkennen."

„Oh ja", erwiderte Tess. „Du hast es bloß vergessen."

Immer wieder wurde das *Rose of Tralee*-Lied gespielt und Carol tanzte, trank und amüsierte sich. Ihr Herz ging auf und sie fühlte sich plötzlich daheim. Erst spät fiel ihr auf, dass Patrick nicht gekommen war. Vielleicht hatten sie sich in dem Trubel auch verfehlt. Zum Schluss hatte Carol so viel Guinness-Bier getrunken, dass sie betrunken war. Tess lud das Fahrrad auf den Pick-up, hievte Carol auf den Beifahrersitz und fuhr nach Hause. Es war irgendwann nach Mitternacht.

Patrick hatte sich in seine Arbeit vergraben. Sogar nachts hörte Carol das leise Hämmern aus dem Gartenhaus. Doch die Tür blieb zu.

„Warum bist du nicht zum Fest nach Delanney gekommen?“, fragte sie ihn, als sie ihn abpasste, während er vom Angeln kam.

„Keine Lust“, erwiderte er einsilbig.

„Habe ich dir etwas getan?“, wollte sie wissen.

Er schüttelte stumm den Kopf. „Es ist nichts.“

„Das kannst du mir nicht erzählen. Du bist so seltsam seit diesem Tag, als ich vorschlug, dass du mit nach Amerika kommen sollst.“

„Und ich habe dir gesagt, dass ich in Irland bleiben will.“

„Lies meine Bücher und du wirst es dir anders überlegen. Ich bin überzeugt, dass du dann sogar freiwillig mitkommen willst. Dort drüben liegt deine Zukunft“, rief sie und zeigte zum Meer. „Und nicht hier in dieser ärmlichen Gartenlaube.“

Er warf ihr einen unbestimmten Blick zu, dann ging er an ihr vorbei und schlug die Tür hinter sich zu.

„Habt ihr euch gestritten?“, wollte Tess wissen, als Carol am Abend still auf dem Sofa saß und in die Flammen des Kamins starrte.

Sie schüttelte den Kopf. „Gestritten ist nicht das richtige Wort“, antwortete sie. „Ich dachte, es wird langsam Zeit, nicht nur in der Gegenwart zu leben, sondern auch ein bisschen an die Zukunft zu denken.“

„Und wie sieht die Zukunft aus, an die du denkst?“

Carol lachte trocken auf. „So, wie ich sie mir schon immer gedacht habe, aber mit Patrick an meiner Seite."

Tess hob ihre Augenbrauen. „Und wie denkt Patrick darüber?"

„Das ist es ja", fuhr Carol auf. „Er ist ein irischer Sturschädel. Er will hier bleiben. Dabei hat er drüben in den Staaten weitaus bessere Möglichkeiten zum Arbeiten. Ich kann ihm ein Atelier einrichten, ich kann ihn mit wichtigen Personen bekannt machen, die ihn in seiner Karriere fördern können."

„Vielleicht will er das alles gar nicht? Vielleicht ist er zufrieden mit dem Leben, wie er es führt?"

„Wie kann man mit so einem Leben zufrieden sein?", begehrte Carol auf. „Entschuldige, Tante Tess, aber das Gartenhaus kann doch nur eine vorübergehende Lösung sein. Und dass du ihn finanziell unterstützt. Und überhaupt … überhaupt denkt er nicht an mich. Ich kann doch nicht hier leben!"

„Und warum nicht?"

„Weil mein Leben dort drüben ist." Sie deutete wieder in Richtung Westen. „Ich habe über Jahre meine Karriere aufgebaut, ich habe dort meine Familie, meine Freunde. Soll ich das alles aufgeben?"

„Niemand verlangt, dass du das aufgeben sollst." Tess strickte Socken aus Schafwolle. Der Größe nach waren sie für Patrick bestimmt. „Deswegen kannst du trotzdem hier leben. Wäre dir Patrick das nicht wert?"

„Ich liebe Patrick. Aber hier spielt auch die Vernunft eine Rolle. Ich habe Patrick vorgeschlagen, dass er als Illustrator für meine Bücher arbeitet."

„Ach!" Tess ließ ihr Strickzeug sinken und starrte Carol überrascht an. „Und was hat er dazu gesagt?"

„Nichts. Er wusste überhaupt nicht, dass ich Schriftstellerin bin. Du hast es ihm nicht erzählt."

„Du solltest es ihm selbst sagen. Ich wusste nicht, ob er vielleicht Minderwertigkeitskomplexe bekommt."

„So ein Unsinn!", schnaufte Carol. „Er ist ein begnadeter Künstler und muss sein Licht nicht unter den Scheffel stellen. Er ist nur zu sehr introvertiert, will sich nicht dem Publikum präsentieren. Und er hat viel Fantasie, um einmalige Illustrationen zu schaffen. Du hättest sehen sollen, was für stimmungsvolle Bilder er gemalt hat, als wir mit dem Tinker-Wagen unterwegs waren." Sie fuhr sich hektisch mit den Fingern durchs Haar. „Ich habe ihm meine Bücher zum Lesen gegeben."

„Puh", entfuhr es Tess.

Carol achtete nicht darauf. „Er muss sich vielleicht erst in die ganze Sache hineindenken", fuhr sie fort. „Ich will ihm auch die nötige Zeit dazu geben. Vielleicht haben wir es in dieser Woche auch ein bisschen übertrieben. Mit der Liebe und dem Sex, meine ich."

Tess senkte den Kopf und strickte weiter.

„Was würdest du tun, wenn Patrick trotzdem nicht mitkommen will?"

„Er wird", versicherte ihr Carol. „Davon bin ich überzeugt."

Patrick verließ das Gartenhaus nur noch selten. Tag und Nacht hörte Carol das helle Hämmern. Nachts stand sie manchmal am Fenster, wenn sie keinen Schlaf fand, und starrte zum Gartenhaus hinüber. Er hatte Tücher vor die Fenster gehängt, als befürchtete er, dass ihn jemand bei der Arbeit beobachten könnte. Carol hatte keine

Ahnung, woran er arbeitete. Sie bemerkte nur, dass er es sehr verbissen tat. Vielleicht konnte er sich nicht an den Gedanken gewöhnen, dass Carol ihn finanziell unterstützen wollte. Aber Tess' Unterstützung nahm er doch auch an!

Seit zwei Wochen ging Patrick Carol aus dem Weg. Sie unternahmen keine Spaziergänge mehr, sie tauschten keine Zärtlichkeiten aus. Carols Sehnsucht nach ihm wich langsam einer unterschwelligen Enttäuschung. Irgendwann musste er doch mal zur Vernunft kommen. Und es gab nur eine vernünftige Lösung, nämlich, dass er mit ihr nach Amerika ging.

Sie versuchte ihn abzupassen. Manchmal ging er in aller Frühe zur Bucht, fuhr mit dem Boot weit hinaus, um zu angeln. Carol folgte ihm. Sie blieb an der Steilküste sitzen und wartete. Einmal musste er zurückkommen. Sie wollte eine klare Antwort von ihm haben, erwartete eine Entscheidung. Der Schwebezustand, in dem sie sich beide befanden, zehrte an ihren Nerven.

Patrick schien kein Anglerglück gehabt zu haben. Er kam mit leeren Händen zurück. Carol blieb still sitzen, bis er sein Boot umgekippt und das Angelzeug verstaut hatte. Er kam den Pfad heraufgeklettert und stockte, als er Carol oben sitzen sah.

„Ich dachte, ich schau mal nach dir, wenn du schon nicht mehr nach mir schaust", sagte sie.

Er senkte den Blick. „Ich habe gearbeitet."

„Das habe ich bemerkt", erwiderte sie. „Und ich wollte dich auch nicht dabei stören."

Er ging an ihr vorbei und ihr blieb nichts anderes übrig, als sich zu erheben und ihm zu folgen. Mit langen

Schritten stapfte er über den Hügel. Carol hatte Mühe, ihm zu folgen.

„Ich weiß nicht, womit ich dir zu nahe getreten bin. War es mein Vorschlag, dass wir gemeinsam in den Staaten leben? Oder was war es dann? So kann es doch mit uns nicht weitergehen. Patrick, ich liebe dich! Aber du machst es mir verdammt schwer, wenn du mir plötzlich nichts mehr entgegenbringst. Du warst so zärtlich, du warst so unglaublich liebevoll, du hast mich in deinen Armen gehalten, als gäbst du mir den ganzen Schutz der Welt. Was ist los mit dir? Liebst du mich nicht mehr? Hast du genug von mir?"

Er stand da und ließ einfach die Arme hängen. In diesem Moment sah er hilflos aus und irgendwie verletzlich.

Sie trat an ihn heran, erhob sich auf die Zehenspitzen und suchte seine Lippen. Er erwiderte den Kuss nicht, aber sie spürte, wie schwer er atmete. Dann drehte er sich um und ging ins Gartenhaus hinein. Sie folgte ihm, weil er die Tür hinter sich offen ließ.

Sie schaute sich um. Von der Ordnung und Sauberkeit, die er damals geschaffen hatte, war nichts mehr übrig geblieben. Damals! Ihr schien es plötzlich eine Ewigkeit her. Im Raum herrschte ein heilloses Chaos, seine Sachen lagen überall verstreut, das Bett war zerwühlt und Blumen standen auch keine auf dem Tisch. Dafür stand dort schmutziges Geschirr, überall lagen leere Bierbüchsen herum.

„Mein Gott", murmelte sie betroffen. Gleichzeitig kam ein heftiger Unmut in ihr auf. Ihr Blick fiel auf die fünf Bücher im Regal. Sie waren mit einer dicken Staubschicht überzogen. Langsam ging sie hinüber, nahm sie in die Hand und pustete den Staub weg. Er nahm ihr den Atem und sie musste husten. Mit vorwurfsvollem Blick drehte sie sich um und hielt Patrick die Bücher entgegen. „Sie sind völlig verdreckt!"

Er senkte den Kopf und schwieg.

„Haben sie dir wenigstens gefallen?"

Er blickte starr auf seine Schuhspitzen und kaute auf der Unterlippe.

„Ich habe sie nicht gelesen", murmelte er fast unhörbar.

Sie starrte ihn an. „Du hast sie nicht gelesen?" Sie benötigte einen Augenblick, um sich seiner Worte bewusst zu werden. Und plötzlich schlug ihre Fassungslosigkeit in Zorn um.

„Jetzt weiß ich wenigstens, was du von mir hältst", platzte es aus ihr heraus. „Ich war nur gut, um mit dir zu schlafen. Ich habe mich dir ja richtig an den Hals geworfen, du hattest keine Mühe. Brauchtest nicht einmal Verführungskünste." Sie schnaufte wie ein wilder Stier und funkelte ihn aus ihren dunklen Augen an. „Wenn man jemanden liebt, dann interessiert man sich auch für ihn, für sein Leben, seinen Beruf. Das hier ist mein Beruf!" Sie knallte die Bücher vor ihm auf den Tisch. Eine kleine Staubwolke wirbelte auf. „Ich habe alles ernst genommen, dich, deine Arbeit, sogar diese Unordnung und den Dreck." Sie holte weit mit den Armen aus. „Aber du … du …" Sie fand keine Worte und rang nach Luft. „Du liebst ja nur deine beschissenen Steine!"

Sie fühlte sich plötzlich erschöpft und leer und kämpfte mit den Tränen. Er war erschrocken über ihren Wutausbruch, doch als er ihre Tränen glitzern sah, rang auch er um Fassung. Er nahm die Bücher in die Hand. Seine Finger hinterließen Spuren auf den staubigen Einbänden.

Seine Hände zitterten, sein ganzer Körper bebte, als hielte er glühende Eisen in den Händen. Dann legte er sie ganz langsam wieder zurück auf den Tisch.

„Warum?“, flüsterte sie mit kratziger Stimme. „Sag mir, warum du sie nicht gelesen hast.“

Ihr Blick nagelte ihn fest, an die Stelle, an der er stand und sie aus seinen wunderschönen meergrünen Augen anstarrte. In seinem Blick stand blankes Entsetzen. Sein Atem ging stoßweise und einen kurzen Augenblick lang befürchtete sie, dass er sich auf sie stürzen würde. Sein Haar hing wild in die Stirn und ein feiner Schweißfilm überzog seine Haut.

„Ich … ich …“ Er wand sich wie unter größter körperlicher Qual. „Ich kann nicht … lesen.“

Carols Gesicht erstarrte in einem ungläubigen Ausdruck. Die Stille zwischen ihnen schien greifbar. Sie spürte ihren Herzschlag in den Ohren dröhnen.

„Was?“, flüsterten ihre trockenen Lippen tonlos.

Er wandte den Kopf ab, voller Scham und Demütigung. „Ich kann nicht lesen“, wiederholte er leise. „Ich kann nicht lesen, ich kann nicht lesen!“ Seine Stimme steigerte sich, bis sie sich fast überschlug. „Verstehst du nicht? Der Liebhaber der bekannten Schriftstellerin Carol Baxter kann nicht lesen!“ Dann stürmte er hinaus. Die Tür fiel krachend ins Schloss und eine Scheibe zersprang klirrend.

Wie betäubt stand Carol da und schaute auf die Glassplitter. Ihr Gehirn weigerte sich zu registrieren, was ihr eben noch in den Ohren gellte. Das war unmöglich, das gab es nicht! Dieser Mann, dieser schöne, stolze, zärtliche, kunstbegabte, gottbegnadete Mann sollte ein Analphabet sein? Das konnte nur eine Ausrede, eine blöde, kindische, trotzige Ausrede sein, weil er über seiner ganzen Arbeit nicht dazu gekommen war, ihre Bücher zu lesen!

Mit hölzernen Bewegungen tappte sie zu dem Sockel, über dem das Tuch hing. Langsam zog sie es herab. Sie blickte in ihr eigenes Gesicht, überirdisch schön aus dem Kalksteinblock gemeißelt. Sie starrte darauf, bis ihre Augen brannten, dann schlug sie die Hände vors Gesicht und begann fürchterlich zu schluchzen.

20. Kapitel

Hast du es gewusst?“ Sie schrie diese Frage heraus, in der all ihr Schmerz und ihre Enttäuschung lagen.

„Schrei mich nicht so an“, wies Tess sie zurecht. „Meine Ohren funktionieren ganz gut.“

„Hast du es gewusst?“, wiederholte Carol die Frage.

„Ja“, antwortete Tess.

„Ja? Wieso sagst du das, als wäre es die selbstverständlichste Sache der Welt?“ Ihre Stimme überschlug sich.

Tess zuckte mit den Schultern. „Weil man sie als solche nehmen sollte.“

„Das kann nicht dein Ernst sein!“ Carol rang nach Luft vor Empörung. „Warum hat keiner ihm geholfen, warum nimmt sich niemand dieser Sache an? Warum schauen alle weg, peinlich berührt, als wäre es eine unanständige Krankheit?“

„Weil es keinen Sinn hat.“

„Das stimmt nicht. Viele Kinder haben eine Lese- oder Rechtschreibschwäche. Dagegen kann man etwas tun. Warum hat sich niemand für ihn verantwortlich gefühlt? Warum hat er nicht selbst etwas dagegen unternommen? Man kann doch nicht einfach als Analphabet durchs Leben gehen!“

„Ihm bleibt nichts anderes übrig.“

„Tante Tess!“ Carol hob beschwörend die Hände. „Ich bin mir sicher, dass es genug Menschen gibt, die ihm helfen können. Er hatte Lehrer in der Schule … Mein Gott, haben sie etwa versagt? Haben sie das denn nicht bemerkt?“ Sie schüttelte ungläubig den Kopf. Dann richtete sie ihren Blick wieder auf Tess. „Warum hast du nichts dagegen unternommen? Du hast ihn doch bemuttert wie eine Glucke, ihm Pullover gestrickt, Essen gekocht, Wäsche gewaschen. Hättest du lieber mit ihm Lesen und Schreiben geübt!“

Wortlos ließ Tess Carols Ausbruch über sich ergehen. Als Carol eine Pause einlegte, um wieder zu Atem zu kommen, klopfte Tess mit der Handfläche auf die Sessellehne. „Komm, setz dich zu mir, und nun hör mir einmal zu.“

Carol warf ihr einen misstrauischen Blick zu, besann sich aber und hockte sich neben Tess auf den Teppich. Sie spürte die Wärme des Kaminfeuers am Rücken und kämpfte gegen die plötzlich aufkommenden Tränen des Zorns und der Hilflosigkeit.

„Patrick war ein ganz normaler, aufgeweckter Junge, wie alle anderen Kinder auch“, begann Tess mit leiser Stimme. „Und er lernte Schreiben, Lesen, Rechnen in der Schule wie alle anderen Kinder auch. Er ist genau zwei Jahre älter als du. Damals kamen noch die Kinder aus den umliegenden Dörfern nach Delanney in die Schule, für jedes Schuljahr gab es eine Klasse. Jetzt wollen sie die Schule schließen, weil es zu wenige Kinder gibt. Sie müssen dann wohl nach Killarney mit dem Schulbus fahren.“ Sie legte eine Pause ein und betrachtete aufmerksam ihr Strickzeug. Carol hörte ihr schweigend, mit finsterem Gesicht zu. Es hatte wenig Sinn, Tess zur Eile zu drängen.

„Als Patrick zwölf Jahre alt war, erkrankte er plötzlich. Er bekam hohes Fieber. Zuerst dachten alle, es wäre eine Erkältung oder Grippe, dann tippte der Arzt auf eine Vergiftung. Er probierte diese und jene Medizin, doch nichts half. Schließlich brachten sie ihn fort in ein Krankenhaus, wo man eine Hirnhautentzündung feststellte. Die Behandlung kam zu spät. Patrick fiel ins Koma." Sie schwieg wieder und schien ihren Gedanken nachzuhängen. „Im Dorf erzählt man, dass sich seine Eltern schon den Sarg ausgesucht hätten. Keiner gab ihm mehr eine Chance. In der Kirche wurde für ihn gebetet, der Pfarrer hat die Gemeinde sonntags aufgefordert, den Jungen in die täglichen Gebete einzuschließen. Irgendwann hörten sie auf, seine Mutter nach Patricks Zustand zu fragen. Es war eben Gottes Wille. Aber vielleicht hatten die Gebete doch geholfen, jedenfalls geschah das Wunder, dass Patrick aus dem Koma erwachte. Es dauerte Wochen und Monate, bis er wieder laufen lernte, sich allein anziehen und essen konnte. Nach einem Jahr schien es, dass er völlig genesen war. Doch als er wieder in die Schule gehen sollte, stellte man fest, dass etwas nicht in Ordnung war. Er war nicht mehr in der Lage, Buchstaben zu erkennen und sie zu Worten zu verbinden. Diese Fähigkeit musste das Fieber in seinem Gehirn verbrannt haben. Mrs O'Brian hat Patrick sogar nach Dublin gebracht, um ihn von einem Gehirnspezialisten untersuchen zu lassen. Der stellte fest, dass Patrick überdurchschnittlich intelligent und außerordentlich begabt war. Und dass die Blockade in seinem Gehirn organische Ursachen hatte. Im Koma hatte sich etwas an der Stelle verändert, die für diese Fähigkeit verantwortlich war. So sehr er sich bemühte, es hatte keinen Sinn. Er wurde zwei Jahre zurückgestuft, beendete die Schule, indem alle Lehrer diskret darüber hinwegsahen, und schlug sich dann mit Gelegenheitsarbeiten durch.

Seine Geschwister haben sich seiner geschämt. Nur seine Mutter hat stets zu ihm gehalten, auch als Patricks Vater eines Tages nicht wieder zurückkehrte. Bis zum Tod seiner Mutter hat er bei ihr gelebt."

Carol hatte den Kopf gesenkt, ihr Finger zog mechanisch das Muster des Teppichs nach. Was Tess ihr erzählte, war entsetzlich und ungeheuerlich. Ein dicker Kloß steckte in ihrem Hals und in ihren Augen sammelten sich Tränen. Verstohlen wischte sie sie mit dem Handrücken weg. Dann erhob sie sich und trat langsam an das Bild heran, das neben dem Kamin hing.

„Signiert er seine Bilder aus dem Grund nicht, weil er …"

„… nicht einmal seinen Namen schreiben kann", ergänzte Tess.

„Das darf nicht wahr sein", stöhnte Carol auf.

Tess strickte weiter und blickte auch nicht auf, als Carol ruhelos auf und ab zu wandern begann. Erregt fuhr sie sich mit den Händen durchs Haar.

„Trotzdem … ich will es nicht einfach so hinnehmen … die Wissenschaft ist doch heute weit … vielleicht finde ich einen Spezialisten in den Staaten … jemand muss ihm doch helfen können!"

„Ich glaube nicht, dass er Hilfe braucht", warf Tess ein. „Außerdem, wäre er dann ein anderer Mensch als der, den du kennen und lieben gelernt hast?"

„Wenn ich gewusst hätte …"

„Hättest du dich dann nicht in ihn verliebt?" Tess blickte sie herausfordernd an. „Antworte mir, Carol, hättest du ihn dann auch so geliebt?"

„Ich … ich weiß nicht … ich bin auf so etwas nicht vorbereitet."

„Carol, was wäre anders, wenn er lesen und schreiben könnte?“

„Er könnte zum Beispiel meine Bücher lesen“, platzte sie heraus.

„Ist es das, was du willst? Einen Verehrer, Bewunderer der großen Carol Baxter? Oder willst du geliebt werden um deinetwillen?“

Carol senkte die Augen. „Ich weiß es nicht. Ich weiß es einfach nicht. Mir will das alles nicht in den Kopf. Ich habe die Hoffnung noch nicht ganz aufgegeben.“

„Welche Hoffnung?“, höhnte Tess. „Ihn nach deinem Bilde zu formen?“ Sie ließ ihr Strickzeug sinken und beugte sich vor wie ein angriffslustiger Raubvogel. „Gut und schön, er kann nicht lesen wie du, er kann nicht schreiben wie du. Kannst du malen wie er? Kannst du den Stein behauen wie er?“

„Das ist doch nicht das Gleiche“, begehrte Carol auf. „Ohne Lesen und Schreiben kommt man nicht durchs Leben, ohne Malen schon.“

„Er hat es vielleicht schwerer als die meisten anderen, das heißt jedoch nicht, dass er nicht mit dem Leben zurechtkommen würde. Die anderen kommen mit ihm nicht zurecht. Vorurteile, Aberglaube, dummes Gerede, an Patrick jedenfalls liegt es nicht.“

„Ich kann es nicht glauben.“ Carol nagte nervös auf der Unterlippe. Und sie war zornig. Warum hatte Tess es ihr verschwiegen? Warum hatte Patrick nichts gesagt? Tess behandelte Patrick wie ein rohes Ei, für sie war er irgendeine Lichtgestalt, weil vom Schicksal gebeutelt. Aber anstatt etwas dagegen zu unternehmen, setzte sie ihn unter eine Glasglocke. Niemand durfte ihrem geliebten Patrick zu nahe kommen, ihm etwas antun. Was hatte sie damit erreicht? Der Reine, Edle, Selbstlose scheiterte an der banalen Realität.

Es nahm den Druck in Carols Brustkorb etwas, wenn sie Tess für alles verantwortlich machen konnte.

Aber das alles nützte Patrick nichts. Sie wusste keinen Ausweg.

Ruhelos warf sich Carol im Bett von einer Seite zur anderen. In ihr surrten die Nervenbahnen wie überspannte Drahtseile. Die Gedanken in ihrem Kopf überschlugen sich und in ihren Ohren rauschte das Blut.

So musste es sich anfühlen, wenn man im Tor steht und bekommt den Ball mitten ins Gesicht. Sie stieß die Bettdecke mit dem Fuß beiseite und erhob sich. Barfuß wanderte sie im dunklen Zimmer auf und ab. Am Fenster blieb sie stehen und blickte hinaus. Im Gartenhaus war es still und dunkel. Irgendwann musste Patrick ja schlafen. Was hatte er durchlitten in all den Tagen und Wochen! Ob er immer daran gedacht hatte? War er deshalb anfangs so verschlossen, scheu gewesen? Hatte er Angst davor, dass sie es eines Tages entdecken würde, dieses Geheimnis, das er so sehr vor ihr zu verbergen suchte?

Sie dachte daran, wie unbefangen er sich verhalten hatte, als ihnen beiden klar wurde, dass sie sich ineinander verliebt hatten. Sie erinnerte sich an seine Küsse, an seine Liebkosungen, seine zärtlichen Hände, seinen begehrenswerten Körper im roten Schein des Feuers. Sie erinnerte sich an die Wärme seiner Haut, den Duft nach Wind und Männlichkeit, die heißen Liebesnächte. Oh ja, sie liebte Patrick O'Brian mit Haut und Haar. Und sie war sich ziemlich sicher, dass Patrick sie ebenfalls liebte. Aber bedeutete das auch, dass man alles als gegeben hinnehmen musste?

Mit dunklen Schatten unter den Augen hockte Carol am nächsten Morgen am Küchentisch. Tess hatte den Tisch bereits gedeckt und rührte in der Pfanne Eier zusammen mit Speck und Würstchen. Der Geruch bereitete Carol Übelkeit. Ihr Magen war wie zugeschnürt und in ihrem Hals steckte ein dicker Kloß. Patrick kam nicht zum Frühstück. Das sah Carol sofort, weil nur für zwei eingedeckt war. So wie er in den letzten beiden Wochen nicht mehr zum Frühstück erschienen war.

Tess hatte es wortlos hingenommen, hatte ihn weder bedrängt noch ihm ins Gewissen geredet. Sie hatte stillschweigend das Tablett genommen und zum Gartenhaus hinübergebracht. Und später hatte sie es wieder abgeholt. Meist stand es unberührt draußen auf der Terrasse vor der Tür.

Carol konnte nicht begreifen, dass Tess dies alles tolerierte, den Schmutz und die Unordnung, seine Arbeitswut und dass er trank, statt zu essen. Die vielen aneinander gereihten Buchstaben in der Zeitung auf dem Tisch erschienen ihr wie blanker Hohn. Sie kritzelte mit dem Stift auf dem Zeitungsrand herum, malte waagerechte und schräge Striche, ordnete sie zahlenmäßig zueinander. Plötzlich fuhr sie auf.

„Ogham!“, rief sie. „Die Ogham-Schrift! Patrick hat sie mir gezeigt. Er hat sie in das Bildnis des Belenos eingeritzt. Er beherrscht sie. Ogham ist eine Zahlenschrift nach dem Fünfersystem. Natürlich kann er zählen. Wenn er Ogham begreift, dann begreift er auch die lateinische Schrift. Vielleicht geht es über diesen Umweg.“

Tess drehte sich am Herd um. Ihre Hand hielt den hölzernen Kochlöffel umklammert. „Carol, warum gibst du es nicht auf? Warum versuchst du, ihn immer wieder in diese Richtung zu drängen? Warum akzeptierst du Patrick nicht so, wie er ist?"

„Weil es nicht richtig ist, so etwas zu akzeptieren. Er braucht Hilfe. Ich werde ihm helfen!"

Ohne auf Tess' Antwort zu warten, sprang sie auf und lief hinaus. Sie rannte schnurstracks zum Gartenhaus hinüber. Die Tür war geschlossen, aber sie wusste, dass sie nicht abgeschlossen war. Sie klopfte kurz und öffnete sie. „Patrick! Patrick, ich weiß, wie wir es gemeinsam ... Patrick?"

Sie schaute sich um. Das ganze Gartenhaus war ein einziger Saustall. Sie ging hinüber zum zerwühlten Bett und tastete nach dem Laken, es war kalt, unberührt. Er war in dieser Nacht überhaupt nicht hier gewesen!

Und dann sah sie es. Seine letzte Arbeit, ihr Porträt, aus marmorähnlichem Kalkstein geformt, lag zerschmettert am Boden! Wie verzweifelt musste er gewesen sein! Und wie er sie hassen musste!

Panik erfasste sie. Patrick! Wenn er sich etwas antat! Ihr Herz begann zu rasen und die Luft wurde ihr knapp.

So schnell sie konnte, lief sie zu Tess hinüber.

„Er ist weg!" Ihre Stimme klang hysterisch. „Wir müssen ihn suchen!"

Tess rührte sich nicht. Carol packte sie an den Schultern und schüttelte sie unsanft. „Warum tust du nichts?"

„Er ist ein erwachsener Mann und kann gehen, wohin er will." Sie befreite sich aus Carols Griff.

„Aber er kann nicht lesen, er findet sich nicht zurecht ..."

„Behandle ihn nicht wie einen Idioten", rügte Tess sie. „Er findet sich im Leben sehr wohl zurecht. Die Probleme bereiten ihm nur die anderen Menschen."

„Menschen wie ich." Carol stand vor Tess und plötzlich fühlte sie sich kraftlos und leer. Sie ließ die Arme hängen und atmete die Luft tief aus. „Ich hab's vermasselt."

„Das ist noch gelinde ausgedrückt", kommentierte Tess trocken. „Komm, setz dich her und iss."

„Ich kann nichts essen. Ich habe Angst, dass er sich etwas antut. Er ist so furchtbar verschlossen. Es muss für ihn ein Schock gewesen sein, als er erfuhr, wer ich bin … Oh Gott!"

Fahrig griff sie zur Kaffeetasse und verbrannte sich die Lippen am heißen Kaffee. Sie verzog das Gesicht. Tess setzte sich ihr gegenüber, schenkte sich ebenfalls Kaffee ein und schaute sie lange und nachdenklich an.

„Wusstest du, dass er drei Wochen lang bei den Fischern unten am Hafen gearbeitet hat wie ein Sklave, damit er für ein paar Tage den Planwagen mieten konnte?"

Carols Mund blieb offen stehen.

Tess nickte. „Klar", sagte sie bitter. „Auch das hattest du ganz selbstverständlich hingenommen, nicht wahr?"

„Nein, das stimmt nicht", begehrte sie auf. „Es war wunderschön, wie im Märchen. Ich ahnte ja nicht, wie diese Fahrt enden würde."

„Aber du hast dir auch keine Gedanken darüber gemacht, wie er das bezahlt hat?"

Carol schüttelte stumm den Kopf und schloss dann verzweifelt die Augen. „Oh, mein Gott, mein Gott!"

„Du brauchst Gott nicht anzurufen, wenn du ihn vorher auch nicht gebraucht hast."

Carol fühlte sich wie in einer Sackgasse. Sie sah keinen Ausweg.

Sie fühlte ihren Willen erlahmen. „Ich muss mit Patrick reden, muss ihm klar machen, dass ich …“

Aber was wollte sie ihm eigentlich klar machen? Dass sie es nicht akzeptieren konnte? Dass sie sich so kein Leben an seiner Seite vorstellen konnte? Oder sein Leben an ihrer Seite?

Sie blickte gequält zu Tess auf. „Ich werde ihn suchen.“

„Ich glaube nicht, dass er sich von dir finden lassen will.“

„Einmal wird er doch wiederkommen, oder?“

Tess schüttelte bedauernd ihr weißes Haupt. „Er wird nicht zurückkommen, solange du noch da bist.“

Zwei Tage später flog Carol zurück nach New York.

21. Kapitel

Patrick saß auf der Bank am Aussichtspunkt der Klippe und starrte auf das Meer hinaus. Die Hände hielt er zwischen die Knie gepresst, seine Schultern waren gebeugt. Hätte er nicht das dunkle, volle Haar gehabt, das der Wind zerzauste, hätte man glauben können, dort säße ein Mann, der um Jahre gealtert war.

Vor seinem inneren Auge spulte sich ein ganzer Film ab, Szene für Szene, seit dem Augenblick, da Carol wieder in sein Leben getreten war. Jedes Bild, jedes Wort tauchte in seiner Erinnerung auf. Ihr Gesicht und ihr Körper schienen zum Greifen nahe. Er hörte ihre Stimme, ihr Lachen, ihr Seufzen und lustvolles Stöhnen. Er spürte ihre Wärme, ihren Atem, ihre Hände, ihre samtene Haut. Aber er erinnerte sich auch nur zu deutlich daran, wie sie ihn anschrie, Zorn und Verzweiflung im Blick. *Warum hast du die Bücher nicht gelesen?* Ihre Worte schmerzten, aber er hätte von Anfang an wissen müssen, dass es so kommen würde. Irgendwann hätte er es ihr nicht mehr verheimlichen können. Er gab Carol keine Schuld. Die Schuld lag bei ihm. Er trug den Makel als lebenslanges Kreuz und seine Schultern beugten sich unter dieser Last. Er würde nie glücklich werden können, nie lieben können, auch wenn sich alles in ihm nach Carol verzehrte.

Er fragte sich, ob es anders gewesen wäre, wenn Carol nicht gekommen wäre. Er hätte in Eintracht und Frieden mit sich und seiner Kunst gelebt. Aber war das wirkliches Glück?

Irgendwann überkam ihn eine unbändige Sehnsucht, die schlimmer war als körperlicher Schmerz. Warum gehörte er nicht zu den Auserwählten, die die Nebel teilen und einfach in die Anderswelt gelangen konnten? Dort hätte sich auch dieser Schmerz verflüchtigt, dort hätte sich die schreckliche Wirklichkeit aufgehoben. Doch nicht für ihn hatten sich die Nebel geteilt, sondern für Carol. Sie war wieder dahin zurückgekehrt, wo sie hergekommen war. Und dann hatte sich der Nebelvorhang geschlossen. Er war zurückgeblieben auf den felsigen Gestaden von Delanney.

Er spürte eine Hand auf seiner Schulter, leicht wie ein Vogel. Er drehte sich nicht um, doch er legte seine Hand darauf. Eine Geste, als suche er Halt. Tess stand hinter ihm und schaute in die Richtung, in die sein starrer Blick ging. Sie ahnte, was in ihm vorging.

„Der Weg des Menschen von Unwissen zur Weisheit oder von Rache zur Vergebung spiegelt sich in den Reisen der Helden wider“, sagte Tess leise. Ihre Stimme wurde vom Wind fortgetragen, aber Patrick verstand sie trotzdem. „In den Reisen in das Selbst.“

Patrick legte seine Wange an Tess' Hand. Sie spürte, dass seine Wange feucht war. Eine Weile blieb sie so stehen, dann setzte sie sich neben ihn. Sie trug einen breiten gewebten Schal um ihre Schultern. Sie hob ihn an und legte ihn um Patrick. Gleichsam aneinander Schutz und Wärme suchend, saßen sie auf der Bank und blickten auf das graue Meer hinaus.

In der alten gälischen Sprache, die Patrick verstand, begann sie leise zu sprechen. „Jede Nacht träumte Oengus, der

Sohn der Göttin Boane, von einer wunderschönen Frau. Ein ganzes Jahr verzehrte sich der Prinz nach ihr, dann beschloss er, sie zu suchen. Aber er wusste nicht, wo er suchen sollte. Schließlich befragte er König Bodb, der für sein magisches Wissen berühmt war. Der König führte Oengus an einen See, auf dem sich hundertfünfzig Schwäne tummelten. Sie alle trugen Silberketten um den Hals. Einmal im Jahr zu Samhain, dem heiligen Fest der Kelten, wo sich das Tor zur Anderswelt öffnet, verwandelten sich die Schwäne in Frauen. Seine Geliebte würde immer bei ihm bleiben, wenn es Oengus gelänge, sie unter den hundertfünfzig Schwänen herauszufinden." Sie schwieg.

Patrick rührte sich nicht. „Wie geht die Geschichte weiter?", fragte er leise.

„Willst du es wirklich wissen?"

Er nickte unmerklich.

„Nun", fuhr Tess fort. „Zu Samhain ging Oengus an den See und wählte einen Schwan aus. Es war der einzige, der eine goldene Kette trug. Und als er sich verwandelte, war es tatsächlich die geliebte Frau aus seinen Träumen. Überglücklich umarmten sie sich. Da verwandelten sich beide in Schwäne. Verbunden durch die goldene Kette flogen sie davon."

Eine Weile schwieg er, als lausche er ihren Worten nach. „Sie verwandeln sich beide in Schwäne", murmelte er.

Tess lächelte. „Hast du den Sinn dieser Geschichte erfasst?"

Er senkte den Kopf. „Die goldene Kette, das ist die Liebe, nicht wahr? Er hat sie an ihrer Liebe erkannt."

„Ja", bestätigte Tess. „Aber sie haben sich beide in Schwäne verwandelt. Das heißt, dass einer sein bisheriges Leben aufgeben musste."

Patrick stützte den Kopf in seine Hände. „Diese wenigen Wochen mit ihr … ich war noch nie so glücklich und noch nie so unglücklich."

Tess erhob sich. „Lass uns nach Hause gehen", sagte sie zu ihm. Seite an Seite schritten sie den Hügel hinauf. Mit hängenden Schultern und schleppendem Schritt ging er zum Gartenhaus. Tess fühlte, dass er allein sein wollte. Sie wandte sich ab und öffnete die Tür zur Küche. Bevor sie eintrat, wandte sie sich um.

„Die goldene Kette, Patrick, du trägst sie auch."

Es dunkelte bereits, doch Patrick fürchtete das Licht. Vor sich auf dem Tisch lag ein Klumpen feuchter Ton. Mit geschickten Fingern formte er daraus einen Frosch. Zuletzt setzte er ihm eine filigrane Krone auf. Er nahm ihn auf die Hand und betrachtete ihn.

„Märchen", murmelte er. „Märchen und Geschichten." Er schnaufte verächtlich. „Einen Prinzen wollte sie. Einen Frosch hätte sie bekommen. Sie hat nicht daran geglaubt, dass aus dem Frosch ein Prinz werden könnte."

Mit einer heftigen Bewegung warf er den Frosch an die Wand, wo er als unförmiger Tonklumpen kleben blieb. „Sie hat Recht gehabt", sagte er verbittert. „Der Frosch ist nichts weiter als ein Klumpen Dreck!"

22. Kapitel

„Gott sei Dank bist du wieder da!" Rhondas Stoßseufzer kam aus der Tiefe ihrer geplagten Seele. „Du ahnst gar nicht, was hier los ist."

„Was ist denn los?", fragte Carol.

„Du bist lustig, Schätzchen!" In nervöser Hast zupfte Rhonda an ihrem blondierten Haar, das sie als raffinierte Föhnfrisur trug. „Dein letzter Roman geht ab wie eine Rakete. Wir sind in die zweite Auflage gegangen."

„Schön", erwiderte Carol matt.

„Das ist alles, was du dazu zu sagen hast?" Rhonda schien ehrlich empört. „Du aalst dich im Urlaub irgendwo am Arsch der Welt und ich weiß nicht, wo mir der Kopf steht."

„Du trägst ihn doch noch auf deinen Schultern", erwiderte Carol bissig. „Und was du als Arsch der Welt bezeichnest, ist zufällig meine Heimat."

„Entschuldige, aber ich habe für solche Feinheiten wirklich keine Nerven", erwiderte Rhonda in der ihr krankhaft anhaftenden Gereiztheit. „Die Medien bestürmen mich, wollen Interviews mit dir, Statements zu den Verkaufszahlen, Fototermine, Autogrammstunden. Verdammt, was hast du so lange auf der Insel gemacht?"

Carol starrte Rhonda an, aber Rhonda schien es, als blicke Carol durch sie hindurch. „Ich habe mich verliebt."

„Was?" Rhonda starrte Carol an wie eine Außerirdische. „Das ist nicht dein Ernst!" Sie schüttelte ungläubig den Kopf. „Aber wie eine frisch Verliebte siehst du nicht aus.“

Carol seufzte, aber es klang eher wie ein unterdrücktes Stöhnen. „Nein“, sagte sie dann gedehnt. „Es ist schon wieder vorbei.“

„Du hast mit ihm Schluss gemacht?“

Carol nickte langsam. „Eigentlich hat er Schluss gemacht. Aber ich habe ihn nicht zurückgeholt.“

„Und warum nicht? War es ein Irrtum?“

Sie wandte das Gesicht ab. „Ich habe keine Tür zu ihm gefunden.“

„Das klingt recht deprimiert. Vermisst du ihn?“ Rhondas Mitgefühl klang nicht echt.

Ja, ich vermisse ihn so sehr! Sie drehte den Kopf weg. „Das ist vorbei.“

„Bist du sicher?“, fragte Rhonda.

Carol nickte. Dann wischte sie sich mit einer hastigen Handbewegung über die Augen, um den Spuk zu vertreiben. Ihr Lächeln wirkte aufgesetzt. „Das Leben geht weiter, Rhonda. Und es geht ohne ihn weiter.“

„Na, prima!“ Rhonda klatschte in die Hände. „Da können wir ja zur Tagesordnung übergehen. Ich habe gleich meinen Terminkalender mitgebracht. Also, pass auf!“

„Rhonda, können wir das nicht auf morgen verschieben?“, bat Carol und deutete auf die beiden Koffer, die noch neben der Tür standen. „Ich bin vor einer halben Stunde vom Flughafen gekommen. Mir schmerzt der Kopf, ich habe Hunger und nichts anzuziehen. Ich muss die Koffer auspacken, mir etwas zu essen holen und erst einmal zu mir kommen.“

„Ruf den Pizza-Service an, nimm ein Aspirin und lass die Koffer stehen“, erwiderte Rhonda. „Das ist alles unwichtig.

Das Einzige, was wichtig ist, ist deine Karriere. Es werden schon wieder Rufe laut nach deinem nächsten Buch. Hast du nicht ein paar Inspirationen aus Irland mitgebracht?"

Carol verwünschte Rhonda in den hintersten Winkel des Universums. „Was denn für Inspirationen?", fragte sie matt.

„Na, irgendeine Story. Du wirst doch was erlebt haben, oder? Nebel über der Küste oder magische Momente. Kannst du nicht deine unglückliche Liebe aufarbeiten, so nach dem Motto: Es waren zwei Königskinder … Tragische Liebesgeschichten kommen bei den Lesern immer gut an."

„Rhonda, du bist geschmacklos", fauchte Carol sie an. „Außerdem bitte ich dich jetzt wirklich, mich in Ruhe zu lassen. Ich komme morgen in dein Büro. Versprochen! Da können wir über alles in Ruhe reden."

Rhonda blickte sie zweifelnd an. „Na gut", sagte sie schließlich. „Aber vergiss es bitte nicht. Und vergiss nicht, dass der Erfolg nicht von allein kommt. Publicity, perfekte Organisation, eine strahlende, erfolgreiche Carol Baxter auf den Titelseiten, das ist es, was die Leute wollen."

„Wirklich?", fragte Carol leise. Sie fragte sich im Stillen, was sie selbst wollte.

Rhonda war viel zu hektisch, um es zu verstehen. Sie stöckelte bereits zur Tür. Dann drehte sie sich um. „Sah er wenigstens gut aus?"

„Wer?"

„Dein verflossener Liebhaber."

„Äußerlichkeiten sind unwichtig. Auf das Herz kommt es an."

„Himmel, Carol, du lebst nicht in einem deiner Romane. Komm wieder auf den Boden der Tatsachen zurück. Der ist hart genug und du musst ständig auf der Hut sein, keine

Bruchlandung zu machen. Aber dafür bin ich da. Im Augenblick schwebst du über den Catwalk. Also, bis morgen!" Dann rauschte sie hinaus.

Carol blieb allein zurück und schnappte nach Luft. Rhonda war wie ein Tornado. Überall, wo sie durchzog, hinterließ sie Chaos, wie es jetzt auch in Carols Kopf herrschte. Dann ging sie zum Fenster und öffnete es weit. Es roch nach abgestandener Luft und Kunststoff. Ihr Apartment mit den wenigen teuren Designermöbeln, hypermodern und avantgardistisch eingerichtet, auf das sie einmal so unglaublich stolz war, erschien ihr jetzt wie eine tote Maschine, steril, unpersönlich und unnatürlich. Eine künstliche Welt ohne Seele. Selbst Patricks chaotisches Gartenhaus war anheimelnder gewesen.

Patrick! Der Schmerz übermannte sie mit einer Gewalt, die sie bis in die Grundfesten erschütterte. Man musste jemanden mit allen Fasern seines Ichs lieben, damit er einem wehtun kann!

Die Kompassnadel in ihr schlug wieder aus, heftig und zielgerichtet. Dort, irgendwo hinter dem Horizont, am anderen Ufer, war er. Sie blickte nach Osten, als könne sie am Horizont die grüne Insel entdecken. Doch es gab nichts, das weite Meer lag dazwischen und trennte sie mit unerbittlicher Weite und Tiefe. Es waren zwei Königskinder …

Patrick verkörperte all das, was sie sich von einem Mann wünschte, einem Mann, der mit ihr das Leben teilte. Er war ein wunderbarer Mensch und er besaß so viel, was er anderen, was er ihr geben konnte.

Sie passten perfekt zueinander. Ein unwahrscheinlicher Zufall, dass sie sich gefunden hatten, und doch war es geschehen: magische Momente! Und dann, noch bevor sie sich endgültig miteinander verbinden konnten, schlug die Tür zu. Und Carol fand den Schlüssel nicht …

Vielleicht gab es gar keinen Schlüssel und sie musste sich ihre Liebe aus dem Herzen reißen. Zeit heilt alle Wunden, hieß es, und auch die Entfernung trug das ihre dazu bei. *Bleib weg von der Insel, Carol*, beschwor sie eine innere Stimme. *Sie bedeutet dein Unglück …*

Sie atmete tief durch. *Lass uns zur Tagesordnung übergehen, Carol!* Sie griff zum Telefonhörer und wählte die Nummer des Pizza-Service.

Die Pizza schmeckte scheußlich. Der Boden hatte die Konsistenz eines aufgeweichten Schuhkartons, der Käse zog sich wie Gummi und die Sardellen ließen in ihr Sehnsucht nach Tante Tess' Lachskreationen aufkommen. Selbst die halb verkohlten Fische am Strand hatten besser geschmeckt.

Der Gedanke an Patrick traf sie wie ein Messerstich in die Magengrube. Es war unmöglich, den Schalter einfach umzulegen. Die einzige Möglichkeit, nicht mehr an ihn zu denken, war Ablenkung.

Carol stieg über die Koffer, die sie von der Tür bis zum Schlafzimmer geschoben hatte, und öffnete den Kleiderschrank. Es waren immer noch genug Sachen drin, die sie anziehen konnte. Es grauste ihr, die Koffer auszupacken, als befürchtete sie, eine Leiche darin zu finden. Sie wählte ein schlichtes Partykleid mit Spagettiträgern und zog eine leichte Bolerojacke darüber. Hochhackige Sandaletten und ein Glitzertäschchen vervollständigten ihr Outfit. Sie warf einen letzten Blick in den Spiegel, zog noch einmal die Lippen mit einem Stift nach und verließ ihr Apartment. Erstes Ziel war das *Bluelight*, ihre Stammkneipe.

Das *Bluelight* war ein Szenetreff für Intellektuelle und solche, die sich dafür hielten. Carol traf hier viele Freunde und alte Bekannte. Darunter waren Schriftsteller mit Dauerschreibblockaden, überdrehte Wissenschaftler, die an einer Weltformel arbeiteten, Philosophen und Philologen, Pseudopolitiker und Rhetoriker, Philanthropen und Aussteiger, Schauspieler und Interpreten, alles, was in irgendeiner Form gymnastische Verrenkungen der Gehirnwindungen betrieb oder sich einfach nur selbst darstellen wollte.

„Hallo, Carol, da bist du ja wieder!" Neil, der Gründer der „Partei für menschenfreundliche Politik", drückte aus, wonach viele Stammgäste des *Bluelight* sich richteten: Jeder verschwand mal für ein paar Tage, Wochen oder auch länger. Keiner fragte, wohin, weshalb, mit wem. Und wenn er wieder auftauchte, zeigte man seine Freude mit dem Ausspruch: „Hallo, da bist du ja wieder!"

Carol war da und es war wie immer. Neil rückte bereitwillig ein Stück beiseite und ließ Carol, die sich einen Cocktail an der Bar geholt hatte, neben sich Platz nehmen. Während sie das giftgrüne Getränk mit der Olive schlürfte und sich im Stillen fragte, warum sie früher daran Geschmack gefunden hatte, hörte sie mit einem Ohr den Diskussionen zu.

„Wir erörtern gerade, warum ausgerechnet die Griechen die besten Philosophen hervorgebracht haben. Ich meine, es hätten doch auch in anderen Teilen der Welt Weltanschauungen diskutiert werden können."

„Vielleicht hatten die Griechen nur zu viel Zeit", mutmaßte Rita, eine verkannte Drehbuchautorin, derzeit in einem Straßentheater als zweite Besetzung beschäftigt. „Es war so heiß und keiner hatte Lust zu arbeiten. Außerdem besaßen sie ja Sklaven, die die Arbeiten erledigten. Und da lagen sie unter ihren Olivenbäumen und dachten über die Welt und die Weisheit nach."

„Das hast du wohl aus einem deiner Banalstücke, die ihr im Theater aufführt?", wollte Simon wissen. Er war Naturwissenschaftler, sah alles nur von der rationalen Seite. „Es klingt verdammt nach: Schäfer mit Panflöte und kurzem Röckchen trifft schlafende Mänade unterm Busch."

„Ich finde, ihr betrachtet die ganze Sache nicht mit dem nötigen Ernst", rügte Neil milde, was Simon ein genüssliches Grinsen entlockte. „Die Philosophie war eine der ersten Wissenschaften der Menschheit. Die Entwicklung des Denkens ist doch erst das, was uns zum Menschen gemacht hat."

„Ist es nicht das immer wiederkehrende Wundern über die Welt?", warf Rita ein. „Das Problem ist doch, dass wir uns nicht mehr darüber wundern. Für uns ist sie zu selbstverständlich geworden."

„Und was ist ein Wunder?", hakte Simon nach. „Wunder drücken lediglich das Bedürfnis des Menschen aus, hinter einem Zeichen des Glaubens Schutz suchen zu dürfen."

„Mich wundert gar nicht, dass du dich nicht wundern kannst", orakelte Rita.

Carol gähnte diskret hinter vorgehaltener Hand, nachdem sie sich einen zweiten Drink geholt hatte. „Wer sagt denn, dass nur die alten Griechen große Philosophen waren?"

Alle Gesichter wandten sich zu ihr. „Na ja, die Römer waren auch gut", gab Neil zu. „Seneca zum Beispiel."

„Und warum nennst du immer wieder Namen, die sowieso bekannt sind", ärgerte sich Carol. „Glaubst du nicht, dass es in anderen Teilen der Welt auch große Philosophen gab? Nur kennt man ihre Namen nicht, weil sie ihr Wissen stets mündlich weitergegeben haben. Deswegen waren sie doch nicht weniger bedeutend."

„Nun ja, wenn sie es nicht aufgeschrieben haben, kann die Nachwelt es ja nicht erfahren." Simon kratzte sich an seinem Stoppelkopf. „Dokumentation ist eben der halbe Ruhm. Irgendeiner wird es dann schon ausgraben."

„Und du behauptest, nur weil sie es nicht aufgeschrieben haben, sind sie weniger bedeutend?", erregte sich Carol.

Simon verfiel wieder in sein breites Grinsen. „Ich behaupte gar nichts, denn dann müsste ich es ja auch beweisen. Ich sage nicht, dass sie weniger bedeutend waren, sondern dass sie deswegen weniger bekannt sind."

„Wen meinst du eigentlich damit?", wollte Rita wissen.

„Nun", Carol schlürfte bereits den dritten giftgrünen Cocktail, „ich meine die alten Druiden."

„Ach, darüber weiß man doch nichts Genaues", winkte Neil ab. „Eben weil sie nichts aufgeschrieben haben. Das ist ihnen schließlich zum Verhängnis geworden, mit dem letzten alten Druiden ist ihre Weisheit ausgestorben."

Rita kicherte. „Wie mit dem letzten Einhorn."

„Was willst du damit sagen?", wunderte sich Simon. „Dass mit seinem Verschwinden auch die Hörner verschwunden sind?"

Rita winkte ab. „Du bist ein hoffnungsloser Fall. Das Einhorn steht doch für die Harmonie des Paradieses. Dir fehlt einfach die Fantasie. Naturwissenschaftler sind furchtbar trockene Menschen."

Carol stellte ihr Cocktailglas hart auf den Tisch, dass der Stiel brach. Es war sowieso leer. Ihre Zunge gehorchte ihr nur noch schwer. „He, ihr angeblichen Philosophen, dann beantwortet mir doch mal eine Frage. Ihr steht an einem klaren See und am gegenüberliegenden Ufer befindet sich ein Berg. Er spiegelt im Wasser. Welches der beiden Bilder ist das reale Bild?“

Rita kaute auf der Unterlippe. „Ist doch klar“, sagte sie schließlich bestimmt. „Das obere.“

„Aha? Und warum?“, hakte Carol nach.

„Weil das Spiegelbild eben nur ein Abbild der Realität ist, also nicht wahr sein kann.“

„Siehst du das auch so?“, wandte sich Carol an Neil.

„Im Prinzip, ja“, bestätigte er. „Es gibt nur eine Wahrheit, wie immer die auch aussehen mag.“

„Siehst du, und da befindest du dich total im Irrtum.“ Carols Stimme hob sich und sie fuchtelte mit hektischen Handbewegungen in der Luft herum. „Würdest du nämlich nicht oben, sondern unten stehen, wäre das Spiegelbild für dich die Realität, und was sich auf der anderen Seite befindet, nur das Abbild. Die Wahrheit ist also relativ. Und das erkennst du, wenn du in der Lage bist, von einer Seite auf die andere zu wechseln.“ Sie bekam rote Flecken im Gesicht und ihre Augen blickten starr.

„He, hast du was genommen?“, fragte Simon kopfschüttelnd. „Wie kann man sich wegen ein paar philosophischer Diskussionen so aufregen? Ich rege mich auch nicht auf, obwohl ich keine dieser Ansichten teile. Für mich zählen nur Fakten und Beweise.“

„Ich habe gar nichts genommen außer diesem Gift hier.“ Sie starrte auf das Glas und wunderte sich, dass es schon wieder leer war. „Mich regt nur auf, dass ihr solche Ignoranten seid und nicht seht, was doch so offensichtlich vor euch liegt.“

„Was liegt denn vor uns?“, fragte Simon und wischte über den leeren Tisch. „Ich stelle fest, dass nicht einmal ein Glas Bier vor mir liegt.“ Er erntete schallendes Gelächter.

„Ach, ihr könnt mich mal …“ Carol war aufgesprungen, ihr Gesicht hatte sich zornrot verfärbt. „Hohlköpfige Schwätzer seid ihr, die sich für Genies halten. Was wisst ihr denn? Gar nichts!“

„Was ist denn in die gefahren?“, murmelte Rita verstört.

„Das kann ich dir sagen“, brüllte Carol sie an. „Das kann ich euch allen sagen.“ Sie bohrte demonstrativ mit dem Zeigefinger durch die Luft. „Ich bin durchgegangen, durch diese Grenze. Von der einen Wahrheit zur anderen!“ Dann drehte sie sich so abrupt um, dass sie strauchelte und beinahe gestürzt wäre. Die hohen Absätze ihrer Sandaletten wurden zur gefährlichen Falle. Carol bemühte sich um Haltung, auch wenn es ihr nicht recht gelang. Die drei am Tisch blickten ihr verblüfft nach.

„Und nun ist sie durchgeknallt“, stellte Rita fest und die beiden Männer nickten zustimmend.

23. *Kapitel*

Carol fuhr mit ihrem Bett durchs Zimmer und wunderte sich, dass über ihr Hubschrauber kreisten. Auch mit ihrem Magen schien irgendetwas nicht in Ordnung zu sein. Vielleicht kam es daher, dass sie immer in einen tiefen See blickte und dort tausende von Bildern entdeckte, eines jeweils das Spiegelbild des anderen. Es war verwirrend, bis ihr übel wurde.

Taumelnd erhob sie sich und schleppte sich zum Bad. Aus dem Spiegel blickte ihr ein Gespenst entgegen. Entsetzt prallte sie zurück. Jede ruckartige Bewegung des Kopfes schmerzte und verstärkte die Übelkeit. Sie ließ kaltes Wasser über ihre Handgelenke laufen und benetzte dann ihre heiße Stirn. Unter der Stirn klopften kleine Teufel mit Hämmern gegen den Schädel. Sie musste sich am Waschbecken festhalten, um nicht umzufallen. Ihre Gedanken kamen nur äußerst mühsam in Gang. Immerhin schaffte sie es bis zu dem Entschluss, den Weg zurück ins Bett zu finden. Sie trank einen Schluck Wasser, der wie ein Stein in ihren Magen plumpste, dann tastete sie sich an den Wänden entlang zurück ins Schlafzimmer.

Ein aufdringlicher Ton bohrte sich durch den Nebel ihres Bewusstseins hindurch, wieder und wieder. Nach einiger Zeit erkannte Carol ihn als das Klingeln des Telefons. Sie presste sich das Kopfkissen auf die Ohren, doch das Klingeln drang mit konstanter Boshaftigkeit hindurch.

Schließlich warf sie das Kopfkissen beiseite und erhob sich. Einen Moment musste sie stehen bleiben, um das Gleichgewicht zu erlangen, dann ging sie zum Telefon.

Für Bruchteile einer Sekunde überkam sie der unsinnige Gedanke, es könnte Patrick sein.

„Hallo?“ Ihre Stimme klang belegt und gehorchte ihr nicht.

„Carol? Lieber Himmel, wo bleibst du denn?“ Es war Rhonda und sie klang ziemlich erregt.

„Wo sollte ich bleiben?“, erwiderte Carol und gähnte. „Im Bett.“

„Hast du nicht auf die Uhr geschaut? Es ist gleich halb zwölf. Wir hatten eine Verabredung in meinem Büro.“

„Ach ja?“ Carol versuchte sich krampfhaft zu erinnern, was geschehen war. „'tschuldige, hab ich total vergessen.“

„Was ist denn los? Deine Stimme klingt, als wärst du in ein Whiskeyglas gefallen.“

„Einer von den siebzehn Cocktails gestern muss schlecht gewesen sein“, stöhnte Carol.

„Hervorragend!“ schnaubte Rhonda. „Du beginnst ja drei Etagen tiefer, als du vorher geendet hast. Ich dachte, du erholst dich auf deiner grünen Insel. Es muss der Horror gewesen sein.“

„Es ist sehr unfair von dir, mich daran zu erinnern“, murmelte Carol und kämpfte gegen Übelkeit und Schwindel.

„Nein, es ist unfair von dir, mich zu versetzen. Schließlich hast du mir deine Karriere zu verdanken.“

„Ach ja? Ich dachte, ich hätte die Bücher selbst geschrieben.“ Carol fuhr sich durch ihre zerwühlte Lockenpracht.

„Du kannst schreiben, was du willst. Kein Mensch wird auf deine Bücher aufmerksam, wenn du nicht ordentlich vermarktet wirst. Also, sei ein braves Mädchen, nimm eine kalte Dusche, zieh dich an und komm in mein Büro."

„Worum geht es eigentlich?", wollte Carol wissen.

„Ein gefilmtes Interview mit einem großen Frauenmagazin."

Carol umklammerte den Telefonhörer.

„Rhonda, ich bin leider nicht in der Stimmung ..."

„Komm, reiß dich zusammen. Er ist doch nicht der erste Mann, von dem du dich getrennt hast."

„Das hier ist etwas ganz anderes. In die anderen Männer war ich auch nicht verliebt."

„Das hast du aber jedes Mal behauptet", konterte Rhonda.

„Jetzt weiß ich, dass es nicht stimmte. Liebe ist etwas ganz anderes. Du hast ja keine Ahnung davon, weil es für dich keine Männer in deinem Leben gibt."

„Herrgott, Carol, teile doch nicht solche Rundumschläge aus. Du tust ja gerade so, als wäre die ganze Welt an deinem Desaster schuld. Es gibt noch mehr Männer auf der Welt. Geh wieder unter Menschen und du wirst merken, dass sie nur auf dich warten."

„Ich habe keine Lust ..."

„Schätzchen, du weißt, dass es in diesem Metier nicht nach Lust geht. Du bist jetzt an einer Stelle deiner Karriereleiter, wo du deinen Lesern etwas schuldig bist. Du kannst dich nicht in dein Schreibstübchen verstecken und die Tür zunageln. Du bist eine berühmte Schriftstellerin, die Öffentlichkeit erwartet etwas von dir."

„Was denn? Dass ich mein Privatleben in der Öffentlichkeit ausbreite?"

„Das auch. Ein abgelegter Liebhaber würde da denkbar schlecht hineinpassen. Und die Presse würde es herausbekommen, verlass dich drauf. Also, schlag ihn dir aus dem Kopf, sonst schlage ich ihn dir raus. Das Honorar für dieses Interview hast du übrigens schon auf deinem Konto, falls dir das entgangen sein sollte."

„Dann zahle ich es zurück", erwiderte Carol trotzig.

„Das kannst du vergessen, Schätzchen. Es würde mich dreißigtausend Dollar Vertragsstrafe kosten. Also reiß dich zusammen. Wir treffen uns nachher in meinem Büro und sprechen die Fragen durch. Die liegen mir schon vor. Und dann geht's ab zur Kosmetik, zum Frisör und in die nächste Boutique. Du siehst aus wie eine Landpomeranze in deinem Strickpullover. Wird Zeit, dass du wieder normal wirst."

„Rhonda!"

„Ich hoffe, du hast mich verstanden!"

Rhonda hatte aufgelegt.

Scheiße, murmelte Carol. Das Schlimmste war, dass sie sich auch so fühlte. Tief unter diesem Morast regte sich ihr Selbsterhaltungstrieb. Sie schaufelte sieben Löffel Kaffee in den Automaten, stellte ihn an und schlurfte ins Bad. Dort drehte sie die Dusche auf, zunächst angenehm warm. Sie schäumte sich mit Duschlotion ein und schrubbte ihre Haut, bis sie krebsrot war. Dann spülte sie alles ab und drehte den Wasserhahn zurück auf die blaue Marke. Es verschlug ihr den Atem und brannte wie Feuer auf der Haut. Mit einem Ächzen flüchtete sie aus der Dusche und wickelte sich in ein großes Frotteehandtuch. Sie spürte, dass sie sich schon ein kleines bisschen besser fühlte. Der verboten starke Kaffee weckte ihre Lebensgeister und kurbelte ihren Dynamo an. Es war eine Pferdekur, aber sie wirkte.

Da ihr Kühlschrank absolut leer war, beschloss sie, das Frühstück ausfallen zu lassen und gleich einen Lunch zu nehmen. Es sollte nur ein ganz kleiner Lunch sein, um ihren Magen zu beruhigen. Das kleine Bistro um die Ecke war genau richtig dafür. Sie bestellte einen Chefsalat und Pfannkuchen mit Ahornsirup und trank dazu ein Ginger-Ale.

Danach war sie im Stande, Rhonda zu besuchen.

Rhondas Büro befand sich in einem gesichtslosen Bürokomplex aus Glas und Stahl, in dem auch Produktionsfirmen, Fernsehstudios und diverse Agenturen ihren Sitz hatten.

Rhonda breitete die Arme aus, zog Carol an ihre flache Brust und betrachtete sie dann eingehend. „Du siehst ja grauenvoll aus", stellte sie fest und schüttelte missbilligend den Kopf. „Aber eine gute Kosmetikerin kriegt das schon wieder hin." Sie schob Carol in die Clubecke mit den hellen Ledersitzmöbeln. Auf dem Glastisch lagen einige Blatt Papier. „Das sind die Fragen fürs Interview."

Carols Augen brannten, als sie Rhonda anstarrte. „Hast du mal eine Kopfschmerztablette?"

„Dich hat es ja ganz schön erwischt", tadelte sie, kramte aber in ihrem Schreibtisch, bis sie eine flache Folie hervorbrachte und auf den Tisch warf. Dann goss sie ein Glas Wasser ein und stellte es vor Carol.

Carol schob achtlos die Papiere beiseite, warf sich die Tablette in den Mund und trank gierig.

„Wo bist du denn so versumpft?", wollte Rhonda wissen.

„Im *Bluelight*. Die haben da irgendwelchen philosophischen Kram erzählt, der mich aufgebracht hat."

„Das ist doch kein Grund, sich so voll laufen zu lassen."

„Das war auch nicht der Grund", widersprach Carol.

Rhonda blickte sie aufmerksam an. Doch als Carol schwieg, seufzte sie. „Also Liebeskummer“, stellte sie fest.

„Na und?“, begehrte Carol auf. „Warum darf ich keinen Liebeskummer haben?“

„Weil es nicht zu dir passt, nicht zu deinem Image, das ich von dir aufgebaut habe. Du bist die Schöne, Erfolgreiche, Verwöhnte, Außergewöhnliche. Du strahlst, wirkst, schwebst. Das wollen die Leute von dir sehen und nicht eine verheulte, verkaterte, jammernde und zerknitterte Carol Baxter. Also, reiß dich zusammen. Das Interview muss ein Knaller werden.“

„Wer produziert es?“

„John. Ich denke, das ist dir recht.“

Carol nickte. John war ihr recht. John war gut. Außerdem war er einer ihrer verflossenen Liebhaber. Aber sie hatte ihn nie geliebt. Nicht so wie Patrick …

Rhonda bemerkte Carols Stimmungsumschwung und rollte genervt mit den Augen. Bislang war Carol Baxter folgsam gewesen und leicht zu führen. Für ihren Erfolg tat sie beinahe alles, aber das war gar nicht notwendig. Wo Carol auftauchte, wurde sie von begeisterten Fans umlagert. Die Frauen bewunderten sie, die Männer lagen ihr zu Füßen und ihre Bücher verkauften sich wie frische Brötchen. Für Rhonda war sie das beste Pferd im Stall und zudem noch pflegeleicht.

Doch nun schienen die Schwierigkeiten zu beginnen. Künstler, vor allem erfolgreiche, waren oft kapriziös. Sie hatte gehofft, dass sich diese Phase bei Carol weit nach hinten verschob. Sie musste sich geirrt haben.

Rhonda wäre nicht die versierte Agentin und Promoterin gewesen, hätte sie sich davon beeindrucken lassen. Sie wartete, bis bei Carol die Tablette zu wirken begann. „Du denkst an *ihn*?“, fragte sie und legte Mitgefühl in die Stimme.

Carol nickte langsam. Zu einer schnellen Kopfbewegung war sie noch nicht fähig. „Ich dachte, ich könnte ihn vergessen, könnte die Erinnerungen im Alkohol ertränken. Aber es funktioniert nicht.“ Ihre Stimme klang leise und belegt.

„Möchtest du darüber reden?“

„Nein“, antwortete Carol gedehnt.

„Manchmal ist es aber besser, man redet sich seinen Kummer von der Seele. So kommt man schneller darüber hinweg.“

„Kann sein. Diesmal ist es aber nicht so.“

„Willst du nicht darüber sprechen, weil du dich nicht mit ihm sehen lassen konntest? Ich kenne doch deinen Geschmack bei Männern.“

„Im Gegenteil, er war der schönste Mann, dem ich je begegnet bin. Schön im Sinne von männlich.“

Rhondas Lippen verzogen sich zu einem genüsslichen Grinsen. „Und wo war der Haken? Ist er verheiratet?“

Carol biss die Zähne zusammen und bereute sofort ihre Worte. „Es ist meine ganz persönliche Sache.“

Rhonda zuckte bedauernd mit den Schultern. „War ja nur so ein Angebot“, meinte sie und zündete sich eine Zigarette an. „Ich wette, er war schwul.“ Ihr Blick wurde lauernd, doch Carol schwieg hartnäckig.

„Okay, dann lass uns über geschäftliche Dinge reden. Hier sind die Fragen für das Interview. Lies sie bitte durch, damit du nicht hinterher sagst, du hättest davon nichts gewusst. Aber es ist das Übliche. Du solltest dir mal den Arbeitstitel für deinen nächsten Roman überlegen. Danach wirst du auch gefragt.“

„Aber ich habe gar keinen Roman in Arbeit", fuhr Carol auf.

„Macht doch nichts. Sicher fängst du demnächst damit an, aber das brauchst du ja nicht so wahrheitsgetreu zu sagen."

„Nein, ich fange auch nicht demnächst damit an. Ich bin überhaupt nicht in der Stimmung, einen Roman zu schreiben."

„Dann bring dich in Stimmung", beharrte Rhonda. „Ich beginne schon mit dem Werbefeldzug. Der Titel bleibt natürlich geheim, wir könnten ein bisschen vom Thema durchsickern lassen. Eine unglückliche Liebe macht sich gut, natürlich wieder Mystik, Zauberei. Aber diesmal müsste etwas ganz Besonderes hinein, etwas, das die Leser aufrüttelt, etwas Tragisches. Der Held verunglückt, stürzt den Felsen hinab, seine Geliebte glaubt, er ist tot, und nimmt sich aus Kummer das Leben. Aber er ist nicht tot, braucht nur lange zur Genesung. Und als er sie holen will, steht er an ihrem Grab. Vor Verzweiflung bricht er zusammen und stirbt an gebrochenem Herzen ..."

„Was ist denn das für ein Quatsch", begehrte Carol auf. „Romeo und Julia nach Rhonda-Art. Solchen *Mist* schreibe ich nicht!"

„Shakespeare war sich nicht zu schade, solchen Mist zu schreiben", konterte Rhonda. „Aber wenn du eine bessere Idee hast? Wie war es denn mit dir und diesem irischen Jüngling?"

Carol, die ein wenig Kraft geschöpft hatte, um sich gegen Rhondas Breitseiten zu schützen, sackte wieder in sich zusammen. „Das geht nur mich und Patrick etwas an."

„Oh, Patrick, ein Heiliger", spottete Rhonda. „Komm schon, erzähl mir was von ihm. Wie unheilig war er? Du kannst deinen Roman ruhig mit einigen pikanten Szenen würzen. Ich finde überhaupt, dass deine brave Zeit vorbei sein sollte. Deine Helden waren immer zu gut, zu glatt, zu positiv. Wie wäre es mit einem Antihelden, schwarz in der Seele, gut im Bett und umgeben mit der Aura des abgründigen Verführers?

„Wer hier abgründig ist, das bist du", schnaufte Carol. Ihre Hände begannen zu zittern und sie war den Tränen nahe.

Rhonda betrachtete sie mit einer Mischung aus Mitleid und Widerwillen. „Kannst du mir mal erklären, wie ich dich als strahlende, erfolgreiche Powerlady verkaufen soll? Du hockst da wie ein Häufchen Elend und jammerst so einem irischen Grünling nach. Es kommt mir schon verdächtig vor, dass du so gar nichts von ihm erzählst. Mit dem stimmt doch etwas nicht! Das sagt mir mein Gefühl. Ein stinknormaler Mann betet dich an, erringt deine Gunst, geht mit dir ins Bett und schwört dir zumindest ewige Freundschaft. Was ging da schief mit deinem Patrick? Offensichtlich hat er deine Gunst errungen, sonst würdest du jetzt nicht wie schales Bier aussehen. Und ins Bett seid ihr garantiert auch gegangen, dazu kenne ich dich zu gut. Hat er dich nicht angebetet? Wollte er von dir bewundert werden? He, nun erzähl schon!"

Trotzig schob Carol die Unterlippe vor. „Nein", sagte sie schließlich. Sie straffte sich, blickte Rhonda offen ins Gesicht und atmete tief durch. „Vergiss Patrick. Ich werde ihn auch vergessen. Wann findet das Interview statt?"

„Am Mittwoch. Ich hoffe, diesmal verschläfst du es nicht."

Carol erhob sich. „Keine Bange. Ich weiß, was ich meinen Fans schuldig bin. Sie sollen nicht enttäuscht werden."

Rhonda strich sich nachdenklich über die Stirn, als Carol gegangen war. Es war nicht zu übersehen, Carol hatte sich verändert. Rhonda war nur nicht klar, ob es gut oder schlecht war. Wie sollte sie Carol präsentieren? Konnte es passieren, dass sie während des Interviews in Tränen ausbrach, nur weil sie immer wieder an diesen Patrick denken musste? Was würden ihre Fans zu einer entmutigten Heulsuse sagen?

Plötzlich sprang sie vom Sessel auf und eilte zum Telefon.

„Hallo, John? Hier Rhonda. Eben war Carol bei mir. Ja, es ging um das Interview. Ich habe da eine Idee …"

24. Kapitel

Die Kosmetikerin war eine Meisterin ihres Fachs. Carol staunte, wie sie es geschafft hatte, ihre dunklen Augenringe wegzuzaubern, dem Gesicht einen gleichmäßig rosigen Teint zu verleihen und die Schwellung ihrer verweinten Augen zurückzudrängen. Als sie sich, ihre kastanienbraune Lockenmähne zu einer verführerischen Frisur hochgesteckt, im Spiegel betrachtete, erkannte sie sich langsam wieder. Und sie kam auch zu der Erkenntnis, dass das Leben weitergehen müsse. Sie würde sich den Fragen ihrer Fans und Bewunderer stellen, sie würde ihr altes Selbstbewusstsein zurückgewinnen und sie würde einen neuen Roman beginnen. Gleich nach diesem Interview …

Das Kostüm, das sie sich in einer Boutique kaufte, war in knalligem Rot und Schwarz gehalten. Es strahlte unbändige Kraft aus, in klaren, strengen Linien und im harten Wechsel der beiden Farben. Carol überlegte, ob sie dazu rote oder schwarze Pumps tragen sollte. Sie entschied sich für rote.

Mit dem Taxi fuhr sie zu den Lightmore-Studios. Ihre nervöse Unruhe unterdrückte sie gewaltsam. Sie hatte sich gelegentlich mit John getroffen, dem Fernsehproduzenten, der damals noch Assistent war. Eigentlich war er ein netter Typ, aber sie liebte ihn nicht. Damals fand sie das nicht weiter schlimm, denn es hinderte sie beide nicht daran, gemeinsam auszugehen, auf ein Bier, in Bars, auf angesagte Partys. Sie landeten danach regelmäßig im Bett. Zum Abbau überschüssiger Hormone war John immer gut. „Baby, du bist echt gut. Im Ernst, du bist mit Abstand die Beste."

Sie fand das ganz in Ordnung so, auch was John zu ihr sagte. Sie hätte ohnehin nicht sagen können, ob John es ehrlich meinte. Tief in ihr nagten Zweifel und Unsicherheit, die sie nach außen hin mit einem selbstbewussten Auftreten kaschierte.

Als sie John jetzt gegenüberstand, brach plötzlich die alte Unsicherheit wieder auf. Noch immer besaß er diesen warmen, väterlichen Blick, mit dem er sie betrachtete.

„Du wirst von Jahr zu Jahr schöner, Baby", sagte er und Carol musste unwillkürlich lächeln.

„Du weißt, dass es nicht stimmt, und ich weiß es auch", erwiderte sie. „Außerdem befinde ich mich im Augenblick nicht in der besten Verfassung."

John nickte mitfühlend. „Rhonda hat es mir gesteckt. Wenn du eine Schulter brauchst, um dich auszuweinen …"

„Danke, John."

„Aber erst nach der Show."

Carol seufzte. „Kriegt man hier einen Scotch?"

John hob die Augenbrauen. „Eine wirklich schlechte Verfassung."

„So schlimm ist es nun auch wieder nicht", schwächte Carol ab. „Trotzdem könnte ich einen Scotch vertragen."

John schenkte ein Glas ein und reichte es ihr. Dabei berührte er wie zufällig ihre Finger. Er spürte, dass sie zitterte.

„Du bist nervös", stellte er fest. „Das habe ich lange nicht an dir bemerkt."

„Ich habe auch lange keine Fernsehinterviews mehr gegeben."

„Vier Monate. So lange ist das nicht her, um Lampenfieber zu bekommen." Er nahm sie in freundschaftlicher Weise in den Arm. „Ich möchte die alte Carol wieder erleben."

Sie hob den Kopf. „Und wie war die alte Carol?"

„Selbstbewusst, lebenslustig, faszinierend weiblich und über allen Seelenmüll erhaben."

„Ich wusste nicht, dass du mich so einschätzt", staunte sie.

„Hast du so schnell vergessen?"

Lächelnd schüttelte sie den Kopf und legte ihre Hand auf seine. „Nein, natürlich nicht. Ich bin dir auch sehr dankbar. Ich weiß, dass du mein Freund bist."

Johns Lächeln verriet nicht seine Gedanken. Nur seine Augen blickten ein wenig besorgt. „Hast du die Fragen gelesen?", wollte er wissen.

Carol schüttelte den Kopf. „Rhonda sagte, es wäre das Übliche. Bringen wir es hinter uns." Sie blickte sich um. „Keine Probe?"

John hatte sich abgewandt und zündete sich eine Zigarette an. Im gleichen Augenblick wurde er vom Regisseur zurechtgewiesen. „Willst du uns die Dekoration abfackeln mit deinem elenden Glimmstängel?", tobte er. „Mrs Baxter zur Maske!"

„Ich brauche nicht in die Maske", gab Carol zurück. „Ich komme gerade aus dem Kosmetiksalon."

„Dann Sitzprobe. Maske, bitte abpudern, Mrs Baxter glänzt zu stark. Kamera eins, Kamera zwei!" Es herrschte die übliche Hektik vor den Aufnahmen.

„Ach, Carol, wir haben ein paar kleine Änderungen zum geplanten Konzept vorgenommen", ließ sich John vernehmen und versteckte seine qualmende Zigarette in der hohlen Hand.

„John, zum letzten Mal, mach die Zigarette aus oder verzieh dich aus dem Studio!", schepperte der Lautsprecher. Carol blickte hinauf zur Regie in ihrem Glaskasten, während die Visagistin ihr mit einer riesigen Puderquaste im Gesicht herumwedelte.

„Was für kleine Änderungen?", fragte sie verwirrt. John, der nicht gewillt war, seine Zigarette auszudrücken, stand schon an der Studiotür.

„Es ist eine Livesendung. Und die Fragen wurden etwas modifiziert."

„Ja, aber …"

„Bitte halten Sie still", bat die Visagistin.

Ein klapperdünner, ziemlich junger Mann mit Hakennase, gelverklebtem Haar und überpuderten Pickeln an der Stirn kam mit gestelzten Schritten auf sie zu.

„Also, Sie sind die Lady, die ein Interview geben will." Er betrachtete sie wie ein seltenes Insekt. „Ich bin Norman Ross."

Carol starrte ihn entgeistert an. „Norman Ross? Nie gehört. Aber wieso …?" Dann zog sie verärgert die Augenbrauen zusammen. „Der Sender hat mich um dieses Interview gebeten."

Norman Ross verzog sein Gesicht zu einem breiten Grinsen, was seine Wangen in dünne Falten legte. „Lassen wir es auf einen Versuch ankommen, Lady. Ich freue mich jedenfalls darauf."

Carol blickte ihn skeptisch und mit einem Anflug von Hochmut an. „Das beruht nicht unbedingt auf Gegenseitigkeit. Sie sind mir nicht sonderlich sympathisch."

„Oh, das macht nichts", grinste er. „Sie mir auch nicht. Aber schließlich ist das unser Job, nicht wahr?"

Carol zwang sich zu einem säuerlichen Lächeln, während sich Norman Ross in den runden Sessel flegelte. Ihm fehlte nur noch der Kaugummi zwischen den Zähnen, um ihr gänzlich unsympathisch zu werden. Zu Carols Entsetzen zog er einen flachen Streifen Spearmint aus der Jackentasche, blätterte selbstvergessen das Papier ab und faltete ihn sich in den aufgerissenen Mund. Dann grinste er Carol wieder an.

„Muss das sein?", fragte Carol verärgert.

Er nickte. „Ist wegen Mundgeruch. Sollten Sie auch mal probieren."

Entnervt wandte Carol den Kopf ab.

„Fertig?", ertönte es von der Regie. „Noch zwei Minuten …"

Carol vermisste bei Norman Ross die kleinen Kärtchen, auf denen die Fragen standen. Sie konnte sie weder in der spärlichen Dekoration noch in seiner Jackentasche entdecken.

„Wo sind die Karten?", fragte sie beunruhigt.

„Was für Karten?"

„Die mit den Fragen."

Er tippte sich mit dem Zeigefinger an die Schläfe. „Habe ich alles hier drin."

„Noch eine Minute …"

Carol sagte pikiert: „Was haben Sie bisher moderiert? Die Sesamstraße?"

Norman Ross lachte meckernd. „Guter Witz. Ich bin ein Allroundtalent. Zur Abwechslung versuche ich mich in Hausfrauenkultur."

„Also, erlauben Sie! Meine Romane sind keine …“

„Noch dreißig Sekunden …“

„Ich weiß nicht, ob mir dieses Interview überhaupt behagt. Ich glaube, wir sollten hier abbrechen.“ Sie wollte sich erheben.

„Fünfzehn Sekunden …“

„Zu spät, Lady. Enttäuschen Sie Ihre Fans nicht. Aber die Zicke steht Ihnen ganz gut. War das schon immer Ihre Masche?“

Carol blieb der Mund offen stehen, während die Regie den Countdown zählte. Wie auf Knopfdruck wandte sich Norman Ross der Kamera zu, die mit einem roten Licht die Aufnahme anzeigte.

„Hallo, liebe Zuschauer, und herzlich willkommen zu einer bunten Runde für Hausfrauen und solche, die es werden wollen. Vielleicht gehören Sie sogar zu denen, die ab und zu Bücher lesen, haha. Für diejenigen und alle anderen, die sich bis jetzt davon haben abschrecken lassen, haben wir einen besonderen Gast im Studio, eine Lady, die selbst Bücher schreibt. Ihr Name ist … äh … wie war gleich Ihr Name?“

Es war nicht nur die Hitze der Scheinwerfer, die Carol bis unter die Schädeldecke stieg. Sie kniff die Augen zu einem Spalt zusammen und funkelte Ross böse an. „Carol Baxter, das ist doch bekannt.“

„Ah ja, Carol Baxter. Ob der Name bekannt ist, bleibt dahingestellt. Immerhin haben Sie fünf Bücher geschrieben. Allerhand Papier. Hat schon mal jemand ausgerechnet, wie viele Bäume dafür gefällt werden mussten?“

Carol ballte die Hände zu Fäusten, während Norman Ross fast gelangweilt seine Fingerspitzen gegeneinander lehnte und sie darüber hinweg mit spöttischem Blick betrachtete.

„Ich glaube nicht, dass das zum Interview gehört", zischte Carol. Verdammt, warum hatte sie vorher nicht die Fragen durchgelesen? Sie hätte nie so einer peinlichen Vorstellung zugestimmt. Und dieser Norman Ross war das Widerlichste, was ihr jemals vor und hinter der Kamera begegnet war. Verzweifelt hielt sie Ausschau nach John, aber die Scheinwerfer blendeten sie und der Rest des Studios lag in Dunkelheit.

„Ach ja, Sie wollten ein Interview geben", erinnerte sich Norman Ross.

„Ich wollte nicht …", fauchte Carol ungehalten, doch er brachte sie mit einer ungeduldigen Handbewegung zum Schweigen. Plötzlich wurde aus dem schlaksigen, ungehobelten Jüngling ein geierähnlicher Raubvogel, der mit vorgestrecktem Hakenschnabel nur darauf wartete, sein Opfer zerfleischen zu können.

Es war ein knallhartes Interview. Sie, die Bewunderung gewohnt war, wurde von diesem jungen, schnöseligen Journalisten vor laufender Kamera regelrecht hingerichtet. Ob ihr nicht die Eintönigkeit ihrer Romane aufgefallen sei, gehetzt, den nächsten herauszubringen, bevor der vorhergehende richtig über die Ladentheke gegangen sei, ob die Flucht in die Fantasy-Welt nicht ihre eigene Flucht vor der Realität wäre, ob sie nicht in der Lage sei, wirkliche Menschen darzustellen statt utopischer Helden aus einem x-beliebigen Comic.

„Bin ich hier in einem Kreuzverhör?", schnaubte Carol erbost. „Haben Sie meine Bücher überhaupt gelesen?"

Der Moderator grinste breit. „Nur das erste", erwiderte er zynisch. „Da wusste ich, wie die anderen sind."

„Meine Leser haben darüber eine andere Meinung", erwiderte Carol kühl. „Glauben Sie, dass sich Millionen Menschen irren?"

„Glauben Sie nicht, dass es eher Ihrem krankhaften Ehrgeiz zuzuschreiben ist, die Leser mit Millionen Ihrer Bücher zu überschütten?"

Mit Carols Beherrschung war es sichtlich vorbei. Sie bebte am ganzen Körper, während sie gegen den dicken Kloß in ihrem Hals kämpfte.

„Ich schreibe nicht um meinetwillen, sondern für mein Publikum. Warum singen Sänger, warum tanzen Tänzer? Sie erfreuen das Publikum. Aus diesem Grund schreibe ich Bücher!"

„Die tun das alle, um sich zu präsentieren, sich zu produzieren, ihrem Ego Genüge zu leisten. Warum geben Sie nicht zu, dass der Erfolg für Sie eine Droge ist, Sie aufputscht, immer weiter zu schreiben? Wer treibt Sie dazu? Sie selbst? Oder Ihre Agentin? Sind Sie masochistisch veranlagt?"

Tränen schossen in Carols Augen und sie konnte sie nicht zurückhalten. „Was soll das?", heulte sie entnervt auf. „Das muss ich mir nicht bieten lassen! Schon gar nicht von so einem … so einem …"

Norman Ross lehnte sich genüsslich in seinem Sessel zurück. „Der großen Carol Baxter gehen die Worte aus", stellte er grinsend fest. „Dabei sind die Zuschauer doch so gespannt zu erfahren, was da so Geheimnisvolles während Ihres Aufenthalts in Irland geschehen ist. Sie haben ein Problem mit Männern, stimmt's?"

„Nein", schrie Carol ihn an. „Nur mit Ihnen."

Es schien ihn nicht zu erschüttern. „Man erzählt von einer unglücklichen Liebe, von einem geheimnisvollen

Mann, der der berühmten Carol Baxter nicht die gewohnte Bewunderung zollte. War das nicht sehr demütigend für Sie? Hat er Sie verlassen oder Sie ihn?"

„Verdammt, jetzt reicht's mir!" Carol sprang auf. Im gleichen Augenblick packte Ross ihre Hand und zog sie wieder in den Sessel zurück. Er beugte sich weit zu ihr und Carol roch die Minze seines Kaugummis. „Was hat er getan, um die kühle, selbstsichere Carol Baxter so aus dem Gleichgewicht zu werfen?"

„Nichts! Nichts hat er getan!" Sie fing an zu schluchzen und schlug die Hände vors Gesicht. „Oh, mein Gott!"

Ross lehnte sich wieder zurück, immer noch ein Grinsen auf dem Gesicht. Aus seinen Worten tropfte künstliches Mitgefühl. „Wir sehen eine unglückliche, liebeskranke Carol Baxter. Wir freuen uns auf ihren nächsten Roman, der ganz sicher voller Leidenschaft, Herzschmerz und tiefster Gefühle sein wird. Bis zum nächsten Mal! Ihr Norman Ross für Lightmore TV Second."

Er grinste noch einen Moment in die Kamera, bis die rote Lampe erlosch. „Und jetzt ein kühles Bier", seufzte er, rieb sich vergnügt die Hände und erhob sich. „Wollen Sie auch eins? Sie haben prima mitgespielt."

Sie schüttelte den Kopf, ohne die Hände vom Gesicht zu nehmen. Wie konnte sie sich nur so vor laufender Kamera gehen lassen? Es war eine Liveshow!

„Nichts für ungut, Lady, aber so war eben das Konzept."

Carol, die am liebsten in den Boden versunken wäre, hob langsam ihr tuscheverschmiertes Gesicht. „Was für ein Konzept?", fragte sie.

„Für das Interview. Hat Ihr Produzent nicht mit Ihnen darüber gesprochen?“

„Mein Produzent?“ Wie in Trance erhob sie sich und blickte sich um. Von John war weit und breit nichts zu sehen. Überhaupt schien sich niemand mehr um sie zu kümmern. Man hatte sie reingelegt!

25. Kapitel

„Warum?“, brüllte Carol ins Telefon. „Warum hast du mir das angetan?“

Rhonda hielt den Hörer ein Stück von ihrem Ohr weg und zog an ihrer Zigarette.

„Das war doch klar, dass sie nun ausrastet“, meinte John leise, der ihr gegenübersaß und ebenfalls eine Zigarette rauchte. Im Gegensatz zu Rhonda war eine Spur von Reue auf seinem Gesicht zu entdecken.

Rhonda zuckte mit den Schultern. „Nun reg dich wieder ab“, sprach sie in den Hörer hinein. „Hat doch wunderbar geklappt. Und du warst wirklich überzeugend. Die neue Carol, nicht kühl, überlegen und selbstbewusst, sondern emotional, leidenschaftlich, verletzlich. Weißt du, wie deine Fans dir jetzt zu Füßen liegen? Du solltest mir dankbar für meine Idee sein. Eine bessere Publicity konntest du dir nicht wünschen. Langsam wurdest du nämlich fad, Schätzchen. Jetzt haben wir die Leute aufgemöbelt und auch neugierig gemacht. Setz dich hin und schreib dein nächstes Buch. Ich glaube, du bist in der richtigen Stimmung dazu.“

Sie hielt wieder den Hörer von ihrem Ohr weg und lächelte über Carols Flüche. Dann legte sie auf und nahm einen tiefen Zug. Den Rauch blies sie provozierend in Johns Richtung. „Der Dollar rollt“, gurrte sie mit kehliger Stimme.

John erhob sich. „Vielleicht sollte ich sie ein bisschen trösten. Sie sah sehr mitgenommen aus. Ich glaube, wir sind ein bisschen zu weit gegangen."

„Untersteh dich", wies ihn Rhonda zurecht. „In unserem Geschäft können wir auf Gefühle keine Rücksicht nehmen. Und sie wird es schnell überwinden, wenn sie merkt, wie ihre Fans mit ihr leiden."

Carol saß wie betäubt in ihrem Apartment. Noch nie hatte sie das selbst gewählte Ambiente so kalt und feindlich empfunden wie in diesem Moment. Entweder sie fackelte dieses seelenlose Hightech-Studio nach allen Regeln der pyromanischen Kunst ab oder sie schlug einfach die Tür hinter sich zu und suchte sich eine neue Bleibe, einen Ort, wo es noch Menschlichkeit und Wärme gab. Sie entschied sich für Letzteres und rief bei ihren Eltern an.

Enfield war der Ort, der ihr Kindheit, Heimat und Geborgenheit bedeutete. In der kleinen Stadt zwischen New York und Boston gelegen, hatte ihr Leben in der Neuen Welt angefangen. Hier hatten ihre Eltern, Fiona und Harry Baxter, Arbeit bekommen, Harry als Schlosser in einer Maschinenfabrik, Fiona in einer Schuhmanufaktur. Hier waren alle fünf Kinder der Baxters zur Schule gegangen. Es war ein älteres Reihenhaus, das sich Harry und Fiona nach zehn Jahren gekauft hatten und in das Tim und Lori, die beiden jüngsten der Geschwister, mit ihnen gezogen waren. Carol studierte zu dieser Zeit bereits in Boston, Ed war bei der Armee und Anne mit einem amerikanischen Ingenieur namens Paul verheiratet.

Es war nicht der erträumte große Reichtum, sondern eher ein bescheidener Wohlstand, den die Familie erreichte.

Aber oftmals dachten sie daran, dass sie miteinander glücklich waren und die Familie zu allen Zeiten zusammenhielt, auch als Carol anfing, Romane zu schreiben, und berühmt wurde.

Die Familie war stolz auf Carol und jeder ihrer Besuche gestaltete sich zu einem großen Familientreffen. Das Haus, das nach Tims und Loris Auszug für Harry und Fiona zu groß geworden war, füllte sich während dieser Treffen wieder mit Leben.

Anne hatte drei Kinder, eines war noch ein Säugling, Lori war seit einem Jahr mit Andrew verheiratet, Tim brachte Freundin Jennifer mit und selbst Ed trug sich mit Heiratsgedanken. Nur Carol kam allein. Früher hatte sie mal diesen, mal jenen Freund mitgebracht, später hatte sie es sein gelassen. Es war offensichtlich, dass keiner ihrer Freunde in ihre Familie passte, nicht einmal John.

An John dachte Carol voll Bitterkeit, an Rhonda voller Zorn. Sie fühlte sich verraten und betrogen von ihren besten Freunden. Deshalb suchte sie Schutz und Trost im Schoß ihrer Familie.

Gleich nach Carols Anruf hatte Fiona die Familie mobilisiert. Lori und Andrew reisten aus Boston an und sie brachten Ed samt seiner Zukünftigen namens Deborah mit. Tim lebte gleich drei Straßen weiter, sein Weg war am kürzesten. Der bis unters Dach mit Gepäck voll gestopfte Wagen mit Anne, Paul und ihren drei Kindern fuhr vor und es gab eine lang andauernde Begrüßung mit Umarmungen und Küssen.

Fiona hatte eine lange Tafel hergerichtet, die der großen Familie Platz bot. Alle trugen etwas zu dem festlichen Dinner bei, mit Fleisch, Fisch, Getränken und Obst. Die Kinder tobten durchs Haus und zankten sich, Anne mahnte sie zur Ruhe, um den Schlaf des Babys nicht zu stören, und Ed erzählte von seinem langweiligen Dienst, bei dem er Staatsgebäude bewachte, und dass er sich danach sehnte, richtig zu kämpfen. Andrew und Paul diskutierten über Vor- und Nachteile eines neuen Geländewagens und Lori bewunderte zum wiederholten Male Carols exquisite Kleidung. Deborah half Fiona in der Küche und inmitten des Trubels stand in stoischer Ruhe Harry und trank echten irischen Whiskey, ein Geschenk von Jennifer, die in einer Bar arbeitete.

Für einen Augenblick vergaß Carol ihre Pein und badete in der Menschenmenge, die das Haus bevölkerte und das nun zu klein geworden war. Lori hing mit besonderer Inbrunst an Carol und ließ sie fast keine Minute allein. Sie bewunderte alles an ihr, den Glanz ihres Haares, die Form ihrer Fingernägel, die Art, sich zu schminken, die Originalität ihres Schmucks. Aber es lag niemals Neid darin.

„Schreibst du wieder an einem neuen Roman?", fragte Lori mit glänzenden Augen.

Carol schüttelte den Kopf. „Im Augenblick nicht. Dazu habe ich keine Ruhe."

Deborah brachte die Fischplatte aus der Küche und rief zum wiederholten Male alle Anwesenden zu Tisch. Paul schenkte Weißwein aus, mit dem sie auf die kleine Familienfeier anstießen. Es gab keinen besonderen Anlass, aber Carols Besuch war Grund genug. Wie alle Iren feierten auch die Baxters für ihr Leben gern und nahmen jede Gelegenheit dazu wahr.

Wie in allen patriarchalisch geführten Familien war es auch im Hause Baxter Tradition, dass Harry als Familienoberhaupt am Kopf der Tafel saß, Fiona zu seiner Linken. Doch der Platz rechts von ihm gehörte Carol, zumindest in den letzten Jahren. Erst dann folgten Anne mit Familie und Ed mit seiner Verlobten, Lori und Andrew sowie Tim und Jennifer. Anne und Ed waren älter als Carol. Dass sie in der Rangfolge der Wichtigkeit der Familie nach oben geklettert war, bestritt niemand mehr. Anfangs hatte Anne sich dagegen aufgelehnt, zumal sie Carols Lebenswandel stark missbilligte. Ihre streng katholische Erziehung schlug sich in jeder Phase ihres Lebens nieder, so ihre Heirat mit Andrew und auch die Kinder, die wie Orgelpfeifen zwischen ihnen saßen, das Baby noch im Klappstühlchen. Ed schließlich war es, der Anne davon überzeugte, dass es jedem selbst zu überlassen sei, wie er sein Leben einrichtete. Irgendwann würde sicher auch Carol einen Mann finden, mit dem sie den Rest ihres Lebens verbringen würde.

Im Augenblick sah es allerdings nicht danach aus. Carol war die Einzige am Tisch, die ohne Partner war. In diesem Moment kam sie sich sehr einsam und deplatziert vor. Stillschweigend hatten alle Familienmitglieder ihren Erfolg und ihre Karriere vor die traditionelle Hierarchie gesetzt, doch Carol fühlte sich nicht wohl dabei. Wegen ihr wurde eine Ausnahme gemacht, aber das bedeutete im gleichen Augenblick, dass sie ein Außenseiter war, das Enfant terrible, wenngleich mit Geld und Erfolg. Hätte sie beides nicht gehabt, wäre ihr dieser zweifelhafte Ehrenplatz am Kopf der Tafel wohl verwehrt geblieben.

Harry erhob sich feierlich und hielt eine kleine Ansprache. Sie war allerdings sehr kurz, damit der Fisch nicht kalt wurde. In den nächsten zwei Stunden waren alle damit beschäftigt, Fisch, Hirschkeule, Mehlkartoffeln, Kohl, Erbsenmus, Würstchen und Weingelee zu vertilgen. Dazu gab es Weißwein, Bier, Whiskey, Orangensaft. Annes Kinder bestanden auf Cola und Pommes.

Nach dem Essen erledigten die jüngeren Frauen den Abwasch, während Fiona sich ausruhte. Carol wurde höflich, aber bestimmt aus der Küche geschickt. Sie setzte sich zu ihrer Mutter und genehmigte sich einen Whiskey.

„Du siehst abgespannt aus", stellte Fiona fest. „Ich hoffe, du weißt, was du tust."

„Wenn du dieses saublöde Interview meinst, dann wusste ich es nicht", erwiderte sie gereizt. „Rhonda hat mich reingelegt. Und John hat mitgespielt." Sie senkte den Kopf. „Das werde ich ihm nie verzeihen."

„Warum wechselst du nicht deine Agentin?", mischte sich Andrew ins Gespräch ein. „In New York muss es doch mehr davon geben."

„Von ihrer Sorte bestimmt", meldete sich Paul zu Wort. „Brauchst du denn überhaupt eine Agentin? Reicht nicht ein tüchtiger Manager?"

„Glaubst du, der will nicht ein Stück vom Kuchen abbekommen, und zwar das größte?" Andrew genehmigte sich nun ebenfalls einen Whiskey.

„Lasst doch das arme Mädchen in Ruhe. Sie ist schon ganz blass." Harry lächelte seiner Tochter aufmunternd zu. „Du wirst es schon richtig machen."

„Habt ihr das Interview gesehen?", fragte Carol bange.

Alle nickten.

„Es war hundsgemein, wie dieser Kerl dich niedergemacht hat." Lori kam aus der Küche und legte ihren Arm tröstend um Carols Schultern. „Dabei sind deine Bücher so toll, dass ich sie immer wieder lesen könnte."

„Das ist lieb von dir“, murmelte Carol und kämpfte plötzlich gegen die Tränen. „Ich hoffe, die meisten Leser denken so wie du.“

„Ich verstehe nur nicht, warum Rhonda dieses Interview in dieser Weise geführt haben wollte“, sinnierte Ed. „Sie musste doch wissen, dass dich dieser Kerl zerreißt.“

Carol hob in einer hilflosen Geste die Schultern. „Es war Absicht. Sie wollte dieses neue Image von mir, die Heulsuse. In gewisser Weise hat sie ja Recht. Das Leben besteht nun mal nicht nur aus Glanz und Erfolg.“

Fiona hob die Augenbrauen. „Das sagst ausgerechnet du? Gibt es einen Grund?“

Carol schüttelte den Kopf. Sie war nicht bereit, über den wahren Grund ihrer Gemütsverfassung zu reden. Das Interview, Johns und Rhondas Verrat hatten alles nur noch schlimmer gemacht.

„Erzähl uns doch lieber, wie es bei Tante Tess’ sechzigstem Geburtstag war“, schlug Tim vor. Er, der Jüngste der Baxter-Familie, hatte das feinste Gespür für kritische Situationen.

Tess war Harrys jüngere Schwester. Gern wären auch er und Fiona nach Irland geflogen, aber das konnten sie sich nicht leisten. Glückwunschkarten und Telefonanrufe waren die einzige mögliche Verbindung. Natürlich hatte Carol der Tante die Grüße von allen ausgerichtet. Ihr fiel ein, dass sie nach ihrer Rückkehr nicht wieder miteinander telefoniert hatten. Carol schob den Gedanken beiseite und erinnerte sich stattdessen an Tante Tess’ Geburtstag.

„Oh, es war einfach unglaublich“, begeisterte sie sich. „Das ganze Dorf war auf den Beinen. Zuerst dachte ich, Tante Tess wollte ihren Geburtstag gar nicht feiern.“

„Warum denn?“, wollte Anne wissen.

„Weil sie nichts vorbereitete. Ich fragte sie, ob sie denn nicht einkaufen wolle. Ja, ich habe mir den Kopf zerbrochen, wie und wo sie die Gäste bewirten wollte. Kein Tisch, keine Stühle, kein Geschirr. Endlich, einen Tag vorher, fuhren wir ins Dorf und kauften Fleisch fürs Stew. Und was soll ich euch sagen, die Töpfe bekam sie auch gleich vom Fleischer. Dann kam der Bäcker und brachte Brot und der Wirt vom Pub spendierte die Getränke. Letztlich gab es doch genügend zu tun und jetzt weiß ich, wie Stew zubereitet wird.“

Sie erntete beifälliges Gelächter.

„Und dann kamen die Gäste. Alles war denkbar einfach, noch einfacher als beim Barbecue. Ein langer Tisch im Garten, auf dem die Speisen standen, jeder nahm sich, was er wollte, daneben standen die Bierkästen, die Leute brachten Musikinstrumente mit und dann wurde getanzt, gelacht, gefeiert, wie ich es nie für möglich gehalten hätte.“

Fiona nickte lächelnd. „Genauso war es. So feierten die Iren in der Heimat.“

„So feiern sie heute noch“, bestätigte Carol. „Ich war auch auf dem Rosenfest in Delanney. Und in der Kirche und sogar in der Schule.“

„In der Schule?“, rief Anne. „Wie sieht sie aus? Lass dir doch nicht jedes Wort aus der Nase ziehen!“

„Dann redet doch nicht immer dazwischen“, rügte Ed. „Erzähl weiter“, wandte er sich Carol zu. Der Kreis um sie schloss sich enger.

„Mrs O'Lacey, unsere ehemalige Lehrerin, ist jetzt die Direktorin, aber sie erzählte mir, dass die Schule geschlossen werden soll. Es gibt zu wenige Kinder.“

Harry schüttelte den Kopf. „Es wird nicht besser", brummelte er.

„Wo sollen denn auch die Kinder herkommen, wenn alle Iren nach Amerika auswandern?", warf Lori ein.

„Vielleicht wandern ja auch Amerikaner wieder nach Irland ein", scherzte Andrew.

Carol schluckte schwer, doch niemand bemerkte es.

„Du würdest dir das schnell wieder überlegen", sagte Anne. „Spätestens, wenn du nach einem Jahr immer noch keine Arbeit hast. Was glaubst du wohl, warum unsere Eltern in die Staaten gekommen sind?"

Andrew schwieg und auch Ed senkte den Kopf.

„Und wie geht es Tess?", wollte Fiona wissen.

„Oh, Tess sieht blendend aus, auch wenn sie meint, dass sie nun wirklich alt wäre." Carol lächelte versonnen. „Sie hat sich ihr kleines, bescheidenes Paradies erhalten. Es hat sich gar nicht viel verändert. Ihr Garten ist immer noch ein Blütenmeer. Die Gärtnerei hat sie zwar aufgegeben, aber die Feste gestaltet sie immer noch mit ihren Blumen aus. Ich habe mich selbst auch an der Gartenarbeit probiert."

„Und deine Fingernägel?", rief Lori erschrocken. Die anderen lachten.

„Die haben es leidlich überstanden", erwiderte Carol. „Bei Tante Tess habe ich die einfachen Dinge des Lebens kennen gelernt. Das war eine ganz besondere Erfahrung."

Anne brachte die Kinder ins Bett, die lautstark dagegen protestierten. Jennifer musste zu ihrer Mutter fahren. Tim brachte sie nach Hause. „Ich komme wieder. Warte mit deinen Erzählungen", sagte er zu Carol.

„Und wir?", empörte sich Lori scherzhaft. „Wir platzen inzwischen vor Neugierde."

„Dann wirst du dich wohl zügeln müssen", neckte sie Tim.

Fiona warf Carol ab und zu einen prüfenden Blick zu, den Carol jedoch nicht bemerkte. Sie war zu sehr mit sich beschäftigt und damit, Loris Fragen zu beantworten. Lori interessierte brennend, was die neueste Mode in New York war, welche Kneipen angesagt waren und wohin der Trend gehen würde, wohl wissend, dass sie niemals an diesem ihrer Meinung nach so aufregenden Leben teilhaben würde. Carol versuchte es ihr begreiflich zu machen.

„Man ist schnell der Spielball diverser Leute", sagte sie voller Bitterkeit. „Und wenn man dir erst einmal so einen Imagestempel aufgedrückt hat, kommst du da nicht wieder heraus."

„Und warum lässt du dir diesen Stempel aufdrücken?", wunderte sich Ed. „Warum kannst du nicht einfach du selbst sein?"

Einen Augenblick starrte Carol ihren Bruder an. „Weil ich im Augenblick selbst nicht weiß, wer ich bin."

26. Kapitel

In Carols Zimmer brannte nur das Licht ihrer Nachttischlampe, als Harry leise an die Tür klopfte.

„Ja?"

Carol saß auf der Bettkante, aber sie war noch vollständig angekleidet.

„Darf ich dich stören?", fragte Harry.

„Du störst nicht, Daddy." Sie wollte sich erheben, doch Harry winkte mit beiden Händen ab und setzte sich neben sie.

„Es ist schön, dich wieder unter unserem Dach zu wissen."

„Ich bin auch froh, zu Hause zu sein."

Er blickte sie aufmerksam an. „Wirklich?"

„Wirklich."

„Ich hatte den ganzen Abend den Eindruck, dass dich etwas quält", sagte er dann, während er die Hände faltete und sie intensiv betrachtete. Carol ahnte, dass er ihr damit die Hemmungen nehmen wollte, darüber zu sprechen. Jetzt war sie plötzlich wieder Kind. Manchmal tat es gut, sich schwach zu fühlen. Und es tat gut, eine Schulter zu spüren, an die man sich lehnen konnte.

„Ich frage mich seit einiger Zeit, ob das Leben, das ich führe, wirklich das Richtige ist", sprach sie leise.

Harry wiegte nachdenklich den Kopf. „Wer legt denn fest, was richtig ist?"

Carol hob hilflos die Schultern. „Keine Ahnung. Es sind nur diese Zweifel, die mich quälen."

„Bist du an einem toten Punkt angelangt?“, wollte Harry wissen. „Ich meine mit dem Schreiben?“

„So kann man es nennen. Mein ganzes Leben scheint mir plötzlich ohne Sinn und Ziel.“

„Und was ist der Grund für diese Selbstzweifel? Dieses Interview?“

„Nein, das war nur der letzte Tropfen, der das Fass zum Überlaufen brachte. Allerdings war es ein besonders bitterer Tropfen.“

Harry schwieg wieder und starrte auf seine Hände. „Und was war vorher?“

Carol lehnte sich an ihn und legte ihren Kopf auf seine Schulter. „Würdest du es albern finden, wenn deine Tochter mit dreißig Jahren noch Liebeskummer hat?“

„Nein“, erwiderte er ernst. „Darüber scherzt man nicht. In keinem Alter.“

Mit der Hand strich sie sacht über seine Schulter und bemerkte, wie deutlich sie seine Knochen darunter fühlte. Ein tiefes Gefühl von Zuneigung stieg in ihr auf.

„Ich habe jemand kennen gelernt, der meine Welt auf den Kopf gestellt hat. Zum ersten Mal im Leben habe ich mich richtig verliebt. Es war nicht so wie bei den anderen Männern. Es war viel tiefer, viel ergreifender. Doch als ich es erkannte, war es schon zu spät.“

Sie schwieg und kämpfte mit der Erinnerung. Auch Harry schwieg und ließ Carol Zeit.

„Es war wie eine Offenbarung. Man sieht sich und weiß, dass man füreinander geschaffen ist. Ich kann es nicht mit Worten beschreiben, aber es hat mich, mein Denken und Fühlen total verändert – mehr denn je.“

Zum ersten Mal wandte Harry ihr den Kopf zu und blickte sie erstaunt an. „Willst du damit sagen, es geschah drüben auf der Insel?"

Sie nickte stumm und wischte sich verstohlen eine Träne aus dem Augenwinkel.

Harry legte seine Hand auf ihre, wie damals Patrick seine Hand auf Carols gelegt hatte. Sie begann zu schluchzen. „Ich hatte gehofft, ihn hier vergessen zu können", brachte sie stockend hervor. „Es geht nicht. Und Rhonda hat sofort bemerkt, dass etwas mit mir anders ist. Ich Idiot habe es ihr auch noch erzählt." Sie zog lautstark die Nase hoch in zorniger Erinnerung an die Geschehnisse. „Sie haben es gnadenlos ausgenutzt. Wie die Aasgeier haben sie sich auf mich gestürzt und zerfleischt. Ich fühle mich so miserabel!"

Carol ließ ihren Tränen freien Lauf und Harry blieb einfach sitzen. Er konnte nichts weiter tun, als einfach da zu sein.

„Dass ich Schriftstellerin geworden bin, das war mein innigster Wunsch. Ich fühlte, dass ich schreiben kann. Doch irgendwann haben sich meine Karriere und mein Erfolg verselbstständigt. Ich lebte und schrieb nicht mehr aus dem Bauch heraus, sondern tat, was die anderen von mir erwarteten. Rhonda hatte mein Image aufgebaut, wie es sich am besten verkaufte. Der Erfolg gab ihr Recht. Ich musste immer in allem gut, perfekt sein, im Aussehen, im Auftreten, in der Kleidung, im Leben, auch die Männer an meiner Seite. Aber nun weiß ich, das war nicht ich. Ich bin nur ich selbst, aber dieses Ich interessiert niemanden."

„Ich finde gut, dass dir das klar geworden ist."

„Aber ich bin zu spät dahinter gekommen. Jetzt gibt es kein Zurück mehr." Sie streifte die Schuhe ab, als würden sie sie beengen. „Patrick", stammelte sie, „Patrick ist ein ganz besonderer Mensch. Es war, als wenn wir uns schon ewig kannten, schon viele Leben vor diesem. Etwas Zauberhaftes, Magisches lag in dieser Liebe. Es hat lange gedauert, bis er mir seine Liebe gestand, und genauso lange hat es gedauert, bis mir klar wurde, dass ich mich in Patrick verliebt hatte."

„Du sprichst in der Vergangenheit", bemerkte Harry leise.

„Weil es vorbei war, gerade als es begann. Zunächst dachte ich, ich wäre zu schnell vorgeprescht, hätte ihn überrumpelt, als ich von einer gemeinsamen Zukunft sprach. Mir schien, er wollte plötzlich nicht mehr nach vorne denken. Einige Zeit lebten wir tatsächlich nur für den Augenblick, vergaßen die Welt um uns herum. Manchmal denke ich, es wäre besser gewesen, an dieser Stelle stehen zu bleiben. Das Ende tat so schrecklich weh."

Sie weinte nun hemmungslos und es tat gut, dass die Tränen alles aus ihr herausschwemmten. Harry spürte den tiefen, ungelinderten Schmerz in ihren Worten.

„Weißt du", sagte er bedächtig. „Wer Schmerz leidet, der fühlt. Und wo ein Gefühl ist, da ist auch Hoffnung."

Sie schüttelte in stummer Verzweiflung den Kopf. „Es gibt keine Hoffnung. Patrick und ich, wir können nie wieder zueinander finden, egal, was für Gefühle wir noch füreinander hegen."

„Liebst du ihn denn noch?", fragte Harry vorsichtig.

Sie nickte, aber gleichzeitig ließ sie wieder mutlos den Kopf sinken.

„Du brauchst dich doch deiner Gefühle für ihn nicht zu schämen. Welcher Mensch sollte wagen, über diese Gefühle zu urteilen? Das Beste ist, seinem Gefühl zu folgen, ihm zu gehorchen und ihm treu zu bleiben, wie die Seele es zulässt."

Sie holte tief Luft, wie um sich von dem quälenden Druck auf ihrem Brustkorb zu befreien. „Das hast du lieb gesagt, Daddy, aber es ändert nichts an der Realität. Unser beider Leben steht zwischen uns."

„Und deshalb zweifelst du an deinem eigenen Leben?"

„Ja", erwiderte sie nachdenklich. „Denn seines ist völlig in Ordnung. Er tut, was seine Seele zulässt. Er ist ein begnadeter Künstler, Maler und Bildhauer."

„Und was hat er dagegen, dass du Schriftstellerin bist?"

Carol lehnte sich wieder an die Schulter ihres Vaters. „Nichts, er hat es gar nicht gewusst. Als wir uns ineinander verliebten, wussten wir fast gar nichts voneinander, nur, dass wir uns bereits als Kinder begegnet sind. Für mich war diese Begegnung damals jedoch ohne Belang, für Patrick aber von tief greifender Bedeutung. Er hatte sich schon damals in mich verliebt. Es war eine bedingungslose, tiefe, einseitige und hoffnungslose Liebe."

„Und dann bist du nach Irland zurückgekommen", nahm Harry den Faden auf. „Es muss für ihn doch ein bewegender Moment gewesen sein."

„Er hat mich sofort wieder erkannt, während ich einige Zeit brauchte, um mich zu erinnern, wer er war. Tante Tess hat mir von ihm erzählt. Irgendwann habe ich mich dann in ihn verliebt, während seine Liebe für mich nie erloschen war, in all den Jahren nicht." Sie stockte und ihre Finger krallten sich in Harrys Schulter. „Oh, mein Gott!" Ihre Lippen zitterten vom Weinkrampf.

„Trotzdem verstehe ich nicht ganz ...", ließ sich Harry vernehmen. „Wenn er dich doch liebt, und du ihn, was um alles in der Welt ist der Grund, dass es für diese Liebe keine Hoffnung geben soll?"

Carol schluckte und rang um Fassung. „Ich glaube, er wollte nicht, dass ich von seiner Liebe zu mir erfahre. Er ist mir aus dem Weg gegangen, damit ich ihm nicht zu nahe kam. Ich konnte ja nicht ahnen …" Sie unterdrückte krampfhaft ein Schluchzen. „Ich konnte nicht ahnen, dass er die ganze Zeit ein Geheimnis mit sich herumtrug, das es ihm unmöglich machte, ein normales Leben zu führen. Nach außen hin vielleicht, aber nicht, wenn ihm ein Mensch nahe kommt. Und wir waren uns so nahe, wie sich zwei Menschen nur nahe sein konnten. Es war, als hätte ich all die Jahre zuvor nur mit einer Hälfte gelebt. Ich hatte es gar nicht bemerkt, mich wahrscheinlich damit arrangiert. Und plötzlich hatte ich die andere Hälfte gefunden. Oh, Daddy, es war wie Paradies und Hölle zugleich. Ich erkannte plötzlich, dass ich zum ersten Mal wirklich liebte. Alles, was vorher war, war keine Liebe. Das mit Patrick war etwas anderes. Es war ein aus der Zeit genommener Moment. Ich war überzeugt, dass dieser Augenblick ewig andauern würde."

Die Stille lastete in dem kleinen Zimmer und legte sich über sie wie ein dunkles Tuch. Carol war froh, den Körper ihres Vaters dicht an ihrem zu spüren. Er nahm ihr das Gefühl der Verlorenheit. Und gleichzeitig fühlte sie sich ein wenig erleichtert.

Es war das erste Mal, dass sie darüber sprechen konnte.

„Später wurde mir klar, dass er von Anfang an gewusst hatte, dass es für uns keine gemeinsame Zukunft geben würde. Trotzdem hat er mich auf eine hingebungsvolle, bedingungslose Art geliebt, die mich zutiefst beschämt."

„Dieser Patrick muss ein wunderbarer Mensch sein“, bemerkte Harry leise. „Aber warum …?“

Mit einer verzweifelten Geste fuhr sich Carol durchs Haar. „Er kann nicht lesen.“

Mit einem Ruck fuhr Harry herum. „Er kann nicht lesen?“, wiederholte er verblüfft.

„Er trägt es wie ein Kreuz und er trägt furchtbar schwer daran. Vor den anderen Menschen hält er es geheim, und die es wissen, schweigen verschämt darüber. Auch Tante Tess hat es gewusst. Doch sie hat es mir verschwiegen. Als ich es erfuhr …“ Sie stockte wieder und suchte nach Worten. „Er hat sich so furchtbar geschämt, er war so schrecklich verzweifelt, als er es mir gestand. Ich … ich hatte ihm meine Bücher zu lesen gegeben.“ Sie schlug die Hände vors Gesicht und rang um Fassung.

Harry wartete geduldig, bis sie sich wieder etwas beruhigt hatte. „Ich verstehe trotzdem nicht …“

Carol starrte ihn aus ihren verquollenen Augen an. „Verstehst du nicht? Ich bin Schriftstellerin und er kann nicht lesen! Er wird es auch niemals lernen. Er ist als Kind ins Koma gefallen. Er würde niemals an meiner Seite leben wollen mit diesem Makel. Und du hast ja erlebt, wie gnadenlos die Presse ist. Sie würden es früher oder später herausfinden und ihn zerreißen, so wie sie mich zerrissen haben.“ In ihrem Gesicht hatten sich hektische rote Flecke gebildet. Die Adern an ihrem Hals pulsierten heftig.

„Und was hindert dich daran, mit ihm in Irland zu leben und ihn aus all diesem unsinnigen Rummel herauszuhalten?“

„Ob wir in Irland oder Amerika leben, ist doch völlig gleichgültig. Patrick könnte nicht an meinem Leben teilhaben. Aber das ist es doch, was eine gute Ehe und Partnerschaft ausmacht. Es wäre das Gleiche, als wenn ich blind wäre und seine Bilder nicht sehen könnte."

„Nun", sagte Harry nachdenklich, „soviel ich weiß, ist es bei den meisten Menschen so, wenn ein Sinn nicht funktioniert, übernimmt ein anderer diese Aufgabe. Blinde zum Beispiel verfügen häufig über einen besonders ausgeprägten Hör- oder Tastsinn. Du hättest eben seine Bilder und Skulpturen ertasten können."

Carol seufzte resigniert. „Ich bin zum Glück nicht blind und er auch nicht. Natürlich habe ich sofort daran gedacht, ihn einem Spezialisten vorzustellen. Es gibt Logopäden, ich hätte die Kosten dafür sofort übernommen. Davon abgesehen würde es Patrick nicht wollen. Sie alle hätten ihn behandelt wie ein Versuchskaninchen und ihm jede Minute bewusst gemacht, wo seine Schwachstelle liegt. Das kann kein Mensch ertragen."

Harry nickte zustimmend, dann erhob er sich. „Dieser Patrick muss wirklich ein ganz außergewöhnlicher Mensch sein. Es gehört Mut dazu, sich auf eine große, wunderbare, aussichtslose Liebe einzulassen." Er schenkte Carol einen tiefen, warmen Blick. „Schlaf dich aus, Mädchen. Gott hat uns den Verstand gegeben, um ihn zu gebrauchen. Aber noch wichtiger ist es, dass er uns eine Seele gegeben hat. Und die wird uns auf den richtigen Pfad lenken."

Carol blickte zu ihm auf. „Was soll ich denn nun tun? Am liebsten würde ich alles über Bord werfen, die Schriftstellerei, diese blöde Karriere, das ganze spießige, blöde Leben mit seiner Verlogenheit, seinem ekelhaften Voyeurismus."

Harry blieb an der Tür stehen und drehte sich zu ihr um. „Niemand erwartet von dir, dein Leben über Bord zu werfen. Das hätte auch Patrick nicht von dir verlangt. Ebenso wenig solltest du von ihm erwarten, sein Leben über Bord zu werfen. Du solltest dich darauf konzentrieren, was euch beide verbindet, und nicht, was euch trennt. Du bist eine Wortkünstlerin, er ein Künstler des Bildes. Gibt es da keine Verbindungen?“

Sie holte tief Luft und schüttelte dann den Kopf. „Es sind unnütze Gedanken. Die Liebe ist doch ein gegenseitiges Geben und Nehmen. Aber das wahre Maß zu erkennen, übersteigt wohl die Fähigkeit eines Menschen. Dann passiert es, dass man vom anderen zu viel erwartet.“

„Er hat dir alles gegeben“, erwiderte Harry. „Und du?“

Einen langen Moment schauten sie sich an, dann kam er noch einmal zu ihr, beugte sich herab und küsste sie auf die Stirn. „Gute Nacht, Kleines. Gott beschütze dich.“

Sie starrte auf die Tür, die sich hinter Harry geschlossen hatte. Doch sie blickte hindurch, sah eine Farbe, die sie nie im Leben wieder vergessen würde: Grün in allen Nuancen und Schattierungen. In diesem Punkt hatte ihr Vater Unrecht. Es würde keinen Weg zurück zu Patrick geben. Ihr blieb die Erinnerung an eine kurze Zeit einer bedingungslosen Liebe. Sie beide hatten gewagt, ganz zu leben. Doch sie waren gescheitert.

27. Kapitel

Auch ohne die Aussicht, jemals wieder zu Patrick zurückzufinden, war Carol klar, dass sie ihr Leben von Grund auf ändern musste. Sie wusste nur noch nicht wie. Und so brütete sie vor sich hin, blickte in den Himmel voller regenschwerer, grauer Wolken und hoffte auf eine Erleuchtung gleich welcher Art. Sie schaute sich um und ihr Blick fiel auf den Computer auf ihrem Arbeitstisch. Nein, ihren Beruf als Schriftstellerin würde sie nicht aufgeben. Aber sie würde über etwas ganz anderes schreiben. Die Fantasy-Helden waren passé, das Traumland mit seiner einfach gestrickten Gerechtigkeit zu einer Farce verkommen. Die Wirklichkeit hatte sie eingeholt und ernüchtert.

Der Besuch bei ihren Eltern war eine willkommene Abwechslung gewesen, obwohl der Trubel sie eher gestört als abgelenkt hatte. Dafür hatten sie die Gespräche mit ihrem Vater ein wenig erleichtert. Auch wenn dadurch die Erinnerungen wieder aufgewühlt wurden, war sie doch froh, mit jemandem darüber reden zu können. Nicht einmal zu ihrer Mutter hatte sie dieses Vertrauen. Seit jeher war ihre Mutter für die materiellen Belange der Familie zuständig, der Vater aber für die seelischen. Und irgendwie wusste er stets einen salomonischen Rat. Darin ähnelte er seiner Schwester Tess.

Sie hatte ihm von Patrick erzählt, vorbehaltlos und ehrlich. Wie sie sich das erste Mal begegnet waren, wie er ihr ausgewichen war, wie er zunächst ihre Neugier, dann ihre Liebe geweckt hatte. Und sie hatte ihm den Tag geschildert, als sie Patrick sagte, wer sie war.

„Wer du bist und was du tust, sind zwei verschiedene Dinge", hatte Harry darauf geantwortet. „Schriftstellerin bist du im Beruf, aber dein Herz, deine Seele, das bist du selbst."

„Soll ich denn wirklich mein Leben ändern, damit er es akzeptieren kann?", hatte sie ihn gefragt.

Doch Harry hatte nur sacht den Kopf gewiegt. „Du kannst dein Leben ändern, er kann sein Leben ändern, aber niemals kannst du sein Leben ändern."

„Wollte ich das denn tun?"

„Natürlich! Du wolltest sein Leben so ändern, damit es sich deinem Leben anpasst. Du hast dich selbst als das Maß der Dinge dargestellt. Das war ziemlich anmaßend. Vielleicht solltest du damit beginnen, dein Leben zu ändern."

„Ich will versuchen, eine Lösung zu finden", murmelte sie.

„Nicht versuchen, sondern es tun", erwiderte ihr Vater.

Sie hatte mehrere Nächte darüber geschlafen und war zu dem Schluss gekommen, dass er unbedingt Recht hatte. Doch wie sie es in die Tat umsetzen sollte, war ihr völlig unklar. Der Roman, den sie angefangen hatte zu schreiben, hatte sich bereits auf der dritten Seite festgefahren. Resigniert hatte sie aufgehört und stattdessen ihre stundenweise Arbeit in der Zeitschriftenredaktion wieder aufgenommen. Eine andere Umgebung, andere Menschen, eine andere Arbeit sollten sie auf andere Gedanken bringen.

„Wir fühlen uns geehrt, dass so eine berühmte Künstlerin so eine profane Tätigkeit ausgerechnet in unserer kleinen Redaktion ausübt", sagte Jenny Talasso, die Chefredakteurin.

„Ich bitte dich", wehrte Carol entschieden ab. „Ich habe schon immer gern hier gearbeitet. Hier hat schließlich alles angefangen."

„Aber du hast es doch bestimmt nicht nötig, hier noch zu arbeiten, jetzt, wo du so berühmt bist", ließ Jenny nicht locker.

„Ich glaube, ich habe es mehr denn je nötig", erwiderte Carol. „Nicht finanziell, aber psychisch. Ich bin in meinem Leben an einem toten Punkt angelangt."

Jenny blickte sie erschrocken an. „Ist etwas geschehen?"

Carol hob schnell die Hände. „Schau mich nicht an, als wäre ich schon tot. Ich brauche einfach mal Tapetenwechsel und einen Tritt in den Hintern."

Jenny lachte. „Also bitte, wenn du unbedingt willst. Ich habe gleich zwei Themen, derer du dich annehmen kannst. Für morgen brauche ich einen Artikel über eine Tagesmutter, die neben ihren eigenen vier Kindern noch sieben andere betreut. So unter dem Motto ‚Heldin des Alltags'. Du könntest ihr einen Besuch abstatten und ihren Tagesablauf beschreiben. Nimm Peter mit, der kann ein paar nette Fotos schießen." Sie bemerkte Carols betroffenes Gesicht. „Ist es dir zu gewöhnlich?", fragte sie besorgt.

„Nein, nein", rief Carol hastig. „Das ist wirklich mal ... was anderes."

„Vielleicht sollte ich dir doch lieber ein anderes Thema geben. Etwas Künstlerisches ist dir sicher lieber. Zurzeit gastiert das London Philharmonic Orchestra in New York.

Schreib einen Artikel darüber, ihre Tourneepläne, das Programm. Übrigens habe ich hier eine Freikarte. Geh heute Abend ins Konzert, vereinbare danach mit dem Dirigenten ein Interview."

„Danke, Jenny, ich werde es erledigen." Carol blickte auf den Schreibtisch, hörte im Hintergrund das Faxgerät ticken und hatte den Eindruck, dass ihr das ganze Leben entglitt. Wäre es wirklich für sie besser gewesen, wenn sie wie ihre Schwester Anne einen netten, zuverlässigen Mann geheiratet, zwei bis drei Kinder bekommen und das Leben einer zufriedenen, putzsüchtigen und Rabattmarken sammelnden Hausfrau geführt hätte? Es wäre zumindest einfacher gewesen, auch wenn sie dann ihren Beruf hätte aufgeben müssen. Sie war Journalistin, hatte die Kulturecke der Redaktion bekleidet, war auf diesem Weg zur Schriftstellerei gekommen. Für Kultur hatte sie sich schon immer interessiert, auch für den Journalismus. Doch neuerdings hatte sie zur Presse und den Medien ein gespaltenes Verhältnis.

Sie spürte Jennys Hand auf ihrer Schulter. „Ist wirklich alles okay?", vergewisserte sie sich besorgt.

„Ja, ja, ich stürze mich gleich in die Arbeit."

In Jennys Blick lag Zweifel. „Carol, wir kennen uns schon lange. Ich sehe, dass du dich mit einem Problem herumschlägst. Du schüttest dich mit Arbeit zu, nur um nicht daran denken zu müssen. Was immer es auch ist, du wirst dich der Sache stellen müssen."

„Im Augenblick bin ich wirklich dankbar dafür, mich durch Arbeit ein wenig ablenken zu können", versicherte Carol.

„Okay, aber sag Bescheid, wenn es dir über den Kopf wächst."

Carol nickte und schenkte Jenny einen dankbaren Blick. Sie setzte sich an den Schreibtisch und fühlte sich dabei fremd. Während sie im Computer nach einer Kurzversion der Historie des Orchesters recherchierte, schweiften ihre Gedanken ab zum Familientreffen der Baxters.

Auch wenn es jeder zu überspielen versuchte oder es vielleicht gar nicht bewusst wahrnahm, so fühlte Carol doch, dass sie ein Außenseiter in der Familie war, ein Exot, den man bestaunte, bewunderte, aber nicht als gleichberechtigt betrachtete. Was hatte sie schon für die Familie getan? Keinen Schwiegersohn, kein Enkelkind, dafür ein befremdliches Image als Autorin von Bestsellern, im Glitzerlicht der Prominentenwelt, präsentiert auf dem Tablett aus Katzengold. Lori bestaunte ihre exquisiten Klamotten und betete sie an, wenn sie ihr ausrangierte Kleider abtrat. Niemand hatte sich wirklich in ihre Bücher hineinvertieft, niemand hatte sie wirklich verstanden. Harry vielleicht. Behutsam versuchte er ihr Hilfestellung zu geben. Carol war klar, dass sie den Weg aus der Sackgasse allein finden musste. Doch im Augenblick war sie im Labyrinth gefangen.

Mit einem leisen Seufzer schaltete sie den Computer wieder aus. Vielleicht würde sie das Konzert zu einigen Zeilen inspirieren. In ihrem Kopf gähnte eine große Leere und in ihrem Bauch ballte sich ein Knoten aus Verzweiflung zusammen. Sie nahm ihre Tasche und fuhr nach Hause.

Die sterile Kühle ihres Apartments empfand sie in diesem Moment als wohltuend. Sie konnte keine zusätzlichen Sinnesreize vertragen. Zunächst ging sie ins Bad und drehte die Dusche an. Sie drehte das Wasser so heiß, wie sie es gerade noch ertragen konnte. Dampf füllte das Badezimmer, der Spiegel und die Fliesen beschlugen. Ihre Haut wurde krebsrot. Zusätzlich schrubbte sie sich mit einer Bürste, bis es schmerzte. Nach und nach drehte sie das Wasser kühler, bis es eiskalt über ihre brennende Haut rann und sie nach Luft rang. Sie hüllte sich in ein weiches Badehandtuch und legte sich aufs Bett. Der Schmerz und die nachfolgende Erleichterung hatten ihr gut getan. Jetzt wollte sie eine Stunde entspannen, ohne an etwas zu denken, und anschließend die Garderobe für den Konzertabend heraussuchen.

Sie starrte gegen die helle Zimmerdecke und schloss dann die Augen. Je mehr sie sich bemühte, an nichts zu denken, umso intensiver drängte sich ihr ein Bild auf. Zunächst nur seltsame Muster, Karos aus dünnen, grauen Linien auf grünem Grund. Dazwischen bewegten sich weiße Punkte. Es dauerte eine Weile, bis sich das Muster zu einem sinnvollen Bild formte. Das Grün war Gras, Weiden, getrennt durch graue Steinmauern. Über das Grün bewegten sich weiße Schafe, gemächlich, den Kopf gesenkt auf der Suche nach Futter. Es war ein stilles, friedliches Bild, das plötzlich durch eine Bewegung gestört wurde. Jemand kam quer über die Weiden gelaufen, übersprang mit Leichtigkeit die niedrigen Steinmauern. Die schemenhafte Figur formte sich zu einem Körper. Je näher er kam, umso mehr Details konnte Carol erkennen. Verblichene Jeans, ein kariertes Hemd, dunkles Haar, das sich im Wind wie die Federn eines Raben bewegte. Die dunkelgrünen Augen zogen sie in ihren Bann. Sie sah ihn lächeln. Voller Sehnsucht streckte sie die Arme nach ihm aus. Doch noch ehe sie sich berühren konnten, verdunkelte sich der Himmel. Graue Wolkenberge türmten sich übereinander und plötzlich war um sie herum Wasser. Es quoll und gurgelte und stieg wie bei einer Flut. Und dann kamen Wellen, eine höher als die andere. Es gab keinen Unterschied zwischen Himmel und Meer, das grüne Gras, die Mauern und Schafe waren verschwunden. Alle Konturen verwischten sich in dem strömenden Regen und der peitschenden Gischt. Und dann war er verschwunden! Verzweifelt ruderte Carol mit den Armen, rang nach Luft und drohte zu ertrinken. In diesem Moment erwachte sie schwer atmend.

Ihr Herz klopfte bis zum Hals und sie fröstelte. Langsam erhob sie sich vom Bett. Eine erneute kalte Dusche hätte sie nicht vertragen, so beschränkte sie sich darauf, ihr Gesicht zu erfrischen und einen Kaffee zu brühen. Sie stellte die Hi-Fi-Anlage an, legte eine CD ein und nahm sich dann eine Illustrierte zur Hand. Während sie den Kaffee trank, der ihre Lebensgeister belebte, blätterte sie oberflächlich in der Zeitschrift. Sie erinnerte sich daran, dass sie einen Artikel über das Symphonieorchester schreiben sollte. Sie hatte einfach keine Lust!

Carol konnte sich nicht erinnern, jemals so apathisch gewesen zu sein. Bislang sprühte sie vor Tatendrang über und sie traute sich Dinge zu, von denen sie nicht einmal zu träumen gewagt hatte. Jeder neue Erfolg versetzte ihr einen erneuten Adrenalinstoß und ihre Schaffenskraft und Fantasie schienen unerschöpflich. Doch nun war ihr neuer Roman bereits nach drei Seiten zu Ende und selbst ein simpler Artikel für eine Wochenzeitschrift wollte ihr nicht gelingen. Etwas blockierte ihren Körper und Geist. Sie wusste, was dieses Etwas war. Sie wollte den Gedanken schnell beiseite schieben, aber es gelang ihr nicht. Obwohl sie wusste, dass sie Patrick liebte, immer noch liebte, hatte sie ihre Gefühle für ihn völlig unterschätzt. Langsam begann sie zu verstehen, dass es wohl keinen Fleck auf der Welt geben würde, an den sie nicht die Erinnerung verfolgen würde. Jede Flucht wäre sinnlos gewesen.

Sie saß wie gelähmt auf dem Sofa, starrte vor sich hin und durch die Gegenstände hindurch. Sie spürte, dass sie auf der Suche nach einem Ausweg war. Doch sie fand ihn nicht.

Ein Blick auf die Uhr aus Chrom an der Wand sagte ihr, dass es Zeit war, sich anzukleiden. Sie gab sich einen Ruck, ging hinüber ins Schlafzimmer und wählte aus dem Schrank ein schlichtes, dunkelblaues Kleid. Sie schminkte sich, steckte das Haar auf und legte ihren Schmuck an. Als sie sich danach im Spiegel betrachtete, konnte sie nichts mehr von ihren dunklen Gedanken entdecken.

Opernhäuser und Konzerthallen besaßen für Carol einen ganz eigenen Geruch. Er steckte in den gepolsterten Sesseln, schweren Vorhängen, den goldgewirkten Tapeten und den dicken Läufern, die Carols Schritte zur Lautlosigkeit dämpften. Langsam wandelte sie durch den Gang, betrachtete die Ölgemälde an den Wänden und hörte aus den geöffneten Türen zum Konzertsaal, wie die Musiker ihre Instrumente stimmten. Wie der Geruch besaß die Konzerthalle auch ein eigenes Flair. Die Besucher trugen festliche Kleidung. Die Farbe Schwarz dominierte. Carol fragte sich, warum das so war. Auch sie hatte sich unbewusst für eine gedeckte Farbe entschieden. Haftete der klassischen Musik etwas Trauriges an? Erinnerte man sich Künstlern vergangener Jahrhunderte nur noch in erstarrter Bewunderung? Sie überlegte, ob in zweihundert Jahren vielleicht ihre

Bücher noch gelesen wurden, und wenn ja, ob die Menschen dann auch in Ehrfurcht vor dem Werk eines mittlerweile Toten erstarrten wie zu einem Begräbnis.

Sie warf einen Blick auf ihre Eintrittskarte, um den richtigen Eingang zum Saal zu finden. Hinter ihr drängte sich eine Gruppe Japaner, allesamt in Schwarz gekleidet und begierig auf den musikalischen Kunstgenuss.

Sie hatte einen Parkettplatz. Es gab noch zwei Etagen mit diversen Logen. Verstohlen blickte sie sich um. Die Logen waren gut gefüllt. Alle Besucher wirkten ernst und erhaben, man hörte nur gedämpfte Stimmen und kein Lachen. Warum lachte niemand? Sie blickte auf ihr kleines Programmheft. Bislang hatte sie sich gar nicht dafür interessiert, was für ein Konzert überhaupt gegeben wurde. Es war eine Symphonie von Beethoven. Ihr ging es ja nur um das Orchester. In der Pause würde sie zur Garderobe des Dirigenten gehen und mit ihm ein Interview nach dem Konzert vereinbaren.

Sie suchte sich ihren Platz. Kurze Zeit später verstummte das amorphe Klanggewirr des Orchesters, das Licht im Saal wurde gedämpft und ein Scheinwerfer richtete sich auf den Dirigenten. Es war ein älterer Herr mit Frack und distinguiertem Gesicht wie ein englischer Butler. Einen Moment lang gestand sich Carol ein, dass sie zu wenig von klassischer Musik verstand, um sich dafür begeistern zu können. Dem Auftrittsapplaus für den Maestro folgte eine atemlose Stille. Vereinzelt erklang unterdrücktes Husten. Der Dirigent hob den Taktstock. Mit seiner ersten Bewegung fiel das Orchester ein, übertönt von den Pauken. Die Schicksalssymphonie. Da-da-da-daaaa, das Schicksal klopft an die Tür.

Eine Weile folgte Carol der Musik. Doch statt sich zu entspannen, fühlte sie sich bedrückt. Neben ihr kämpfte ein Mann gegen den Hustenreiz. Die schwermütige Musik machte sie traurig. Während der Dirigent das Orchester mit weit ausholenden Bewegungen führte, blätterte sie lustlos in ihrem Programmheft. Auf der ersten Seite war ein Bild von Beethoven, eine Marmorbüste. Sie musste an Patrick denken und die Büste, die er von ihr geschaffen hatte.

Eigentlich hatte sie nie aufgehört, an ihn zu denken. Immer wieder sah sie sein Bild vor sich, sein Gesicht mit dem scharfen Kontrast zwischen den schwarzen Haaren und den grünen Augen. Sie mochte alles an ihm, seine schmalen Wangen, die meist schlecht rasiert waren, die geraden Augenbrauen, die dunklen Wimpern, die seine Augen umkränzten, seine starken, sehnigen Arme, das glänzende Lichtspiel der Haut über seinen Muskeln, das Weiß der Fingerknöchel, wenn er den Meißel in der Hand hielt. Und sie vermeinte, das rhythmische Klopfen des Hammers zu hören. Da-da-da-daaaa ...

Sie lehnte sich in dem bequemen Polstersessel zurück und schloss die Augen. Während die Musiker weiter Beethovens Musik Klang verliehen, spulte sich vor ihrem inneren Auge ein ganz anderer Film ab. Carol war verblüfft darüber, wie ihr Erinnerungsvermögen funktionierte. Wie ein Computer hatte es alle Details gespeichert, jede Szene, jedes Wort, jedes Bild, sogar die Gefühle, Düfte, den Geschmack des Salzes auf seiner Haut. Sie wünschte sich so sehr, dies alles zurückzuholen, es noch einmal zu erleben und dabei die Fehler, die sie gemacht hatte, zu vermeiden. Die Geschichte neu schreiben, die Vergangenheit verändern. Aber so, wie die Musik originalgetreu nach Beethovens Noten gespielt wurde, würde auch sie nichts an der Vergangenheit ändern können.

Das unterdrückte Husten ihres Sitznachbarn störte sie auf ihrer Gedankenreise. Sie öffnete die Augen und blinzelte zur Bühne. Doch da gab es nichts anderes zu sehen als eine halbe Stunde zuvor. Die Dame in dem schwarzen Kleid eine Reihe vor ihr beugte sich nach vorn. Carol konnte erkennen, dass sie einen grünen Büstenhalter trug, dessen Verschluss sich in ihre Rückenhaut drückte. Sie fragte sich, warum die Frau diesen ekelhaft grünen BH trug. Sie fragte sich, warum diese Frau dazu ein Kleid gewählt hatte, das ein tiefes Rückendekolletee aufwies. Sie fragte sich, warum diese Frau ins Konzert gegangen war, und sie fragte sich, was sie selbst hier suchte.

Die Beleuchtung war gerade hell genug, um die Schrift im Programmheft erkennen zu können. Um die Zeit bis zur Pause zu überbrücken, las sie darin. Beethoven war nicht sehr alt geworden, nur siebenundfünfzig Jahre. Aber in dieser Zeit schrieb er unglaublich viele Musikwerke, Symphonien, Sonaten, Klavierstücke, die meisten sehr heroisch und mit viel Pathos. Drei Jahrzehnte seines Lebens kämpfte er gegen eine zunehmende Gehörlosigkeit. Die Schicksalssymphonie schrieb er, als er bereits fast völlig taub geworden war.

Nachdenklich ließ Carol das Heft auf den Schoß sinken. Wie viel Größe, wie viel Lebenswille, wie viel Genialität musste in diesem Menschen gesteckt haben. Und welch eine böse Ironie des Schicksals, dass ein begnadeter Komponist wie er das Gehör verlieren musste! Trotzdem schuf er diese zahlreichen Meisterwerke. Wäre dieser Komponist es nicht wert, ihm einen Artikel zu widmen? Auch wenn sie dem heroischen Pathos seiner Musik nicht unbedingt viel abgewinnen konnte, begann sie das Leben Beethovens zu interessieren. Ein Schicksal, das auf verblüffende Weise dem Patricks ähnelte. Doch Patrick war nicht blind, er konnte seine Kunstwerke mit allen seinen Sinnen schaffen. Was störte da sein Handicap, nicht lesen und schreiben zu können?

Plötzlich kam Carol das Problem, das ihr anfangs unüberwindlich erschienen war, gar nicht mehr so gewaltig vor. Eine innere Unruhe hatte sie ergriffen, die sie nicht mehr ruhig und andächtig in ihrem Polstersessel sitzen ließ. Sie erhob sich mit einem um Verzeihung bittenden Lächeln und steckte ihrem hustenden Sitznachbarn zwei Mentholbonbons zu.

Auf der Straße atmete sie tief durch und hielt ein Taxi an. Es hatte geregnet. Die bunten Neonreklamelichter spiegelten sich im Asphalt. Sie schaute aus dem Wagenfenster: Spiegelbilder, Abbilder der Wirklichkeit. Doch welches war die Wirklichkeit? Ihre Gedanken schweiften wieder um die halbe Erdkugel. *Patrick, ich liebe dich! Ich vermisse dich so!*

Melancholie erfasste sie. So, wie die Spiegelbilder die Sinne narrten, so spielte auch die Zeit ein verwirrendes Spiel. Wenn sie sich schon nicht zurückdrehen ließ, vielleicht wiederholte sie sich. Wie ein Spiegelbild die Wirklichkeit doppelte, so könnte doch auch die Zeit ein Ereignis spiegeln. *Unser Gestern wird unser Morgen sein.*

Die Vergangenheit hatte ihn eingeholt, sie beide. Vielleicht war es ihr Schicksal in all diesen Leben, in allen vorherigen und im jetzigen, dass sie sich trennten, dass sie unglücklich verliebt waren. In jedem Leben gab es einen Abschied und in jedem neuen Leben ein Wiedersehen.

Drei Mal. Drei Mal? Patrick hatte davon gesprochen, dass sie sich drei Mal wieder sehen würden. Aber in diesem Leben waren es nur zwei Mal. Bedeutete das, dass es ein drittes Mal geben würde?

Da-da-da-daaaa! Sie musste sich plötzlich festhalten, weil ihr schwindelte. Vielleicht gab es eine Chance, eine winzig kleine Chance, die sie nutzen musste. Aber welche? Sie wusste es nicht und war verzweifelt darüber. Sie hörte die leise Stimme ihres Vaters: *Suche nicht nach dem, was euch trennt, sondern nach dem, was euch verbindet.*

28. Kapitel

Im *Bluelight* war es um diese Zeit noch ziemlich ruhig. Umso erstaunlicher war es, dass Carols alter Bekanntenkreis komplett anwesend war. Rita hatte ihre neueste Flamme namens Geronimo mitgebracht. Er war Schauspieler und Carol überlegte, ob dieser Name sein echter oder ein klangvolles Pseudonym war. Geronimo sah eher durchschnittlich aus, auch wenn er sich viel Mühe gab, seine Rolle neben Rita gut zu spielen. Es war die Rolle des jugendlichen Liebhabers, der dabei den Bauch einziehen und die Falten wegschminken musste. Rita wirkte eher intellektuell mit ihren langen, strähnigen Haaren und der randlosen Brille. Carol wunderte sich, wie diese beiden so konträren Typen zueinander gefunden hatten. Im Bett war das wahrscheinlich kein Hindernis. Sie musste im Stillen grinsen.

Eigentlich hatte Carol sich von Neil überreden lassen, ins *Bluelight* zu kommen. Er hatte sie unter einem nichtigen Vorwand angerufen. „Geht es dir wieder besser?", fragte er vorsichtig.

„Wieso sollte es mir schlecht gehen?", hatte sie erwidert.

„Du warst das letzte Mal irgendwie von der Rolle. Nimmst du jetzt doch irgendwelche Drogen oder hattest du dich an den grünen Cocktails vergiftet?"

„Keines von beidem. Eure Diskussion war mir nur auf den Magen geschlagen. Nichts für ungut, aber ich bin nicht in Ausgehlaune."

„Weil du dich nach dem so genannten Interview nicht mehr in die Öffentlichkeit traust?“ Sie hörte Neils unterdrücktes Kichern. „Vor uns musst du dich nicht schämen. Wir fanden's toll, wie du dich geschlagen hast. Glaub mir, die Zuschauer waren alle auf deiner Seite.“

„Danke für dein Mitgefühl, aber ich bin wirklich nicht in Stimmung ...“

„Ach komm, Carol, vergiss mal dein Selbstmitleid. Wir sind alle schon hier und es geht ganz lustig zu. Ich garantiere dir, es wird dich wieder aufmuntern.“

Und nun war sie da und musterte Geronimo verstohlen. Rita hatte wirklich Mut mit ihren Liebhabern. Carols Liebhaber waren immer Männer gewesen, die schon rein äußerlich gut zu ihr passten. Aber auch intellektuell und vor allem vom Job her mussten sie für Carol von Vorteil sein. Bei Rita war stets das Gegenteil der Fall. Allerdings hielten diese Verbindungen auf Dauer ebenso wenig wie die von Carol. Dies war also kein Kriterium für die ewige und wahre Liebe.

Geronimo genoss es, im Mittelpunkt der Aufmerksamkeit zu stehen. Die Gespräche drehten sich um Kino, Filme, Schauspieler, Anekdoten vor und hinter der Kamera. Carol konnte hierbei nicht mitreden, bislang war die Verfilmung ihres Erstlingswerkes auf Eis gelegt. Rita hatte sich wärmstens angeboten, das Drehbuch zu schreiben, doch Rhonda hatte das rundweg abgelehnt und sich die Auswahl des Drehbuchautors selbst auserbeten. Dabei war es geblieben, und nachdem Carol mit Rhonda im Geiste gebrochen hatte, würde es wahrscheinlich sowieso nichts werden. Im Augenblick konnte Carol mit dieser Art von Karriereknick leben.

Während sie den Gesprächen mit halbem Ohr lauschte und sich nur an alkoholfreie Mixgetränke hielt, fiel ihr auf, dass Geronimo eine recht angenehme Stimme hatte. Sie war sogar sehr angenehm, wenn sie die Augen schloss, um ihn nicht sehen zu müssen.

Geronimo beklagte gerade mangelnde Rollenangebote, die natürlich an den geheimen Vorabsprachen der Produzenten und Regisseure lagen. „Ich weiß gar nicht, warum sie ein Casting veranstalten, wenn doch schon vorher feststeht, wem sie die Rolle geben wollen. Die sind doch alle bestochen." Seine braunen Dackelaugen wurden feucht vor lauter Selbstmitleid.

„Wenn du keine Rollenangebote hast, kannst du doch immer noch synchronisieren", bemerkte Carol. „Deine Stimme jedenfalls ist nicht schlecht."

Geronimos Gesicht nahm einen überheblichen Ausdruck an. „Als Intermezzo ganz amüsant", meinte er herablassend. „Ich habe schon so manchem berühmten Schauspieler aus Europa meine Stimme verliehen."

„Interessant", murmelte Carol.

„Nun stell doch dein Licht nicht so unter den Scheffel", rief Rita und klopfte ihm kumpelhaft auf die Schulter. „In Wahrheit sind sie ganz verrückt nach deiner Stimme. Geronimo hat nämlich schon ganze Theaterstücke aufgenommen."

„Wie das?", staunte Simon, der von solchen Dingen ebenfalls keine blasse Ahnung hatte.

„Nun, das sind keine Mitschnitte einer Liveaufführung, sondern im Studio gesprochene Dialoge."

„Das heißt, du musst nur sprechen und nicht spielen."

„So könnte man es banal umschreiben", erwiderte Geronimo gespreizt.

„So möchte ich mal mein Geld verdienen“, stöhnte Neil. „Einfach nur was vom Blatt ablesen und das auch noch bezahlt bekommen, nur weil man eine halbwegs angenehme Stimme hat.“

„Neidisch?“, fragte Rita spitz. „Es kann eben nicht jeder von Mutter Natur so verwöhnt werden.“

Carol überhörte die kleinen Gehässigkeiten. „Ich finde es interessant. Erzähl mir mal ein bisschen mehr davon, Geronimo.“

Der zuckte mit den Achseln. „Was gibt es da schon zu erzählen. Jeder von uns bekam das Drehbuch und dann haben wir unsere Rollen deklamiert.“

„Deklamiert“, äffte Neil nach.

„Abgelesen?“, hakte Carol nach.

„Nicht abgelesen“, widersprach Geronimo beleidigt. „Auch wenn man körperlich nicht in Erscheinung tritt, so muss man all seine Kunst in die Stimme legen. Insofern ist es sogar noch schwieriger als die Schauspielerei, bei der man ja der Rolle auch mit seinem Körper Ausdruck verleiht.“

„Ich verstehe.“ Carol dachte nach. Dann hob sie den Kopf. „Und was passiert dann?“

Geronimo hob wieder die Schultern. „Was soll schon passieren? Tontechniker schnippeln das Ganze zusammen wie der Cutter beim Film, dann wird das Ganze auf eine Master-CD gebracht und letztlich vervielfältigt. Ein passendes Cover vorn drauf und fertig ist das Hörbuch.“

„Hörbuch?“, staunte Simon. „Ist das was für Blinde?“

Geronimo verzog wieder das Gesicht und wandte sich dann an Carol, deren ungeteilte Aufmerksamkeit ihm wesentlich besser zu behagen schien als Simons eklatante Provokationen.

„Das ist sogar der neueste Trend auf dem Medienmarkt. Natürlich kann man einen Film nicht nur als Tonträger vermarkten, aber Theaterstücke mit vielen Dialogen, Musicals, Opern, sogar Bücher …“

„Bücher?“, rief Carol erstaunt.

„Ja, Romane, Lyrik, Prosa, alles, was Text hat. Nicht nur für Leute, die nicht lesen können.“ Er warf Simon einen vernichtenden Blick zu. „Statt beim Autofahren Musik dudeln zu lassen, kann man sich ja auch Verse von Shakespeare anhören.“

„Da muss man ja schon gänzlich bescheuert sein.“ Simon schüttelte mit ungläubigem Grinsen den Kopf.

„Du kannst dir ja die Zahl Pi bis auf die fünfhunderttausendste Stelle ansagen lassen“, ulkte Neil. „So beschränkt sind eben nur Naturwissenschaftler.“

„Oder so fantasielos“, ergänzte Rita.

In Carols Kopf setzte sich ein Räderwerk in Gang. Sie starrte Geronimo an, während es in ihrem Gehirn arbeitete. *Wenn ein Sinn nicht funktioniert, übernimmt ein anderer den Job.* Hatte Harry ihr das nicht gesagt?

Sie winkte ungeduldig mit der Hand, um das Geplänkel zu beenden. „Wie beginnt so eine Geschichte, wer setzt so etwas in Gang?“

Wohl zum zehnten Mal hob Geronimo die Schultern. „Keine Ahnung. Ein Produzent vielleicht, der gerade ein gutes Buch gelesen oder ein Theaterstück gesehen hat. Dann mietet er sich ein Tonstudio, heuert ein paar Schauspieler an und dann geht es los.“

„So einfach ist das?“, staunte Carol.

„Im Prinzip, ja“, erwiderte Geronimo. „Nein, natürlich ist das überhaupt nicht einfach. Ich bekomme das Buch, muss es mehrmals lesen, bis ich meine Rolle so kann, als würde ich sie vor der Kamera oder auf der Bühne spielen. Ich übe immer vor dem Spiegel, verstehst du? Da kann man die Wirkung am besten erkennen. Bei den Tonaufnahmen geht das nicht so, aber ich habe zu Hause einen Kassettenrekorder …"

Doch Carol hörte überhaupt nicht mehr zu. Hörbücher! Gelesene Bücher, vertont auf CD, zum Nebenbeihören, im Auto oder während der Arbeit. Zum Beispiel, wenn man an einem Bild malt …

Sie starrte in die Luft, als hätte sie eben ein Gespenst gesehen.

„Ist was?", fragte Simon, der Carols verblüffte Miene bemerkte.

Carol musste sich an der Tischkante festhalten, so bewegte sie die plötzliche Erkenntnis. Sie hatte einen Weg gefunden, einen Schlüssel, der die zugeschlagene Tür wieder öffnen konnte! Es war nur eine Idee, aber von Minute zu Minute nahm sie konkretere Formen an.

Carol rang nach Luft, um die Sprache wieder zu finden. „Sag mal", wandte sie sich wieder an Geronimo, „du würdest so etwas auch weiterhin machen? Ich meine, ein Buch vorlesen."

Geronimo verdrehte die Augen. „Ich lese das Buch nicht vor, sondern lege all mein Herzblut hinein und trage den Text vor, als würde ich das Ganze vor der Kamera spielen."

„Ja, ja", unterbrach sie ihn ungeduldig. „Ich meine, würdest du so etwas wieder tun?"

„Wenn das Angebot akzeptabel ist."

Carol war sich sicher, dass für Geronimo im Augenblick wohl jedes Angebot akzeptabel war.

„Kennst du zufällig einen Produzenten?"

„Sicher, ich kenne allerhand Produzenten. Aber die müssen sich für das Projekt interessieren, weil sie ja erst mal eine Menge Geld investieren müssen." Er machte eine unzweideutige Bewegung mit Daumen und Zeigefinger. „Warum fragst du so? Hast du so ein Projekt parat?"

„Allerdings", murmelte Carol.

„Meinst du etwa deine eigenen Bücher?", wollte Rita wissen.

Carol nickte langsam. „Es ist so eine Idee …"

„Was denn für eigene Bücher?" Geronimo blickte verwundert in die Runde.

Neil stieß ihn mit dem Ellenbogen in die Rippen. „Mann, kennst du Carol Baxter nicht?"

„Nö. Was hat sie denn geschrieben?"

Carol blickte in seine großen, dunklen Hundeaugen. Noch einer auf der großen, weiten Welt, der sie nicht kannte. „Ich bin Carol Baxter und ich habe bereits fünf Fantasy-Romane geschrieben, die samt und sonders Bestseller wurden."

Geronimo klapperte ein paar Mal mit den Augenlidern und bekam jetzt den intelligenten Gesichtsausdruck einer Milchkuh. „Fantasy? Baxter, sagst du? Bist du etwa die, die letztens dieser Norman Ross bei Lightmore niedergemacht hat?"

Rita stieß ihn unterm Tisch an, aber es war zu spät. Carols Gesicht verfärbte sich purpurrot.

„Er hat mich nicht niedergemacht", fauchte sie. „Er ist ein ungehobelter Kerl, der im Fernsehen nichts zu suchen hat, vor allem nicht bei der Kultur."

„Nun krieg dich wieder ein. Von Norman Ross niedergemacht zu werden ist Kult. Sei doch froh." Er grinste.

„Froh?“, ereiferte sich Carol. „Umbringen würde ich den Kerl, wenn das nicht bestraft werden würde. Er hat meinen Ruf geschädigt, er hat mich gedemütigt, er hat …“

„… dich noch berühmter gemacht. Geronimo hätte nie von dir erfahren, wenn er sich dieses Gemetzel nicht angesehen hätte“, grinste Neil. „Er scheint sich auf dem Büchermarkt nicht gut auszukennen.“

Carol fuhr herum. „Ich frage mich, warum du eigentlich diese komische Partei der Menschenfreunde gegründet hast. Du bist doch derjenige, der anderen immer Tritte in den Hintern und Stiche in den Rücken versetzt.“

Nun war es an Neil, beleidigt zu sein, während Geronimo um den Tisch herum kam, Carols Hand küsste und dann vor ihr auf die Knie fiel. „Ich bin zutiefst gerührt und geehrt, Ihre Bekanntschaft machen zu dürfen, Miss Baxter. Ich verehre Sie jetzt schon, auch wenn ich leider noch nicht die Gelegenheit hatte, eines Ihrer berühmten Werke zu verinnerlichen. Die Arbeit, Sie wissen schon. Aber jetzt, da ich die Ehre hatte, Sie persönlich kennen zu lernen, werde ich natürlich alles daransetzen, um mich Ihrer Seele zu nähern, und Ihre Romane lesen. Spüren Sie das Beben meines Körpers in der freudigen Erwartung auf das kommende Vergnügen? Oh, es wird fast so sein, als wenn Ihr Alabasterkörper an meiner Seite liegt und Sie mir höchstpersönlich die Worte, die Ihr genialer Geist ersinnt, ins Ohr flüstern.“

Carol starrte voller Befremden auf ihn herab, dann wandte sie sich mit einem ungläubigen Lächeln an Rita. „Ist der high oder nur so bescheuert?“

Mochte Geronimo noch so eine sonore Stimme haben, in diesem Moment schien ihr eine Zusammenarbeit mit ihm undenkbar. Sie hoffte, dass ihr dazu noch etwas anderes einfiel. Sie würde diesen Schmalztopf nur loswerden, wenn sie sofort Abstand von ihm gewann.

Im gleichen Moment wusste sie, wer ihr weiterhelfen konnte. John!

Allerdings würde es sie einige Überwindung kosten, ihn um etwas zu bitten. Nein, bitten würde sie ihn nicht, egal, in welcher schrecklichen Gemütsverfassung sie sich befand. Und wie wütend sie auf John war! Er stand in ihrer Schuld und sie würde seine Unterstützung einfach einfordern.

Und Rhonda würde sie ganz außen vor lassen!

Wortlos erhob sie sich und ging zum Telefon.

„John? Hier ist Carol."

„Oh, Carol! Ich freue mich, deine Stimme zu hören. Wie geht es dir? Wo steckst du? Ich höre Stimmen im Hintergrund."

„Ich freue mich bedeutend weniger, deine Stimme zu hören. Und wie es mir geht, ist eine impertinente Frage, nachdem ihr beide, du und Rhonda, mich zum Gespött vor Millionen von Fernsehzuschauern gemacht habt."

„Ach, sieh es doch nicht so verbissen, Lightmore TV ist doch nur ein lokaler Sender und dieser Ross ist bekannt für seine Rüpeleien. Du hast dich wirklich wacker geschlagen."

„So wacker, dass du noch vor Ende der Sendung verduftet bist. Hattest du Angst, dass ich dich auch wacker schlagen würde?"

Sie hörte John lachen. „Du hast deinen Humor noch nicht verloren", stellte er belustigt fest.

„Das wird sich noch herausstellen. Wenn du kein Schwein bist, dann gebe ich dir morgen die Gelegenheit, dich bei mir in aller Form zu entschuldigen. Bei einem Essen im Club Raye."

John pfiff durch die Zähne und Carol hielt sich schnell den Hörer vom Ohr. „Der Club Raye ist eine ziemlich noble Adresse. Und teuer."

„Natürlich", erwiderte sie ungerührt. „Es soll dir und deiner Brieftasche richtig wehtun, so wie du mir wehgetan hast. Das ist das Mindeste, was ich erwarten kann. Und eine förmliche Entschuldigung natürlich."

„Einverstanden!" Wider Erwarten machte John keine Ausflüchte. „Ich werde einen Tisch zum Dinner bestellen. Wann ist es dir genehm? Um acht? Um neun?"

„Um neun. Und ich erwarte dich allein. Mit Rhonda rechne ich gesondert ab." Sie hörte John noch lachen, als sie den Hörer auflegte.

„Jetzt brauche ich einen doppelten Whiskey", sagte sie, als sie zum Tisch zurückkehrte.

29. Kapitel

Die Garderobe für das Essen mit John wählte Carol sehr sorgfältig aus. Sie trug ein hoch geschlossenes Kleid mit strengem Schnitt und in dunkelgrauer Farbe. Dieses Kleid hatte sie bislang nur einmal zur Trauerfeier des ehemaligen Seniorchefs des Zeitschriftenverlages getragen. Er war siebenundneunzig geworden. Sie verzichtete auf jeglichen Schmuck, lediglich eine schlichte Armbanduhr zierte ihr Handgelenk, auf die sie bei Gelegenheit schauen konnte, um sich halbwegs gekonnt aus der Affäre zu ziehen, wenn es notwendig war. Im Augenblick jedoch war sie überzeugt, die Situation zu beherrschen.

John erwartete sie und erhob sich, als sie auf seinen Tisch zusteuerte. Sie bemerkte seine Verwunderung über ihre Kleidung und auch eine gewisse Art von Verwirrung, gepaart mit einem Anflug von schlechtem Gewissen. So jedenfalls deutete sie sein Mienenspiel. Er setzte sich, als Carol sich gesetzt hatte, und der Ober reichte ihnen die Weinkarte. Carol wählte den Wein nach dem Preis aus. John zuckte mit keiner Wimper.

Sie schwiegen, während der Ober den Wein einschenkte, die Essensbestellung entgegennahm und sich dann mit einer leichten Verbeugung entfernte.

John hob das Glas und hielt es ihr entgegen. „Auf dein Wohl, Carol“, sagte er.

Sie zögerte, weil sie eine Entschuldigung von ihm erwartete, aber er blickte sie nur mit einem etwas schiefen Lächeln an. „Also dann, auf mein Wohl“, erwiderte sie, während sich ihre rechte Augenbraue unmerklich hob. Sie nippte am Wein und musste feststellen, dass er nicht anders schmeckte als die Weine, die hundert Dollar billiger waren. Sie bewunderte Johns Contenance.

Er war kein Weinkenner, bevorzugte kühles Bier und rustikale Kneipen.

Mit einem stillen Lächeln blickte er sich um. „Du hast dir ein wirklich exquisites Ambiente gewählt. Ich weiß nicht, was du von mir erwartest, aber ich hoffe, du bist nicht enttäuscht, wenn ich deinen Erwartungen nicht entspreche. Ich werde mich weder entschuldigen noch rechtfertigen. Rhonda hat bei mir diese Produktion bestellt, allein geplant und mich mit der Durchführung beauftragt. Ehrlich gesagt, habe ich auch die Fragen nicht gelesen, nur die Verträge für die Sendung organisiert. Sie bestand auf Lightmore TV, auf Norman Ross und auf eine Livesendung. Die Interviewfragen hat sie mit Ross persönlich abgesprochen und die Dauer der Sendung war festgelegt.“

Auf Carols Stirn bildete sich eine steile Falte.

„Jetzt, wo Rhonda nicht dabei ist, schiebst du alles auf sie. Das ist ziemlich hinterhältig.“

„Auch wenn Rhonda hier wäre, hätte ich dir das Gleiche gesagt. Und sie hätte es dir bestätigt.“ Er blickte sie mit seinen grauen Augen an und Carol wusste, dass er die Wahrheit sagte.

„Warum hast du die Fragen nicht vorher gelesen? Hättest du nicht wenigstens aus Fairness oder alter Freundschaft zu mir diese üble Show verhindern können?“

Er schüttelte bedächtig den Kopf. „Das war nicht möglich. Natürlich hätte ich die Fragen lesen können, aber es hätte nichts geändert."

„Spätestens bei dem Namen Norman Ross hättest du stutzig werden müssen", entgegnete sie gereizt.

Seine schmalen Lippen verzogen sich zu einem bedauernden Lächeln, dann blickte er sie an wie ein Lehrer seine Schülerin, die die Prüfungsklausur verhauen hatte. „Weißt du, Carol, menschlich verstehe ich ja, dass dein Ego etwas angekratzt ist. Wer lässt sich schon gern von so einem Rüpel runtermachen. Das Konzept aber ist total aufgegangen. Jeder Zuschauer hatte Mitleid mit dir. Du hattest sie alle auf deiner Seite und dein Barometer ist wieder in die Schönwettersphäre gestiegen."

„Darauf kann ich gut verzichten", fauchte sie erbost.

„Du vergisst, dass sich dein Stern im Sinken befand, mein Schatz. Wenn man schon nicht durch gute Bücher die Aufmerksamkeit der Öffentlichkeit erregt, dann eben mit einem spektakulären Auftritt."

„Ich habe mich gefühlt wie beim Schlammringen", ereiferte sich Carol. „Und was meinst du denn mit guten Büchern? Findest du sie etwa schlecht?"

Er schüttelte wieder den Kopf wie ein geduldiger Großvater. „Sie sind gut, wirklich. Und sie verkaufen sich noch gut. Ich betone *noch*. Du hast fünf Bücher geschrieben, die sich mehr oder weniger durch ihre Titel unterscheiden, und auch die sind sich ziemlich ähnlich."

„Ich hielt das für einen guten Einfall und Rhonda war einverstanden."

Er lächelte. „Ich liebe Tango", sagte er unvermittelt.

Carol starrte ihn verständnislos an. „Und?"

„Der Tango ist ein wunderbarer, erotischer Tanz, der Rhythmus bringt mein Blut ins Wallen und mein Pulsschlag steigert sich enorm. Mir zuckt es in den Beinen und ich möchte sofort aufspringen, um ihn zu tanzen.“

„Ich verstehe nicht ganz …“

„Der Tanz ist zu Ende und ich bin begeistert. Dann wird ein neues Stück gespielt. Wieder ein Tango. Für sich gesehen ist er ebenso gut wie der erste. Ich tanze auch den zweiten, aber mein Herz klopft schon nicht mehr so heftig. Trotzdem finde ich ihn gut. Dann folgt der dritte Tango. Er wäre genauso gut, wenn nicht vorher bereits zwei Tangos gespielt worden wären. Nun ja, ich tanze auch den dritten, aber meine Begeisterung hält sich in Grenzen. Als der vierte Tango gespielt wird, stehe ich nicht mal vom Tisch auf, und beim fünften Tango höre ich nicht mehr richtig zu und beginne zu gähnen. Wenn jetzt der sechste Tango gespielt wird, verlasse ich mit großer Wahrscheinlichkeit den Saal.“

Carol antwortete nicht, schaute ihn nur unverwandt an. „Siehst du das so?“, fragte sie schließlich betroffen.

Er lächelte. „Nicht nur ich. Glaub mir, wenn sie zwischendurch mal einen Walzer, einen Rock ‘n’ Roll oder eine Polka spielten, würde ich den ganzen Abend durchtanzen, bis mir die Sohlen qualmen. Denn ich liebe Musik und Tanz.“ Er blickte sie nun eindringlich an. „Verstehst du, was ich meine?“

„Ich denke schon.“

„Sicher hast du eine Menge Fans, die dich mögen, egal, was du schreibst, und wenn es die chemische Zusammensetzung deiner Zahncreme ist. Aber darauf würde ich nicht bauen, und da du offensichtlich an einem sechsten Tango arbeitest, musste etwas geschehen.“

Carols Hände zitterten und sie versteckte sie unter der blütenweißen Damasttischdecke. „Ich arbeite an einem Walzer", erwiderte sie, um Fassung bemüht.

„Und?"

„Es gibt vorerst nur die ersten drei Takte."

„Es ist eben doch nicht ganz so einfach, gute Romane aus dem Handgelenk zu schütteln." Er versenkte seine Augen wieder in ihre. „Dabei weiß ich, dass du es kannst."

„Ach ja?", fragte sie spitz.

Er ließ sich nicht aus der Ruhe bringen.

„Ja, ich kenne dich sehr gut. Ich weiß, dass du eine tolle Schriftstellerin bist, und ich weiß, dass du eine Schreibblockade hast. Du willst an deinen Erfolg anknüpfen und es geht nicht. Man kann das nicht erzwingen. Meist platzt der Knoten früher oder später. Aber dich hindert noch etwas anderes daran, wieder kreativ zu sein. Und das muss während deines Aufenthalts in Irland geschehen sein."

„Was weißt du darüber?", fuhr sie auf.

„Nichts. Beruhige dich, auch Rhonda hat mir nichts gesagt, sofern sie überhaupt etwas weiß. Du schleppst ein Problem mit dir herum, das du nicht bewältigen kannst und das dich total lähmt."

„Spielst du jetzt meinen Seelenklempner?"

„Das verkneife ich mir", erwiderte er schmunzelnd. „Was drückt dir auf der Seele?"

Sie setzte sich kerzengerade und warf den Kopf zurück. „Ich suche ein Studio für Hörfunkaufnahmen."

John antwortete nicht darauf, weil das Essen serviert wurde. Er hatte sich ein ordinäres Steak bestellt und Carol wunderte sich, dass so eine exklusive Küche wie die des Club Raye so etwas überhaupt auf der Speisekarte hatte.

Zwar war es kunstvoll verziert mit diversem geschnitztem Gemüse, dreierlei Soßen und Kroketten, aber er nahm das Messer und schob alles achtlos beiseite, um ans Fleisch zu gelangen.

Carol hatte sich Gänseleber mit Trüffel an Kräutersoße und Basmatireis bestellt. Sie hatte keine Ahnung, wie es schmecken würde, aber der Preis stand am oberen Ende der Skala.

Während des Essens schwiegen sie zunächst. John arbeitete wie ein Fleischer auf seinem Teller und zersäbelte das Steak. Das Messer hielt er wie ein Skalpell. Mit Schaudern beobachtete Carol, wie aus der Schnittstelle Blut austrat. John schien sich völlig auf dieses blutige Vergnügen zu konzentrieren, denn aus seiner Miene ging nicht hervor, ob er Carol überhaupt noch wahrnahm. Er nahm einen Bissen und schloss beim Kauen genussvoll die Augen. Nachdem er geschluckt hatte, blickte er sie unvermittelt an.

„Soso“, sagte er gedehnt. „Du brauchst ein Aufnahmestudio. Und wozu? Bist du unter die Sänger gegangen?“

„Ich will ein Hörbuch produzieren“, erwiderte sie.

„Du?“ Er begann zu lachen, doch dann widmete er sich wieder seinem Steak. „Interessant. Und was soll das für ein Hörbuch sein?“

„Eins meiner Bücher. Vielleicht das erste: ‚Nebelland‘. Natürlich soll es von einem ausgebildeten Schauspieler gelesen werden, mit Musikuntermalung und so etwas. Du kennst dich da ja besser aus. Es soll wirklich eine professionelle Produktion werden, du brauchst keine Sorge zu haben, dass du damit in Verruf gerätst.“

Sie hätte sich am liebsten auf die Zunge gebissen. Sie redete auf John ein, als wolle sie ihn um etwas bitten. Das war die völlig falsche Tonlage, denn es sollte eigentlich aus der Position der Stärke heraus geschehen. Schließlich war er ihr etwas schuldig und nicht umgekehrt.

Nichts in seinem Verhalten ließ erkennen, was er dachte. Er hörte einfach zu oder auch nicht und zerteilte weiter das Steak in mundgerechte Stücke, von denen er eins nach dem anderen verschlang. Sie spürte den blutigen Geschmack im Mund, als hätte sie das Fleisch gegessen, und bemerkte zu spät, dass sie sich mit den Zähnen schmerzhaft auf die Lippen biss. Sie wusste nicht mehr, wie sie ihre Nervosität und Ungeduld unterdrücken konnte. Es war dieser Lichtschimmer, dieses winzige Stückchen Hoffnung, an das sie sich klammerte wie an einen Strohhalm. Aber sie war überzeugt davon, dass dieser Strohhalm der Schlüssel war, um zu Patrick zurückzukehren.

„Wie kommst du denn auf diese Idee? Gibt es einen Markt dafür?"

„Keine Ahnung, aber darauf kommt es auch nicht an. Mir ist nur wichtig, dass diese Hörbücher produziert werden. Ohne Studio und den ganzen Kram geht es aber nicht."

„Willst du mir nicht verraten, was der Hintergrund für diesen plötzlichen Sinneswandel ist? Hat es etwas mit deinem Problem zu tun?"

Carol schwieg verbissen. John schluckte sichtlich mühsam. Wahrscheinlich war das Innere des Steaks gänzlich roh.

„Deine Extratouren müssen doch einen bestimmten Grund haben."

„Ich bin nicht bereit, darüber zu sprechen", entgegnete Carol.

„Okay, machen wir einen Deal. Ich stelle dir ein Tonstudio mit allem Drum und Dran, und du erzählst mir deine Geschichte, mit allen pikanten Details."

„Die du dann brühwarm an Rhonda weitergibst, die dann wiederum an meinem neuen Image bastelt und sie an die Presse weiterreicht. Danke, John, aber mir langt, was ihr mit mir veranstaltet habt. Nie wieder! Aus dem Deal wird nichts."

„Ich werde gar nichts an Rhonda weitererzählen. Ehrlich gesagt, hat es mir auch nicht gepasst, was sie da gemacht hat."

„Aber du hast mitgemacht."

„Nun, ich bin nur der Produzent. Rhonda ist deine Agentin und Managerin. Es war ihr Konzept, dich auf diese Weise zu vermarkten, nicht meins. Ich habe ihr gesagt, dass sie zu weit geht, aber sie wollte davon nichts hören." Er kratzte sich am Kinn. „Ich habe dir diesen Deal vorgeschlagen, weil ich glaube, ein Recht darauf zu haben, zu erfahren, was los ist. Für wen treibst du diesen Aufwand? Warum lässt du das nicht über Rhonda laufen?"

„Ich habe Rhonda gefeuert!"

„Du hast *was*?" Er vergaß, sein restliches Steak zu zerlegen.

Carol zuckte mit den Schultern und blickte betont gelangweilt in ihr Weinglas. „Sie weiß es bloß noch nicht. Ich werde nicht mehr mit Rhonda zusammenarbeiten. Ab sofort gehe ich meinen Weg allein."

„Na dann viel Spaß", erwiderte John und nahm einen Schluck Wein. „Ich glaube nicht, dass sich Rhonda das so ohne weiteres gefallen lassen wird. Eine Klage wegen entgangenem Gewinn ist dir auf jeden Fall sicher."

„Soll sie ruhig klagen, mir ist es gleichgültig.“ Sie beugte sich zu ihm und blickte ihn eindringlich an.

„John, ich muss mich aus diesem Sumpf befreien. Ich muss endlich ich selbst werden und nicht irgendeine Kunstfigur, die Rhonda vermarktet.“

„In diesem Sumpf, wie du ihn nennst, bist du aber erst berühmt geworden. Wer hätte wohl deine Bücher gelesen, wenn Rhonda nicht das aus dir gemacht hätte, was du jetzt bist? Eine berühmte Schriftstellerin. Jeder braucht ein bestimmtes Image.“

Carol lehnte sich wieder zurück und betrachtete John nachdenklich unter gesenkten Lidern. „Ich bin überzeugt, dass ich auch ohne Rhonda eine berühmte Schriftstellerin geworden wäre. Vielleicht wäre es nicht so schnell gegangen, vielleicht hätte ich nicht diesen überwältigenden, berauschenden Erfolg gehabt, vielleicht hätte ich mich viel mühsamer Stufe für Stufe hocharbeiten müssen, die Klinken der Verlage putzen, vielleicht wäre das sogar besser gewesen. Weißt du, man verliert ganz schnell den Boden unter den Füßen, ohne dass man es merkt. Dieser Höhenflug ist berauschend. Und der Absturz umso schmerzhafter.“

Sie spielte mit ihrem Weinglas, drehte es und beobachtete die gebrochenen Strahlen des Kerzenlichts.

„Fühlst du dich denn abgestürzt?“, wollte John wissen.

„Nicht, was die Schriftstellerei betrifft. Ich habe auf einem ganz anderen Gebiet versagt. Das kann ich auch nicht wieder gutmachen. Aber ich kann etwas gegen dieses dumpfe Ohnmachtsgefühl unternehmen. Ich will Hörbücher produzieren. Meine Bücher auf CD.“

John schaute sie eine lange Weile an. „Und wer soll die kaufen?"

Carol schob die Unterlippe vor. „Ich will sie nicht verkaufen. Mir reicht eine Master-CD."

Johns Blick wurde ungläubig. „Du steckst eine Menge Arbeit und Geld hinein, nur um eine Master-CD herzustellen? Willst du sie dir ins Regal stellen?"

Ein versonnenes Lächeln verzog ihre Lippen. „So ungefähr. Nicht für mich, ich will sie verschenken."

Nun legte er Messer und Gabel beiseite und tupfte sich die Lippen mit der Serviette ab. „Das ist doch Unsinn", sagte er, während er die Serviette pedantisch zusammenfaltete. „Die Idee ist ja nicht schlecht, aber niemand würde Hörbücher produzieren, ohne sie danach auch verkaufen zu wollen. Der Aufwand muss doch wieder hereinkommen. Wer soll dir denn das Geld dafür geben?"

„Ökonomisch gesehen hast du Recht", erwiderte sie. „Ich kann mich im Wesentlichen an den Produktionskosten beteiligen. Aber es hat einen rein menschlichen Grund."

„Und willst du mir diesen Grund nicht verraten?"

Sie schüttelte den Kopf. „Du produzierst, ich bezahle. Das wäre unser Deal."

John starrte sie eine ganze Weile an. „Einverstanden", sagte er so unvermittelt, dass Carol zusammenzuckte.

„Wirklich?"

„Ja. Trotzdem wüsste ich gern, für wen diese CDs bestimmt sind."

Carol erhob sich. „Tut mir Leid, John, entweder du akzeptierst meine Bedingungen oder es wird nichts daraus."

„Willst du kein Dessert?", fragte er verwundert.

Carol schüttelte den Kopf „Also, was ist?“

Er dachte eine Weile nach. „Okay. Ich akzeptiere.“

Ein befriedigtes Lächeln glitt über Carols Gesicht. „Morgen können wir die Details besprechen, die Auswahl der Sprecher und so weiter.“ Sie deutete auf den Tisch, auf dem die halb leere Flasche Wein stand. „Ich wünsche dir noch einen schönen Abend und hoffe, du hast genügend Kleingeld eingesteckt, damit du die Zeche nicht in der Spülküche abarbeiten musst.“

30. Kapitel

Seit einigen Wochen hatte es sich Carol zur Angewohnheit gemacht, den Morgen eines jeden Tages in Ruhe und mit rituellem Ablauf zu beginnen. Sie schlief so lange, bis sie von selbst aufwachte. Den Wecker hatte sie in ein Schubfach verbannt. Dann duschte sie ausgiebig und verwöhnte ihren Körper mit einer duftenden, cremigen Lotion. In einen weichen Bademantel eingehüllt, brühte sie sich Kaffee, wohlgemerkt gemahlenen aus der frisch gerösteten Bohne und keinen Instant-Kaffee, ließ sich über einen Boten frische Bagels und die Morgenzeitung bringen und schaltete das Radio an, um Musik und die neuesten Tagesnachrichten zu hören. Genau an diesem Punkt war sie angekommen, als es läutete.

Sie nahm an, dass der Botenjunge etwas vergessen hatte. Vielleicht war ihm das Trinkgeld zu wenig. Sie öffnete die Tür mit Schwung. Draußen stand John. Er schaute sie grinsend an.

„Ist das neu?“, wollte er wissen.

„Den Bademantel besitze ich schon über zwei Jahre …“

„Nein, ich meine, dass du keine morgendliche Hektik machst. Ich wollte dich gerade zu einem Frühstück bei McDonalds einladen.“

Sie drehte sich brüsk ab und ging wieder in ihr Apartment hinein. John folgte ihr und hob schnuppernd die Nase. „Das ist auch neu“, stellte er fest. „Echter Bohnenkaffee.“

Und nach einem Blick auf den Tisch: „Und frische Bagels!"

„Was willst du?", fragte sie barsch. Ihr war sein begehrlicher Blick nicht entgangen, mit dem er sie in dem flauschigen Bademantel betrachtete.

„Sagte ich doch, mit dir frühstücken und dann über die Einzelheiten unseres – hm – Deals sprechen."

Carol unterdrückte einen Seufzer und wies mit dem Kopf zum Küchenschrank. „Das Frühstück kannst du dir sparen. Nimm dir eine Tasse aus dem Schrank, wenn du was willst."

Das ließ sich John nicht zweimal sagen. „Ich hätte sonst was dafür gegeben, wenn es das früher bei uns so gegeben hätte, ein gemütliches Frühstück mit richtigem Kaffee und Morgenzeitung. Hast du Eier?"

Sie verneinte stumm, während sie in der Zeitung blätterte. „Eier haben zu viel Cholesterin", sagte sie beiläufig. „In deinem Alter solltest du darauf achten."

„Danke für das Kompliment." Er biss herzhaft in einen Bagel. „Wo hast du gelernt, solchen Kaffee zu kochen?", fragte er und schnupperte genussvoll an seiner Tasse.

Sie ließ die Zeitung sinken und blickte ihn etwas ungehalten an. „Ich wusste gar nicht, dass du hausfrauliche Fähigkeiten zu schätzen weißt."

„In meinem Alter schon." Er lächelte spitzbübisch und Carol hielt sich schnell die Zeitung wieder vors Gesicht.

John ließ sich Zeit und frühstückte ausgiebig. Und da Carol hartnäckig schwieg, schwieg er auch. Er lauschte mit einem Ohr den Nachrichten im Radio und entzifferte die Rückseite von Carols Zeitung. Mit einem Seufzer warf sie die Zeitung beiseite.

„Kommen wir zum Geschäftlichen", schlug sie vor.

Mit einem bedauernden Blick bedachte er die weiteren Köstlichkeiten auf dem Tisch, entschloss sich dann jedoch, nur noch seinen Kaffee auszutrinken. Er nickte zustimmend.

„Ich habe ein Studio für dich. Es ist klein, aber gut ausgestattet. Und einen Techniker, der die Aufnahmen begleitet und schneidet."

„Das klingt gut", erwiderte sie und schlug die Beine übereinander. Johns Augen folgten diesen Bewegungen. „Was kostet es?"

John hob ein wenig die Augenbrauen.

„Das wäre Verhandlungssache. Kommt darauf an, wie lange du es brauchst."

„Ich muss erst mit Geronimo reden."

„Wer ist Geronimo?"

„Der Typ, der lesen soll. Er ist Schauspieler und hat eine ganz passable Stimme."

„Soso." John rieb sich das Kinn und Carol hörte es leise kratzen. „Ich weiß, dass du genügend Geld hast, um es ein ganzes Jahr zu mieten", meinte er. „Aber da ist noch etwas anderes."

„Und was?" Carol hatte sich vorgenommen, ihm kühle Distanziertheit entgegenzubringen. Zu schnell konnte es passieren, dass sie plötzlich die Nerven verlor und ihr Gesicht. Diesen Triumph wollte sie John nicht gönnen.

„Die Sache mit Rhonda. Soviel ich weiß, besitzt Rhonda die Exklusivrechte für alle deine Bücher. Wenn du jetzt selbst produzierst, handelst du dir eine saftige Vertragsstrafe ein, zumal du ja deine Zusammenarbeit mit ihr aufkündigen willst. Sie wird sich also nicht scheuen, dich zu verklagen. Und du hast dabei schlechte Karten."

Carol warf eigenwillig den Kopf zurück und blickte ihn unter gesenkten Lidern hervor an. „Was geht es dich an? Du sollst mir nur das Studio besorgen."

Er schüttelte langsam den Kopf. „Ich werde die Hörbücher produzieren, wie es sich gehört. Und dazu gehört auch die vertragliche Seite."

Carol beugte sich vor und der Bademantel über ihrer Brust klappte auseinander. Johns Augen verirrten sich zwischen den dicken Frotteestoff.

„Nein, John, ich sagte doch, dass diese Bücher nicht für die Öffentlichkeit bestimmt sind. Ich brauche nur die Aufnahme auf der Master-CD. Keine einzige Kopie. Es darf keine Kopie geben."

Johns Miene wurde skeptisch. „Aber dann hätte die ganze Sache doch überhaupt keinen Sinn. Die Produktion wird teuer, ohne dass du jemals dafür Geld hereinbekommst."

„Meinst du nicht, dass ich mit meinem Geld machen kann, was ich will?"

In seine grauen Augen trat ein sanfter Schimmer. „Sicher. Aber denkst du nicht, dass ich das Recht auf eine Erklärung habe, wenn ich schon so eine verrückte Sache mitmachen soll? Wo steckt hierbei der Sinn? Ist das eine neue Art von Masochismus?"

Carol zog mit einem Ruck den Bademantel über der Brust zusammen. „Ich glaube, ich sollte mich erst einmal anziehen."

Sie erhob sich, um ins Schlafzimmer zu gehen. John stand ebenfalls auf und fing sie in seinen Armen auf. „Carol!"

Sie versteifte sich. „John, bitte! Es hat keinen Sinn. Die alten Zeiten sind unwiederbringlich vorbei."

Er schwieg einen kurzen Moment, während er sie nachdenklich betrachtete. „Ich weiß", sagte er schließlich. „Auch wenn ich es bedauere."

Er schob sie ein wenig von sich, ohne sie loszulassen. „Die Sache auf der Insel hat dir sehr wehgetan. Mehr als du zugeben willst."

Sie drehte das Gesicht weg. „Das geht dich nichts an."

„Doch, es geht mich etwas an. Außerdem liegt mir immer noch viel an dir. Ich möchte, dass du glücklich bist."

Sie presste die Lippen zusammen und starrte verbissen an ihm vorbei.

„Dann will ich dir einmal etwas sagen, du kleines, dummes, trotziges, liebeskrankes Mädchen."

„Verkneif dir deine Gute-Onkel-Masche", presste sie zwischen den Zähnen hervor.

John ließ sich nicht erschüttern. „Auch wenn du es nicht gern hören willst. Ich weiß nicht, was da drüben vorgefallen ist, aber du bist derart verändert, dass es sich nicht um einen normalen Liebeskummer handeln kann. Ich denke, du bist das erste Mal richtig verliebt und diesmal ist er nicht nach deiner Pfeife gesprungen. Er hat dir die Zähne gezeigt und sich von dir getrennt. Daran würde jeder schwer tragen. Für dich aber ist es eine seelische Katastrophe, weil du in irgendeiner Form daran schuld bist, dass er sich von dir getrennt hat."

Sie riss die Augen auf und starrte ihn an. „Ich hatte doch keine Ahnung, dass er …" Sie stockte und rang dann nach Luft.

„Du willst etwas wieder gutmachen. Du bist dir nicht sicher, ob es dir gelingt, aber du setzt trotzdem alles daran, auch wenn es dich viel Geld kostet. Er ist es dir wert, selbst wenn es ein Fehlschuss wird."

Carol drehte den Kopf wieder weg, damit John in ihrem Gesicht nicht ihre aufkommenden Emotionen bemerken konnte. Er kannte sie gut, zu gut, als dass sie ihm etwas vormachen konnte. Und er wusste genau, wo ihr Problem lag. Sie konnte kaum noch die Tränen zurückhalten.

„Ich bin mir sicher", fuhr er fort, „dass du den ganzen Aufwand betreibst, weil er aus irgendeinem Grund deine Bücher nicht lesen kann."

Ein Schmerz wie ein Messerstich durchfuhr Carols Körper.

„Du weißt, dass ich ein besonnener Mensch bin, deshalb habe ich gestern Abend noch mit Rhonda gesprochen."

„Sie hat dir alles erzählt, diese … diese …" Carol versuchte sich aus Johns Griff zu befreien. Ihre Empörung verlieh ihr Kraft. Doch John hielt sie fest und der Bademantel rutschte über ihre Schultern.

John lächelte, als er es bemerkte, doch dann wurde er wieder ernst. „Ich habe mit Rhonda nur über den Vertrag gesprochen. Sie hat mir die Nebenrechte für die Vertonung verkauft."

„Was?" Carol starrte ihn an. „Du hast ihr die Rechte abgekauft?"

Er nickte bedächtig. „Anders wäre nichts daraus geworden. Du hast den Vertrag überhaupt nicht richtig gelesen, es stehen viele böse Klauseln drin. Beim nächsten Mal solltest du besser aufpassen."

„Ich habe Rhonda vertraut. Bis jetzt hat sie alles in die Hand genommen, ich habe mich überhaupt nicht darum gekümmert."

„Siehst du", sagte er väterlich und schob selbst den Stoff des Bademantels wieder hinauf. „Manchmal kommt man in eine Situation, wo das ins Auge gehen kann. Jedenfalls habe ich ihr die Rechte abgekauft."

„Und was willst du damit? Willst du hinter meinem Rücken die CDs kopieren?"

Er lachte leise auf. „Du traust mir wohl wirklich alle Schlechtigkeiten der Welt zu?"

„Allerdings", knurrte sie. „Nach diesem Interview ..."

„Vergiss das Interview, vergiss Rhonda. Ich schenke dir die abgekauften Rechte zur alleinigen Verwendung."

„Du tust was?" Carol blieb der Mund offen stehen. „Aber warum?"

Sein Blick wurde wieder ganz sanft. „Weil ich überzeugt bin, dass dir diese Produktion mehr wert ist als alles andere auf der Welt, selbst deine eigene Karriere. Du musst ihn sehr lieben und ich beneide ihn um dich."

„John, ich ..." Verlegen wandte sie den Kopf ab. „Ich weiß nicht, was ich sagen soll ..."

„Sag danke und schenk mir ein charmantes Lächeln. Ich möchte nicht mal einen Kuss haben, der gebührt wohl jetzt jemand anderem."

Er legte seine Hand unter ihr Kinn und zwang sie mit sanftem Druck, ihm ins Gesicht zu schauen. „Außerdem hätte ich da noch einen Vorschlag zu machen. Ich nehme an, dieser Jemand, der aus irgendeinem Grund deine Bücher nicht lesen kann, versteht aber deine Sprache. Wenn er sich in dich verliebt hat, dann hat er sich sicher auch in deine Stimme verliebt. Warum liest du nicht einfach selbst?"

31. Kapitel

Patricks Hände umschlossen den Axtstiel fest und sicher. Er holte aus und schwenkte die Axt über seinem Kopf, bevor er sie auf den dicken Holzscheit schlug. Krachend spaltete sich der Scheit, die beiden Teile fielen ihm zu Füßen. Er hob sie auf und warf sie auf den Haufen zu den anderen.

„Lass es für heute genug sein." Tess stand hinter ihm, in den Händen eine große Tasse Tee. Patrick ließ die Axt einfach fallen und stieß heftig die Luft aus. Die Arbeit hatte ihn erhitzt, aber in seinem Inneren fühlte er sich wie ein Eisberg. Alle Gefühle schienen abgestorben zu sein. Mit einem leichten Nicken nahm er Tess die Tasse ab und schlürfte den Tee. Tess setzte sich auf den Hackklotz.

„Morgen kommt noch eine Lieferung Torf. Ich denke, das reicht für den Rest des Winters."

Patrick betrachtete den Holzhaufen mit einem gleichgültigen Blick. Sicher würde es für Tess reichen. Und vielleicht würde es auch für ihn reichen, aber er wollte sich darüber keine Gedanken machen. Er wollte sich über gar nichts mehr Gedanken machen, denn das Denken schmerzte ihn ebenso wie das Fühlen.

„Komm mit ins Haus", forderte Tess ihn mit sanfter Stimme auf. „Du erkältest dich sonst." Die Winterstürme wehten seit einigen Tagen rau und unangenehm, aber Patrick schüttelte den Kopf. Er trank den Tee aus und reichte Tess die leere Tasse zurück.

„Danke“, murmelte er. „Ich stapele nur das Holz noch auf.“

Mit einem leisen Seufzer wandte Tess sich um und ging zurück ins Haus. Patrick schaute weg, er wollte Tess' kummervolles Gesicht nicht sehen. Er wusste, dass sie sich seinetwegen Gedanken machte. Patrick hasste es, wenn sich andere Menschen über ihn den Kopf zerbrachen. Er konnte ganz gut für sich selbst sorgen. Auch wenn er es Tess nicht zutraute, so glaubte er dennoch, dass auch sie ihn, wenn schon nicht für einen Idioten wie die anderen, so doch für hilfebedürftig hielt. Wie man sich um einen Invaliden, einen kranken, unvollkommenen, behinderten Menschen sorgte.

Er legte den Kopf in den Nacken, schloss die Augen und fühlte den Wind seine heiße Stirn kühlen.

Er wollte nicht ungerecht zu Tess sein. Sie war die Einzige, die ihm immer geholfen, die immer zu ihm gehalten und ihn notfalls auch gegen den Rest der Welt verteidigt hatte. Verbittert presste er die Zähne zusammen, dann gab er sich einen Ruck und stapelte die Holzscheite an der Rückseite des Torfschuppens auf. Hier war das Holz vor den feuchten Seewinden geschützt.

Als er mit dieser Arbeit fertig war, ging er langsam hinüber zum Gartenhaus. Er hätte einige Holzscheite mitnehmen und im Kamin ein Feuer entfachen können. Doch als er die Tür öffnete und in den kalten, ungemütlichen Raum hineinblickte, verwarf er den Gedanken sofort wieder.

Er hätte auch zu Tess hinüber ins Haus gehen können, aber er konnte die Anwesenheit eines Menschen nicht ertragen. Er wollte allein sein.

Langsam schlenderte er durch den Raum, der jetzt im Halbdunkel lag. Eine schwarze Wolkenfront hatte sich vom

Meer her über den Himmel geschoben und entlud seine nasse Fracht mit aller Heftigkeit. Schemenhaft konnte man die Bilder an der Wand erkennen, eine gespannte Leinwand auf der Staffelei. In der Mitte des Raumes lag ein Steinbrocken auf einem Podest. Er blickte ihn an und erkannte doch nichts. In diesem Fels war nichts, was er hätte herausschlagen, in Form bringen können. Er war blind geworden für die Seele des Steins, er war blind geworden für die Zartheit der Aquarellfarben. Der Stift lag schwer wie Blei in seiner Hand. Er schwankte, ob er darüber wütend oder resigniert sein sollte, dann hockte er sich auf einen Holzschemel und starrte durch die regenblinden Fenster hinaus. Der aufkommende Zorn verschwand so schnell wieder, wie er gekommen war, und machte einer tiefen Traurigkeit Platz. Er hatte sich vorgenommen, diese Traurigkeit nicht zuzulassen, aber sie überkam ihn so unabdingbar, wie die dunklen Wolken vom Meer heraufzogen.

Dabei hätte er es wissen müssen. Er hatte den Gedanken verdrängt, aber gleich einem Stigma auf der Stirn trug er seinen Makel mit sich herum und früher oder später entdeckte es jeder andere Mensch, dem er begegnete. Hatte er wirklich geglaubt, es vor Carol geheim halten zu können? Hatte er sich in einen hoffnungslosen Traum hineingeflüchtet, diesmal könnte es anders sein?

Carol! Allein ihr stumm gesprochener Name bereitete ihm Höllenqualen. Natürlich hatte er das untrügliche Gefühl nicht ignorieren können, dass sie beide füreinander geschaffen waren. Sie waren die beiden winzigen Punkte im Meer der Unendlichkeit, die zusammengehörten. Wie zwei gegensätzliche Pole zogen sie sich an. Er hatte dieser Anziehungskraft nicht entgegensteuern können. Vielleicht ganz am Anfang, als Carol plötzlich wieder auftauchte. Er hätte fortgehen können, warten, bis sie wieder abreiste. Aber wäre es nicht wieder eine Flucht gewesen, so wie er fast sein ganzes Leben lang davor geflüchtet war?

Doch wohin hätte er schon gehen können? Er konnte Delanney nicht verlassen. Er würde sich in der Welt nicht zurechtfinden. Und wo sollte er arbeiten, Geld verdienen? Er hätte sich ein Schild um den Hals binden müssen, warum er nicht einmal im Supermarkt an der Kasse sitzen konnte. Hier in Delanney kannten ihn alle und er kannte sie alle. Die Menschen waren nett und freundlich zu ihm, aber er wusste, was sie über ihn dachten. Er sah Mitleid in ihren Blicken und hörte sie hinter seinem Rücken tuscheln. Manche schienen sich vor ihm zu fürchten, als hätte er eine ansteckende Krankheit. Alles, was der Mensch nicht gleich sah, machte ihm Angst. Hätte er einen Arm gebrochen, niemand hätte daran Anstoß genommen. Knochen heilten und einen Armbruch konnte sich jeder vorstellen. Was aber damals in seinem Gehirn vor sich gegangen war, war nur schwer zu begreifen. Er verstand es ja selbst nicht. Und es verunsicherte die anderen. Deshalb ging man ihm aus dem Weg. Wo sich das nicht vermeiden ließ, behandelte man ihn wie einen Geisteskranken. Und Arbeit bekam er aus diesem Grund in Delanney auch nicht. Wer wollte sich schon dem Gespött aussetzen, einen Idioten zu beschäftigen.

In Carols Armen hatte er zum ersten Mal erfahren, was Glück bedeutete. Ja, er hatte sich glücklich gefühlt, so leicht und frei, beschwingt und übervoll der herrlichsten Gefühle. Zeitweise hatte er tatsächlich verdrängt, dass er es nicht hätte sein dürfen, dass es für ihn dieses Glück nie geben würde.

Patrick fuhr sich mit gespreizten Fingern durchs Haar. Carol hatte sein Haar gemocht. Sie hatte es mit Rabenfedern verglichen. Unwillkürlich musste er lächeln. Sie hatte ihn vorbehaltlos angenommen, wie er war, akzeptiert als einen Mann, der gut aussah und offensichtlich ein ganz guter Liebhaber war. Sie, die elegante, Luxus gewöhnte Frau, hatte die Ärmlichkeit seiner Hütte akzeptiert, sein altes Ruderboot, die gemeinsamen Spaziergänge und die Fahrt im Tinker-Wagen genossen, sich bedingungslos mit ihm geliebt auf seinem staubigen Bett, im mystischen Steinkreis des alten Klosters, am heiligen See im Druidenhain.

Aber da hatte sie noch nicht gewusst, was mit ihm los war. Und als sie es erfuhr, reagierte sie so wie alle anderen Menschen.

Vor diesem Augenblick hatte er sich gefürchtet. Dieser Augenblick musste zwangsläufig kommen und im Nachhinein konnte er nicht begreifen, warum er den Gedanken daran verdrängt hatte. Wie die Feen aus Tess' alten Mythen und Sagen hatte die Woge des trügerischen Glücks ihn verwirrt, umgarnt, mit ihm gespielt, ihre Scherze mit ihm getrieben. Dann war er aus diesem Traum erwacht und das tat schrecklich weh. Aber endlich sah er wieder klar.

Sie war eine berühmte Schriftstellerin geworden! Schlimmer hätte ihm das Schicksal nicht mitspielen können. Ausgerechnet eine Meisterin des geschriebenen Worts! Er schüttelte immer noch ungläubig den Kopf. Wie hätte er je an ihrem Leben teilhaben können? Er erinnerte sich, wie sie seine Bilder bewundert hatte. Er glaubte, dass ihre Bewunderung ehrlich und aufrichtig war, ja, er hatte helle Begeisterung in ihrem Gesicht lesen können.

Er würde nie ihre Bücher lesen können. Er würde nie wissen, welche Arbeit und Leidenschaft, welche Gedanken und Gefühle sie in ihre Bücher legte. Sie bewohnte eine Welt, die ihm für immer verschlossen bleiben sollte.

Langsam stand er auf und bewegte sich mit kraftlosen Schritten durch den Raum. Vor der Figur des Belenos blieb er stehen.

Er hatte sie noch vollendet. Es war seine letzte Arbeit, außer dem steinernen Porträt von Carol, das er in einem Anfall von Verzweiflung zerschlagen hatte. Die Bruchstücke lagen noch auf dem Boden wie ein stummer Schrei seiner Ohnmacht.

Ganz vorsichtig legte er seine Hand auf die Schulter des Gottes. Mit der Fingerspitze streichelte er den Torques, den magischen Halsring, der ihn als Gott auswies. Doch seine Züge waren nur allzu menschlich. Es war das Gesicht eines jungen Mannes mit dem wissenden Blick des Alten. Auf seinen Lippen lag ein angedeutetes Lächeln, das manchmal melancholisch, dann wieder spöttisch schien. Auch Carol hatte ihre Hand auf die Schulter des Belenos gelegt und er hatte ihre Hand mit seiner bedeckt. Er erinnerte sich an den Moment, als wäre es gestern gewesen. Dieser Moment war der Beginn jener unglaublichen Zärtlichkeiten, die sie sich geschenkt hatten. Vielleicht sollte er diese wundervollen Augenblicke in seiner Erinnerung bewahren wie Kostbarkeiten. Niemand würde sie ihm nehmen können.

Belenos, der Gott der Sonne, der Wärme, des Lichts und des Feuers. Zu Beltain, dem Fest zu Ehren des Gottes am 1. Mai, würden überall auf den Hügeln Irlands wieder die Feuer des Belenos aufleuchten. Auch mehr als eintausendsechshundert Jahre der Christianisierung hatten an diesem heiligen Ritual nichts ändern können. So wie auch die anderen keltischen Feste schlichtweg von dem neuen Gott übernommen worden waren.

Aus dem Imbolc-Fest zu Ehren der Muttergöttin Brigid war Mariä Lichtmess geworden und das wichtigste Fest der Kelten, Samhain, wenn die Grenzen zwischen Diesseits und Jenseits fielen, wurde zu Allerheiligen. Der Name des Gottes war tatsächlich nicht von Bedeutung, nur der Glaube daran.

Er schaute dem steinernen Belenos in die Augen und sehnte sich nach Wärme, Licht – und Liebe.

Die Regenfront war ins Landesinnere weitergezogen. Zwar klarte der Himmel nicht auf, aber es regnete nicht mehr. Patrick hätte es nichts ausgemacht, durch den Regen zu laufen. Er überlegte, ob er den Skizzenblock mitnehmen sollte, ließ es dann aber bleiben. Zum ersten Mal in seinem Leben lähmte ihn diese eigenartige Apathie und hinderte ihn am Malen und Modellieren. Als wäre ihm auch diese Fähigkeit über Nacht verloren gegangen, war er nicht im Stande, seiner Fantasie Ausdruck zu verleihen. Er mochte nicht einmal all die Bilder anschauen, die er bis dahin geschaffen hatte. Ein Teil davon waren Bilder von Carol.

Sie lagen in der Skizzenmappe, das Porträtbildnis stand mit einem großen Tuch abgedeckt auf der Staffelei. Er sollte es in den hintersten Winkel des düsteren Raumes verbannen.

Er zog sich den dicken Schafwollpullover über und verließ das Gartenhaus. Draußen roch es nach nassem Boden und Fäulnis.

Der Wind trug die Gischt des aufgewühlten Meeres bis zu ihm herüber. Er wandte sich ab und zwängte sich durch die kahlen Büsche hinter dem Gartenhaus. Dort befand sich das von ihm geschaffene Keltenkreuz mit der Triskele im Innenkreis. Er verharrte kurz, aber nicht, um zu beten, sondern um auf die Triskele zu starren. Drei Mal …

Dann schüttelte er unwillig den Kopf, ging weiter und sprang über die halbhohe Steinmauer, die das Grundstück zum hügeligen Hinterland begrenzte. Die Bewegung an der frischen Luft tat ihm gut. Er spürte den Schmerz in der Lunge beim Atmen und lief mit weit ausholenden Schritten. Es war, als wollte er sich selbst für sein totales Versagen strafen. Er nahm den Schmerz in seinen Lungenflügeln an, spürte den drückenden Wind im Rücken und Feuchtigkeit auf seinem Gesicht. Seine Füße führten ihn irgendwohin, ohne dass er darüber nachdachte. Seine Gedanken schweiften in eine ganz andere Richtung.

Er hatte Carol für immer verloren. Wahrscheinlich hatte er sie nie richtig besessen. Vielleicht war er für sie sogar nur ein angenehmer Urlaubsflirt. Es war ihm gleichgültig. Carol hatte sich von ihm abgewandt. Das änderte aber nichts daran, was er für Carol empfand. Er hatte sie schon immer geliebt, dieses Mädchen mit den kastanienroten, dicken Zöpfen und den dunklen Augen, die manchmal frech, manchmal klug und oft so lieb in die Welt schauten. Damals hatte er sich vorgestellt, wie es wäre, wenn sie ihm ihre Aufmerksamkeit schenkte, mit ihm sprach, ihm ein Lächeln schenkte. Gleich darauf hatte er diese Wünsche erschrocken verworfen. Nicht nur, dass er im zarten Alter von vierzehn Jahren diese Wünsche nicht haben durfte, es war wie der Griff nach den Sternen. Niemals würde sie ihn bemerken, den stillen, schüchternen Jungen, dessen Körper zu mager und dessen Kopf plötzlich leer geworden war. Und dann war sie verschwunden und Patrick schloss seine heimliche Liebe tief in sein Herz ein. Dort lag sie, achtzehn Jahre lang in einer Schatztruhe, und er holte sie nur ein einziges Mal hervor, um aus der Erinnerung heraus ihr Gesicht zu malen. Nie hätte er es für möglich gehalten, dass sie nach dieser langen Zeit zurückkehren könnte. Und erst recht nicht, dass sich die mit schweren Schlössern verhangene Schatztruhe in seinem Herzen plötzlich von ganz allein öffnen würde. Sosehr er sich bemühte, den Deckel wieder zu schließen, es ging nicht.

Im Nachhinein war er überzeugt, dass es eine bösartige Prüfung des Schicksals war. Es hatte ihm Carol wiedergebracht und die Liebe war aufgebrochen: Er hatte sich neu verliebt, in die heutige, die erwachsene Carol. Und dieses Gefühl war viel schöner, viel überwältigender als die stille Sehnsucht in seiner Kinderzeit.

Plötzlich sehnte er sich nach dem Tod. Der Tod hatte für ihn nichts Schreckliches an sich. Der Tod stand in der Mitte eines langen Lebens. Einen Teil seines Lebens hatte er schon hinter sich und es war kein besonders schöner Teil. Nur die Zeit mit Carol, die war schön. Doch jetzt war Carol fort und dieses hässliche graue Leben erschien ihm keineswegs begehrenswert. Für ihn war der Tod nichts Endgültiges. Er war überzeugt, dass es nur ein Übergang war in eine andere Welt jenseits der Nebel. Es war nicht das Jenseits des Christengottes, sondern die Anderswelt, in der sich alle Wahrheiten umkehrten. Wenn er hier unglücklich war, würde er dort wieder glücklich werden.

Er stockte, als er bemerkte, wo er sich befand. Während des Gehens hatte er überhaupt nicht auf den Weg geachtet. Vor sich erstreckte sich die niedrige Steinmauer und dahinter das geduckte Reetdach der Schäferhütte. Es hatte wieder zu regnen angefangen und an den Zweigen des Gestrüpps hingen die großen Tropfen wie Perlen. Die kleine Hütte schien sich an den Berg zu pressen wie ein Hase, der Schutz vor dem Sturm suchte. Die grauen Wolkenfetzen zogen in großem Tempo landeinwärts und der Wind bohrte sich durch die Maschen seines dicken Pullovers. Langsam durchquerte er die Parzelle. Das Gras war gelb und trocken geworden, die Brombeerhecke hatte ihr Laub verloren. Wie grässliche Dornenkronen verschlangen sich die Ranken ineinander. Er schauderte. Diesen Ort hatte er völlig anders in Erinnerung. Er wusste nicht, warum er wieder hierher zurückgekehrt war.

Dann stand er vor der Hütte. Die Holztür war verriegelt, aber der Riegel ließ sich bewegen. Er öffnete sie und trat ein. Es hatte sich nichts verändert seit dem Tag, als er mit Carol hier gewesen war. Und nun wusste er auch, warum es ihn mit aller Macht wieder an diesen Ort zog: Hier war er mit ihr glücklich gewesen.

Er kratzte die Asche in der gemauerten Feuerstelle beiseite, schichtete Reisig und Holz auf und entfachte ein Feuer. Es war nicht das große Feuer für Belenos, sondern ein kleines, wie ein Irrlicht in der großen Dunkelheit. Dann legte er sich auf das Stroh und schloss die Augen. Vielleicht wurde ihm der Wunsch erfüllt, die Reise in die Anderswelt antreten zu dürfen, eine Welt, in der die Vergangenheit Gegenwart war.

32. Kapitel

Tag für Tag fuhr Carol hinüber nach Manhattan, wo sich das kleine Tonstudio befand, das John für ihr Vorhaben ausgesucht hatte. Der Tontechniker hieß Raul und war ein netter Typ. Er nahm Carol die Angst vor der Technik und den Aufnahmen. Sie hatte Johns Idee, selbst zu lesen, zugestimmt, ja, sie fand die Idee wundervoll. Allerdings stellte sie fest, dass es ein Unterschied war, ein Buch zu schreiben oder es wirkungsvoll zu lesen. Sie hatte zu Hause geübt, aber als sie zum ersten Mal im Studio saß, verließ sie der Mut. John half ihr mit seiner Ruhe und Ausgeglichenheit. Manchmal verhaspelte sie sich, dann war sie den Tränen nahe.

„Nicht nervös werden", beruhigte sie Raul. „Versprecher werden später einfach herausgeschnitten. Bitte wiederholen Sie nur den Satz, in dem der Versprecher war."

Nach und nach ging es besser. Raul achtete darauf, dass Carol nicht länger als zwei Stunden jeweils mit fünf Minuten Unterbrechungen las. Dann musste sie zwei bis drei Stunden Pause einlegen, die sie irgendwo in einem Café oder Restaurant verbrachte. Manchmal begleitete sie John dabei. Er hatte ihr die kleine Machtprobe im Club Raye nicht übel genommen und Carol war insgeheim froh darüber. Sie war dankbar, dass er ihr in dieser Sache so uneigennützig half.

Er hatte schnell begriffen, wie ernst es Carol war, und unterstützte sie nach besten Kräften.

Carol war überrascht, wie ihre Stimme klang, als Raul ihr Ausschnitte aus den Aufnahmen vorspielte. Manchmal blieb sie noch da und schaute zu, wie er die Aufnahmen auf dem Computer bearbeitete. Aus ihrer Stimme wurden wellenförmige Linien auf dem Monitor, Zacken und Kurven. Manche Stolperer, Versprecher oder falsch betonte Stellen schnitt er heraus, ersetzte sie durch andere. Das war langwierig und mühsam und Carol begriff langsam, was John mit dem Begriff „Aufwand" meinte. Nicht nur der finanzielle Aufwand, auch der arbeitstechnische war enorm. Raul verrichtete die Arbeiten gekonnt und souverän und nicht ein einziges Mal klagte er, wenn Carol besonders viele Schnitzer drin hatte.

Sie arbeitete vormittags zwei und nachmittags zwei Stunden. Nach drei Wochen waren die Aufnahmen für ihren ersten Roman beendet. Parallel dazu arbeitete Raul am Schnitt und kurze Zeit später legte er Carol die Master-CD vor. John hatte das Cover des Romans auf CD-Format gebracht. Mit einer feierlichen Geste überreichte er ihr die flache Plastikhülle mit dem wertvollen Inhalt.

„Wäre das nicht der richtige Moment für einen kleinen Umtrunk?", fragte er.

Carol lächelte. „Daran habe ich auch schon gedacht." Sie zog eine Flasche gekühlten Sekt aus der Tasche. Drei Gläser hatte sie ebenfalls dabei.

„Mrs Baxter hat das wie ein Profi gemacht", grinste Raul und freute sich über die willkommene Unterbrechung.

„Du schmeichelst mir", wehrte Carol ab. „Ich habe mich so oft verhaspelt."

„Ach, wenn du wüsstest, wie wenig perfekt die professionellen Schauspieler sind", meinte John launig. Sie stießen an. „Hauptsache, die CD erfüllt ihren Zweck."

„Ich hoffe es“, erwiderte Carol, nachdem sie einen Schluck getrunken hatte. „Denn ich möchte das zweite Buch in Angriff nehmen.“ Sie blickte Raul an. „Oder hat das Studio schon andere Aufträge?“

Raul warf John einen fragenden Blick zu. „Nun“, sagte John und rieb sich das Kinn. „Wenn du willst, können wir die Aufnahmen hier weitermachen. Das, was ich eigentlich vorhatte, können wir auch in einem anderen Studio aufnehmen.“ Er legte seinen Arm um Carols Schultern. „Was hältst du von einem Dinner zum Abschluss deiner ersten CD?“

„Wenn es nicht gerade der Club Raye ist, gern“, erwiderte Carol lächelnd. „Einverstanden.“

Sie gingen in ein gemütliches chinesisches Restaurant. „Und du willst tatsächlich auch die anderen vier Bücher aufnehmen?“, fragte John, nachdem sie die Bestellung aufgegeben hatten.

Carol nickte. „Vielleicht könnten wir die Aufnahmezeiten etwas straffen“, schlug sie vor. „Ich traue mir inzwischen zu, länger als zwei Stunden zu lesen. Zehn Minuten Pause pro Stunde reichen aus. Ich würde die ganze Sache gern bis Mitte März beenden.“

John hob überrascht die Augenbrauen. „Hat es damit eine Bewandtnis?“

Sie lächelte still. „Hm“., meinte sie dann. „Am 17. März ist St. Patrick’s Day.“

„Der irische Nationalfeiertag“, sagte John. „Verstehe.“

Sie schüttelte nachsichtig den Kopf. „Nein, du verstehst nicht. Es hat eigentlich weniger mit dem Feiertag zu tun als mit dem Namen.“

„Patrick – ist *er* das?“

„Ja, er heißt Patrick." Ihr Blick verlor sich in der Erinnerung. John beobachtete sie verstohlen. So kannte er Carol überhaupt nicht. Vorsichtig legte er seine Hand auf ihre. Sie erwachte wie aus einem Traum und schaute ihn an.

„So sehr liebst du ihn?"

„So sehr liebe ich ihn." Sie holte tief Luft. „Für ihn würde ich die Sterne vom Himmel holen, aber er will sie wahrscheinlich gar nicht."

„Deine Stimme ist genauso einzigartig wie ein Stern vom Himmel", meinte John versonnen. „Ich finde es eine hübsche Idee. Ich hoffe, dein Patrick findet das auch."

Sie seufzte leise. „Das hoffe ich auch. Und vielleicht ... vielleicht finden wir dadurch wieder zueinander.

Ich habe lange nach dem Schlüssel gesucht, um die Tür zu ihm zu öffnen, die durch tragische Geschehnisse zugeschlagen war."

Sie griff ihrerseits nach Johns Hand. „Danke, dass du mich dabei so unterstützt hast. Ich bezahle dir natürlich alles, das Studio, deine Unkosten und auch die rückgekauften Rechte an den Romanen. Schließlich kann ich nicht erwarten, dass du gewissermaßen deinem Nachfolger auf diese Weise zum Liebesglück verhilfst." Sie lächelte gequält.

„Was redest du da", wehrte John ab. „Ich liebe dich auf meine Weise immer noch, Carol, und ich wünsche mir, dass du glücklich wirst. Im Augenblick bist du zutiefst unglücklich. Und wenn es dich glücklich macht, was du tust, dann will ich dich gern dabei unterstützen."

„Das ist lieb von dir. Weißt du, Patrick ist der Mann, den ich mein Leben lang gesucht habe. Dabei kannten wir uns schon als Kinder. Und seit dieser Zeit hat mich Patrick bereits geliebt."

John blickte sie mit großen Augen an.

„Aber ihr hattet keinen Kontakt miteinander?"

„Nein. Ich habe ihn auch gar nicht wieder erkannt. Er mich sofort. Allerdings ist er mir aus dem Weg gegangen. Ich habe den Kontakt zu ihm eher aus Neugier gesucht."

„Also war es für dich keine Liebe auf den ersten Blick?"

„Ja und nein. Ich hab gespürt, dass mich eine unsichtbare Kraft zu ihm zieht, dass wir uns nicht fremd waren, wie zwei Liebende aus einem anderen Leben. Aber es hat eine Weile gedauert, bis wir beide unsere Hemmschwellen überwunden hatten. Und dann hat es uns mit aller Gewalt überrollt."

„Das muss ein tolles Gefühl sein", seufzte John.

Carol lächelte. „Oh ja, es ist ein überirdisches Gefühl. Unglaublich, nicht mit Worten zu beschreiben. Es ist so schön, dass es wehtut."

„Was ist passiert?"

„Wir haben zunächst nur den Augenblick gelebt, nicht an gestern und nicht an morgen gedacht. Diese Gefühle, als wir unsere Liebe füreinander entdeckten, waren wie die Riesenwellen eines Ozeans. Sie rissen uns mit sich und wir haben uns mitreißen lassen."

„Das ist das Recht aller Verliebten", warf John ein.

„Aber irgendwann verebbt auch die größte Welle und man beginnt wieder Land zu sehen. Das ist auch gut so, denn nach dem Heute gibt es ein Morgen. Ich glaubte, wenn die Liebe nur tief genug ist, würde sie auch dauerhaft sein." Sie starrte in die Flamme der Kerze auf dem Tisch, als könne sie darin die Vergangenheit sehen.

„Patrick ist Künstler, weißt du, ein begnadeter Künstler, Maler und Bildhauer. Seine seltsamen Lebensumstände habe ich zunächst für eine Künstlermarotte gehalten. Er haust im Gartenhaus meiner Tante, lebt in den Tag hinein, schafft ein Kunstwerk nach dem anderen, weigert sich aber entschieden, sich auch nur von einem zu trennen. Mein Angebot, ihm beim Verkauf zu helfen, lehnte er rundweg ab.“ Sie stockte und versuchte sich zu sammeln. „Und er wusste nicht, wer ich bin.“

„Wieso das?“, staunte John. „Du sagtest, ihr kennt euch aus Kindertagen.“

„Natürlich kannte er mich als Person, aber er wusste nicht, dass ich Schriftstellerin geworden bin, sogar eine ziemlich bekannte.“

„Und das konnte er nicht ertragen? War er auf deinen Erfolg eifersüchtig?“

„Nein, ganz sicher nicht. Zunächst fand ich es toll, dass er mich wirklich um meinetwillen liebte. Doch als ich ihm vorschlug, dass er mit nach New York kommen sollte, um hier gemeinsam mit mir zu leben, zog er sich zurück. Er vergrub sich in seine Arbeit, mied mich und es war fast schon wie eine Trennung. Mir schien, er schob seine Arbeit vor, nur um den neuen Tatsachen unserer Beziehung nicht ins Auge sehen zu müssen.“

„Glaubst du, er ist nicht bindungsfähig? Viele Männer fürchten sich vor dieser endgültigen Entscheidung.“

„Auf diese Idee bin ich gar nicht gekommen. Ich glaubte, dass er an mir als Mensch nicht interessiert war. Ich warf ihm vor, nur den Sex gesucht zu haben. Im Streit gestand er mir dann die Wahrheit.“

„Er war verheiratet, stimmt’s?“

Traurig schüttelte Carol den Kopf. „Nein, er war frei. Aber er würde nie an meinem Leben teilhaben können wie ich an seinem. Er kann nicht lesen.“

John blickte sie an und Carol konnte nicht erkennen, was er dachte. „Wie das?", fragte er schließlich.

„Er erkrankte als Kind an Hirnhautentzündung und fiel ins Koma. Danach stellten die Ärzte bei ihm diesen Defekt fest. Es ist irreparabel."

Lange schwieg John. „Und damit kannst du nicht umgehen", sagte er dann. „Daher dein schlechtes Gewissen."

Carol senkte den Blick. John hatte Recht.

Das Eingeständnis schmerzte sie, andererseits war ihr schon längst klar, dass sie den ersten Schritt tun musste.

„Aber dir liegt viel an ihm. So viel, dass du das alles auf dich nimmst. Ehrlich, ich bewundere dich dafür."

„Ich hoffe, ihm auf diese Weise wieder näher zu kommen", sagte sie leise.

„Ich hoffe für dich, dass dein Plan aufgeht", erwiderte er.

In den nächsten Wochen arbeitete Carol bis zur psychischen und physischen Erschöpfung. Auch Raul stand ihr in nichts nach. Eine Aufnahme nach der anderen wurde gemacht, geschnitten, gemastert. Carol hatte sich noch etwas Besonderes einfallen lassen. Zu Beginn einer jeden CD sagte sie die schlichten Worte: *Für Patrick in Liebe – Carol.* Sie kamen aus tiefstem Herzen.

John hielt sich diskret im Hintergrund, schuf die Cover für die CD-Hüllen und war da, wenn Carol eine Schulter zum Anlehnen brauchte. Am 15. März waren alle fünf CDs fertig. Mit den silbernen Scheiben in den flachen Plastikhüllen hielt sie die Schicksalssymphonie ihres Lebens in der Hand. Carol packte sie in ein kleines Päckchen, wickelte braunes Packpapier herum und beschriftete es. Per Luftpost schickte sie es auf die Reise nach Irland.

Pünktlich zum Festtag sollte Patrick es in den Händen halten.

Als sie von der Post zurückkam, fühlte sie sich unendlich müde, aber auch ein ganzes Stück erleichtert.

St. Patrick's Day verbrachte Carol im Kreise ihrer Familie. Das war traditionell der Tag des Familientreffens, aber auch der Feiern im Kreise der irischen Gemeinde. Sowohl in New York als auch in der Stadt ihrer Eltern gab es große irische Gemeinden, die den Tag mit Festumzügen, Musik, Tanz und Gottesdiensten verbrachten. Und natürlich freuten sich alle Familienmitglieder, dass sie sich wieder sahen. Carol hatte für Lori einen Koffer voller Kleidung mitgebracht, die das Geschenk überschwänglich entgegennahm.

Fiona freute sich, dass Carol ihre Schwermut überwunden zu haben schien, und nur Harry warf seiner Tochter ab und zu einen prüfenden Blick zu. Er hoffte, dass er eine ruhige Minute finden würde zu einem Wort unter vier Augen. Er wollte Fiona nicht damit belasten.

Diesmal schloss sich Carol vom Gottesdienst nicht aus, wenn sie sonst auch wenig Gefallen an religiösen Ritualen fand. Sie betete inbrünstig, dass Patrick ihr Geschenk annehmen würde und es seine Wirkung täte.

Nach dem Gottesdienst fand der Festumzug statt. Er dauerte mehrere Stunden und auf den Straßen ging es fast wie beim Karneval zu. Nur waren die Menschen nicht so leicht bekleidet. Die streng katholische Sittlichkeit behielt trotz aller Feier- und Trinklust die Oberhand.

Zum Schluss sangen Besucher wie Mitwirkende mit Pathos Irlands Nationalhymne „A Soldier's Song".

„Alles okay?", fragte Harry, während sie sich auf den Heimweg begaben. Carol trottete etwas hinterher, was Harry gleich ausnutzte.

„Ich denke schon", erwiderte Carol. „Ich habe mir deine Worte zu Herzen genommen."

„Das freut mich. Mit Gottes Hilfe wirst du es schaffen." Er schenkte ihr einen warmen, liebevollen Blick. „Wir Iren haben uns nie unterkriegen lassen. Selbst in misslichen Lagen ist uns immer noch was eingefallen."

Er grinste wie ein Lausejunge. „Die besten Einfälle hatte ich immer bei Bier oder Whiskey."

Carol musste lachen. „Das brauchte ich gar nicht. Mir kam die Idee bei einem schrecklich schwermütigen Konzert. Wusstest du, dass Beethoven taub war? Dreißig Jahre kämpfte er erfolglos dagegen an. Trotzdem war er ein genialer Komponist.

Die besten Werke schuf er, als er gar nichts mehr hören konnte."

„Ja, das Schicksal geht mitunter recht eigenartige Wege", überlegte Harry. „Aber ich glaube, alles im Leben hat irgendwie einen Sinn. Gottes Wege sind unerforschlich und das Auge des Menschen reicht nicht weit genug, um das zu erkennen. Aber ein liebendes Herz kann manchmal ein Wunder vollbringen."

Carol musste plötzlich gegen die aufsteigenden Tränen kämpfen. Niemand konnte ihr nachfühlen, wie sehr sie sich nach Patrick sehnte. Tim, der mit den anderen bereits ein Stück vorausgegangen war, drehte sich um. Als er sah, wie sein Vater tröstend den Arm um Carol legte, stockte sein Schritt. Anne, die ihre Mutter untergehakt hatte, bemerkte Tims Zögern und drehte sich nun ebenfalls um.

„Was ist?“, fragte Fiona.

„Gar nichts, Mutter“, beeilte sich Tim zu versichern und stieß Anne an, damit sie weiterging.

Carol bemerkte, dass die anderen auf sie warten wollten. Sie wischte sich die Tränen aus den Augenwinkeln. „Weißt du, Dad, ich begreife erst jetzt, wie wunderbar es ist, eine Familie zu haben, zu der man immer wieder zurückkehren kann.“

Dann senkte sie den Blick. „Patrick hat keine Familie mehr. Zumindest nicht so wie unsere. Seine Geschwister schämen sich für ihn und wollen nichts mit ihm zu tun haben.“

„Das ist sehr schlimm“, sagte Harry. „Das ist so ziemlich das Schlimmste, was einem passieren kann. Aber ich versichere dir, dass man das ändern kann.“

„So?“ Sie blickte zu ihrem Vater auf und bemerkte, dass sein Haar weißer und seine Falten tiefer geworden waren. In seinen kleinen Augen aber las sie die Weisheit des Lebens.

„Wenn du die Tür zu ihm öffnen kannst und er sich zu seiner Liebe zu dir für immer bekennt, dann soll er in unserer Familie herzlich willkommen sein.“

In diesem Moment konnte Carol ihre Tränen nicht mehr zurückhalten. „Danke, Dad“, flüsterte sie ergriffen und schmiegte sich an ihn.

Sie spürte, wie sehr sie den Schutz und die Obhut der Familie brauchte.

33. Kapitel

Die Winterstürme tobten in diesem Jahr besonders heftig. Es war, als wäre in der fein ausgewogenen Chemie der Wetterküche etwas aus den Fugen geraten. Tage- und wochenlang war das Meer dunkel und aufgewühlt. Das nasskalte Wetter hatte Tess ans Haus gefesselt. Der Schmerz ihrer entzündeten Gelenke verhinderte jeden unnötigen Schritt. Unbedingt notwendige Arbeiten erledigte Patrick. Er hackte Holz, machte Feuer und schaffte die Asche hinaus. Er reparierte das Dach, das der Wind beschädigt hatte, dichtete die Fenster ab und wechselte den platten Reifen ihres Pickups.

Doch Tess verließ nur noch selten das Haus. Der Doktor schaute zweimal im Monat bei ihr vorbei und verschrieb eine Salbe zum Einreiben.

Alle Arbeiten verrichtete Patrick ohne viele Worte, aber auch ohne Freude. Tess vermied es, Carol zu erwähnen, und auch Patrick sprach nicht darüber. Es war, als wäre Carol nie da gewesen, und doch stand ihr Name unausgesprochen zwischen ihnen.

Was Tess jedoch die größte Sorge bereitete, war Patricks künstlerische Apathie. In den letzten Monaten, seit Carol nach Amerika zurückgekehrt war, hatte er weder gemalt noch an seinen Skulpturen gearbeitet. Manchmal verdingte er sich zu einem Hungerlohn unten am Hafen. Aber im Winter gab es kaum etwas zu tun. Seine Bewerbung als

Gärtner im Muckross Park von Killarney wurde abgelehnt und letztlich hatte ein Bauer Erbarmen, dessen Schafstall er ausmisten durfte. Doch Tess wusste, wenn sie sich ihm aufdrängte, würde er sich nur noch mehr zurückziehen. Sie war die Einzige, der er zumindest etwas Vertrauen entgegenbrachte.

Tess hatte Patrick den ganzen Tag nicht zu Gesicht bekommen. Sie vermutete, dass er wieder irgendwo auf den Klippen hockte und aufs Meer starrte, so wie er es in letzter Zeit immer häufiger tat. Zum Frühstück war er wieder nicht erschienen, wenn er aß, dann aß er lustlos. Vier Monate waren vergangen, seit Carol nach New York zurückgekehrt war. Tess hatte geglaubt, dass mit zunehmender Zeit Patricks Kummer geringer werden würde, aber das Gegenteil schien der Fall zu sein. Und das bereitete ihr Sorge. Zwar hatte sie sich vorgenommen, sich nicht in Patricks Leben einzumischen und ihm alle Entscheidungen selbst zu überlassen, aber nun wandelte sich ihre Einstellung. Sie bekam Angst um ihn.

Mit einem prüfenden Blick zum bleigrauen Himmel zog sie eine dicke Schafwolljacke an und den Sweater darüber. Dann wickelte sie sich einen gewebten Schal um Kopf und Hals. Ihre schmerzenden Gelenke wollten ihr den Dienst versagen, aber sie biss die Zähne zusammen und kämpfte sich Schritt für Schritt gegen den peitschenden Wind voran.

Patrick saß auf den Felsen, gefährlich nahe am Rand, und starrte gen Westen. Der Wind zauste in seinem Haar und seine Schultern krümmten sich wie unter Schlägen.

Tess war von dem Fußmarsch außer Atem und erhitzt. Außerdem hielt die dicke Schafwolljacke Wind und Kälte ab. Trotzdem schauderte sie bei seinem Anblick. Einen kurzen Moment befürchtete sie, dass er sich die Klippen hinabstürzen würde. Er rührte sich nicht, obwohl sie überzeugt war, dass er sie bemerkt hatte. Langsam trat sie näher und hockte sich neben ihn auf den kalten Fels. Sie legte sacht ihre Hand auf seine Schulter. Sein Gesicht verzog sich schmerzhaft. Sie wusste, dass er allein sein wollte, aber ihr war auch klar, dass es so nicht weitergehen konnte.

„Glaubst du, dass es auf diese Weise besser wird?"

Er presste die Lippen zusammen, ohne seinen Blick vom Horizont zu lösen. „Ich glaube überhaupt nichts", stieß er hervor. „Nicht an Gott und nicht an die Zukunft. Was soll's also?"

„Du zürnst Gott, weil du einen Schuldigen für dein angebliches Debakel suchst", sagte sie gegen den Wind. Auch wenn Patrick nicht reagierte, so wusste sie doch, dass er sie verstanden hatte.

„Warum straft er mich dann auf diese Weise?" Er warf den Kopf in den Nacken, als wolle er mit seinem Gesicht dem Sturm Widerstand leisten.

„Er straft dich nicht. Er hat mit dir ein Geschäft gemacht."

Langsam wandte Patrick ihr den Kopf zu. „Was für ein Geschäft?"

„Er hat dir etwas genommen und er hat dir etwas gegeben. Es ist ein faires Geschäft."

„Das ist es nicht", begehrte er auf. „Es ist unfair."

„Zweifelst du an der Gerechtigkeit Gottes?"

„Gott ist ungerecht! Ich will mit einem bösen, allmächtigen Mann nichts zu tun haben. Ob dieser Gott oder einer der alten Götter, sie alle verwehren mir den Weg auf die andere Seite. Warum teilen sich die Nebel nicht für mich?"

„Vielleicht haben sie sich schon geteilt, du hast es bloß nicht bemerkt."

„Woher wollen Sie das wissen?"

„Weil ich nicht mit den Augen sehe, sondern mit dem Herzen."

Patrick stützte den Kopf in die Hände. „Auch ich habe einmal mit dem Herzen gesehen und dabei die Augen vor der Realität verschlossen. Ich habe es bitter bereut."

„Du hast sie geliebt und du liebst sie immer noch." Tess vermied, Carols Namen auszusprechen. „Du bist das Wagnis eingegangen, obwohl du hättest wissen müssen, dass sie es früher oder später erfährt. Sage jetzt nicht, das hättest du in dem Augenblick nicht bedacht. Ich kenne deine Gedanken und ich weiß, dass diese Angst in dir über allen anderen Dingen schwebt. Und trotzdem hast du sie geliebt, weil dein Herz dir gesagt hat, dass sie für dich die Richtige ist."

„Auch ein Herz kann sich irren", widersprach er.

Tess lächelte verständnisvoll. „Es hat sich nicht geirrt. Du hast ihr nur nicht genügend Zeit gegeben, sich damit auseinander zu setzen. Ihr habt euch beide nicht genügend Zeit gegeben."

„Sie hätten es ihr sagen sollen."

„Ich hätte dir auch sagen können, was für einen Beruf sie hat. Und was wäre dann gewesen? Ihr hättet euch angeschaut wie Tiere im Zoo mit einem Gitter dazwischen. Nur wäre nicht klar gewesen, wer vor und wer hinter dem Gitter steht."

Patrick lehnte sich zurück und atmete tief die feuchtkalte Luft ein. „Das ist so ähnlich wie mit dem Spiegelbild im

See“, sagte er nachdenklich. „Wir leben in zwei verschiedenen Welten und es gibt keine Möglichkeit, auf die andere Seite zu gelangen. Für keinen von uns.“

„Wieso bist du dir da so sicher?“, wunderte sich Tess. „Ihr seid euch näher, als ihr glaubt. Vor lauter Trotz verschließt ihr beide nur die Augen davor.“

Patrick schüttelte den Kopf. „Früher habe ich mich manchmal gefragt, wie sie ist, die Liebe. Ich war überzeugt, dass es dieses Gefühl niemals für mich geben würde. Welche Frau würde sich schon in einen Mann wie mich verlieben?“ Er starrte verbittert auf das dunkle Meer, auf dessen Wellen sich helle Schaumkämme bildeten. Dann wischte er sich mit der Hand über die Augen, wie um einen Spuk zu vertreiben.

„Aber du hast die Liebe erfahren“, wandte Tess sanft ein.

„Ja, ich habe sie erfahren“, bestätigte Patrick schleppend. „Aber es war ganz anders. Nicht dieses Gefühl des Gernhabens, der Vertrautheit, der Wärme.“

„So? Wie hast du sie denn erlebt?“

Er schlug die Augen nieder und seine Schultern bebten. „Es ist das Gefühl, sterben zu müssen, wenn es den anderen nicht mehr gibt.“

„Liebe ist das tiefste, überwältigendste aller Gefühle. Erst wenn es schmerzt, weiß man, dass man wirklich liebt. Du hast nicht allein die Erfahrung machen müssen.“

Er warf ihr einen kurzen Blick zu. Sie bemerkte Angst und Resignation in seinen Augen.

„Ich habe James O'Sullivan geliebt, wie man einen Mann nur lieben kann. Auch später, als wir verheiratet waren, hat dieses Gefühl nicht nachgelassen. Aber erst, als er starb, wusste ich, wie schmerzhaft Liebe sein kann.

Ich habe geglaubt, dass ich ohne ihn nicht weiterleben kann."

Sie schwieg und folgte seinem Blick übers Meer. „Aber das Leben ging weiter, wenn es mir zunächst auch sehr schwer fiel. Es gab noch so viele schöne Dinge im Leben. Die Liebe zu James trage ich immer noch im Herzen. Sie gibt mir den Mut und die Kraft weiterzuleben." Sie legte wieder sacht ihre Hand auf seinen Arm. „Du hast mir gegenüber einen großen Vorteil. Carol lebt."

Sie spürte, wie er bei der Nennung ihres Namens zusammenzuckte. „Ich will gar nicht, dass sie zurückkehrt", sagte er hart.

Tess erhob sich mit steifen Gliedern. „Ich würde die restlichen Jahre meines Lebens dafür hergeben, wenn ich mit James nur einen Tag wieder vereint sein könnte." Sie zog den Schal enger um ihren Kopf und blickte auf ihn herab. „Komm nach Hause, Patrick. Dein Weg führt woanders lang."

Eine Weile schwieg er, ohne den Blick vom Meer zu wenden. „Ich komme nach", sagte er leise.

Mühsam lief Tess wieder zum Haus zurück. Zwar hatte sie nun den Wind im Rücken, aber das machte ihr das Gehen nicht leichter. Ihr wäre lieber gewesen, Patrick hätte sie zurück begleitet, weniger ihretwegen als seinetwegen. Es war nicht nur seine depressive Stimmung, die sie beunruhigte. Patrick wollte Carol nicht wieder begegnen. Er hatte Angst, ihr gegenüberzutreten, ihr in die Augen zu blicken. Dabei, und da war sich Tess ziemlich sicher, wäre Carol keineswegs abgeneigt, sich ihm wieder zu nähern. Sie hatte Carols Augen gesehen und wusste, wie sehr sie Patrick liebte. Doch ein ständiger Umgang mit Patrick, vielleicht sogar als Mann an ihrer Seite, würde für Carol eine gewaltige Umstellung bedeuten, die totale Veränderung ihres Lebens. Dass sie sich dazu nicht von einer Minute zur anderen entscheiden würde, war nachvollziehbar. Aber vielleicht, und das befürchtete Tess ebenso, würde sie nach der Rückkehr in ihre gewohnte Umgebung das Thema Patrick gänzlich beiseite schieben und verdrängen. Seit ihrer überstürzten Abreise hatte sie weder geschrieben noch angerufen. Lediglich ein Anruf von Harry kam vor zwei Monaten. Er erzählte, dass Carol zu einem Familienbesuch da gewesen sei. Kein Wort, wie es ihr ging, kein Wort, ob sie von Patrick erzählt hatte, kein Wort, was sie für Pläne hegte. Und Tess hatte dann auch nicht danach gefragt.

Sie blickte erstaunt auf, als sie eine Gestalt vor dem Tor gewahrte. Es war der Postbote Timothy Leigh. Er hielt seine Schirmmütze fest, damit der Wind sie nicht davonblies. Das Fahrrad hatte er an den Zaun gelehnt.

„Da sind Sie ja, Mrs O'Sullivan. Ich habe mir schon Sorgen gemacht, weil Sie doch sonst immer zu Hause sind. Der Pick-up steht da und die Tür ist offen."

„Oh, die muss der Wind aufgedrückt haben. Ich bin ein bisschen spazieren gegangen."

„Bei dem Wetter?", schüttelte Timothy verwundert den Kopf. „Da jagt man keinen Hund vor die Tür."

„Was treibt Sie denn zu mir bei diesem Wetter?" Tess bat ihn mit einer Handbewegung ins Haus. Der Postbote nahm die Einladung erfreut an.

„Etwas Dienstliches", erwiderte er. Tess stellte ihm eine Tasse Tee auf den Tisch. Timothy Leigh nahm seine Mütze ab und setzte sich auf die Bank. „Danke, das ist sehr nett. Bei dem Wind faucht es ja durch alle Rippen." Er schlürfte vorsichtig den Tee. „In diesem Winter sind die Stürme besonders heftig. Unten im Hafen sind bereits zwei Boote zerschellt."

„Oh, das ist schlimm. Ich glaube, viele leiden unter diesem Wetter, wenn wir auch damit nicht sehr verwöhnt sind. Meine Gelenke jedenfalls sind damit gar nicht einverstanden." Sie setzte sich neben ihn an den Tisch. „Was ist es denn für ein dienstlicher Grund, der Sie in meine Einsiedelei führt?"

„Ach ja!" Der Postbote schien sich erst jetzt wieder daran zu erinnern, warum er hier war. Er kramte umständlich in seiner großen, schwarzen Ledertasche, die ziemlich leer war, und brachte ein in braunes Packpapier eingeschlagenes Päckchen heraus. Vorsichtig, als wäre es eine besondere Kostbarkeit, legte er es auf den Tisch. „Es kommt aus den Vereinigten Staaten."

„Soso", sagte Tess. Selbst in dem kleinen Ort Delanney war es keine Seltenheit, Post aus Amerika zu erhalten. Fast jede Familie hatte hier irgendwelche Angehörigen auf der anderen Seite des Atlantiks. „Danke." Sie schob das Päckchen beiseite.

Timothy Leigh bekam große Augen. „Wollen Sie es nicht öffnen?"

Tess unterdrückte ein Schmunzeln. „Das hat Zeit", sagte sie betont gleichmütig. „Ich weiß ja, was drin ist."

„Aha!" Er trank seinen Tee aus und hatte es plötzlich eilig. Er wusste, dass es keinen Zweck hatte, noch zu warten. „Also, danke für den Tee und einen schönen Tag noch." Er setzte seine Mütze auf und trat wieder hinaus in den Sturm. Sein Fahrrad hatte der Wind in der Zwischenzeit umgeblasen.

Tess hatte natürlich keine Ahnung, was sich in dem Päckchen befinden könnte, aber sie hatte es auch nicht eilig damit, es zu öffnen. Zunächst goss sie sich selbst einen Tee ein, nahm die Tasse und das Päckchen und ging hinüber in die Wohnstube. Sie legte einen dicken Holzscheit in den Kamin in der Hoffnung, er würde noch Feuer fangen. Sie hatte Carols Handschrift auf dem braunen Papier sofort erkannt.

Patrick erhob sich und ging langsam am Küstensaum entlang bis zur Bucht, wo sein Boot lag. Es hatte keinen Zweck, hinaus zum Angeln zu fahren. Bei diesem Wetter würde kein Fisch beißen, außerdem war es mit dem kleinen Boot bei dem Wellengang viel zu gefährlich. Obwohl er nicht die Absicht hatte, kletterte er fast automatisch den schmalen Pfad hinunter. Die Bucht lag ein wenig geschützt, der Wind traf seitlich auf die Küste. Das aufgewühlte Wasser hatte Tang und Schlick und einige tote Fische angespült. Wie ein Trauerrand säumten die dunklen Pflanzen den Strand. Er starrte den Rumpf seines Bootes an, das wie der Leib eines toten Wales auf dem Sand lag. Er wusste, dass er etwas tun musste. Die Untätigkeit, zu der er sich selbst verdammt hatte, war ihm nun zum Verhängnis geworden. Sie hatte ihn gelähmt und wie eine Fliege an ein klebriges Band gefesselt.

Mit einem verzweifelten Aufschrei gegen den Wind schlug er die Fäuste gegen den Bootsrumpf. Dann stemmte er sich zornig dagegen und drehte es um. Die Angeln ließ er achtlos liegen, packte nur die beiden Ruderblätter ein und schob das Boot ins Wasser. Mit kräftigen Ruderschlägen steuerte er es gegen die Wellen.

Als er die Bucht verließ, traf ihn der Sturm mit voller Wucht. Verbissen hielt er dagegen. Innerhalb kürzester Zeit war er bis auf die Haut durchnässt. Das kalte Wasser stach wie tausend Nadeln. Das kleine Boot war den Naturgewalten bedingungslos ausgesetzt und tanzte auf den Wellen wie eine Nussschale. Er ruderte gegen den Wind, trotzte dem Sturm und kämpfte gegen ihn an. Schon bald begannen seine Muskeln zu schmerzen. Er nahm den Schmerz an wie eine gerechte Strafe.

Er blickte noch einmal zurück zur Küste. Sie war nur noch ein dunkler Felsstreifen in der beginnenden Abenddämmerung. Irgendwo dort musste die Stelle sein, wo Carol gesessen und auf ihn gewartet hatte.

Plötzlich wurde sein Traum lebendig. Für einen Moment hoffte er, das auflodernde Feuer zu sehen, an dem sie die Fische gebraten hatten. Aber die Küste blieb dunkel und er wusste, dass die Zeit weitergegangen war. Doch er würde diesen Augenblick niemals vergessen, ihr Gesicht im unruhigen Schein des Feuers.

Die Erinnerung bereitete ihm wieder Schmerzen. Er ertrug sie mit zusammengebissenen Zähnen und geröteten Augen.

Dafür war er geboren worden, um Leid und Schmerz zu ertragen. Viele Jahre hatte er es klaglos hingenommen. Doch seit Carol wieder in sein Leben getreten war, hatte er sich verzweifelt aufgebäumt. Aber es hatte ihm nichts genützt. Ein letztes Mal noch wollte er sich diesem Schmerz hingeben, verzweifelt darüber, dass das Schicksal so gnadenlos zugeschlagen hatte. Warum nur war ihm diese Prüfung auferlegt worden? Warum nur war sie zurückgekehrt? Warum nur hatte sich sein einst kindlicher Wunsch, sie einmal in den Armen halten zu dürfen, auf so dramatische Weise erfüllt?

Der Himmel verfinsterte sich immer mehr, stärker als es die Abenddämmerung bewirkt hätte. Patrick achtete nicht darauf. Seinen gekrümmten Rücken gegen den Wind gewandt, ruderte er mechanisch mit schmerzenden Muskeln und erstarrtem Herzen. Die Wolken türmten sich zu anthrazitfarbenen zerrissenen Bergen, aus denen Blitze zuckten. Das Grollen des Donners ging im Heulen des Windes unter.

Seine Handflächen brannten wie Feuer. Wasser schwappte ins Boot, seine Füße standen bereits bis zu den Knöcheln im Wasser. Regen peitschte und vermengte sich mit der Gischt. Das Boot lief aus dem Ruder, eine harte kurze Woge schlug ihm ein Ruderblatt aus der Hand. Für Bruchteile von Sekunden sah er es auf dem Wellenkamm tanzen, dann verschwand es. Als er sich umwandte, erstarrte er. Hinter ihm hatte sich das Meer zu einem riesigen dunklen Buckel zusammengezogen, als hole ein unförmiger Riese Atem. Immer höher türmte sich der Berg aus schwarzem Wasser auf und schien alles in seiner Umgebung anzuziehen. Auch Patricks Boot glitt auf den Berg zu. Die Wellen hatten sich geglättet, das Wasser wirkte jetzt wie dunkles Blei. Der Sturm hielt den Atem an. Im gleichen Moment wusste Patrick, dass er verloren hatte.

Er blickte zum Himmel, dann auf den Wasserberg, der sich langsam, aber stetig näherte. Seine Hand ließ das andere Ruder los, es fiel über Bord, doch er reagierte nicht darauf. Langsam erhob er sich und drehte sich gänzlich um. Er spreizte die Beine, um einen halbwegs sicheren Stand zu bekommen. Dann öffnete er die Arme, als wollte er den Tod wie einen Freund empfangen.

Lass es schnell geschehen, bat er im Stillen. Dann stand er nur da und wartete, bis sich die Wasser teilen und ihn auf die andere Seite herüberziehen würden.

34. Kapitel

Das etwas verlegene Lächeln auf Rhondas Gesicht täuschte nicht darüber hinweg, dass sie zu allem entschlossen war. Sie stand vor Carols Tür, nachdem sie mehrfach erfolglos telefonischen Kontakt zu Carol gesucht hatte.

„Was willst du?“, fragte Carol unfreundlich und ärgerte sich, die Tür überhaupt geöffnet zu haben. „Ich habe dir schriftlich mitgeteilt …“

„Genau darüber müssen wir reden“, entgegnete Rhonda.

„Darüber gibt es nichts zu reden. John hat dir die Rechte abgekauft, damit ist doch alles erledigt.“

„Nein, das ist es nicht. Aber sollten wir das hier zwischen Tür und Angel erörtern?“

Carol wunderte sich, dass Rhonda nicht einfach an ihr vorbeispazierte, wie sie es früher oft getan hatte. Sie fühlte sich in Carols Apartment bislang recht heimisch.

„Wenn du unbedingt darauf bestehst“, seufzte Carol und ging beiseite. Rhonda trat ein und bewegte sich langsam auf die Couch zu, wo sie ihre Tasche abstellte und sich zögernd setzte. Auch sie hatte einen Blick aufgesetzt, den Carol von John kannte, diese überlegen mütterliche, sanft tadelnde Tour, dieses Ach-du-dummes-kleines-Mädchen-jetzt-denke-ich-für-dich.

Vorsichtshalber baute Carol ihre Abwehr auf und blitzte Rhonda unter gerunzelten Brauen hervor an.

Rhonda saß auf der Sofakante, strich zum wiederholten Male ihren Rock glatt und presste die Knie fest aneinander.

„Wie geht es dir?", fragte sie und es sollte teilnahmsvoll klingen.

Carol blieb auf der Hut. „Ich nehme an, du bist durch John bestens informiert", erwiderte sie kühl.

„Nein, ich habe John nicht mehr gesprochen, seit er … seit … Ach, Carol, warum musste es mit uns so weit kommen?"

Carol starrte sie feindselig an. „Das frage ich dich. Wer hat mich denn verheizt wie einen toten alten Baum? Wer hat mir denn keine Luft zum Atmen gelassen? Wer hat mir ein Image aufgedrückt, das nicht meines ist? Das hättest du dir eher überlegen sollen!"

„Aber Carol", widersprach Rhonda ungewöhnlich sanft. „Wir waren in all den Jahren ein gutes Gespann, nie gab es zwischen uns Unstimmigkeiten. Und wenn du ehrlich bist, musst du zugeben, dass ich dich erst auf den Gipfel des Erfolgs katapultiert habe."

„Ohne meine Bücher hätte es überhaupt keinen Erfolg gegeben", schnaufte Carol. „Es waren die Bücher, die mich bekannt und berühmt gemacht haben."

Ein kleines, überlegenes Lächeln spielte um Rhondas Mundwinkel und sie lehnte sich etwas entspannter auf dem Sofa zurück.

„Du irrst. Kein Mensch hätte Notiz von deinen Büchern genommen, wenn ich nicht einen riesigen Werbefeldzug unternommen hätte. Weißt du, wie viele Neuerscheinungen jedes Jahr auf den Markt geworfen werden? Weißt du, wie viele Schriftsteller ebenfalls Fantasy-Romane schreiben? Weißt du, wie viele davon besser sind als du? Ich habe für dich die aggressivere Werbung gemacht. Es war ein

Kampf gegen Giganten, wie David gegen Goliath. Aber ich verstehe mein Handwerk." Ihr selbstzufriedenes Lächeln vertiefte sich.

„Dafür hast du ja auch genügend Geld kassiert. Dein schickes Apartment, dein teurer Wagen, deine Luxus-Klamotten ..."

„Dein schickes Apartment, dein teurer Wagen, deine Luxus-Klamotten – Carol, hör auf! Ich musste die Werbung finanzieren, obwohl am Anfang nicht abzusehen war, ob es wirklich so ein Erfolg wird. Das Risiko lag auf meiner Seite. Es hätte genauso gut in die Hose gehen können. Es ist nur recht und billig, dass ich neben meinen Auslagen auch einen kleinen Gewinn einstreichen kann."

Carol blickte abschätzend auf Rhondas Designer-Kostüm. „Dieser Gewinn war nicht klein", widersprach sie.

Rhonda hob beschwörend die Hände. „Und weißt du, wie hoch das Risiko war? Ich habe für den ersten Werbefeldzug mehr als zwei Millionen Dollar investiert. Für mich gab es überhaupt kein Zurück mehr!"

„Du hattest meinen Roman als Sicherheit", gab Carol zurück.

Rhonda lachte hart auf. „Dieser Roman war keine Sicherheit. Ich sage dir ganz ehrlich, dass ich bessere Romane gelesen habe. Aber die Leser stehen auf so etwas, wollen Helden sehen, Träume erleben. Die Zeiten sind einfach so. Du hattest nur Glück, dass dieses Thema auf fruchtbaren Boden fiel."

Verbissen kniff Carol die Lippen zusammen. „Das habe ich nicht gewusst", presste sie etwas kleinlaut hervor. „Du sagtest immer, ich solle mich nicht darum kümmern, sondern schreiben."

„Aber natürlich! Weil es auch meine Aufgabe ist als deine Agentin. Du solltest den Kopf frei behalten und nur deine Romane schreiben."

„Du hast genug an mir verdient", platzte Carol heraus. „Ich muss kein schlechtes Gewissen haben."

„Das brauchst du auch nicht. Aber begreifst du denn nicht, dass es eine Partnerschaft ist? Natürlich hätte ich ohne deine Bücher nichts verdient, aber ohne mich hättest du deine Bücher nicht in dieser Menge verkaufen können. Wir beide sind ein Gespann, das gemeinsam an der Karre ziehen muss. Wenn der eine dahin und der andere dorthin strebt, funktioniert das Ganze nicht."

„Mit dem kleinen Unterschied, dass du ohne meine Bücher gar nichts kannst, während ich meine Bücher sicher auch ganz gut allein auf den Markt gebracht hätte. Vielleicht wäre der Erfolg nicht so überwältigend gekommen, vielleicht nicht so schnell, aber …"

„Du irrst dich. Carol, ohne ein Image, ohne diese Werbung, ohne dieses ganze Drum und Dran wärst du jetzt noch eine Namenlose unter hunderten Namenloser, die irgendwie ihre Manuskripte an den Mann bringen wollen. Du kennst doch unsere Gesellschaft, du kennst das Leben im Scheinwerferlicht. Schau dir doch die Oscar-Verleihungen an. Wer fragt danach, in welchem Film die Stars gespielt haben, wer fragt, wie gut oder schlecht diese Filme waren? Wichtig für Presse, Fans und sonstige Sensationslüsterne ist doch nur, was sie an Klamotten, Schuhen, Schmuck tragen, ob sie ab- oder zugenommen haben, wer die Begleiter an ihrer Seite sind, wie sie sich im Blitzlichtgewitter geben. Alles andere ist nebensächlich."

„Wenn meine Bücher wirklich so nebensächlich sind, warum bist du dann hier?“ Carol verschränkte demonstrativ die Arme über der Brust.

„Es geht mir um dich. Seit du aus Irland zurückgekommen bist, hast du dich sehr verändert.“

„Das sagtest du bereits“, unterbrach sie Carol. „Und ich sagte dir, dass es meine Privatsache ist.“

„Ich dachte eigentlich, dass wir nicht nur Geschäftspartnerinnen, sondern auch so etwas wie Freundinnen sind. Zwar kann ich verstehen, dass du in manchen Dingen John vorziehst, aber was diese Hörbücher betrifft …“

Carol kniff die Augen zu einem Spalt zusammen. „Ach, daher weht der Wind. Du hattest dir wohl ausgerechnet, wie viel du dabei abschöpfen könntest.“

„Das ist doch Unsinn!“ Erregt kramte Rhonda in ihrer Handtasche nach den Zigaretten. „Ich wusste gar nichts von deinem Vorhaben. Erst John hat mir davon erzählt.“

„Das hättest du dir an fünf Fingern abzählen können, dass für mich eine Zusammenarbeit mit dir nicht mehr in Frage kommt, seit du mich bei dem Interview so verladen hast.“

Rhonda zündete sich eine Zigarette an und konzentrierte sich scheinbar auf die Flamme ihres Feuerzeugs. Sie inhalierte den Rauch tief, formte ihn zu blauen Kringeln und schaute ihnen gedankenversunken nach. Dann verzog sie die Lippen zu einem süffisanten Lächeln. „Dann verstehe ich nicht, wieso du dich ausgerechnet an John gewandt hast. Er war ja an dieser Geschichte gleichfalls beteiligt, hat dieses Interview produziert und an Lightmore TV verkauft.“

„Auf John war ich genauso stinksauer wie auf dich. Aber zu John hatte ich ein Minimum mehr Vertrauen als zu dir.

Ich brauchte jemanden, der absolut dichthielt. Der Hintergrund, überhaupt das ganze Vorhaben, sollte nicht an die große Glocke gehängt werden. Und da war ich mir bei dir überhaupt nicht sicher."

„Wir hätten darüber reden können." Rhondas Blick wurde wieder flehend. Carol vermutete, dass ihr das Wasser bis zum Hals stand, seit ihr bestes Pferd den Stall verlassen hatte. Es war Rhondas Fehler, sich zu sehr an Carol geklammert zu haben. Carol unterdrückte ein Gefühl der Schadenfreude. In vielen Dingen hatte Rhonda nämlich Recht. Carol hatte sich nur zu bereitwillig von Rhonda vermarkten lassen und im Nachhinein musste sie zugeben, dass sie es genossen hatte, in diesem Erfolg zu baden. Zwar war sie von Rhonda von Erfolg zu Erfolg gepeitscht worden, aber dieser Rausch, ganz oben auf dem Gipfel zu stehen, war es ihr wert gewesen. Viel zu spät hatte sie bemerkt, dass die Luft immer dünner wurde, je höher sie stieg. Erst in Patricks Armen hatte sie begriffen, dass es noch etwas anderes im Leben gab als diese Jagd nach dem Ruhm.

Patrick! Der Gedanke an ihn machte sie betroffen und brachte sie wieder in die Gegenwart zurück. Zurück in ihr avantgardistisches Wohnzimmer, das fast die Größe einer Fabrikhalle besaß. Es gab eine Zeit, wo Carol das cool und abgefahren gefunden hatte. Ihr plötzlicher Hass auf Rhonda hing auch damit zusammen, dass sie sich hier nicht mehr wohl fühlte. Dass sie überhaupt nicht wusste, wo sie hingehörte. Sie gab Rhonda die Schuld, sie bis zu diesem Punkt gebracht zu haben.

„Tut mir Leid, Rhonda, aber ich habe mir diesen Schritt wirklich reiflich überlegt. John war sehr loyal zu mir …"

„Aber Carol, das bin ich doch auch", unterbrach sie Rhonda.

„John war loyal zu mir und ist auf meine Bedingungen eingegangen. Diese Hörbücher wird es nie auf dem Markt geben."

„Wie bitte?" Rhondas stark geschminkte Augen vergrößerten sich unnatürlich, dass Carol einen Moment befürchtete, sie könnten aus den Höhlen fallen.

Gleichzeitig wurde ihr klar, dass John tatsächlich geschwiegen hatte. Rhonda wusste nichts vom Hintergrund dieser Produktion. Im Stillen war sie ihm unendlich dankbar dafür.

„Du hast also gar nichts verpasst, dir ist kein Cent Gewinn entgangen."

„Aber wieso produzierst du Hörbücher, wenn du sie nicht verkaufst?" Rhonda schüttelte verständnislos den Kopf.

Jetzt war es an Carol, zu lächeln. „Ich wollte nur die Master-CDs haben."

„Verstehe. Dann gehört dir der Gewinn allein."

„Du hast mich nicht verstanden, Rhonda. Es wird keine Kopien geben. Ich habe diese Master-CDs verschenkt."

„Du hast – *was*? Aber … aber dann kannst du doch niemals eine Kopie davon ziehen."

„Ganz recht. Und da mir jetzt die Rechte für die Vertonung der Bücher gehören, darf auch niemand anderes meine Romane vertonen."

„Wirklich ein schlauer Schachzug." Rhonda kramte nach einer neuen Zigarette. „Du hast ganz schön dazugelernt."

Carol stieß geräuschvoll die Luft aus, setzte sich dann bequem in den riesigen Rundsessel und schlug die Beine übereinander. „Du bist wieder im Irrtum. Es wird niemals Ausgaben von diesen Hörbüchern geben. Das war eine rein private Sache, die auch nur mich etwas angeht."

„Nun gut", lenkte Rhonda schnell ein. „Aber du wirst doch sicher weitere Bücher schreiben. Wir waren so ein eingespieltes Team. Überleg es dir noch einmal. Nach all den Jahren können wir doch nicht im Streit auseinander gehen. Schließlich hast du mir einiges zu verdanken. Ich finde es ziemlich undankbar, mich nun einfach zu feuern, als wäre ich deine Sekretärin. Wir können uns doch über jede Aktivität unterhalten und einigen. Ich habe sicher auch Fehler gemacht." Sie schaute Carol beschwörend an und hob fast flehend die Hände.

Carol atmete tief durch. „Rhonda, vielleicht haben wir beide Fehler gemacht. Ich stecke derzeit in einer persönlichen Krise, aber ich denke, dass ich sie schon bald überwunden habe."

„Ist es immer noch der ... dieser ..."

„Kein Kommentar. Das ist es aber nicht allein. Ich habe plötzlich an dem Sinn des Ganzen gezweifelt. Was nützt all der Ruhm, wenn man doch im Herzen nicht glücklich ist? Lass mir Zeit. Für ein neues Projekt fehlt mir im Augenblick der Sinn. Die Arbeiten an den Aufnahmen waren sehr anstrengend. Ich brauche etwas Erholung."

„Dann könntest du doch wenigstens deine einseitige Vertragskündigung zurücknehmen. Außerdem solltest du dir überlegen, ob du wirklich auch die Verlagsrechte zurückhaben willst. Es wird doch einfach zu viel für dich alleine."

„Mach dir darüber keine Gedanken, ich bin auch nicht auf der Suche nach einem neuen Verleger."

„Okay, Carol, trotzdem könnten wir doch …“

Das Telefon klingelte und unterbrach Rhondas Redeschwall. Eine Unmutsfalte grub sich in ihre Stirn. Die Unterbrechung kam sehr ungelegen, schien Carol doch langsam wieder zur Vernunft gekommen zu sein. Sie wollte ihr sagen, dass sie nicht ans Telefon gehen sollte, doch Carol war schon aufgestanden.

„Ja? Hier Carol Baxter.“

„Hallo Carol, hier ist Tess.“

Carol spürte, wie ihr eine heftige Hitze ins Gesicht schoss. „Oh, Tante Tess, ich bin so froh, dass du anrufst. Wie geht es dir? Bist du gesund? Hast du meine Post erhalten? Hat Patrick die CDs angehört? Wie hat er darauf reagiert? – Tess, bist du noch dran?“

Einen Moment war es still in der Leitung und Carol befürchtete, die Verbindung wäre zusammengebrochen. Doch dann vernahm sie Tess’ Stimme klar und deutlich, als stände sie neben ihr, obwohl sie leise sprach. „Du lässt mich ja gar nicht zu Wort kommen. Dein Päckchen habe ich erhalten.“

„Gott sei Dank!“ Carol stieß erleichtert die Luft aus. „Na, wie findest du die Idee? Jetzt kann Patrick meine Bücher eben hören statt lesen.“ Sie lachte auf und warf einen kurzen Blick zu Rhonda, die sich wieder mit ihren Zigaretten beschäftigte. Sie schien Carols Worte nicht vernommen zu haben, Carol war insgeheim froh darüber.

„Carol!“ Wieder war es für einen Augenblick seltsam still in der Leitung. „Es ist etwas geschehen.“

Eine eisige Hand schien Carols Herz plötzlich zusammenzupressen. „Mit Patrick?“, fragte sie mit belegter Stimme. Eine schreckliche Angst kroch in ihr hoch.

„Ja, mit Patrick“, bestätigte Tess. „Er ist verunglückt.“

„Um Gottes willen! Bitte, Tante Tess, quäl mich nicht so!“

„Ich wusste nicht, ob es richtig war, dich anzurufen“, begann Tess stockend. „Als ich dein Päckchen erhielt, wusste ich, dass er dir noch sehr viel bedeutet. Es war wirklich gut gemeint von dir, aber ...“

„Tante Tess!“, schrie Carol verzweifelt in den Hörer. „Was ist geschehen?“

„Er ist mit dem Boot hinausgefahren, sehr weit hinaus. Es war schlechtes Wetter und unruhige See. Das Boot war voll Wasser gelaufen. Ein Wunder, dass es bei dem Wellengang nicht gekentert ist. Die Leute von der Küstenwache, die ihn fanden, meinten, dass er wohl mit Absicht so weit hinausgefahren war. Sein Angelzeug lag noch am Strand. Aber er hatte keine Ruder mehr und es schien ... es schien ...“ Sie brach ab und unterdrückte ein Schluchzen. „... als wolle er nicht mehr leben. Die See sollte ihn holen. Er hat sein Schicksal einfach nicht mehr ertragen.“

Um Carol drehte sich alles und ihr wurde übel. „Nein, oh Gott, nein“, flüsterte sie.

„Als sie ihn fanden, war er total unterkühlt und ohne Besinnung. Wegen des Sturms konnte nicht einmal ein Hubschrauber eingesetzt werden. Sie haben ihn nach Killarney ins Krankenhaus gebracht.“

„Ich komme mit der nächsten Maschine. Ich muss jetzt bei ihm sein. Er muss wieder gesund werden. Oh, Tante Tess, du weißt gar nicht, wie sehr ...“

„Es hat keinen Sinn“, unterbrach sie Tess. „Er würde dich nicht bemerken. Er liegt im Koma!“

Carol war in dem Sessel zusammengesunken. Ihre zitternde Hand war kaum noch in der Lage, den Hörer zu halten. „Im Koma“, wiederholte sie das schreckliche Wort. Dann raffte sie sich auf. „Ich komme trotzdem. Ich muss jetzt bei ihm sein.“

„Carol!“ Tess’ Stimme klang beschwörend. „Es hat keinen Sinn. Die Ärzte geben ihm keine Chance. Erspare dir diesen Anblick, behalte ihn so in Erinnerung, wie du ihn kanntest. Er hat dich sehr geliebt, Carol. Er liebt dich bis in den Tod.“

35. Kapitel

Die sterile Stille des weißen Raumes der Intensivstation wurde nur von dem regelmäßigen Piepsen der Überwachungsgeräte unterbrochen. Solange Tess diesen Ton vernahm, wusste sie, dass Patrick noch am Leben war. Aber was war das für ein Leben? Schläuche führten in seinen Körper hinein und aus seinem Körper heraus. Seine Haut war blass wie der Marmorstein seiner Skulpturen, seine geschlossenen Augen lagen tief in dunklen Höhlen und das Beatmungsgerät pumpte rasselnd Sauerstoff in seine Lunge. Im gleichen Rhythmus hob und senkte sich sein Brustkorb. Mit brennenden Augen starrte Tess auf den Bildschirm, über den grüne Lichtpunkte sprangen. Jeden Moment erwartete sie, dass der Punkt nicht mehr sprang, sondern mit einem grausigen Dauerton nur noch eine gerade Linie zog.

Voller Verzweiflung ließ sie sich vom Stuhl auf die Knie gleiten, stützte die Ellenbogen auf sein Bett und faltete die Hände.

„Lieber Gott, der du das erlöschende Lebenslicht dieses armen Menschen in den Händen hältst, nur du bist noch in der Lage, es wieder zum Leuchten zu bringen. Du hast diese Welt geschaffen, die ich nur selten begreife, und handelst nach deinem Willen, der sich unserem kleinen Geist verschließt. Ich will dir nicht zürnen, weil es mir nicht zusteht, an dir zu zweifeln, doch plagen mich Zweifel und mich erfüllt Zorn. Patrick ist ein wunderbarer Mensch, dessen Herz von einer großen Liebe erfüllt ist. Zwar ist es nicht die große Liebe zu dir, und ich hoffe, dass du ihm nicht deswegen zürnst. Aber es ist die große, wunderbare Liebe zu einer Frau, die ihn ebenso liebt. Du hast die Menschen geschaffen, so wie sie sind, und du hast ihnen auch die Fähigkeit zur Liebe gegeben. Warum machst du dann zwei Menschen, die sich im Meer der Unendlichkeit gefunden haben wie zwei Wassertropfen, die zusammengehören wie zwei Hälften eines Ganzen, unglücklich? Warum strafst du sie so grausam? Ich gebe zu, dass ich einen Schuldigen gesucht habe an dem ganzen Unglück. Ich habe Carol die Schuld gegeben, weil sie nicht mit dem Kreuz, das du Patrick auferlegt hast, leben konnte. Ich habe mir selbst die Schuld gegeben, weil ich nicht besser auf Patrick aufgepasst habe. Stunden zuvor habe ich mit ihm gesprochen, hätte ihn bewegen müssen, mit mir ins Haus zurückzukehren. Ja, ich habe auch dir die Schuld gegeben, weil du es zugelassen hast, dass dieses Unglück geschehen konnte.

Patrick ist viel zu jung zum Sterben. Er hat das Leben nur von seiner dunkelsten Seite erleben müssen. Und jetzt, wo das wunderbare Feuer der Liebe sein Leben erhellt und ihm Wärme gibt, willst du ihm dieses Leben nehmen. Das finde ich nicht fair. Ich bin eine alte Frau, die ihr Leben gelebt hat. Nimm mein Leben dafür, wenn du ihm nur seines lässt. Selten habe ich dich um etwas gebeten. Ich habe alle meine Schicksalsschläge im Leben klaglos ertragen. Doch jetzt begehre ich auf. Ich bitte nicht für mich, ich bitte um ihn. Zürne ihm nicht, weil er dir zürnte. Vergib und verzeih. Wenn du ein gütiger Gott bist, dann lass ein Wunder geschehen!“

Sie spürte, dass sie nicht allein war. Ein Arzt in weißem Kittel stand neben ihr und blickte mit einem fast wehmütigen Ausdruck auf sie herab.

„Mrs O'Sullivan, Sie sollten jetzt nach Hause gehen und versuchen zu schlafen. Seit sechsunddreißig Stunden sitzen Sie schon hier. Sie können nichts für ihn tun."

„Ich kann beten", widersprach sie.

„Das tun Sie doch die ganze Zeit und das können Sie auch zu Hause tun. Ihm nützt es gar nichts, wenn Sie hier zusammenbrechen. Und er würde es sicher nicht gutheißen."

„Aber man kann ihn doch nicht einfach sich selbst überlassen", begehrte Tess auf.

Der Arzt schüttelte bedauernd den Kopf. „Wir haben getan, was in unserer Macht steht. Er liegt sehr tief im Koma. Wenn er in den nächsten vierundzwanzig Stunden nicht aufwacht, befürchte ich das Schlimmste. Sein Zustand ist sehr instabil. Und allein diese Maschinen können keine Wunder bewirken."

„Ein Wunder? Ein Wunder ist notwendig", flüsterte Tess mit tränenerstickter Stimme. „Wie muss dieses Wunder aussehen?"

„Ich weiß es nicht. Es liegt in Gottes Hand, ob sich dieses Wunder ereignet. Bitte, gehen Sie jetzt nach Hause. Ich werde Sie informieren, sobald sich etwas an seinem Zustand ändert."

Er sah in ihren Augen tiefen Zweifel und lächelte ihr beruhigend zu. Tess erhob sich mühsam. Jetzt spürte sie, wie sämtliche Gelenke schmerzten und ihre entzündeten Augen brannten. Mit einer verlegenen Geste wischte sie sich die Tränen weg.

„Sie sind eine sehr tapfere Frau“, sagte der Arzt, während er Tess aus der Intensivstation hinausbegleitete.

„Er ist auch ein wunderbarer Junge“, erwiderte sie.

Vor dem Krankenhaus schlug ihr die feuchtkalte Luft entgegen. Aber es brachte sie auch wieder zur Besinnung. Das Leben ging immer irgendwie weiter. In jeder Sekunde erloschen auf dieser Welt tausende von Lebenslichtern, gleichzeitig wurden tausende andere neu entzündet. Sie ballte die Fäuste zusammen. „Trotzdem ist es ungerecht“, stieß sie hervor.

In ihrem Garten blühten die Schneeglöckchen und Krokusse und kündeten vom nahenden Frühling. Die Natur um sie herum würde zu neuem Leben erwachen. Bittere Ironie des Schicksals, dass ihr im Frühling zum zweiten Mal in ihrem Leben ein geliebter Mensch genommen werden sollte.

Vom Meer her wehte ein heftiger Wind. Tess drehte sich nicht um. Plötzlich hasste sie das Meer. Sie hasste es, weil dieses Meer die beiden Liebenden trennte, sie hasste es, weil es ihr nun auch Patrick nehmen wollte. Dabei hatte Patrick das Meer geliebt. Er fuhr gern hinaus, dachte über die Dinge des Lebens nach, suchte nach Motiven für seine Bilder und Skulpturen. Und er angelte gern.

An der Haustür blieb Tess stehen, dann drehte sie sich um, ging durch den Garten hinüber zum Gartenhäuschen. Langsam öffnete sie die beiden Glasflügeltüren. Eine zerbrochene Scheibe hatte Patrick mit einem Stück Pappe zugeklebt. Sie betrat den Raum, der nach abgestandener Luft roch. In den letzten Wochen hatte Patrick überhaupt nichts mehr geschaffen, kein Gemälde, keine Zeichnung, keine

Skulptur. Es war, als hätte er dazu keine Energie mehr aufgebracht.

Tess durchquerte das Zimmer und blieb vor jedem Stück stehen. Da lehnten Bilder an der Wand, da stand die Staffelei, in der Ecke lagen die Scherben der zerbrochenen Büste von Carol, in der anderen Ecke die Figur des Gottes Belenos. Sie war die einzige, die nicht beschädigt oder verstaubt war. Er musste sie berührt haben.

Warum nur hatte sich Patrick den heidnischen Göttern zugewandt? Erhoffte er sich von ihnen mehr Hilfe als von dem Christengott, der sie einstmals von der grünen Insel verdrängte? Was ging überhaupt in Patricks Kopf vor? Kannte sie ihn wirklich so gut? Was hatte er tief in seinem Herzen vergraben, wozu auch sie keinen Zutritt besaß?

Ein Windstoß fuhr herein und wirbelte die kalte Asche im Kamin auf. Wie Schnee legten sich die Ascheflocken auf die Zeichenmappe, die achtlos daneben auf dem Fußboden lag. Tess hockte sich hin und schlug den schwarzen Pappdeckel auf. Blätter mit Skizzen, aber auch Zeichnungen mit Bleistift und Kohle lagen darin. Fast alle zeigten Carol. Da lag sie, lasziv und sinnlich vor dem Kamin, ihr schöner Körper mit liebevoller Hand vom Betrachter gezeichnet, mit weichen Konturen und zerfließenden Grenzen; Carol am See, zeitlos und gedankenentrückt zwischen Gras und knorrigen Baumstämmen; Carol an einem Weiher inmitten eines magisch wirkenden, dschungelähnlichen Waldes; Carol, wie sie Aphrodite gleich dem Meer entsteigt, die Arme um den Oberkörper geschlungen. Und in allen Bildern war sie nackt. Mal wirkte sie scheu und keusch, dann wieder sinnlich und erotisch, überirdisch und weltentrückt, aber immer sehr weiblich und ästhetisch. Patrick hatte den Blick für die Schönheit des Körpers, für die Schönheit des Lebens überhaupt.

Daneben gab es Skizzen, Porträtstudien, wahrscheinlich als Entwürfe für die Marmorbüste. So viele Gesten und Mienenspiele hatte er eingefangen, dass Tess darüber verwundert war. Carol konnte lächeln, übermütig und spitzbübisch lachen, ernst und in sich gekehrt sein oder begehrenswert und sinnlich. Patrick hatte Carol gesehen, wie sie wohl kein anderer Mensch gesehen hatte. Er hatte in all den Bildern auch ihre innere Schönheit zum Ausdruck gebracht. Für ihn besaß Carol eine besondere Ausstrahlung, ein Charisma, das er im Stande war darzustellen. Erschüttert blieb Tess sitzen. Eigentlich war sie zornig auf Carol, eigentlich hatte sie sie mitverantwortlich gemacht für das, was geschehen war. Warum war sie gekommen? Warum hatten sie sich ineinander verliebt? Warum konnten sie nicht endgültig zueinander finden?

Aber plötzlich bekam sie Mitleid mit Carol. Ganz sicher hatte Carol Patrick ebenso geliebt wie er sie. Zwischen ihnen klaffte jedoch eine tiefe Kluft. Man konnte keinem von beiden einen Vorwurf machen, dass sie diesen Graben nicht überbrücken konnten. Der Mensch war und blieb eben schwach. Wenn Gott schon ungerecht war, so wollte Tess es nicht ebenfalls sein. Carol musste diesen Schicksalsschlag ebenso ertragen wie sie selbst.

Langsam klappte sie die Mappe zu und legte sie dahin, wo sie gelegen hatte. Sie erhob sich unter Anstrengung, verließ das Gartenhaus und schloss sorgfältig die Tür, als wolle sie für immer behüten, was Patrick hinterlassen hatte. Sie dachte an die Worte des Arztes. Die nächsten vierundzwanzig Stunden würden alles entscheiden. Die Waage neigte sich deutlich zur dunklen Seite.

Tess presste die bebenden Lippen zusammen. Carol hatte ein Recht darauf zu erfahren, was geschehen war. Im Wohnzimmer blickte Tess auf die fünf flachen Plastikhüllen mit den verkleinerten Titelbildern ihrer Romane. Sie hatte sich also Gedanken gemacht in all den Wochen, in denen Tess nichts mehr von ihr gehört hatte. Sie hatte es nicht einfach so hingenommen, sie hatte sich nicht von Patrick abgewendet. Sie hatte einen Weg gesucht, um ihm wieder nahe zu kommen. Die Tragik war, dass sie zu spät kam.

Draußen war es bereits dunkel geworden. Tess griff zum Telefonhörer und wählte Carols Nummer. In New York war es erst früher Nachmittag. Dieser Schritt fiel Tess unendlich schwer, aber sie wusste, dass er notwendig war.

Sie empfand es plötzlich eigenartig, Carols Stimme zu hören, ganz nahe, als würde sie sich nicht mehrere tausend Meilen westwärts befinden. In einer anderen Welt, wie Patrick meinte. Es war eine andere Welt, in der Carol lebte. Nur war sie wahrscheinlich nicht sehr glücklich darin. Wie eine Sturzflut brach es aus Tess heraus. Sie mochte sich nicht Carols Gesicht vorstellen, ihre Erschütterung, ihre Verzweiflung. Es bereitete ihr Mühe, Carol davon abzuhalten, in den nächsten Flieger zu steigen. Sie sollte nicht zusehen müssen, wie Patrick starb. Diese Last wäre für Carol zu groß. *Lieber Gott, warum strafst du zwei Liebende derart grausam?*

Nach dem Telefonat blieb Tess im Sessel sitzen, ihre Hände lagen reglos auf dem Schoß. Noch nie im Leben hatten diese Hände geruht, immer hatten sie irgendetwas Sinnvolles zu tun, und wenn sie Socken strickten für Patrick.

Patrick! Sie saß da und wartete darauf, dass er starb. Verzweiflung und ohnmächtiger Zorn bemächtigten sich ihrer. Sie konnte rein gar nichts tun als warten. Es war so grausam! Apathisch nahm sie die Hüllen mit den kleinen silbernen Scheiben in die Hand. Da stand noch Carols Geschenk, diese hochmoderne Hi-Fi-Anlage mit dem Holzgehäuse, passend zur rustikalen Einrichtung ihrer Wohndiele. Nein, eigentlich passte so ein Gerät überhaupt nicht zu ihr und zu ihrem Haus. Sie hatte es seither auch erst zwei oder drei Mal benutzt. Moderne Technik schreckte sie ab. Der Postbote hatte ihr die Bedienung erklärt und Tess hatte sich die CD mit der irischen Folkmusik angehört. Sie war recht hübsch, aber die spontane Musik der Menschen auf den Festen war ihr wesentlich lieber als eine ausgefeilte Studioaufnahme. Ihr fehlte irgendwie das Leben.

Mehr, um die lastende Stille im Haus zu verdrängen, öffnete Tess die erste Hülle und nahm die kleine Scheibe heraus. Timothy Leigh hatte ihr erklärt, dass man nicht mit den Fingern darauf fassen dürfe und wie man sie in das Gerät einlegt. Es gab eine Taste, die das kleine Schubfach öffnete und schloss, in das die Scheibe eingelegt wurde, und es gab eine weitere Taste, um die CD abzuspielen. Die Lautstärke hatte Timothy eingestellt und Tess hatte sie seitdem nicht mehr verändert.

Sie legte die CD ein und drückte die Taste für den Start. Dann lehnte sie sich im Sessel zurück und schloss die Augen.

„Für Patrick in Liebe – Carol", vernahm sie Carols Stimme. „Wie der Traum hinter der Stirn des Träumers verborgen, lag das Nebelland jenseits der Blicke der sterblichen Menschen. Und doch gab es dieses Land mit seinen schroffen, schneebedeckten und felsigen Bergen, seinen grünen Tälern, seinen wilden Flüssen und stillen Seen, seinen blühenden Gärten und dunklen Wäldern. Und wie in der Welt der sterblichen Menschen gab es im Nebelland das Gute und das Böse …“

Es war sonderbar, Carols Stimme zu hören. Tess schwebte vor, dass Carol neben ihr saß. Carol hatte eine angenehme Stimme. Sie ging unter die Haut, durchdrang den Raum, ohne aufdringlich zu sein, und füllte Tess' Herz. Die körperliche Erschöpfung ließ sie in einen Dämmerzustand fallen, nicht mehr wach, aber auch kein tiefer Schlaf. Sie nahm um sich herum nichts mehr war, nur Carols sanfte Stimme war da. Sie lauschte nicht auf das einzelne Wort, sie hörte nicht konzentriert zu, und doch erfasste sie den Sinn der Worte, Sätze, Kapitel.

Später wusste sie nicht, was es war, das sie wie ein schrilles Weckerklingeln aus diesem Zustand herausriss. Das Herz schlug ihr bis zum Hals und sie schaute sich verwirrt um. Es war kein anderes Geräusch zu hören als der Wind, der um das Haus blies, der Regen, der gegen die Fensterscheiben trommelte, und Carols Stimme, die warm und weich durch den Raum schwebte. Und doch war da etwas, das sie elektrisierte und aus dem Sessel trieb. Carols Stimme! War es dies, das Fünkchen Hoffnung auf ein Wunder?

Patrick kannte Carol wie kein anderer Mensch, er hatte ihren Körper, ihr Wesen, ihre Seele studiert. War es Carol, die ihn an diesen dunklen Abgrund der Hoffnungslosigkeit geführt hatte, so konnte sie es möglicherweise auch sein, die ihn wieder davon wegführte.

Mit fliegenden Fingern wählte sie die Nummer des Krankenhauses und ließ sich mit der Intensivstation verbinden.

„Hätten Sie etwas dagegen, eine kleine Hi-Fi-Anlage neben Patricks Bett aufzustellen?“, fragte sie den Arzt. „Bitte!“ Ihre Stimme wurde beschwörend. „Was kann es schaden? Aber vielleicht nützt es etwas. Ich könnte ihm etwas vorspielen, das er kennt. Ich habe gehört, dass Menschen im Koma hören können ...“ Sie schwieg und lauschte nervös den Worten des Arztes. „Morgen? Aber sie sagten doch, die nächsten vierundzwanzig Stunden entscheiden ... Ja, ich würde sofort kommen.“

Tess legte den Hörer auf und blickte sich gehetzt um. Wo war der Knopf, wo man diese blöde Anlage ausstellte? Wo befand sich der Karton, in dem sie eingepackt war? Und wo war der Wagenschlüssel für ihren Pick-up?

Sie warf sich hastig die Regenjacke über, zog einfach den Stecker aus der Dose und packte die Anlage samt der restlichen CDs in den großen Korb, in dem sie sonst die Kartoffeln vom Feld holte. Dann deckte sie ein Tuch darüber und trug alles zum Wagen. Der Sturm peitschte den Regen waagerecht, es musste kurz vor Mitternacht sein. Sie musste sich gegen den Wind stemmen, um das Gartentor zu öffnen. Dann setzte sie sich in den Pick-up und fuhr in die Nacht hinaus.

Es war eine stockdunkle, sehr stürmische Nacht, als müsse der Winter dem Frühling beweisen, dass seine Kraft noch nicht versiegt war. Der Regen klatschte wie eine Sturzflut gegen die Frontscheibe und überforderte die Scheibenwischer. Im Lichtkegel der Scheinwerfer sah Tess nur die hell glitzernden Wassermassen. Als hätten sich die Elemente gegen sie verschworen, rüttelte auch der Wind am Fahrerhaus und machte die Fahrt zu einer gefährlichen und abenteuerlichen Tour. Obwohl Tess die Strecke bestens kannte, wusste sie zeitweise nicht, wo sie sich befand. Das glitschige Dunkel des Asphalts ging unsichtbar in graubraune Felder oder Wiesen über. Tess befürchtete, von der Straße abzukommen und mit dem Wagen stecken zu bleiben. Doch gerade jetzt ging es um Minuten. Neben ihr auf dem Beifahrersitz stand der Korb mit der Musikanlage. Ab und zu warf Tess einen besorgten Blick hinüber, um sich zu vergewissern, dass er nicht umstürzen konnte.

Die knapp zwanzig Meilen bis Killarney kamen ihr endlos vor. Sie hielt das Lenkrad umklammert und murmelte stumme Gebete. Sie sah nichts von den Bergen, den Flüssen und Seen, der erwachenden Natur. Sie war erfüllt von Angst, quälender, nackter Angst, zu spät zu kommen.

Vor dem Krankenhaus angekommen, ließ sie den Wagen quer vor dem Eingang stehen und den Schlüssel stecken. Sogar die Wagentür blieb offen stehen. Mit dem Korb in den Händen hastete sie über die leeren Gänge bis zur Intensivstation, deren Eingang eine breite Milchglastür versperrte. Sie betätigte die Klingel. Eine Dienst habende Schwester starrte sie entgeistert an. „Was soll denn das?“, fragte sie und hob abwehrend die Hände. „So können Sie hier nicht hinein.“

„Sagen Sie dem Arzt, dass ich da bin. So machen Sie doch, es geht um Leben und Tod.“

„Hier geht es immer um Leben und Tod“, erwiderte die Schwester kühl. Zum Glück erschien hinter ihr der Arzt, der den Tumult gehört hatte.

„Mrs O’Sullivan! Ich sagte doch, dass Sie morgen Früh …“

„Dann ist es vielleicht zu spät. Bitte, Doktor, Sie haben es mir versprochen. Es ist die letzte Chance!“

Er trat einen Schritt zurück. „Meinetwegen. Aber nicht mit dem schmutzigen Korb. Hier ist alles steril."

„So wie Ihre Schwester", entgegnete Tess heftig und zog die Anlage aus dem Korb. Die CD-Hüllen stopfte sie sich in die Tasche des Regenmantels.

„Ihre Sachen müssen Sie auch draußen lassen", keifte sie die Schwester an. „Ihr Mantel ist ja ganz nass!"

„Weil es draußen regnet", ächzte Tess. Der Doktor nahm ihr die Anlage ab und Tess zog den Mantel und die Schuhe aus. Die Schwester gab ihr einen Kittel und weiße Gummischuhe.

Während der Doktor mit der Anlage weiterging, folgte ihm Tess mit den CDs in der Hand. Es war ein urkomischer Anblick und sie hätte gelacht, wenn der Anlass nicht so tragisch gewesen wäre. In einem Raum blieb er stehen.

„Hier?", fragte Tess entgeistert. „Aber …

„Die Schwester hat Recht. Hier gilt strengste Sauberkeit. Außerdem sind wir ein modernes Krankenhaus." Er stellte die Anlage auf einen Tisch, manipulierte etwas an deren Rückseite und steckte dann ein Kabel in einen Stecker in der Wand. „Legen Sie eine CD ein, ich schalte den Lautsprecher in Mr O'Brians Zimmer frei."

Fasziniert beobachtete Tess den Doktor. „Interessant", murmelte sie, „ich kenne mich mit dieser Technik nicht aus."

„Aber ich", erwiderte der Arzt grinsend. „Ich habe selbst so eine ähnliche Anlage. Amerikanisches Fabrikat, nicht wahr?"

Er blinzelte ihr belustigt zu und auf Tess' Lippen zeigte sich ein kleines Lächeln. „Ein Geschenk meiner Nichte. Und das auf der CD, das ist sie auch. Und Patrick … liebt sie."

„Vielleicht geschieht doch noch ein Wunder“, sagte er und nickte ihr aufmunternd zu.

„Darf ich zu ihm gehen?“, fragte Tess zaghaft.

„Natürlich“, antwortete der Arzt.

Während Tess in ihren zu großen Gummischuhen über den Gang schlurfte und ganz vorsichtig die Glastür zu Patricks Zimmer öffnete, blickte ihr der Arzt mit einem wehmütigen Kopfschütteln nach. Er hatte Mitleid mit der Frau und wollte ihr das Fünkchen Hoffnung nicht nehmen. Aber er wusste es besser und wandte sich schließlich mit einem schmerzvollen Zug um die Mundwinkel ab.

36. Kapitel

Der Frühling fand spät seinen Weg, doch mit jedem Tag stieg die Sonne ein Stück höher und spendete Wärme und Licht. Mit aller Macht drängten die grünen Spitzen der erwachenden Natur durch das nasse, schwere Erdreich oder sprengten die Knospenkapseln von Bäumen und Sträuchern. Für Carol aber war der kümmerliche Rest ihrer kaum noch heilen Welt vollends in Stücke zerbrochen. Eine völlige Apathie hatte sie ergriffen. Später würde sie sich an diese Zeit nicht mehr erinnern können. Eine Art von Dämmerung hatte ihren Geist umnebelt. Gleichzeitig erzitterte ihr Innerstes wie unter Hochspannung. Jede Sekunde erwartete sie Tante Tess' Anruf, in dem sie ihr mitteilte, dass Patrick gestorben sei. Solange das Telefon nicht klingelte, gab es diese winzige Hoffnung, die fast schon keine war.

Manchmal wünschte sie sich, dass Patrick starb. Dann würde diese unsägliche Qual des Wartens vorbei sein. Dann wieder entsetzte sie dieser Gedanke, weil sie sich vielleicht doch an das Fünkchen Hoffnung klammerte. In ihren wirren Träumen sah sie eine in weiße Binden gewickelte Gestalt in einem gekachelten Raum auf einer schmalen Bahre liegen. Sie ahnte etwas von der Schrecklichkeit des Todeskampfes und sie betete, dass Patrick diesen Kampf nicht mehr ewig führen müsse. Sie fühlte sich entsetzlich schuldig an dem, was geschehen war. Hätte sie Irland nicht so abrupt verlassen, hätte sie sich nicht von Patrick abgewandt wie von einem Aussätzigen, wäre er vielleicht nicht dieser Verzweiflung verfallen. Manche Augenblicke wünschte sie sich selbst zu sterben, um sich von der Last dieser Schuld zu befreien. Manchmal, beim Erwachen, überkam sie für einen Herzschlag lang das Gefühl, nur einem Albtraum erlegen gewesen zu sein, Patrick würde neben ihr liegen, warm und verführerisch, sie in die Arme nehmen und ihr Haar aus der schweißnassen Stirn streichen. Aber der Platz neben ihr war leer und die Wirklichkeit holte sie mit aller Grausamkeit wieder ein.

Es gab Träume, in denen sie Patrick vor sich sah, jedes Detail seines Gesichts, seines Körpers, sie vernahm seine Stimme, ja, sie glaubte sogar, den Duft seines Körpers zu riechen. Dann wieder konnte sie sich nicht an sein Gesicht entsinnen, als wäre es bereits im Nebel versunken. Nur an eines konnte sie sich später erinnern: Sie hatte versucht zu begreifen, wieso es so weit hatte kommen können. Was war falsch gelaufen zwischen ihnen? Warum hatte Patrick keine Hoffnung mehr gesehen? Sie selbst hatte diese Hoffnung nie endgültig begraben. Sie hatte doch immer nach einem Weg gesucht, zu Patrick zurückzufinden, auch wenn sie lange nicht gewusst hatte, wie dieser Weg aussehen würde. Oder waren es nur Ausflüchte, um die Last auf ihrer Seele erträglicher zu machen? Warum hatte Patrick aufgegeben genau in dem Augenblick, als Carol einen Weg gefunden zu haben glaubte?

Einige Tage lang hatte sie den Stecker des Telefons herausgezogen, weil sie die Spannung des Wartens auf einen Anruf nicht mehr ertragen konnte. Als jedoch Jenny Talasso vor der Tür stand, weil sie sich um Carol sorgte, stöpselte Carol das Telefon wieder ein. Es kamen nur wenige Anrufe, aber jedes Mal, wenn das Telefon klingelte, drohte ihr Herz zu zerspringen und sie blickte auf den Apparat, als sei er eine Bombe mit Zeitzünder. Sie zögerte lange, bis sie den Hörer abnahm, aber jedes Mal waren es andere Anrufer, Rita, John, Rhonda, Lori, ihr Vater.

Das Telefonat mit Harry war das einzige, das länger dauerte. Er hatte ihr versichert, wie sehr die Familie an Patricks Schicksal Anteil nahm und man ihn täglich in die Gebete einschloss. Carol erinnerte sich an Tess' Worte, als sie von Patricks Kindheit erzählte. Auch damals hatten die Leute in Delanney für ihn gebetet, aber keiner hatte so richtig an das Wunder geglaubt, nicht einmal seine eigenen Eltern.

In dieser Zeit vernachlässigte Carol sich und ihr Leben. Ihr Apartment blieb abgedunkelt, sie ging nicht mehr auf die Straße, traf sich nicht mit Freunden und Kollegen. Wenn der Hunger ihr wie Krebsscheren in den Magen kniff, rief sie den Pizzadienst an und ließ sich irgendetwas bringen. Sie magerte ab, verrichtete nur die unbedingt notwendigen Hausarbeiten und benutzte weder Fernseher noch Radio. Nur das Rauschen ihres Blutes in den Ohren durchbrach die lastende Stille.

Bis eines Tages Harry vor der Tür stand. Er verbarg sein Erschrecken über Carols Aussehen so gut es ging, dann schloss er seine Tochter in die Arme, drückte sie fest an seine Brust und nahm sie mit zu sich nach Hause.

Alle Familienmitglieder verhielten sich sehr rücksichtsvoll. Keiner quälte sie mit bohrenden Fragen. Es herrschte keine übertriebene Fröhlichkeit, aber auch keine Trauerstimmung. Carol unternahm lange Spaziergänge, manchmal allein, oft mit ihrem Vater. Dann gingen sie schweigend nebeneinander her. Es gab nichts zu sagen, doch Carol war einfach nur froh, nicht allein zu sein. Fiona in ihrer pragmatischen Art achtete darauf, dass Carol regelmäßig aß, kochte ihr Lieblingsessen und lenkte sie behutsam von ihren quälenden Gedanken und Selbstvorwürfen ab, indem sie sie in die Hausarbeit einbezog. Carol wusste nicht, wann sie das letzte Mal Damasttischdecken gebügelt hatte.

Tim, der nur wenige Straßen weiter wohnte, besuchte sie oft, meist brachte er auch seine Freundin Jennifer mit. Ein Mal waren sie alle bei Jennifers Eltern zum Kaffee eingeladen und am Wochenende kamen Ed und Deborah aus Boston zu Besuch. Lori bot an, sofort zu kommen und so lange in Enfield zu bleiben, wie Carol es wünschte, aber Carol lehnte freundlich, aber bestimmt ab. Sie wollte nicht wie eine Todkranke behandelt werden. Mit Tim unternahm sie mehrere Ausflüge in die Berkshire Hills. Seit dem neunzehnten Jahrhundert zogen sich hierhin Künstler, Literaten, Schauspieler und Musiker zurück. Stockbridge oder Lenox waren Orte, wo sich Carol hätte vorstellen können, mit Patrick gemeinsam zu leben. Tim zuliebe überspielte sie die aufkommende Melancholie. Im Hügelland breitete sich der Frühling aus wie ein grünes Tuch, das die Natur ausrollte.

Sehnsucht kam in Carol auf, Sehnsucht nach Leben. Sie würde sich ihr Leben neu einrichten müssen, sich mit den Umständen arrangieren. Das hatte sie sich schon mehrere Male vorgenommen, aber wieder und wieder hatte sich etwas verändert. Das Auf und Ab des Schicksals, dieser Wechsel von Hoffnung, Niederlage, Aufbegehren, Apathie, übertriebenem Aktionismus und Lethargie hatte an ihren Kräften gezehrt. Tief in ihrem Inneren wusste sie, dass das ständige Grübeln darüber keine Erklärung liefern würde. Was geschehen war, war geschehen. Sie konnte nichts rückgängig machen, sie konnte die Welt deswegen nicht anhalten. Das Leben ging weiter, die Jahreszeiten kamen und gingen, die Welt drehte sich um ihre Achse wie seit Anbeginn der Zeiten, auch wenn am Himmel Sterne geboren wurden oder verloschen. Im Gegensatz zu all den großen Dingen war der Mensch verschwindend klein.

Nur ein einziges Mal noch träumte sie von Patrick. Es war ein seltsamer Traum und er kam ihr bekannt vor. Inmitten eines dichten Waldes, dessen Baumwipfel die Sonnenstrahlen kaum zu durchdringen vermochten, stand sie, die Füße mit dem sumpfigen Untergrund verwachsen. Über dem See tanzten Nebel und in diesem Nebel erkannte sie Patricks Gestalt. Er schaute sie an. Um seine Lippen spielte ein kleines Lächeln, aber seine Augen blickten traurig. Dann wandte er sich langsam ab, um zu gehen. Carol streckte die Arme nach ihm aus. Sie war nicht in der Lage, sich zu bewegen.

„Bitte bleib“, flüsterten ihre Lippen. Doch es war kein Ton zu hören. Ihre Stimme blieb stumm. Doch Patrick hatte sie verstanden. Er drehte das Gesicht zu ihr, dann schüttelte er stumm den Kopf. „Ich liebe dich, Patrick“, formten ihre Lippen.

Er lächelte. „Ich liebe dich auch“, erwiderte er. Sie hörte seine Stimme nicht, aber sie fühlte sie. Es schmerzte mehr als jedes gesprochene Wort. Sein Bild zerfloss im Nebel und hinter Wasser, das plötzlich vom Himmel zu stürzen schien. Dann spürte sie, dass es ihre eigenen Tränen waren.

Seit Menschengedenken beschrieben Dichter und Sänger die Liebe. Sie ist ein Gefühl, das den Verstand außer Kraft setzt. Aber sie war viel mehr für Carol. Keine Worte konnten jemals beschreiben, welch eine Macht die Liebe sein konnte. Und wie sie das Leben eines Menschen veränderte, bis hin zum Tod. Zwei Menschen waren sich begegnet. Und obwohl sie so verschieden waren in ihrem Wesen und in ihrem Leben, geschah etwas Wunderbares: Sie verliebten sich ineinander.

Carol hatte die Liebe nur dieses eine Mal erlebt und sie würde keinen einzigen Augenblick davon vergessen. Und sie würde nie wieder so lieben können.

„Ich glaube, jetzt kann ich es schaffen", sagte Carol zu Harry und Fiona. Sie schlossen sich zu dritt in die Arme. Dann kehrte Carol nach New York zurück.

Zu Hause hatte sich jede Menge Post angesammelt, die Carol achtlos beiseite schob. Sie ging zum Fenster, zog die Jalousien hoch und öffnete sie. Frische Luft drang herein und verdrängte die abgestandene in den Räumen. Tief sog sie den Sauerstoff ein und blickte sich um. Hatte sie sich wirklich so unglaublich gehen lassen?

Kurz entschlossen krempelte sie die Ärmel hoch, holte den Eimer aus der Putzkammer und brachte das Apartment in Ordnung. Fast verbissen putzte und polierte sie, als müsste sie den grauen Schleier, der so lange auf ihrer Seele gelastet hatte, vertreiben. Sie konnte nicht begreifen, woher diese plötzliche Kraft wieder kam, aber sie nahm sie dankbar an. Erst als sie der Meinung war, dass es wirklich nichts mehr zu säubern gab, ließ sie sich auf das Sofa fallen. Sie nahm den Poststapel in die Hand und sortierte ihn grob in wichtige und unwichtige Post. Das meiste war unwichtig, Werbung, Rechnungen, Angebote, Zeitschriften, ein paar Ansichtskarten von Freunden und Bekannten. Man hatte sie nicht vergessen. Ihr fiel ein dickerer brauner Umschlag auf. Er war größer als die anderen Umschläge und von einer Dicke, als enthielte er ein Manuskript. Beim Blick auf die Briefmarken durchzuckte sie ein schmerzhafter Stich. Er kam aus Irland! Der Aufkleber war mit Schreibmaschine beschrieben. Ganz oben in der Ecke stand klein der Absender: Tess O'Sullivan!

„Nein …" Ihr Atem stockte und vor ihren Augen tanzten bunte Kringel. Ihre Hände begannen zu zittern. Sie starrte auf das dicke braune Papier und kämpfte gegen ihre Übelkeit. Bislang hatte Tess angerufen, auch auf dem Anrufbeantworter, der die ganze Zeit, als Carol sich in Enfield befand, eingeschaltet war, befand sich von ihr keine Nachricht. Nun also war sie da, zwar anders als erwartet, aber sie hielt sie in den Händen. Mit flatternden Fingern griff sie zur Schere und schnitt den Umschlag an seinem Ende auf. Ihr Herz klopfte bis zum Hals, als sie den Inhalt auf den Tisch schüttete. Es war ein Stapel Zeichnungen auf dünnem Karton sowie ein weiteres, kleines, in buntes Seidenpapier gewickeltes Päckchen. Kein Brief von Tess, keine Karte, nicht einmal ein Zettel. Vorsichtshalber blickte Carol in den Umschlag, aber der war leer. Dann nahm sie den Stapel Zeichnungen zur Hand. Sie waren farbig, wahrscheinlich mit Aquarellstiften gemalt, und stammten zweifelsfrei von Patrick. Und dann stockte ihr zum zweiten Mal der Atem. Es waren nicht irgendwelche Bilder, sondern Illustrationen zu ihren Büchern!

Der Raum um sie herum begann sich zu drehen. Wie war das möglich? Noch einmal suchte sie nach einem Schriftstück, einem Hinweis, einer Erklärung, die vielleicht zwischen die Zeichnungen gerutscht war. Aber sie fand nichts.

Sie legte die Bilder beiseite und wickelte das kleine Päckchen aus. Es war eine Tonband-Kassette. Sie wusste nicht, wann sie das letzte Mal eine Kassette abgespielt hatte, sie besaß nur noch CDs. Und sie besaß nicht einmal ein Gerät, diese Kassette abzuspielen. Wo zum Teufel war diese Kassette her? Sie erinnerte sich schwach, dass sich in der Anlage, die sie Tante Tess zum sechzigsten Geburtstag geschenkt hatte, ein Doppelkassettendeck befand. Und ein eingebautes Mikrofon! Eine heftige Erregung packte sie und ihr schwindelte. Ihre Gedanken überschlugen sich, wo sie diese Kassette abspielen könnte. Das Autoradio! In ihrem Autoradio befand sich ein Kassettenfach, das sie nie benutzte.

Sie stürmte aus ihrem Apartment mit der Kassette in der Hand, eilte zum Fahrstuhl und drückte ungeduldig auf den untersten Knopf. Ihr schien die Zeit endlos lang, bis die Kabine in der Tiefgarage hielt. Sie hastete zu ihrem Wagen, schaltete die Zündung ein und legte die Kassette ein. Dann lauschte sie mit angehaltenem Atem. Eine ganze Weile vernahm sie nichts, nur ein undefinierbares Rauschen. Dann glaubte sie im Hintergrund Tante Tess' Stimme zu vernehmen und das Klappen einer Tür. Wieder war es einen Moment still, bis sie Patricks Stimme vernahm. Sie klang belegt und unsicher.

„Carol … meine Carol." Er stockte, räusperte sich und fuhr fort. „Verzeih mir. Ich kann dich nur um Verzeihung bitten. Es ist Sünde, was ich getan habe, und Gott wird mir das sicher nicht verzeihen. Es stimmt, ich wollte einfach nicht mehr leben und das Meer sollte mich nehmen, dieses unendliche Meer, das sich zwischen uns beiden erstreckt und verhindert, dass wir wieder zueinander finden würden. Das Schicksal hat mich geschlagen, ein Mal, zwei Mal, drei Mal. Beim dritten Mal glaubte ich, den Schmerz nicht mehr ertragen zu können. Im Leben findet immer alles drei Mal statt. Das wussten schon unsere Ahnen. Deshalb war ich sicher, dass dieser letzte Schlag der Todesschlag war. Aber es war falsch. Es gibt einen Weg, der weiterführt. Doch ich habe die Augen davor verschlossen, war blind und taub gegenüber all den Zeichen, die mir bedeutet haben, was wirklich mein Schicksal ist. Mein Gefühl hat es mir gesagt, dass du es bist. Aber ich wollte dieses Gefühl leugnen, glaubte, du würdest mich verachten wegen des Makels, den ich verdammt bin zu tragen. Erst als du weg warst, wurde mir mit aller Schmerzlichkeit klar, dass ich ohne dich nicht leben kann. Ich wünschte, ich hätte es früher erkannt. Ich war so dumm in meinem Stolz und meinem Selbstmitleid. Als es zu spät war, wusste ich nicht, wie ich dich wieder hätte zurückholen können. Ich konnte ja nicht einmal einen Brief schreiben! Und vor dem Telefon habe ich mich gefürchtet, hatte Angst, deine Stimme zu hören, dass du mir sagst, dass du mich nie mehr wieder sehen willst, dass du mich verachtest, dass du mich hasst.

Ich wusste, dass mein Leben nie wieder so sein würde, wie es war, dass mich eine große Leere umgab und auch Leere in mir war. Ein gemeinsames Leben mit dir konnte ich mir einfach nicht vorstellen, du, die erfolgreiche, schöne und kluge Frau, und ich, der mittellose Maler, der nicht einmal seinen Namen schreiben kann. Uns trennen Welten, so glaubte ich jedenfalls. Aber ich wusste auch, dass ich ohne dich ebenso wenig leben konnte. Deshalb sehnte ich mich nach dem Tod. Er hätte diesem Leiden ein Ende gesetzt.

Du hast mir gezeigt, dass es auch anders geht. Verzeih einem unwissenden Insulaner und Einsiedler und vergib mir, dass ich nicht begriffen habe, wie weh ich dir damit getan habe. Über dem heftigen Sturm in meiner Seele habe ich den leisen Flügelschlag des Vogels der Hoffnung nicht bemerkt.

Ich glaubte zuerst, Gott wollte mich nicht haben und hat mich wieder zurückgeschickt. Aber es war etwas ganz anderes. Es war deine Stimme, die tief zu mir in das Dunkel der Nacht drang, meine Seele erwärmte und mein Herz schneller schlagen ließ. Ich weiß nicht, wie lange Tess diese CDs bereits abgespielt hat. Waren es Stunden, Tage, Wochen? Ich weiß nur, dass deine Stimme wie ein Sonnenstrahl in meine Dunkelheit drang, kaum sichtbar zunächst, kaum spürbar. Doch der Strahl wurde allmählich heller, die Wärme nahm zu und irgendwann durchdrangen dieses Licht und diese Wärme meinen Körper, meine Seele; das Leben kehrte wieder zu mir zurück.

Es war seltsam, weil es doch nur deine Stimme war, die ich irgendwo im Unterbewusstsein vernahm. Den Sinn deiner Worte verstand ich nicht. Mein Geist war noch nicht darauf vorbereitet, überhaupt einen Sinn zu erfassen. Doch als ich dann erwachte, war mir jedes Wort, jeder Satz, jedes Kapitel gegenwärtig, als hätte ich die Bücher alle gelesen. Eine heftige Erregung packte mich plötzlich und ich wäre am liebsten aus dem Bett gesprungen. Ich musste begreifen, dass mein Körper noch viel zu schwach dazu war. Tess brachte mir den Skizzenblock und Aquarellstifte ins Krankenhaus und ich malte und malte …

Jetzt bin ich mir nicht sicher, ob dir meine Bilder gefallen. Sie haben sich in meinem Kopf entwickelt, irgendwann im Dunkel der Bewusstlosigkeit. Und als ich erwachte, waren sie plötzlich da. Tess meinte, sie wären genau richtig und sie werde sie dir schicken. Ich wollte dir gern einen Gruß dazu schreiben, aber du weißt ja … Timothy Leigh, unser Postbote, hatte den rettenden Einfall. Der kennt sich mit solchen Geräten aus. Also hat Tess das Päckchen noch zwei Tage liegen lassen, Tim brachte so eine Kassette und zeigte uns, wie das mit der Aufnahme funktioniert. Na ja, ich hoffe, es klappt wirklich ..."

Während sie mit angehaltenem Atem in der spärlich beleuchteten Tiefgarage Patricks Worten lauschte, kamen die Erinnerungen mit aller Macht auf. Plötzlich sah sie wieder jede Einzelheit, das tiefe Grün seiner Augen, sein dunkles Haar, dessen Strähnen sich wie Rabenfedern im Wind bewegten, der Bartwuchs auf seinen Wangen, gegen den er nur alle drei Tage zu Felde zog, seine Lippen, die manchmal weich, manchmal trotzig fest waren, seine kräftigen Hände, wenn sie das Werkzeug umfassten, um den harten Stein zu bearbeiten, oder seine seltsam entspannte Haltung, wenn er zeichnete und skizzierte. Sie versuchte sich sein Gesicht vorzustellen, während er vor der seelenlosen Anlage saß und diese Worte sprach. Ob er die Augen geschlossen hielt und sich ihr Gesicht dabei vorstellte?

Er machte eine kleine Pause und Carol hörte, wie er tief Luft holte. „Carol, wir denken alle an dich und vermissen dich sehr. Am meisten jedoch vermisse ich dich. Du sollst wissen, dass ich dich liebe, mehr als alles auf der Welt und mehr als mein Leben. Ich bete, dass du mir verzeihst, ich bete, dass du mir vergibst, und ich bete, dass ich dich eines Tages in den Armen halten darf, um mit dir zu erleben, wie die Sonne im Meer versinkt.

Für Carol in Liebe – Patrick."

Es rauschte noch einen Moment, dann beendete ein Klicken die Aufnahme. Carol hockte zusammengesunken auf dem Autositz und ließ ihren Tränen freien Lauf.

37. Kapitel

Niemand holte sie vom Flughafen ab, aber wie hätte auch jemand da sein sollen? Niemand wusste, dass sie kam.

Sie trat aus dem Flugzeug auf die Gangway und sog den vertrauten Duft des salzigen Winds ein, der sich hier mit dem Geruch nach Kerosin vermengte. Ihre Sinne schwammen in einem erregenden Meer aus Erinnerungen und Hoffnung. Erst als ihr nachfolgende Passagiere in den Rücken stießen, kam sie wieder zur Besinnung. Sie stieg die metallenen Stufen hinab und berührte Irlands Boden, wie der erste Mensch den Mond betrat. Ein Taumel erfasste sie, der sie gleichzeitig beklommen machte. Fast wie in Trance fuhr sie mit dem Shuttle zur Empfangshalle, hörte die Stimmen der Menschen um sich, als sie auf ihr Gepäck wartete. Draußen suchte sie die Kojen der Autovermieter und nahm sich einen Leihwagen, den sie später in Killarney wieder abgeben würde. Vielleicht aber würde sie auch damit wieder nach Dublin zurückfahren, um …

Sie war nicht im Stande, den Gedanken zu Ende zu bringen, weil sich ihr Magen zusammenkrampfte. Sie drehte die Scheibe des Wagens herunter und atmete gierig die Luft ein. Es war noch eine weite Fahrt quer über die Insel und sie würde die Europastraße zwanzig nehmen, die durch die Midlands führte. Sie nahm die Fahrt einfach auf sich, weil sie nicht einen Tag länger warten wollte, um ein Flugzeug direkt nach Killarney zu kriegen. Nach wenigen Meilen war sie sicher genug im Linksverkehr und sie konnte sich ein wenig entspannen. Erst jetzt bemerkte sie ihre schmerzenden Muskeln im Rücken und in den Schultern.

Sie hatte den Entschluss plötzlich, aber keineswegs überstürzt gefasst. Nachdem sie das erlösende Lebenszeichen von Patrick, seinen wundervollen Liebesbeweis erhalten hatte, hielt es sie keinen Tag länger in New York. Als würde sie aus einem langen, dunklen Tunnel ans Tageslicht treten, so empfand sie die wundersame, unglaublich beglückende Wendung des Schicksals. Nie wieder würde sie diese einzigartige Liebe noch einmal aufs Spiel setzen.

Innerhalb weniger Stunden regelte sie alles, was es zu regeln gab. Sie packte zwei große Koffer mit all den Dingen, die ihr persönlich wichtig waren. Diesmal waren nur wenige Kleidungsstücke darunter. Danach bezahlte sie die Miete für ihr Apartment zwei Monate im Voraus. Als Nächstes telefonierte sie sowohl mit Rhonda als auch mit John.

„Ich werde New York auf unbestimmte Zeit verlassen, möglicherweise sogar für immer. Damit beginnt für mich ein völlig neuer Lebensabschnitt, der mit meinem bisherigen Leben nicht mehr viel zu tun haben wird."

Rhonda reagierte zunächst aufgebracht, dann beleidigt. Sie hatte es noch nicht aufgegeben, Carol zu bekehren. Doch sie spürte, dass es keinen Sinn hatte, weiter auf sie einzureden. Sie musste sich damit abfinden, dass Carol und sie kein Team, kein Gespann, keine Freundinnen waren. Diese Erkenntnis war für Rhonda bitter, weil verlustbringend. Andererseits hielt sie es von Vorteil, sich einen neuen Goldesel aufzubauen. Locker-spritzige Frauenromane mit einem Schuss Erotik waren die neuesten Verkaufsrenner und nicht wenige Autorinnen folgten mit heller Begeisterung diesem Trend. Darunter würde Rhonda ganz bestimmt eine geeignete Kandidatin finden, die sie auf den Gipfel des Ruhmes und der Tantiemen peitschen würde.

Bei John bedankte sich Carol für seine Hilfe, auch wenn sie den Verdacht nicht loswurde, dass diese doch nicht ganz so uneigennützig war. Deshalb lehnte sie freundlich, aber konsequent seine Bitte um ein letztes Treffen ab. John hatte ihr ermöglicht, den Weg zu Patrick zu finden. Dafür war sie ihm dankbar. Ebenso dankbar war sie ihm dafür, dass er Rhonda alle Rechte für ihre Romane abgekauft hatte. Er hatte Carol diese Rechte zum Geschenk gemacht. Allerdings würde Carol ihm das Geld dafür wieder zurückzahlen. Sie wollte auch John nicht verpflichtet bleiben, und wenn es nur moralisch wäre.

Das nächste Telefonat führte Carol mit ihrer Schwester Lori. „Ich schicke dir den Schlüssel zu meinem Apartment. Die Miete ist für die nächsten zwei Monate bezahlt. Innerhalb dieser nächsten zwei Monate werde ich dich anrufen. Wenn alles so läuft, wie ich es erhoffe, kannst du dir nehmen, was du haben willst, den Rest verkaufen und die Wohnung auflösen."

„Mein Gott, was hast du vor?", rief Lori aufgelöst.

Carol musste lachen. „Das verrate ich dir noch nicht. Aber es ist etwas Wunderbares. Wir werden uns ganz sicher bald wieder sehen."

Als Letztes telefonierte sie mit ihren Eltern. Dieses Gespräch war für sie das schönste und auch das schwierigste.

„Ich kehre zurück nach Irland", sagte sie zu Harry. Fiona hockte neben dem Apparat, dessen Lautsprecher Harry eingeschaltet hatte, und hielt den Atem an. „Daddy, ich nehme dich beim Wort, dass Patrick in unserer Familie willkommen ist. Aber die Hochzeit, die werden wir in Irland feiern. Und ihr seid alle eingeladen."

Sie hatte keine Zeit, Sentimentalität aufkommen zu lassen. Die beiden großen Koffer gab sie als Schiffsfracht auf. Ins Flugzeug nahm sie nur kleines Gepäck mit. Es waren nur wenige Dinge in der Reisetasche, darunter Patricks Bilder und die Kassette.

Sie war ein Liebesbrief der besonderen Art. Und mit dabei hatte sie alle Verträge, Übergaben und Rechte an ihren eigenen Romanen. Sie würde sich einen irischen Verlag suchen, der eine Neuauflage ihrer Romane herausbringen würde. Und Patrick würde ihre Bücher illustrieren. So weit zu ihren beruflichen Plänen.

Als sie im Flugzeug nach Dublin saß, ballte sich jedoch etwas in ihrem Magen zusammen. Es waren keine Zweifel, dass sie diesen Schritt unüberlegt oder überstürzt getan hatte. Plötzlich bekam sie Angst, Patrick gegenüberzutreten. Zwar war sie unendlich froh und erleichtert, dass Patrick lebte, gleichzeitig plagten sie schreckliche Gewissensbisse, an der Tragödie schuld gewesen zu sein. Aber sie musste sich dieser Verantwortung stellen und sie musste endlich ihr Leben in die eigenen Hände nehmen, statt sich von anderen abhängig zu machen. Und sie würde ihren Lebensweg nicht mehr allein gehen. Sie hatte den Mann gefunden, an dessen Seite sie leben und sterben wollte.

Und was würde Patrick sagen, wenn sie plötzlich vor ihm stand?

Ihr Herz klopfte unruhig und ihr wurde heiß. Er sprach davon, dass er sich nach ihr sehnte, dass er sich wünschte, mit ihr noch einmal einen Sonnenuntergang erleben zu dürfen. Obwohl seine Stimme auf dem Band seltsam brüchig und unsicher klang, so sagte sie sich immer wieder, dass er es ehrlich meinte. Er hatte es immer ehrlich gemeint. Nur hatte Carol ihn nicht in diesem Maß ernst genommen. Ihre Liebe war gereift durch die Tragik.

Je näher sie Delanney kam, umso unruhiger wurde sie. Sie fühlte ihre schweißfeuchten Handflächen vom Lenkrad abrutschen. Die Umgebung war ihr so bekannt, hier kannte sie jeden Strauch, jeden Stein, jede Wegbiegung. Es war so vertraut, als kehrte sie heim.

Ja, sie kehrte heim, um niemals wieder fortzugehen.

Hinter der letzten Biegung tauchte Tante Tess' Häuschen auf. Es schien sich überhaupt nichts verändert zu haben, seit sie es damals verlassen hatte. Damals! Es war noch nicht mal ein Jahr her und doch erschien es ihr wie eine Ewigkeit. Was hatte sich in diesem Jahr alles ereignet!

Carol stoppte den Wagen vor dem Gartentor und drehte den Zündschlüssel um. Einen Moment noch blieb sie drinnen sitzen und atmete tief durch, wie um sich Mut zu machen. Dann stieg sie aus. Ihr Blick irrte suchend über den Vorgarten, der wie damals üppig grünte und blühte. Das Haus lag still, die Tür war geschlossen. Und plötzlich bog Tess um die Hausecke, bekleidet mit ihrer grünen Gärtnerschürze, den Strohhut auf dem Kopf. In der Hand trug sie einen Korb mit ausgezupftem Unkraut. Sie stockte, als sie eine Gestalt am Gartentor bemerkte, blinzelte gegen die sinkende Sonne und hielt schützend die Hand über die Augen.

„Mein Gott, Carol“, rief sie und ließ den Korb fallen. Das ganze Unkraut fiel heraus, doch Tess achtete nicht darauf. Die beiden Frauen starrten sich einen Augenblick lang an. Dann liefen sie aufeinander zu und lagen sich in den Armen.

Tess' Strohhut fiel dabei vom Kopf und Carol bemerkte mit einem leisen Zug von Wehmut, dass ihr Haar in dieser Zeit noch weißer geworden war. Was musste Tess gelitten haben!

Carol konnte ihre Tränen nicht zurückhalten und auch Tess wischte sich gerührt die Augenwinkel.

„Mädchen, so eine Überraschung! Mir ist ja fast das Herz stehen geblieben!"

„Ich weiß, ich hätte anrufen sollen", erwiderte Carol ein wenig schuldbewusst, nachdem sie ihre Umarmung gelockert hatten. „Aber ich konnte keine Minute länger in New York bleiben. Glaub mir, der Abschied ist mir nicht schwer gefallen."

Tess trat einen Schritt zurück und betrachtete Carol eingehend. „So sicher bist du dir?"

Carol schüttelte den Kopf. „Was mich betrifft, schon. Ich weiß nur nicht, wie Patrick darüber denkt."

Auf Tess' Lippen zeigte sich ein kleines Schmunzeln. „Warum fragst du ihn nicht selbst?"

Ein freudiger Glanz trat in Carols braune Augen. „Das werde ich auch tun. Wo ist er?"

Tess' Lächeln verbreiterte sich und auch ihre Augen funkelten. „Nun, wo soll er schon sein? Schau mal nach hinten."

Er stand vor dem Gartenhaus und schien sich nicht verändert zu haben. Erst als Carol näher kam, bemerkte sie, dass er etwas schmaler und blasser geworden war. Auch trug er sein Haar kürzer geschnitten und er war frisch rasiert. Seine Kleidung war sauber und offensichtlich neu. Zumindest kannte Carol die helle Stoffhose und den hübschen meerblauen Pullover nicht. Doch seine Augen – sie konnte nicht anders, als sich in diese Augen zu versenken. Sie sprachen alles aus, was seine geschundene Seele fühlte. Um seine Mundwinkel lag ein verlegenes Lächeln und er wusste plötzlich nichts mit seinen Händen anzufangen.

Schritt für Schritt näherte sie sich ihm. Und mit jedem Schritt spürte sie die Spannung steigen. Die Luft schien ionisiert wie vor einem Gewitter und in ihren Gelenken kribbelte es. Einen Herzschlag lang befürchtete sie, dass ihre Beine den Dienst versagen würden.

Patrick wischte sich nervös die Handflächen an den Hosenbeinen ab, während seine Augen sie nicht losließen. Er sah ihre großen, dunklen Augen, ihre geöffneten Lippen, sah, wie sich ihre Brüste bei jedem ihrer tiefen Atemzüge hoben und senkten, und sehnte sich danach, ihren Körper zu berühren. Aber würde sie ihn noch so unbefangen annehmen, wie sie es vor einem Jahr getan hatte? Er kämpfte verzweifelt gegen seine Gefühle an.

Als Carol vor ihm stand, nahm sie seine Hände in ihre. „Warum nimmst du mich nicht einfach in die Arme?", flüsterte sie.

Sie bemerkte, wie ein leichtes Beben seinen Körper durchlief, dann schloss er die Arme um sie, als sei sie aus zerbrechlichem Glas. Die Wärme seines Körpers zu spüren, den Duft seiner Haut einzuatmen, das Pochen seines Herzens zu hören war einfach zu viel für Carol. Sie brach in ein hemmungsloses Weinen aus. Wie ein Wasserfall quollen die Tränen hervor, rannen ihre Wangen hinab, sammelten sich an der Spitze des Kinns und durchnässten seinen Pullover. Er stand nur still und hielt sie fest. Sie konnte den hilflosen Ausdruck in seinem Gesicht nicht sehen, weil sie ihr Gesicht gegen seine Brust presste. Eine herzzerreißend weinende

Frau überforderte ihn. Er legte seine Wange auf ihr Haar und murmelte: „Bitte weine nicht. Das tut mir so weh."

Verlegen wandte sie den Kopf zur Seite und versuchte, mit dem Handrücken die Tränen wegzuwischen. Es gelang ihr nicht. Sie schluchzte, lachte und weinte gleichzeitig. Ihr Haar hing wirr in die Stirn, ihr Augen-Make-up war verwischt. „Ich sehe bestimmt schrecklich aus", stammelte sie.

Patrick ließ sie nicht los. Er öffnete den Mund, um etwas zu sagen, aber Carol legte ihm sacht einen Finger über die Lippen. „Bitte sag nichts", bat sie leise. „Es ist alles gesagt worden. Küss mich lieber."

Patrick beugte sein Haupt herab und berührte Carols Lippen. Sie schmeckten salzig wie das Meer und waren doch so warm und lebendig. Jetzt wusste er, dass der Kreis sich geschlossen hatte. Drei Mal … drei Mal würde er ihr begegnen …

Carol wies zum Himmel, wo die Sonne sich dem Horizont zuneigte. „Lass uns zu der kleinen Bank auf den Klippen gehen", sagte sie.

Er ergriff ihre Hand. Seine Stimme klang rau und ergriffen. „Es war mein Traum, noch einmal mit dir den Sonnenuntergang zu erleben."

Sie saßen nebeneinander, jeder spürte den Körper des anderen und sie umschlangen sich mit den Armen. Der Wind erstarb plötzlich und ihnen schien, als hielt die Zeit den Atem an. Das Meer hob und senkte sich sanft wie die Atemzüge eines schlafenden Riesen.

„Dieses Meer wird uns nicht mehr trennen", flüsterte Carol. „Wir werden diesen Sonnenuntergang gemeinsam erleben und den nächsten und alle, die darauf folgen werden. Bis an unser Lebensende."

Patrick riss sich von dem überwältigenden Naturschauspiel los und schaute sie an. Carol erwiderte den Blick. Ihre Lippen fanden sich und dieser Kuss war wie ein Versprechen.

„Niemand soll uns je wieder wehtun“, wisperte sie. „Am allerwenigsten wir uns selbst.“

Nebel zog über den Horizont und verhüllte die Insel der Liebenden vor den Augen der Sehenden. „Nebelland“ gibt es tatsächlich, irgendwo im Herzen zweier liebender Menschen.